Christoph Ransmayr

Atlas eines ängstlichen Mannes

Büchergilde Gutenberg

Lizenzausgabe für die Büchergilde Gutenberg,
Frankfurt am Main, Zürich, Wien
Mit freundlicher Genehmigung
des S. Fischer Verlags, Frankfurt am Main

Satz: Dörlemann Satz, Lemförde
Druck und Bindung: CPI – Clausen & Bosse, Leck
Printed in Germany 2012
ISBN 978-3-7632-6592-3

www.buechergilde.de

Geschichten ereignen sich nicht, Geschichten werden erzählt.

In den siebzig Episoden dieses *Atlas* ist ausschließlich von Orten die Rede, an denen ich gelebt, die ich bereist oder durchwandert habe, und ausschließlich von Menschen, denen ich dabei begegnet bin, Menschen, die mir geholfen, die mich behütet, bedroht, gerettet oder geliebt haben. Mit einer Ausnahme: Ein einziges Mal kommt hier auch ein Ort zur Sprache, an dem ich niemals war, der mir aber durch die Beschreibungen meiner Frau vertraut geworden ist. Daß ich den Namen dieses Ortes für mich behalte, soll daran erinnern, daß wir vieles, was wir von *unserer* Welt zu wissen glauben, nur aus Erzählungen kennen und: daß (fast) jede Episode dieses Buches auch von einem anderen Menschen, der sich ins Freie, in die Weite oder auch nur in die engste Nachbarschaft und dort in die Nähe des Fremden gewagt hat, erzählt worden sein könnte.

Gewidmet ist dieser Atlas meiner Frau Judith – ohne ihre Liebe wäre ich zumindest von einer Reise nicht mehr zurückgekehrt – und der Erinnerung an Johanna, meiner Lebens- und Reisegefährtin über viele Jahre: Ohne sie hätte ich mich vielleicht nie auf den Weg gemacht.

Kollmannsberg Alm, im Frühjahr 2012

CR

Inhaltsverzeichnis

Fernstes Land

Ich sah die Heimat eines Gottes auf 26° 28′ südlicher Breite und 105° 21′ westlicher Länge: eine menschenleere, von Seevögeln umschwärmte Felseninsel weit, weit draußen im Pazifik. Mehr als dreitausendzweihundert Kilometer waren es von diesen umbrandeten, baum- und strauchlosen Klippen ohne Süßwasser, ohne Gras, ohne Blütenpflanzen und Moos bis zur chilenischen Küste, von wo mein Schiff vor einer Woche mit Kurs auf Rapa Nui, die Osterinsel, ausgelaufen war.

An die Reling gelehnt, an der ich mich wegen der hohen Dünung immer wieder mit beiden Händen festhalten mußte, beobachtete ich seit einer Stunde, wie der am Ende kaum dreißig Meter aus dem Wasser ragende Umriß der Insel zwischen Wellenbergen aufgetaucht, wieder versunken und schließlich doch über den Horizont gestiegen war und nun dem Schiff so nahe kam, daß die verwehenden Wasserstaubfahnen der gegen die Felsen donnernden Brecher Bullaugen und Ferngläser beschlugen.

Daß dieses unter der Märzsonne glühende, wüste Stück Land überhaupt in Sicht gekommen war, lag an einem Hunderte Seemeilen langen Ausweichmanöver, mit dem der Kapitän die Ausläufer eines riesigen, von Kap Hoorn ausgehenden Sturmtiefs umschiffen wollte. Die Dünung, selbst hier und bei strahlendem Himmel immer noch acht bis zehn Meter hoch, ließ bedrohliche Rückschlüsse auf die Wellenhöhen und Sturzseen in unserem ursprünglichen Fahrwasser zu.

Der Name *Friedlicher* oder *Stiller Ozean*, hatte der Kapitän seine allmorgendlichen, über Bordlautsprecher bis an festgeschraubte Betten und Frühstückstische übertragenen Durchsagen zu Position, Luftdruck, Seegang und Kurs beendet, sei schon zur Zeit seiner ersten Befahrung durch europäische Seeleute bloß der Name einer vergeblichen Hoffnung gewesen. Der Pazifik, hier im Süden oder Tausende Seemeilen weiter in alle Richtungen der Windrose, sei weder stiller noch friedlicher als andere, auf weniger schöne Namen getaufte Meere und erhebe sich nicht anders als diese unter dem Druck von Stürmen und der Anziehungskraft des Mondes zu Wassergebirgen, die man ohne Not besser nicht durchquerte.

Aus kartographischer Sicht war die vulkanische Felsformation vor uns nur der kahle, umtoste Gipfel eines dreitausendfünfhundert Meter aus der Tiefsee hochragenden Berges, der auf den Seekarten als *Salas y Gómez* verzeichnet war und so an zwei, am Ende doch vergessene, spanische Kapitäne erinnern sollte – der eine hatte die nur wenige hundert Meter messende Felsformation als erster Europäer gesichtet, der andere hatte sie ein Lebensalter danach betreten und kartographiert.

Aber die *Rapa Nui*, sagte ein erschreckend dünner Mann, der sich neben mir an der Reling festhielt, jenes rätselhafte Volk, das um den Preis des eigenen Untergangs die Osterinsel mit nahezu tausend Steinstatuen geschmückt hatte, seien schon Jahrhunderte vor diesen vermeintlichen Entdeckern mit Binsenflößen über eine Distanz von fast vierhundert Kilometern immer wieder hierher gesegelt und gerudert und hatten diesem Ort einen schöneren, viel schöneren Namen gegeben: *Manu Motu Motiro Hiva*. Das sei manchmal mit *Vogelinsel auf dem Weg in fernstes Land*, aber auch mit *Insel auf dem Weg in die Unendlichkeit* übersetzt worden. Denn aus welchen Tiefen der polynesischen Inselwelt die Rapa Nui ursprünglich auch immer gekommen waren, sagte der dünne Mann, am Ende hatte sich in ihren Überlieferungen wohl jede Erinnerung an den Ort ihres Ursprungs und an alles Festland verloren und der Überzeugung Platz gemacht, daß es außer ihnen keine Menschen auf dieser Welt gab und in einem unendlichen Ozean unter einem unendlichen Himmel kein Land neben ihrer eigenen Insel.

Ich hatte Mühe, den dünnen Mann zu verstehen. Nicht allein wegen des Tosens von Wasser und Wind oder weil jene seltsame Mischung aus Englisch und Spanisch, die er sprach, immer auch Worte aus einer oder mehreren Sprachen enthielt, die ich noch nie gehört hatte, sondern vor allem, weil auch jetzt und wie schon bei unseren Begegnungen in den vergangenen Tagen, stets in der Schwebe blieb, ob er mit mir oder bloß mit sich selber sprach – über die Reling hinweg aufs Meer.

Was für ein Schock mußte es gewesen sein, sagte er, als die Rapa Nui auf einem ihrer ausgedehnten Fischzüge, vielleicht auch bloß nach einer durch Strömungen und Stürme erzwungenen Irrfahrt, auf diese Vogelinsel gestoßen waren. Ein Schock, der sie am Ende glauben ließ, die

Heimat eines Gottes gefunden zu haben. Denn wenn es in dieser Unendlichkeit tatsächlich noch ein zweites Land gab, dann mußte dort, sichtbar oder unsichtbar, der wohnen, dem das Dasein der fernen Heimat und von Himmel und Erde und allem, was im Wasser oder an der Luft lebte, zu verdanken war – ein Allmächtiger, den sie *Make-Make* nannten.

Der dünne Mann war auf dem Weg von Puerto Montt nach Hause, nach Hanga Roa, dem nach einer jahrhundertelangen Geschichte der Entvölkerung einzigen noch bewohnten Ort der Osterinsel. Sein Vater, hatte er schon am ersten Abend nach dem Auslaufen aus Puerto Montt in der Bar auf dem Achterdeck erzählt oder auch bloß vor sich hin gesagt, sei ein Argentinier gewesen, der sein Leben auf Ölbohrinseln verbracht habe, seine Mutter aber eine Rapa Nui.

Das weite, mit Meeresfischen auf tiefblauem Grund bedruckte Buschhemd, das den dünnen Mann umflatterte, war durchnäßt von der Gischt, die manchmal bis zum Handlauf der Reling hochschäumte, und wenn der Wind den nassen Stoff für einen Augenblick an seinen Brustkorb drückte, erschien seine Gestalt noch zerbrechlicher und abgezehrter. Der dünne Mann war mir bereits am ersten Morgen nach dem Auslaufen am Frühstücksbüffet aufgefallen, als er ein Stück Lachs, dann ein Stück Schinken, dann ein Stück Honigmelone auf seinen Teller gelegt, einen Augenblick innegehalten und dann Schinken, Lachs und Melone doch wieder auf den überladenen Altar des Büffets zurückgelegt und zu einer Schale Tee nur ein Stück dunkles Brot gegessen hatte.

Richtig, sagte er später, es war im Verlauf eines langen Abends, am dritten oder vierten Tag unserer Bekanntschaft, Essen sei für ihn oft eine quälende Verpflichtung. Eigentlich habe er niemals Hunger und müsse sich manchmal selbst zum Trinken zwingen. Und dennoch verfolge ihn das Gefühl, so schwer und massig wie eine der Moais, der kolossalen Steinfiguren auf der Osterinsel, zu sein, für deren Herstellung und Transport die Rapa Nui über die Jahrhunderte alle ihre Kräfte erschöpft und ihre Palmenwälder, ihre Fischgründe, ihre Gärten und Felder und schließlich sogar den Frieden zwischen den Clans der Insel geopfert hatten.

Diese Figuren, die alle dem Meer den Rücken zuwandten und so ausnahmslos ins Landesinnere und damit vielleicht sogar ins Innerste ihrer Bewohner starrten, seien lange Zeit Monumente eines Ahnenkults gewesen, der die Gegenwart mit der Ewigkeit verbinden sollte. Aber nach und nach seien sie zu Macht- und Statussymbolen verkommen und gewachsen und größer, immer größer geworden und hatten schließlich das Leben auf der Insel aufzufressen begonnen.

Im Tuffsteinbruch Rano Raraku, aus dem fast alle der Moais geschlagen und dann zu den über die ganze Osterinsel verstreuten Zeremonialplattformen, *Ahus*, geschleppt worden waren, sagte der dünne Mann, seien noch heute nebeneinander und übereinander und immer noch mit dem Fels verwachsene Kolosse von zwanzig Metern Höhe und mehr zu sehen – und konnten dort nun bis in alle Ewigkeit darauf warten, endlich vom Fels gelöst, aufgerichtet und in mühseligen Prozessionen auf rollenden Palmenstämmen zu ihren Ahus transportiert zu werden. Denn am Ende hatten die Rapa Nui, versklavt von ihren eigenen steinernen Geschöpfen, ihre Insel in ein baum- und strauchloses Ödland verwandelt und hatten keine Mittel und keine Kräfte mehr für die Fertigstellung und Bewegung der vermeintlich mächtigsten, in Wahrheit aber bloß letzten Kolosse.

Der Hunger!, war der dünne Mann überzeugt, der Hunger sei vielleicht die verborgene und wahre Bestimmung dieses Volkes, seines Volkes, gewesen. Denn als alles, was zu fällen war, gefällt, alles, was zu fischen und zu jagen war, gefischt und erjagt, die Palmenhaine verschwunden und nicht einmal genug Holz geblieben war, um noch Fischerboote zu bauen, waren die Clans, die das Inselreich bis dahin unter sich geteilt und bestellt hatten, übereinander hergefallen, hatten die unter unsäglichen Mühen errichteten Moais der jeweiligen Nachbarn gestürzt, enthauptet und sich am Ende nicht nur gegenseitig umgebracht, sondern auch gefressen. Daß durch die Ruinen der Welt der Rapa Nui schließlich noch Kolonialherren trampelten, die riesige Schaf- und Rinderherden über das entvölkerte Land trieben, die letzten Bewohner der Insel in umzäunte Areale verbannten oder als Sklaven zum Guanoabbau an die peruanische Steilküste verschleppten, war nur die Vollendung eines Unheils, das im Herzen der Insel und nicht irgendwo in der Ferne begonnen hatte.

Seine Mutter, sagte der dünne Mann, sei vor vier Jahren nach ärztlichem Befund zwar an einer Blutvergiftung gestorben, in Wahrheit aber wohl verhungert. Jahrelang habe sie fast alles, was sie zu sich nahm oder was der Vater sie bei seinen seltenen Besuchen zu essen zwang, heimlich wieder erbrochen. Manchmal habe er noch jetzt dieses Würgen im Ohr, das nach jeder Mahlzeit zu hören war, wenn er ihr durch einen engen dunklen Gang des Elternhauses auf Hanga Roa zur Toilette nachschlich.

Aber vielleicht sei dieses Hungern, sei dieses Fasten auch bloß der verzweifelte Versuch gewesen, sich vom Schicksal ihres Volkes zu lösen und sich in einen, ja, *Astralleib*, habe sie gesagt, in einen Astralleib zurückzuziehen, der endlich frei war von der unseligen Abhängigkeit von ein paar Bissen Brot. Denn wer nicht nach Brot hungerte, hatte auch keinen Hunger nach Feldern, Weidegründen, Macht, wollte niemanden beherrschen, niemanden töten, niemanden fressen. Vielleicht war es das, was die Moais sahen, wenn sie dem Pazifik, dem mächtigsten Element dieser Erde, den Rücken zukehrten, um allein ins Innere der Insel und ihren Bewohnern ins Herz zu blicken.

Und er, sagte der dünne Mann, er habe nach dem Tod seiner Mutter, ohne es zu wollen und zunächst auch ohne sich dessen bewußt zu sein, die Appetitlosigkeit wohl als Erbe übernommen und dadurch vielleicht ihren lebenslangen Traum erfüllt. Denn anders als sie, die manchmal doch der Freßgier erlegen war, wenn sie in den Nächten heimlich und schlaftrunken in der finsteren Küche in sich hineinschlang, was immer sie fand, dann aber doch jeden Bissen wieder erbrach, habe er alle Lust am Essen vielleicht für immer verloren.

Der dünne Mann umklammerte die Reling so fest,

daß seine Fingerknöchel sich weiß abzeichneten. Als die Gischt seine Handrücken benetzte und glitzern ließ, erschien seine Haut so zart, ja gläsern wie die von feinsten Adern durchzogenen Netzflügel einer Florfliege.

Was habe denn näher gelegen, sagte er und schwankte vor und zurück, ohne den Handlauf loszulassen, als sich in Zeiten der Not, in Zeiten des Hungers auf den Weg in die Heimat des Gottes zu machen und um Beistand, um Erlösung von diesem allesfressenden Hunger zu bitten – auf den Weg nach *Manu Motu Motiro Hiva*, zur Insel, hinter der die Unendlichkeit begann? Wie viele Rapa Nui waren wohl auf dieser Wallfahrt verschwunden? Auch wenn sie es meisterhaft verstanden, nicht nur die Sterne, sondern auch das Relief und die Farbe der Wellen, die Strömungen, Windstärken, selbst die Ornamente des Vogelflugs in ihr navigatorisches Kalkül einzubeziehen, war es doch eine Fahrt auf einem Binsenfloß geblieben, auf einem Schilfbüschel!, bei einem Seegang wie diesem hier.

Rußseeschwalben, sagte der dünne Mann und zeigte auf stumme, möwenähnliche Vögel mit schwarzweißen Schwingen, die von einem kotbedeckten Felsturm aufgeflogen waren und unser Schiff neugierig umkreisten, Rußseeschwalben seien den Rapa Nui heilig gewesen. Mit ihrem Erscheinen begann der Frühling oder das, was auf der Osterinsel als Frühling gefeiert wurde. Das ganze Jahr, ja die Zeit selbst sei von diesen Vögeln sozusagen in Gang gesetzt worden. Vielleicht waren es auch die hier brütenden, geheiligten Rußseeschwalben gewesen, die zum Glauben geführt hatten, hier wohne ein Gott. War es nicht bemerkenswert, was für ein Leben es auf diesen vulkanischen Klippen gab, und bemerkenswert, welche wunderbaren Namen dieses Leben führte – Weihnachtssturmtaucher, Maskentölpel, Meerläufer, Feenseeschwalben … Sie alle brüteten hier.

Als der dünne Mann in die Brusttasche seines Hemdes griff und daraus ein von der Gischt getränktes Stück dunkles Brot hervorzog, glaubte ich, er würde versuchen, die Rußseeschwalben zu füttern, die hier, so weit draußen und fern aller nautischen Routen, vielleicht weder Menschen noch Schiffe kannten. Aber der dünne Mann führte das nasse Brot zum Mund und begann langsam, den Blick unverwandt auf die schwarze, auf und ab tanzende Insel gerichtet, zu essen.

Reviergesang

Ich sah eine ferne Gestalt vor einem verfallenen Wachturm jenes fast neuntausend Kilometer langen Verteidigungswalls, der im Land seiner Erbauer *Wanli Chang Cheng – Unvorstellbar lange Mauer*, vom Rest der Welt aber Chinesische Mauer genannt wird.

Am Morgen hatte es geschneit, und ich wanderte seit Stunden auf der Mauerkrone zwischen Simatai und Jinshanling in der Provinz Hebei durch das Yan-Gebirge. Wie eine vom Wind verwehte und dann an Gipfeln und Graten hängengebliebene Girlande wand sich die Mauer hier mit ihren Zinnen, Wach- und Alarmfeuertürmen durch unbewohntes Bergland, fiel über schroffe Höhenzüge steil in menschenleere Täler ab, aus denen sie ebenso steil wieder aufstieg, und änderte mit dem Verlauf eines Höhenrückens ihre Richtung, um nach einem abermaligen Wechsel wieder auf die Ideallinie verschollener Baumeister und Generäle einzuschwenken.

Hätte der frühe Schnee nicht alles Dunkle, Mauerwerk, Ruinen, Felsen, noch schärfer hervortreten lassen, wäre mir die Gestalt auf diese Entfernung wohl kaum aufgefallen. Aber nun glaubte ich sogar zu sehen, daß, wer immer dort stand, ein Fernglas vor die Augen hob und in meine Richtung sah.

Ich war auf meiner Wanderung über einen Mauerabschnitt, der wegen seiner Steilheit und seiner verfallenen Passagen wenig begangen wurde, seit nahezu zwei Stunden keinem Menschen begegnet und nun überrascht, auf jemanden zu treffen, der offensichtlich aus entgegengesetzter Richtung auf mich zukam; die dünne Schneedecke vor mir trug keine Spuren.

Die Gestalt rührte sich nicht von der Stelle, während ich in einem schattigen Abstieg und Wiederaufstieg im Naßschnee eine Senke durchquerte, und so befürchtete ich schon, am Wachturm einem Soldaten oder einem Aufseher zu begegnen, der mir die Fortsetzung meiner Wanderung wegen der Brüchigkeit des Mauerwerks verbieten würde. Das größte Bauwerk der Menschheit hatte den Bewohnern angrenzender Landstriche immer wieder als Steinbruch gedient, noch Mao Tse-tungs Volksbefreiungsarmee hatte Mauersteine für den Bau von Brücken und Nachschubwegen verwendet, aber seit der Wall unter Denkmalschutz stand, versahen Bewacher, auch freiwillige Kontrollposten, manchmal noch in den entlegensten Gegenden Dienst.

Ich hatte in Peking von Wettbewerben unter *Mauerläufern* gehört, bei denen zum Sieger erklärt wurde, wer die längste Strecke ohne Unterbrechung auf verbotenen, gesperrten Abschnitten zurücklegen konnte. Den etwa fünfhundert Kilometern gut erhaltener oder gut restaurierter, jederzeit zugänglicher Mauerabschnitte lagen Abertausende Kilometer eines oft überwucherten, in der Wildnis kaum noch als Architektur erkennbaren Trümmerwalls gegenüber.

Als ich aber nach meinem mühsamen Aufstieg über eine Passage, die steil wie eine an die Wand gelehnte Leiter war, die Gestalt endlich erreichte, traf ich weder auf einen Soldaten noch einen Mauerläufer, sondern auf einen weißhaarigen Europäer, der trotz der Kälte keine Mütze trug und nach einer freundlichen Begrüßung den Schnee zu verfluchen begann.

Mr. Fox aus der walisischen Grafschaft Swansea war ein *Birdwatcher*, ein Vogelfreund, und seit dem frühen Morgen auf der Mauerkrone unterwegs, um Singvögel zu beobachten, zu fotografieren und ihre Gesänge, Warnrufe oder Haßlaute mit einem winzigen Digitalrekorder aufzuzeichnen. Es war der einundvierzigste Mauerabschnitt, den er auf diese Weise entlangwanderte.

Aber was, sagte Mr. Fox, sollte bei diesem Schnee schon groß zu sehen und zu hören sein? Er konnte sie ja verstehen: Die meisten Singvögel haßten den Schnee ebenso wie er und saßen jetzt in ihren Verstecken aufgeplustert still, um Kräfte zu sparen an einem Tag, an dem die Nahrung unerreichbar in einem kalten Weiß begraben lag. Eine Asiatische Kurzzehenlerche, *Calandrella cheleensis*, eine Rotkehldrossel und ein Paradiesfliegenschnäpper … das sei an diesem Morgen alles gewesen.

Mr. Fox hatte in Hongkong bis zur Rückgabe der Kronkolonie an die Volksrepublik China als Verfasser und Übersetzer von Gebrauchsanleitungen gelebt und war nach seiner Pensionierung mit seiner Frau, einer Archäologin, die sich immer wieder mit der Großen Mauer befaßt hatte, in ihre Geburtsstadt gezogen, nach Shanghai. Von dort war er vor drei Tagen mit dem Nachtzug in

Peking angekommen und hatte sich vom Busbahnhof Dong Zhi Men ohne Aufenthalt zu diesem Mauerabschnitt, dem letzten, der ihm in der Provinz Hebei noch fehlte, auf den Weg gemacht. Und dann begann es heute zu schneien. Schnee im Oktober!

Dabei wollte Fox in diesen Tagen seine Stimmensammlung weiter vervollständigen, ein Album, das idealerweise sämtliche Singvogelarten enthalten sollte, die im Schatten der Mauer lebten: einen ungeheuren Vogelschwarm, der den *Großen Drachen* umflatterte. In China werde die Mauer ja gelegentlich mit einem Drachen verglichen, der seine Zunge ins Wasser des Gelben Meeres tauchte, während er mit seinen Schwanzschlägen die Dünen der Wüste Gobi zu Sandstürmen hochpeitschte.

Wanli, sagte Mr. Fox, der chinesische Ausdruck für die Länge der Großen Mauer, bedeute ja nach einer alten Maßeinheit, die unter jeder Dynastie anders definiert worden war und ebenso für dreihundert wie für knapp sechshundert Meter stehen konnte, nicht nur *zehntausend Li*, sondern *Li* war auch ein Zeichen für das Unendliche, das Unvorstellbare, eine zehntausend Li lange Mauer also *zehntausendmal unvorstellbar* lang.

Natürlich habe es immer Streit darüber gegeben, wieviel denn die in Kilometern gemessene Mauerlänge genau betrage, ob dabei diese oder nur jene Bauperiode zu berücksichtigen sei und etwa Gebirge, Ströme und Seen, die als natürliche Barrieren sozusagen in die Wanli Chang Cheng eingebaut worden waren, mitgemessen werden durften oder nicht, aber das sei für ihn ohne Bedeutung. Er folge den Gesängen der Vögel entlang der Linie des

Großen Drachen, der je nach Dynastie, Thronfolgen und Kriegsverläufen einmal dahin und dann wieder dorthin gekrochen war. Und diese Linie war fast neuntausend Kilometer lang.

Whiskey? Wollte ich einen Schluck? Fox ging nie auf die Mauer ohne einen Flachmann mit irischem Whiskey. Der irische, der aus der Republik, aus dem Süden, nicht der aus dem bombengefährlichen Norden, sei der mildeste und ihm liebste.

Genaugenommen war das alles ja eine Idee seiner Frau gewesen. Er hatte sie, das war vor fast dreißig Jahren, in die Provinz Ningxia begleitet. Die Mauer verlief dort immer wieder durch ziemlich trostlose Gebiete, Industriezonen, Raffinerien und entlang dampfender Mülldeponien. Aber ausgerechnet in Ningxia hatte ein Vogel, *Turdus mandarinus*, die Chinesische Amsel, so betörend schön gesungen, daß sie beide wie verzaubert gewesen waren und er an seinen Vater denken mußte, der oft mit seiner Stirnlampe unter den Bäumen Swanseas gesessen und fieberhaft versucht hatte, rasende Melodien auf Notenpapier mitzuschreiben, wenn eine Nachtigall oder eine Amsel in der Dunkelheit zu singen begann. Sein Vater hatte die diatonischen Intervalle, die Dreiklangmotive und chromatischen Tonreihen beispielsweise des Amselgesangs dann in seine Kompositionen für Blasmusik eingearbeitet.

Dabei dienten die Lieder der Singvögel doch nicht bloß der Liebe und der Erhaltung der Art, sondern waren weit mehr noch *Reviergesang* und mußten durch ihre weithin hörbare Lautstärke, ihre Vielfalt, Virtuosität, einen Rivalen entweder auf Abstand halten oder ihn in die Flucht schlagen. Na ja, das hatte die Blasmusik seines Vaters in gewisser Weise ja wohl auch getan. Amseln konnten jedenfalls etwa ein Dutzend anderer Vogelstimmen, selbst Geräusche aus der Menschenwelt nachahmen, das Weinen eines Kleinkinds, ferne Motoren, Gelächter, Sirenengeheul ... und *besangen* so ihre *Reichsgrenzen*, als ob sie damit gleichzeitig alle Plumpheit, Erdgebundenheit und jeden verspotteten, der nicht das unbeschreibliche Glück hatte, ein engelgleich gefiedertes, engelgleich singendes Wesen zu sein, das die Freiheit genoß, sich jederzeit in die Luft zu erheben oder sich von höchsten Türmen, Bäumen und Klippen in die Tiefe zu stürzen, im Fallen die Schwingen auszubreiten, plötzlich zu schweben und sich vom Aufwind zurücktragen zu lassen in den Himmel.

Er und seine Frau hatten damals in Ningxia gebannt gelauscht, und dann hatte sie mit einem Blick auf einen von dichtem Buschwerk überwachsenen Rest der Großen Mauer gesagt: Gesang. Das wäre auch eine Möglichkeit gewesen. Reviergesang statt zinnenbewehrter Mauern!, Tonfolgen anstelle von Steinen, Grenzgesänge!

Gemeinsam hatten sie sich vorgestellt, diese unvorstellbar lange Mauer durch einen einzigen, aus lückenlos aneinandergereihten Reviergesängen bestehenden Chor zu ersetzen: einen Wall aus Liedern, zart und glasrein die einen, verspielt, trällernd die anderen, alle aber Sequenzen einer unüberhörbaren, unüberwindlichen Melodie, die jeden Eindringling oder Angreifer entweder so überwältigen mußte, daß er bang das Weite suchte – oder so betörte, daß er seine Gier, seinen Haß oder seine Kampflust vergaß und zu nichts anderem mehr fähig war, als hingerissen zu lauschen.

Was für eine Vorstellung, sagte Mr. Fox, den unter den Dynastien der Qin und der Han und wie sie alle hießen, der Wei, der Zhou, der Tang, der Liao und der Ming, errichteten Mauerabschnitten Gesänge zuzuordnen, Vogellieder, die weiter und weiter und immer noch gesungen wurden, wenn selbst die stärksten Mauern und vermeintlich unbezwingbare Wehrtürme bereits zu Schutt zerfallen waren.

Vielleicht konnte das Reich eines so unmusikalischen Menschen wie Mao Tse-tung schon allein deswegen keinen Bestand haben, weil es das erste und einzige aller bisherigen chinesischen Reiche war, in dem Singvögel nicht bloß aus blöder Freßgier wie in manchen Ländern Europas, sondern ausnahmslos alle Vögel als Getreidefresser und Ernteschädlinge in sämtlichen Provinzen dieser sogenannten Volksrepublik zu Millionen und Abermillionen getötet worden waren. Es habe hierzulande einen Frühling gegeben, in dem der Himmel über Peking tatsächlich *vogelfrei* gewesen war. Vogelfrei! Was für eine Freiheit.

Während Mr. Fox von Dynastien und Reichen erzählte, die keine noch so langen, noch so mächtigen Wälle vor dem Lauf der Zeit hatten schützen können, von Vögeln und Menschen erzählte, war es still geblieben, schneestill auf der Mauerkrone. Aber als er mir den Flachmann zu einem Abschiedsschluck reichte, war in einer Baumkrone unter uns, aus der die Sonne jetzt Schneepolster abfallen ließ, wieder die Rotkehldrossel zu hören, deren Stimme er bereits am Morgen aufgezeichnet hatte. *Herbstgesang*, wie Fox sagte: leiser und weniger raumfordernd, aber kunstvoller, lustvoller als die Gesänge des Frühjahrs, weil zumindest von einigen mit der Schneeschmelze verbundenen Zwecken, Liebeswerbung etwa und Fortpflanzung, befreit. Es war ja, ein bißchen zumindest, wie bei den Menschen, wie bei ihm selber: Ein Herbstvogel mußte niemandem mehr groß imponieren. Der sang, wenn er denn sang, mehr für sich als für oder gegen irgend jemand anderen.

Der Drosselgesang klang uns noch eine Weile nach, als wir uns auf dieser unvorstellbar langen Mauer wieder voneinander entfernten und jeder seinem Ziel entgegenging, er nach Simatai, ich nach Jinshanling, jeder in der Spur des anderen.

Herzfeld

Ich sah ein offenes Grab im Schatten einer turmhohen Araukarie. Der Baum überragte alle anderen Bäume eines von Eukalyptuswäldern umrauschten Bergdorfes im brasilianischen Bundesstaat Minas Gerais bei weitem. Wenn ein Windstoß in seine Krone fuhr und dort ein kaum hörbares, an den Atem eines Schläfers erinnerndes Geräusch erzeugte, lösten sich immer wieder Schauer goldbrauner, tropfenähnlicher Samen aus unzähligen, an schuppigen Zweigen haftenden Zapfen und regneten auf eine kleine Trauergemeinde herab, regneten auf das Schindeldach eines Fachwerkhauses, das ebensogut im Süden Deutschlands hätte stehen können, auf Blumenbeete, Korbstühle, auf einen dicht am Grab geparkten Pick-up, dessen Wagentüren weit offenstanden, und klopften so immer wieder auch an den zugenagelten, bereits in die Erde gesenkten Holzsarg, in dem Senhor Herzfeld in einem blauen Morgenmantel lag. Er war am frühen Morgen dieses Tages in den Armen seiner Frau gestorben und durfte nun im Garten seines Hauses beerdigt werden. Der Bürgermeister, er war gerade auf Amtswegen in Belo Horizonte unterwegs, hatte seine Erlaubnis dazu am Telefon und der Hitze wegen ohne weitere Formalitäten erteilt.

Ich hatte Herzfeld vor drei Tagen auf einem Gartenfest in São Paulo an einer weiß gedeckten, blumengeschmückten Tafel unter weißen Sonnenschirmen kennengelernt. Er hatte mir einen kleinen Teller voll gekochter, geschälter Araukariensamen, die wie Pinienkerne schmeckten, gereicht und gesagt, diese Samen enthielten nicht nur die Kraft und den Lebenswillen eines der evolutionsgeschichtlich ältesten Bäume der Erde, sondern auch sein himmelstürmendes Wesen: Vierzig Meter hoch und höher könne sich eine brasilianische Araukarie nach dem Himmel strecken, nach der Sonne, den Sternen, und in dieser herrlichen Pose Hunderte, ja tausend Jahre alt werden. Er habe sein Sommerhaus in den Bergen von Minas in den Schatten einer solchen Araukarie gebaut.

Senhor Herzfeld, Sohn eines Nähnadelfabrikanten aus Brandenburg, war als junger Mann mit seiner Schwester aus Deutschland über England, Frankreich und dann auf einem überfüllten Auswandererschiff zu einer Zeit nach Brasilien gekommen, in der seine Heimat und mit ihr so viele Länder Europas für tausend Jahre ans Hakenkreuz genagelt werden sollten. Aber selbst als diese tausend Jahre zu wenigen, endlosen Schreckensjahren geworden und in einem Weltkrieg verraucht waren, wollten Senhor Herzfeld und seine Schwester nicht mehr in ein Land zurück, das ihre Eltern und sieben Verwandte ihrer Herkunft, ihres Namens wegen umgebracht hatte. Nach all den Toten konnte dort doch nichts wieder werden, wie es war.

Gemeinsam mit einem Freund aus Pernambuco begann Senhor Herzfeld mit Leder, Edelhölzern, Achaten und den vielen Rohstoffen seiner neuen Heimat zu handeln und konnte so an einem Nachmittag im August mit einem Smaragdring in der Faust auf einem Pier in Rio de Janeiro mit klopfendem Herzen zusehen, wie ein Mädchen aus Deutschland über das Fallreep eines aus Hamburg ausgelaufenen Transatlantikliners herabschritt. Als er dieses Mädchen dann auf dem Pier nach vier Jahren zum erstenmal wieder in seinen Armen hielt und auch nicht losließ, als er das feine Klingen des Smaragdringes hörte, der ihm aus der geöffneten Faust gefallen war, glaubte er zu wissen, daß es in seinem Leben keinen glücklicheren Moment mehr geben konnte.

Ich hatte den Teller gekochter Araukarienkerne zu einem und noch einem Glas Zuckerrohrschnaps leergegessen, und Herzfeld erzählte – von den seltsamen, labyrinthischen Mustern auf den breiten Krawatten seines Vaters, der niemals eine Synagoge betreten hatte, aber Sonntag für Sonntag mit diesen Labyrinthen geschmückt zur Kirche gegangen war; erzählte von den Händen seiner Mutter, die, wenn sie stillsaß, stets weiß wurden, schneeweiß, aber niemals kalt, und erzählte vom winzigen Fuß einer Porzellantänzerin mit roten Schuhen, dem Bruchstück einer Figur aus Meißen, das er jahrelang als Talisman mit sich herumgetragen und erst nach seiner Hochzeit bei Santos ins Meer geworfen hatte – ein Polizist in Zivil hatte diese Tänzerin in der Wohnung seiner Eltern bei der Verhaftung des Vaters zerschlagen … und erzählte, bis auf dem Gartenfest Lampions angezündet wurden und ein Gast nach dem anderen sich in den Abend und in die Nacht verabschiedete. Als Herzfelds Frau, das Mädchen aus Deutschland, zum Aufbruch drängte, weil zu Hause ein Hund und zwei hungrige Katzen warteten, bot er mir an, ihn am nächsten Tag in seinem Büro im Stadtteil Higienópolis zu besuchen. Dort wollte er weitererzählen, ich sollte dort weiterschreiben.

Und Herzfeld erzählte am nächsten Tag in einem dunklen, mit Quarzen und geschliffenen Achaten, Amethysten, glitzernden Drusen und den schönsten Schmucksteinen Brasiliens dekorierten Büro tatsächlich weiter, bis auch dieser Tag zu Ende ging, ohne daß er je in der Gegenwart ankam. Es war bereits dunkel, als er mir anbot, unser Gespräch doch in seinem Sommerhaus in Minas Gerais weiterzuführen, in dem er die kommenden, in São Paulo unerträglich heißen Tage verbringen werde. Sein Schwiegersohn wolle ihn schon übermorgen dort besuchen und könne mich in seinem Wagen mitnehmen.

Aber als am Morgen der geplanten Abfahrt das Telefon in meinem Hotelzimmer klingelte, machte dieser Schwiegersohn eine rätselhaft lange Pause nach der Nennung seines Namens und sagte dann, daß Herzfeld in der Nacht in seinem Sommerhaus gestorben sei. Er und seine Frau suchten gerade in den Kleiderschränken des Verstorbenen nach einem Anzug für das Grab, um dann nach Minas zu fahren. Herzfeld werde dort noch vor Sonnenuntergang bestattet.

Der Schwiegersohn, auch er ein Gast auf dem Gartenfest, das plötzlich weit, weit zurückzuliegen schien, war weder erstaunt noch stellte er Fragen, als ich ihn bat, mich wie vereinbart mitzunehmen, und so fuhren wir in einem schwarzen Jeep aus der Stadt und dann stundenlang über die Dörfer, während Herzfelds Tochter das Leben ihres

Vaters endlich in die Gegenwart führte, als sie von seiner Angst vor den Tropen sprach, die ihn trotz seiner Geschäfte mit Waren aus Bahia, Amazonas, Mato Grosso oder Alagoas daran gehindert hatte, jemals auch nur einen einzigen Schritt über die geographische Breite von Rio de Janeiro hinaus in den tropischen Norden zu tun. Wir hatten auf dieser Fahrt nach Minas auch einen Auftrag von Herzfelds Frau zu erfüllen: Einen Sarg sollten wir unterwegs besorgen, im Dorf gab es keinen Schreiner. Und so hielten wir an einem der Läden, vor denen in vielen Dörfern unterwegs Särge in allen Farben, Holzarten und Ausstattungen entlang der Straße zur Schau gestellt waren.

Der Schreiner, er versah auch den Dienst eines Bestatters, trug einen Arm in der Schlinge, die Hand in einem dicken, blutigen Verband: Er habe sich an diesem Morgen beim Reinigen seines Revolvers in die Hand geschossen und könne uns zwar jeden Sarg verkaufen und uns auch zu dem Verstorbenen begleiten, dann aber weder bei der Einsargung noch bei der Bestattung helfen, sondern uns nur Anweisungen geben.

Einen Sarg aus Eukalyptusbrettern auf das Dach des Jeeps gebunden, fuhren wir zu viert weiter. Der Bestatter mahnte uns vergeblich, doch wenigstens ein Ave-Maria zu beten. Jetzt erzählte keiner mehr.

Als wir das Ziel erreichten, erwartete uns Herzfelds Frau an einem weiß gestrichenen Gartentor: das Mädchen vom Fallreep, das Mädchen aus Deutschland. Sie war sehr blaß. Leon sei in der Nacht aufgestanden, um ein Glas Wasser zu trinken, und lange, zu lange, nicht wiedergekommen. Sie ging ihn suchen und fand ihn an den Kachelofen gelehnt sitzen. Er atmete noch, kaum hörbar, und hielt die Augen geschlossen und gab keine Antwort mehr, als sie sich zu ihm setzte und ihm helfen wollte, sich doch zu erheben, ihm zurückhelfen wollte ins Bett, ins Leben. Aber allein konnte sie ihn, wollte sie ihn nicht lassen, keine Sekunde allein, auch nicht, um Hilfe zu rufen. Und so habe sie ihn gehalten und manchmal gewiegt und ihm zugeflüstert und ihn gebeten, zu bleiben, bei ihr zu bleiben, nur ein bißchen noch bei ihr zu bleiben, bis er diesen tiefen Seufzer tat, nach dem es totenstill wurde.

Draußen brannte die Sonne, aber im Inneren des Hauses flackerte eine Kerze bei geschlossenen Vorhängen in der Zugluft. Senhor Herzfeld lehnte am Kachelofen seines Hauses wie an den Winterabenden, an denen es auch in Minas kalt werden konnte. Über seinem Gesicht lag ein weißes Taschentuch, in das Initialen gestickt waren, die weder zu dem Namen seiner Frau noch seinem eigenen Namen paßten. Das Tuch glitt zu Boden, als sein Schwiegersohn mich um Hilfe bat und wir ihn auf ein mit Kissen überhäuftes Sofa betten wollten. Sein Mund war leicht geöffnet, auf dem Schmelz eines Schneidezahns glomm der Widerschein der Kerze, ein winziger Stern.

Die Totenstarre ließ nicht zu, daß wir ihn in den mitgebrachten Anzug kleideten, und so versuchten wir, Senhor Herzfeld in der Haltung eines Schläfers in seinem blauen Morgenmantel in den Sarg zu legen. Wie schwer ein Mensch wog, der sich seinen Trägern mit keiner Bewegung und keinem Atemzug leichter machen konnte.

Der Schreiner wies uns an, dirigierte uns mit seiner

verbundenen Hand und sprach gleichzeitig hastig auf den Toten ein, bat ihn flüsternd um Verzeihung für die Störung seiner eben angebrochenen ewigen Ruhe, bat ihn, er möge doch hier noch ein wenig und dort noch ein bißchen nachgeben, bat ihn um Gottes Barmherzigkeit willen, es uns, seinen Helfern, seinen ergebenen Dienern, nicht so schwerzumachen, ermahnte uns aber auch, unsere Hemmungen endlich aufzugeben und den Toten mit aller Kraft in die Enge des Sarges zu drücken, die Zeit der Schmerzen sei für Senhor Herzfeld doch für immer vorüber.

Dann rief er nach den beiden Gartenarbeitern, die das Grab unter der Araukarie ausgehoben hatten. Die beiden betraten das Trauerhaus mit nacktem, schweißnassem Oberkörper, bekreuzigten sich und flüsterten ein Gebet. Als wir dann gemeinsam mit ihnen den Sarg aus der Dämmerung des Hauses in das grelle Licht des Gartens hinaustrugen, wartete dort bereits eine kleine Trauergemeinde, zehn, zwölf Menschen in hellen, leichten Sommerkleidern, einige mit verweinten Gesichtern. Ein Nachbar hatte seinen Pick-up an den Grubenrand gefahren und die Türen weit geöffnet. Als wir den Sarg an Hanfstricken in die rote Erde hinabließen, klang aus den in diese Türen eingebauten Lautsprechern *Näher mein Gott zu dir.*

Wenn jeder der Araukariensamen, die in dieser Stunde auf die Trauergemeinde, auf das Grab, auf den Blumengarten, das Dach des Sommerhauses und den Sarg herabregneten, die Möglichkeit eines tausendjährigen Baumlebens enthielt, dann fiel – während Herzfelds Tochter ein

Goethe-Gedicht so leise vortrug, daß ich in den Windstößen kaum ein Wort verstand, und seine Frau ein letztes Mal zu ihrem geliebten Leon über das offene Grab hinweg ins Leere sprach – mit diesen Samen eine Art Ewigkeit aus den Zweigen auf uns herab.

Sternenpflücker

Ich sah einen gestürzten Kellner auf dem Parkplatz eines Straßencafés in der kalifornischen Küstenstadt San Diego. Der Mann hatte ein mit Getränken beladenes Tablett eben noch scheinbar mühelos über seiner Schulter balanciert und war dann über ein Kabel gestolpert, das eine Autobatterie mit einem Teleskop verband. Nun lag er in den Scherben von Gläsern, Flaschen und Tassen, die er jenen Gästen hatte servieren wollen, die von der Theke ins Freie gelaufen waren oder schon seit Stunden zwischen geparkten Autos auf mitgebrachten Klappstühlen saßen und durch ihre Ferngläser, Teleskope und mit bloßem Auge zum Abendhimmel emporblickten, an dem die ersten Sterne glitzerten.

Obwohl seine Hose an einem Knie zerrissen war und aufgedruckte Klatschmohnblüten an seinem Hemd an Blutflecken denken ließen, schien der Mann unverletzt. Stumm, ohne Klage, aber auch ohne jeden Fluch, richtete er sich auf, zog das große, kreisrunde Messingtablett, das bei seinem Sturz unter ein geparktes Kabriolett geklirrt war, wieder unter dem Wagen hervor und begann auf allen vieren, die von Kaffee, Wein, Fruchtsäften und bloßem Wasser tropfenden Scherben aufzusammeln und auf das Tablett zu häufen.

Über den Abend- und Nachthimmel dieser Märztage zog einer der strahlendsten Kometen der vergangenen tausend Jahre, ein Himmelskörper von kaum sechzig Kilometern Durchmesser, der mit einem goldgelb leuchtenden Staubschweif und einem blauen Gasschweif eine fünfzig Millionen Kilometer lange Spur an den Nachthimmel schrieb. Der Besenstern hatte am Vorabend seinen erdnächsten Punkt in einer Entfernung von etwa zweihundert Millionen Kilometern passiert und raste nun wieder in jene Abgründe des Raumes zurück, aus denen er emporgestiegen war. Nach Monaten, in denen er neben dem großen Sirius als hellstes Licht am Nachthimmel erschienen war, würde er nun allmählich wieder kleiner und unscheinbarer werden, schließlich verschwinden und dann erst um das Jahr 4535 wiederkehren. Der Komet war nach seinen beiden Entdeckern Alan Hale und Thomas Bopp, die ihn während einer Vermessung des Kugelsternhaufens M70 im Areal des Schützen unabhängig voneinander beobachtet hatten, *Hale-Bopp* getauft worden – und schon kurze Zeit nach seinem Eintritt ins Blickfeld des bloßen Auges war gewiß, daß in der Geschichte der Menschheit kein Himmelslicht jemals so viele Blicke auf sich gezogen hatte.

Ich hatte Hale-Bopp in den vergangenen Wochen, auf langen Wanderungen durch die Mojave-Wüste und in der Sierra Nevada, oft über den Silhouetten verschneiter Gebirgszüge oder den schwarzen Weiten der Wüste gesehen und im Radio meines Geländewagens immer wieder Berichte von Ängsten, Hoffnungen, Träumen und astronomischen Vermutungen gehört, die mit diesem wandernden Licht verbunden wurden. Religiöse Phantasten und Sektenanhänger, hieß es, sähen in diesem Kometen nicht bloß ein Himmels-, sondern ein göttliches Zeichen, das den nahen Untergang der Welt oder das Kommen eines allmächtigen Erlösers ankündigte.

Der Besenstern mit seinem Doppelschweif – ein dritter, aus Natrium bestehender Schweif zeigte sich nur in den Teleskopen der größten Sternwarten – war innerhalb von beinahe sechshundert Tagen, in denen man seine zu- und wieder abnehmende Strahlkraft auch mit freiem Auge beobachten konnte, zu einer so vertrauten Erscheinung am Himmel geworden, daß sich an diesem Abend wohl kaum ein solches Publikum auf dem Parkplatz des Straßencafés eingefunden hätte, wäre da nicht noch ein zweites Schauspiel in unmittelbarer Nachbarschaft des Kometen zu verfolgen gewesen – eine von Sternfreunden und Astrofotografen sehnsüchtig erwartete Mondfinsternis.

Die Lage des Straßencafés auf einem Hügel mit weitem Blick auf die Lichter der Stadt und des Himmels hatte mehr als hundert Gäste und Beobachter angezogen, die schon am späten Nachmittag begannen, ihre Fernrohre, Stative und Kameras zwischen Wagenburgen aufzubauen und bei Wein, Bier oder Fruchtsäften an den kreisrunden Tischen des Cafés die Wahrscheinlichkeit zu besprechen, ob die wechselnde Bewölkung dieses Tages das Schauspiel verhüllen würde und ein rechtzeitiger, gerade noch möglicher Aufbruch ins wolkenärmere Wüstenland nicht das Gebot der Stunde sei. Wie langsam über solchen Gesprächen die Zeit verging.

Aber als es zu dämmern begann, dunkel wurde, Nacht wurde und alle Wolken wie an Schnüren gezogen verflogen und den Kometen, den Sternenhimmel und einen noch schattenlosen Mond freigaben, begann die Zeit schneller zu laufen. Und als dann der auf die Sekunde berechnete Zeitpunkt kam, an dem der Mond träge und unaufhaltsam in den Erdschatten glitt, dabei mehr und mehr von seinem Licht verlor und so den Kometen noch heller glänzen ließ, begann die Zeit zu fliegen. Die Rufe der auf dem Parkplatz versammelten Zeugen der Verfinsterung *Der Mond! Der Mond! Es beginnt!* klangen wie Alarmgeschrei und ließen die letzten Gäste aus dem Café hinausstürzen ins Freie.

Und dann war da plötzlich nur noch das wolkenlose Firmament und ein dunkler Platz voll Menschen, die schweigend zu den Sternen aufsahen, zwischen denen der hellste Komet des Jahrtausends an einem verfinsterten Mond vorüberzog – und war da trotzdem und immer noch hinter einer erleuchteten Glasfront diese lange leere Theke, von der ein Kellner sein schwer beladenes Tablett in die Nacht hinaustrug, dann zwischen Autos und Teleskopen dahinhuschte und dabei seinen Blick immer wieder gegen den Himmel richtete, bis plötzlich dieses böse Klirren zu hören war und der Gestürzte in einer Scherbensaat lag.

Aber während so weit, weit draußen im Raum das Himmelsschauspiel ungerührt seinen Lauf nahm, der Erdschatten, unser eisiger Schatten, über die Mondwüsten glitt und Hale-Bopp mit einer Geschwindigkeit von fast einhundertsechzigtausend Stundenkilometern unseren Planeten wieder hinter sich ließ, begann auf dem ölfleckigen nächtlichen Parkplatz ein Gegenschauspiel, das von einer anderen Helligkeit war.

Denn obwohl es lange, sehr lange dauern würde bis zu einer nächsten vergleichbar schönen Finsternis und obwohl der fliehende Komet nach seinem allmählichen Verblassen und Verschwinden erst nach mehr als zweitausendfünfhundert Jahren wiederkehren, aber niemals, niemals wieder in der Geschichte dieses Universums in so enger Gemeinschaft mit einem verfinsterten Mond zu sehen sein würde, wandten sich …, nein, nicht alle Zeugen und Zuschauer, aber doch viele, viel mehr als zu erwarten waren, von dieser Einzigartigkeit, einem unwiederholbaren kosmischen Ereignis, ab und dem gestürzten Kellner zu, kehrten dem Himmel den Rücken, beugten sich zu dem stummen, beschämten Mann hinab, boten ihm ihre ausgestreckten Arme und sanken, als er nicht aufstehen, sondern bloß auf allen vieren die Scherben einsammeln wollte, neben ihm auf die Knie und lasen gemeinsam mit ihm die selbst im verfinsterten Mondschein noch blinkenden Scherben vom schwarzen Asphalt, als pflückten sie Sterne.

Die Himmelsbrücke

Ich sah eine Kette schwarzer, felsiger Hügel, an die Sanddünen brandeten. Der baumlose Höhenzug war im Verlauf einer zweistündigen Geländewagenfahrt durch die nördlichen Ausläufer der marokkanischen Sahara aus einer Sand- und Geröllwüste emporgewachsen, bis auch die mächtigen Steinkegel erkennbar wurden, die viele der Hügelkuppen krönten. Auf einem flachen Felsrücken erhob sich eine ganze Reihe solcher Kegel und gab ihm das Aussehen eines ungeheuren, mit Reißzähnen bewehrten Kiefers.

Der schwarze Geröllstrom, der von diesen Zähnen zu jener windgeschützten Mulde herabfloß, in der nun das Fahrzeug entladen und ein Zelt aufgeschlagen werden sollte, war ohne jeden Bewuchs. Selbst Dornsträucher, Disteln und Flechten fehlten. Der in eine indigoblaue Daraa, die Tunika der Nomaden, gehüllte Fahrer des Wagens wand sich ein schwarzes Tuch um Kopf und Gesicht, bis nur noch ein schmaler Sehschlitz freiblieb, bedeutete mir, ihm zu folgen, und machte sich an den Aufstieg.

Obwohl er nur Ledersandalen trug und ein böiger Wind seine bodenlange Daraa immer wieder in ein Segel verwandelte, fand er mühelos, manchmal fast tänzelnd selbst dann noch Halt, wenn ein Stein unter seinen Sandalen wegkippte oder ein Windstoß ihn für einen Augenblick aus dem Gleichgewicht brachte. Dabei blieb ihm trotz der Steilheit des Aufstiegs genug Atem, um seine während der Fahrt begonnenen Erzählungen fortzusetzen.

Aus dem Westen trieb eine fahlgelbe Sandwolke auf uns zu, die sich höher und höher in das Blau des Himmels fraß. Wir mußten uns beeilen, wollten wir nicht Gefahr laufen, auf dem Rückweg zum Lager in wirbelnden Schleiern aus Sand die Orientierung zu verlieren.

Dreitausend Jahre und älter, manchmal tausend Jahre älter, sagte der Fahrer, seien diese Steinkegel, Grabhügel, errichtet von einem Wüstenvolk, dessen Name die Zeiten nicht überdauert hatte. Geblieben seien allein diese Gräber. Manche Tote, das hätten Ausgräber entdeckt, hatte man wohl über Hunderte Kilometer durch die Wüste getragen, über Hunderte Kilometer durch ein glühendes, menschenleeres Land, nur um sie in dieser Verlassenheit zu bestatten.

Der Grund dafür, sagte der Fahrer, sei eine Erzählung gewesen, die durch die Jahrtausende überliefert worden war und von einem Stern, einem Meteoriten berichtete, der vom Nachthimmel fiel und in jenem Becken zersprang, das nun von dieser Kette schwarzer Hügel eingefaßt wurde. Der weithin sichtbare Feuerschweif mußte den Augenzeugen, Nomaden, die diese Gegend schon damals durchstreiften, als eine alle Sterne überglänzende Brücke aus Licht erschienen sein, die Himmel und Erde für einen Atemzug verband.

Auch wenn diese Himmelsbrücke noch im Erstrahlen

wieder erloschen war, mußte sie in den Augen der Zeugen nicht nur ein nachleuchtendes Blendungsbild hinterlassen haben, sondern eine unauslöschliche Erinnerung, die weiter und weiter und durch die Jahrhunderte überliefert wurde, bis sie selbst die entferntesten Ränder der Wüste erreichte und überall dort, wo man sie hörte, Trauernde dazu brachte, sich hierher auf den Weg zu machen.

Gab es denn einen hoffnungsvolleren, friedvolleren Ort für eine letzte Ruhestätte als das irdische Ende einer Brücke, die aus der leidvollen, ausgedörrten, von Sandstürmen und Kriegen zerrissenen Welt zu den Sternen führte? Und erwies man den Toten dann nicht einen letzten und vielleicht größten Liebesdienst, wenn man sie durch die Wüste trug, Wochen, Monate durch die Wüste, um sie hier unter Steinkegeln, deren Spitzen zu den Sternen wiesen, zu bestatten?

Heute nacht, sagte der Fahrer und zeigte auf die Front aus Sandwolken, die den Höhenzug im Westen allmählich zu verschlingen begann, heute nacht würden über unserem Lagerplatz im Schein unserer Lampen nur Sandwirbel zu sehen sein, aber wer von dieser Brücke aus Licht jemals auch nur gehört habe, der konnte sie in seiner Vorstellungskraft auch in Sandstürmen wiedererrichten als den kürzesten Weg zu den Sternen.

Tod in Sevilla

Ich sah einen schwarzen andalusischen Kampfstier an einem strahlenden Palmsonntag in der großen Arena von Sevilla. Als ob er die Nabe an einem aus mehr als zwölftausend Zuschauern bestehenden Rad wäre, das sich brausend um ihn drehte, stand er bewegungslos, schwer atmend, verstrickt in ein tief in den Sand eingegrabenes Muster aus Kampfspuren, und schien wie versunken in den Anblick seines Feindes, eines berittenen Toreros, der ihn fünf oder sechs Pferdelängen entfernt erwartete. Zwischen den Schulterblättern des Bullen steckten sechs Banderillas, armlange, mit buntem Papier umwickelte Spieße, die an einen Strauß geknickter Blumen erinnerten. Mit jedem seiner Atemzüge stieg Blut aus den Stichwunden und kroch in wirren Spuren über das Fell zu den Hufen hinab.

Drei Rejoneadores, Toreros zu Pferd, sollten an diesem Sonntagnachmittag die Stierkampfsaison eröffnen, indem sie im Sattel die älteste Form dieses Kampfes vorführten und dabei in sechs aufeinanderfolgenden Corridas sechs Stiere töteten. Anders als einem Matador im Kampf zu Fuß standen einem berittenen Torero keine Picadores mit ihren Lanzen und gepanzerten Pferden zur Seite und keine Banderilleros mit ihren bunten Spießen. Alles, was an tänzerischer, strengen Regeln unterworfener Todesarbeit zu tun war, mußte ein Drama bleiben allein zwischen dem Reiter, seinem Pferd und dem Stier. Ein Rejoneador schwenkte weder eine Capa noch eine Muleta, keines der rosafarbenen und roten Tücher, mit denen der Stier im Kampf zu Fuß getäuscht und geführt werden mußte, sondern an einem Nachmittag wie diesem ersetzte der ungeschützte Körper des Pferdes jedes Tuch und bot dem Stier jenes Angriffsziel, das mit allen Figuren der Hohen Schule andalusischer Reitkunst vor seinen Hörnern bewahrt werden mußte.

Fünf Stiere waren an diesem Palmsonntag bereits getötet und von Maultiergespannen aus der Arena geschleift worden, als dieser letzte, nun schwer atmende, blutende aus dem Dunkel des Corrals in die Arena hinausgestürmt war und weit draußen in der Leere plötzlich innehielt, als wäre er überrascht, verwundert, ja entsetzt, daß er nicht wieder auf seine Weide hoch über dem Golf von Cádiz entlassen worden war, wo er die bisherigen vier Jahre seines Lebens verbracht hatte, sondern in diese nackte, tosende Weite, in der Blutspuren dahin und dorthin führten. Dennoch war er den Zurufen des Rejoneadors zunächst erwartungsgemäß gefolgt und gegen den Reiter und seinen prachtvollen Schimmel angerannt. Aber anders als die Angriffe der fünf vor ihm Getöteten hatten die seinen den Eindruck erweckt, er stürme nicht, um niederzuwerfen, zu durchstoßen, zu töten, sondern bloß, um ein Hindernis aus jenem Weg zu schaffen, der zurück auf die Weide führte. Und seine Angriffe waren müder und müder geworden, als, was ihm diesen Weg versperrte, weder zu erreichen noch wegzustoßen war, sondern nach ihm stach und ihn verletzte.

Zweimal hatte der Reiter die Zügel schleifen lassen, war mit wie zum Jubel erhobenen Händen, in denen er die Banderillas hielt, an den Stier herangesprengt und hatte ihm die bunten, mit Widerhaken versehenen Spieße aus vollem Galopp zwischen die Schulterblätter gestoßen. Aber auch der Schmerz hatte den Stier nicht in jene Angriffswut versetzt, die von ihm gefordert war – und so verlangte schließlich das Publikum im Chor, seine Trägheit, seine Feigheit mit den *banderillas negras* zu bestrafen – mit schwarzem Papier, der Farbe der Schande, umwickelten Spießen, die, mit längeren Widerhaken versehen, tiefer ins Fleisch drangen.

Erst als diese Banderillas wie zwei schwarze Blitze aus den Händen des Rejoneadors auf ihn niedergefahren waren, verfiel der Stier endlich in jene Raserei, die dem Reiter zur Begeisterung der Zuschauer alle seine Kunst abverlangte. In fliegendem Galoppwechsel, in Pesaden und Levaden, in Seitengängen und Courbetten ließ er die Stierhörner oft bis auf eine Handbreit an seine Stiefel, an die Flanken des Pferdes herankommen, bevor er den Schimmel mit einer kaum wahrnehmbaren Straffung der Zügel oder einem Schenkeldruck in eine graziöse, rettende Ausweichbewegung tänzeln ließ.

Die Todesdrohung, die über jeder Figur dieses Tanzes lag, bei dem Pferdebäuche durchstoßen und aufgerissen werden, Darmschlingen in den Sand platzen, ein Reiter von seinem tödlich verwundeten Tier erdrückt oder, im Steigbügel gefangen, vor Hufe und Hörner geschleift und aufgespießt oder zerstampft werden konnte, ließ die Beherrschung des Pferdes ohne Peitsche und Gerte, die Unterdrückung seiner Todesangst, noch ungeheuerlicher erscheinen.

Das Publikum tobte, als der Rejoneador nach einer Folge virtuos parierter Angriffe seinen Schimmel exakt im Tempo eines neuerlichen Ansturms im Seitengang zurücktänzeln und den Stier dabei so nahe herankommen ließ, daß er sich plötzlich weit aus dem Sattel beugen und dem Angreifer seinen Ellbogen zwischen die Hörner setzen, sich auf den Stierschädel stützen! konnte und so seinen Körper in eine Brücke zwischen einem schwarzen, wütenden Bullen und einem weißen, zu Tode geängstigten Pferd verwandelte. Dann richtete er sich im Bruchteil einer Sekunde wieder auf, ließ das Pferd hochsteigen und den Stier an einer Pirouette vorbei ins Leere stoßen.

In der rasenden Geschwindigkeit aller Bewegungen war zunächst unbemerkt geblieben, daß der Schimmel dabei doch von einem Horn getroffen, gestreift worden war. Ein langgezogener, im Chor ausgestoßener Seufzer erfüllte die Arena, als der breite Blutbach sichtbar wurde, der die rechte Flanke hinabfloß und ihr Weiß noch verletzlicher und kostbarer erscheinen ließ. Aber der Rejoneador winkte ab. Er wollte kein frisches Pferd, sondern beugte sich tief über die zu Zöpfen geflochtene Mähne, über den schneeweißen Hals und küßte beide Ohren des Tieres, bevor er ihm etwas zuflüsterte, ein besänftigendes Wort, ein Kommando, vielleicht eine Bitte. Und noch einmal seufzte die Arena, als der blutende Schimmel nach dieser Einflüsterung plötzlich auf die Knie sank, mitsamt seinem Reiter auf die Knie vor dem Stier. Und der setzte sich mit einem Ruck in Bewegung, als wollte er diese Geste der Demut – oder war es eine der Verhöhnung? – zerstampfen, und stürmte, flog auf das Pferd zu, das schon verloren schien, als der Reiter es im letzten, allerletzten Augenblick auf- und in die rettende Wendung springen ließ.

Der dem Kampf vorsitzende Präsident, er saß irgendwo im Jubel unter einem Baldachin, hatte das Zeichen zum *tercio de la muerte*, dem letzten, dem Todesdrittel der Corrida gegeben, und der Rejoneador hatte die kurze Lanze, die er zum Todesstoß in den Strauß der Banderillas versenken sollte, bereits von einem Gehilfen an der Bande in Empfang genommen, als in einem Augenblick des erschöpften Innehaltens, in dem sich Reiter und Pferd wie ein Standbild aus dem Muster der Kampfspuren im Sand erhoben und der Stier in einer Entfernung von fünf oder sechs Pferdelängen wie versunken schien in die Betrachtung seines Feindes – ein Schrei zu hören war, er kam von den billigen Rängen hoch oben, und es war nicht zu unterscheiden, ob es der Schrei eines Mannes oder einer Frau war: *Indulto!* Gnade! Begnadige ihn!

Mit einem Ruf wie diesem forderte das Publikum selten, sehr selten Gnade für einen Stier, der so beherzt, so mitreißend gekämpft hatte, daß ihm die Entlassung aus der Arena, die Pflege seiner Wunden und ein friedvolles Leben auf den Weiden seiner Herkunft zu gönnen war. *Indulto!* Aber eine solche Gnadenforderung mußte in einer Arena wie der von Sevilla von einem Chor aus Tausenden Stimmen erhoben werden und nicht bloß von einer Stimme wie jener dünnen, einzigen an diesem Palmsonntag.

Zwar hob der Rejoneador den Kopf und blickte um sich und in die Weite, aber als auch diese eine Stimme im gespannten Schweigen der Arena verstummte, richtete er sich im Sattel auf und hob seine Lanze, als gäbe er dem Stier damit bloß ein seit Jahrhunderten abgesprochenes Zeichen. Und der setzte sich noch einmal und zunächst wie aus einer großen Müdigkeit in Bewegung, kam dann aber schneller und schneller und unaufhaltsam auf ihn zu.

Gespenster

Ich sah Gespenster. Es waren sieben, nein: acht! Nahezu gestaltlos, baumhoch, turmhoch und dicht nebeneinander wirbelten sie über eine der Lava- und Steinwüsten, die das zentrale, menschenleere Hochplateau Islands bedecken.

Es war ein stürmischer Nachmittag im Oktober und die Jahreszeit für längere Fahrten und Wanderungen durch die Wüsten des Hochlands schon fortgeschritten, aber weil die Meteorologen stabile Luftdruckverhältnisse vorhergesagt hatten, war ich seit Tagen mit einem Fotografen aus Reykjavík in einem Geländewagen – und in unbefahrbarem Bergland zu Fuß – auf verworrenen Routen zwischen den Inlandgletschern Langjökull, Hofsjökull und dem großen Vatnajökull unterwegs. Die Nächte verbrachten wir im Windschatten von Felstürmen in unserem Zelt oder in einer der verstreuten, seit Wochen nicht mehr besuchten Hütten und Biwakschachteln, die den Zufluchtsuchenden in der isländischen Wildnis offenstehen. An eisigen Abenden badeten wir manchmal in heißen Quellen.

Der Fotograf wollte die Schönwetterperiode nützen, um einer Leidenschaft nachzugehen, die ihn immer wieder nicht nur in die Einöden Islands, sondern in die Gebirge und Wüsten aller Welt geführt hatte: Er fotografierte Wegzeichen, jüngste wie älteste, prähistorische und neuzeitliche Steinmale, Steinkegel, Steinsäulen oder in Felswände geschlagene Orientierungszeichen und sammelte so Bild um Bild von allem, was einem Menschen helfen konnte, sein Ziel zu erreichen oder wenigstens einen Rückweg oder Fluchtweg zu finden.

Wir waren uralten, seit Jahrhunderten befahrenen, aber auch längst aufgegebenen, von neuen Pistenführungen ersetzten Routen gefolgt und hatten an von schwarzem Sand überwehten Kreuzungen und Weggabelungen Steinmänner gesehen, die einst von den Gesetzen der Insel so streng geschützt worden waren wie das Leben selbst: Die Zerstörung oder Versetzung dieser Zeichen war mit Tod oder Verstümmelung bestraft worden, denn alle Wege durch die Wüste führten irgendwann ans Meer, und nur in Küstennähe war Nahrung zu finden, Zuflucht, die Gesellschaft von Menschen. Wer die Wege dorthin verwirrte, hatte diese Gesellschaft und mit aller Gnade auch sein eigenes Leben verwirkt.

Während er unseren Wagen im Kriechgang durch Geröllfelder manövrierte, hatte mir der Fotograf von den Vogelfreien und Ausgestoßenen des alten Island erzählt, die ins Hochland verbannt worden waren und sich hier gegenseitig bekriegten oder über die wenigen Reisenden herfielen, die gezwungen waren, die Einöde zu durchqueren. Einer der berüchtigtsten dieser Verbannten sei zum Helden einer der unzähligen isländischen Sagas geworden – ihm hatte der Scharfrichter auch noch ein Bein abgehackt, bevor man ihn aus der Menschenwelt warf. Aber nach der Heilung seiner Wunde begann er einbeinig durch die Wildnis zu hüpfen und sich im Geröll und Lavasand immer sicherer und schneller zu bewegen, bis er auf die Kunst des Radschlagens verfiel, in der er es über die Jahre in der Einsamkeit zu einer solchen Vollkommenheit brachte, daß er schließlich, eine in Staub gehüllte, radschlagende Gestalt, schneller war als jedes seiner flüchtenden Opfer. Wer den ihn umhüllenden Staubwirbel wie ein Irrlicht auf sich zutanzen sah, war verloren.

In unseren Zeltnächten, in kahlen, kalten Hütten oder während er mit scheinbar unerschöpflicher Geduld auf das beste Licht wartete, in dem er die Reste eines Steinmals im Nirgendwo abbilden wollte, hatte mir der Fotograf die Hochlandwüsten aber nicht bloß als das Reich der Ausgestoßenen beschrieben, sondern auch als das der Feen, der Trolle und Geister und hatte mir dazu von *seinen* Helden der altisländischen Sagas erzählt, von dem mit Axt und Schwert kämpfenden Dichter Gunnlaug etwa oder von Egill, der schon als Siebenjähriger einem Feind den Schädel spaltete, von Grettir, dem Starken, der einen ausgewachsenen Ochsen auf seinen Schultern tragen konnte, und von Gísli, der, aus tiefsten Wunden blutend, noch weiter kämpfen und kämpfen – und seine Feinde zerstampfen konnte.

Aber seltsam, hatte der Fotograf gesagt, der für alle Schattierungen des Tageslichts einen Namen wußte, seltsam, daß viele dieser Helden, nachdem sie alle Schlachten überlebt, durch Ströme von Blut gewatet waren, am Ende einer uralten, kindlichen Angst zum Opfer fielen – der Angst vor der Dunkelheit. Diese Angst habe einige der mächtigsten und glorreichsten Helden Islands so sehr gequält, daß sie schließlich keinen anderen Feind mehr zu kennen glaubten als die Nacht, eine unbesiegbare Nacht, die sich allmählich und unaufhaltsam auf sie herabzusenken begann.

Späne, Kerzen, Fackeln, hatte der Fotograf an einem unserer abendlichen Kochfeuer gesagt – wenn die von ihrer Angst Gefolterten endlich schlafen, schlafen wollten, habe immer etwas brennen, etwas lodern, leuchten, glimmen müssen, irgendein Licht, und sei es ein Funkenschwarm. Und wenn sie tief in der Nacht aus einem Alptraum hochschreckten und in der Finsternis um sie herum alles still und alles erloschen und jeder Trost zur Beute von Gespenstern geworden war, konnte ihr ganzer Clan sie vor Entsetzen schreien hören.

Es war später Nachmittag, über den Lavafeldern im Südosten lag ein silbriger Glanz – Widerschein des großen Vatnajökull, dessen Ausläufer den Horizont wie ferne, zinkweiße Mauern begrenzten. Das Eis dieses Gletschers bedeckte mehr als achttausend Quadratkilometer vulkanisches Land und warf alles Licht in den Himmel zurück. Eine tiefstehende Sonne brach durch Wolkenbänke, deren Ränder plötzlich zu glühen, zu brennen begannen.

Wir hielten Rast vor einem verfallenen Steinmal auf einem felsigen Sattel mit weitem Blick über schwarze und ockerfarbene Wüstenstriche, und der Fotograf versuchte, im böigen Wind einen sicheren Standplatz für sein Stativ zu finden – als sich meine Gespenster aus der Wüste erhoben: Windhosen, die fast gleichzeitig aus dem Staub in der Tiefe hochstiegen, zur Größe von Bäumen, von Türmen anwuchsen und auf uns zuwirbelten. Einzelne kleinere solcher Wirbel, der Fotograf nannte sie *Staubteufel*, hatte ich in den vergangenen Tagen immer wieder gesehen, aber niemals mehrere gleichzeitig und niemals in dieser Größe.

Was hatte ein Held, den die Erinnerung an erschlagene Feinde, an gefallene Gefährten, Freunde und an unschuldige Opfer seiner Eroberungszüge quälte, beim Anblick dieser heranfegenden Staubwirbel empfunden? Woran dachte ein erschöpfter Sieger, der über ein Meer von Blut gesegelt war?

Der Fotograf, mit seinem Stativ beschäftigt, wandte mir und den Gespenstern den Rücken zu. Aber als ich ihm zurief, schnell!, dort!, er könne die Gespenster seiner Sagas in der Wüste dort unten fotografieren, und er sich aufrichtete und fragend in meine Richtung und in die Tiefe sah, waren die Wirbel, so plötzlich wie sie aufgeraucht waren, wieder in den Staub zurückgesunken und erschien die Ebene im späten Licht glühend und leer.

Das Erlöschen einer Stadt

Ich sah den Nachthimmel über den Graten und Höhenzügen des Taygetos-Gebirges, das die südgriechischen Präfekturen Messenien und Lakonien als ein bis zu zweitausendvierhundert Meter hoher Grenzwall voneinander trennt. Vega, Deneb und Altair, die drei Alpha-Sterne in den Himmelsarealen von Leier, Schwan und Adler, stachen jenes gigantische, Abertausende Lichtjahre umspannende Dreieck in die mondlose Finsternis, das in der Astronomie als typische Konstellation am Sommerhimmel der nördlichen Hemisphäre gilt.

Die Nacht war windstill, warm und so klar, daß die Enden der Milchstraße nicht im Dunst tieferer Luftschichten verschwammen, sondern, von den Horizontlinien wie mit einem Messer beschnitten, in der nächtlichen Erde zu versinken schienen. Und doch war an diesem funkelnden Frieden einer Sommernacht, an dieser Windstille, dieser Wärme etwas Trügerisches, ja Bedrohliches, das ich nicht benennen konnte.

Ich hatte mit meinem Motorrad in einer Spitzkehre der steinigen Bergstraße angehalten, weil ich ohne erkennbare Ursache plötzlich ins Schleudern geraten war und einen Sturz nur mit Mühe hatte verhindern können. Fluchend war ich noch im Anhalten überzeugt, am Hinterrad einen Platten zu haben. Das war einige Wochen zuvor schon einmal geschehen, weil ein Lastwagen auf einigen Kilometern dieser Strecke leere Ballonflaschen verloren hatte und immer noch Scherben im Straßenstaub lagen, die nur bei günstigen Lichtverhältnissen warnend aufglänzten. Aber ich konnte diese Straße nicht meiden, weil sie die einzige war, die von jenem Dorf südlich von Sparta, in dem ich seit zwei Monaten wohnte, zu einer Taverne mit weitem Blick aufs Meer führte. Christos, der Wirt, der auch als Schlachter über die Dörfer fuhr, hatte zudem an einer grob geschweißten Halterung hoch an der blaugestrichenen Wand seiner Schankstube ein klobiges Fernsehgerät festgeschraubt, auf dessen Röhrenbildschirm die Zuseher selbst dann Nachrichten aus Griechenland und dem Rest der Welt verfolgen konnten, wenn sie auf der Aussichtsterrasse Platz genommen hatten: Sie starrten dann unter freiem Himmel und mit dem Rücken zum Tal durch eine weit geöffnete Flügeltür ins Innere des Lokals, aus dem Abend für Abend Werbechöre, die Stimme eines Nachrichtensprechers oder die erregten Kommentare eines Sportreporters drangen.

In der Stille, in der ich die Reifen meines Motorrads kontrollierte, waren nur die Zikaden zu hören. Das Hinterrad war unversehrt. Hatte mich ein Ölfleck oder etwas Schlammiges, Nasses ins Schleudern gebracht? Ich ging einige Schritte zurück. Die Straße war trocken, staubig und ohne Schleuderspur. Im Licht meiner Taschenlampe blinkten auch nirgendwo Glasscherben. Die schwarzen Bergketten ragten wie entfaltete Scherenschnitte in den Sternenhimmel.

Taygetos: Die Kartographen hatten diese lichtlosen Silhouetten nach der unglücklichen Nymphe Taygete getauft, eine der sieben Töchter des Titanen Atlas, die sich aus Verzweiflung in diesen Bergen erhängte, nachdem Zeus, der Vater aller Unsterblichen, sie verführt hatte. Vergeblich hatte Artemis, die Göttin der Jagd und Beschützerin von Frauen und Kindern, die Verfolgte vor der Geilheit des Göttervaters zu bewahren versucht und sie zur Tarnung in eine Hirschkuh verwandelt. Aber ein Gott war durch die Gestalt einer Hindin nicht zu täuschen. Taygete war am Ende ihres Unglücks in den Nachthimmel erhoben worden und strahlte nun als eine der hellsten Sonnen im offenen Sternhaufen der Plejaden. In Sommernächten stieg sie allerdings erst spät über den Horizont.

Als ich dennoch unwillkürlich nach ihr und ihren ebenfalls an das Firmament versetzten Schwestern, den Plejaden, Ausschau hielt, wurde mir plötzlich und erschreckend klar, was an diesem Himmel bedrohlich war: die ungebrochene Schwärze. In den vielen Nächten, in denen ich auf dieser Bergstraße schon zu Christos' Taverne hochgefahren war, schimmerte über den Höhenzügen im Nordwesten stets der Lichtbogen Kalamatas, der Hauptstadt Messeniens, ein Abglanz, der viele Sterne, die nun den nordwestlichen Himmel durchsprengten, überstrahlt und unsichtbar gemacht hatte. Aber jetzt erhellte kein noch so schwacher, künstlicher Lichtschein die sternübersäte Dunkelheit über dem Ort, an dem in diesen Jahren etwa fünfzigtausend Menschen wohnten. Kalamata war erloschen.

Ich war wie auf der Flucht vor dieser unerklärlichen Tatsache, als ich, so schnell die Serpentinenstraße es zuließ, weiterfuhr. Christos' Taverne war von Neonröhren hell erleuchtet wie immer, das Brummen des Dieselgenerators weithin zu hören und das flackernde Auge des Bildschirms schon auf dem letzten Anstieg vor der gepflasterten, von Oleanderbüschen gesäumten Zufahrt zu sehen. Aber kein Gast, kein einziger Zuschauer saß an diesem Abend auf der Terrasse, alle standen oder saßen sie im Inneren des Lokals dicht am Fernsehgerät, alle mit zum Bildschirm erhobenen Köpfen, und wurden so von den Szenen einer Katastrophe beschienen:

Scheinwerferkegel glitten über Trümmerfelder; schreiende, klagende Menschen hockten zwischen geborstenen Häusern, andere liefen neben einem Bulldozer her oder blickten stumm vor Entsetzen in die Kamera. Zwei Männer in Festtagskleidung, sie trugen immer noch ihre Krawatten und auch die Blumensträußchen einer Hochzeits- oder Taufgesellschaft noch an den Jackenaufschlägen, standen mit Spitzhacke und Schaufel vor einer reglosen Frau, die bis zur Brust unter einer zerrissenen, nur von stählernen Armierungsbändern zusammengehaltenen Betondecke begraben war. Die seltsam unversehrte, blaue Kuppel eines Kirchendachs krönte einen haushohen Schuttberg.

Die seismischen Wellen des Erdbebens, das die Stadt zerstört hatte, waren so übermächtig gewesen, daß mich ihre Ausläufer auf einer weit entfernten Serpentinenstraße im Taygetos-Gebirge erfaßt und beinahe zu Sturz gebracht hatten.

Die vor dem Bildschirm Versammelten sagten kein Wort. Nachdem auch der Nachrichtensprecher verstummt war, setzte aus dem *Off* der monotone, von einer unsichtbaren Frau gesprochene Singsang einer Litanei ein, die in den kommenden Tagen von Rundfunkstationen bis in die entlegensten Bergdörfer weitergetragen werden sollte – die von Stunde zu Stunde länger werdende Namensliste der Verschollenen und Toten.

Christos wandte sich zwar kurz vom Anblick der Zerstörungen ab, um nach meiner Bestellung zu fragen, kam dann aber von der Theke nicht mit Wasser und Wein, sondern mit zwei Kerzen zurück, die er zu beiden Seiten des Bildschirms entzündete, auf dem man in diesem Augenblick einen staubbedeckten, weinenden Mann mit bloßen Händen im Schutt graben sah.

Am Rand der Wildnis

Ich sah eine junge Frau in einem spiegelblank gewischten Flur der Psychiatrischen Abteilung eines *Donauspital* genannten weitläufigen Gebäudekomplexes am östlichen Stadtrand von Wien. Die Frau kniete auf dem Kunststoffboden und versuchte, mit unsichtbarem Papier und unsichtbaren Spänen Feuer zu machen. Sie hatte das Papier, der Größe nach vermutlich Zeitungspapier, sorgfältig glattgestrichen, bevor sie es zu einem Zunderball zusammenknüllte, den sie behutsam mit Spänen und Zweigen umgab. Die Zweige brach sie aus der Luft.

Dann begann sie um das filigrane Gebilde mit Scheiten oder Holzprügeln, die sie von einem unsichtbaren Stapel hinter ihrem Rücken nahm, einen Scheiterhaufen zu errichten. Endlich war alles für ein großes Feuer bereit, ein Lagerfeuer, denn so, wie die Frau ihr Brennmaterial geschichtet hatte, konnte nur ein Lagerfeuer werden, was sie nun mit einem unsichtbaren Streichholz zu entzünden versuchte. Aber die Streichholzflamme erlosch in der Zugluft aus einem der Gänge der Abteilung, nein, erlosch in einem Windstoß. Das mußte der Wind gewesen sein. Solche Feuer brannten ja unter freiem Himmel.

Im Schutz ihrer hohlen Hand riß die Frau ein zweites

und drittes Streichholz an, bis Reisig und Späne endlich Feuer fingen. Aber vielleicht war das Holz feucht, noch grün, eilig aus dem Dickicht zusammengetragen, und qualmte, denn die Frau hustete, als sie sich auf Knien vorbeugte, um den Brand anzufachen.

Der Wind, er kam offensichtlich aus östlicher Richtung, zwang sie auf die andere Seite der Flammen. Dort verfolgte sie im Schneidersitz das flackernde, vielfältige Schauspiel, das sich in ihren Augen zu spiegeln schien und sie wärmte. Sie streifte ihren blauen, mit weißen Federn gemusterten Morgenmantel ab und saß dann in einem Nachthemd von gleicher Farbe, aber ohne Federmuster, vor der Glut und schloß die Augen. Als ich sie fragte, ob ich mich an ihrer Seite wärmen dürfe, nickte sie, ohne die Augen zu öffnen, sagte aber kein Wort und begann sich wie im Rhythmus einer langsamen, gleichförmigen Melodie zu wiegen.

Wer dort saß, wo wir saßen, und sich irgendwann erhob, um seine Glieder zu strecken, und um sich blickte, konnte eine Stationsschwester in einer Glaskanzel sehen, eine fürsorgliche und unnachgiebige Frau, die oft lächelte, konnte offenstehende Zimmertüren sehen und durch die verschraubten, niemals zu öffnenden Fenster eines kahlen Aufenthaltsraumes, in dem die Patienten ihre Mahlzeiten einnahmen oder in alten Illustrierten blätterten, die fernen, lautlos rauschenden Bäume der Donau-Auen, sanft bewegte Kronen riesiger Schwarzpappeln, Silberweiden und Eichen, Wasserwälder, in denen ein Labyrinth von Altarmen der Donau, ausgedehnte Schilfseen und von blühendem Dickicht umschlossene Tümpel das Spiegelbild abendlicher Wolkentürme in den Himmel zurückwarfen.

Graureiher und Eisvögel jagten an den Ufern dieser dunklen, stillen Wasser. Auf den Ästen gestürzter Baumriesen hockten Kormorane und trockneten ihre Schwingen im letzten Sonnenlicht, während Teichrohrsänger und Zwergdommeln mit rasenden Tonfolgen die Grenzen ihrer Reviere besangen. Über savannenähnlichen, raschelnden Dürregebieten inmitten sumpfigen Urwalds konnte jeder, dem ein ärztliches Urteil einige Stunden, vielleicht sogar einen Tag Ausgang bewilligte, in thermischen Aufwindsäulen Rotmilane und Seeadler ihre Spiralen ziehen sehen, Wespenbussarde, Falken.

Die junge Frau hatte die von verschraubten Fenstern gerahmte Wildnis dort draußen als Ornithologin, mit Richtmikrophonen bewehrte Spaziergängerin und sogar als Marathonläuferin durchmessen, fragte in diesen Frühsommertagen aber nicht einmal mehr nach einem *Ausgangsschein.* Sie sprach nicht mehr.

Daß dort draußen Nachtigallen nun auch tagsüber und stundenlang zu hören waren – schließlich mußten umworbene Artgenossen nicht nur im Dunkeln betört und Reviere auch bei Tageslicht mit Grenzgesängen behauptet werden –, daß Schwarzstörche aus den Auen die vielen Dächer des Krankenhauses überflogen, als wollten sie Schornsteine, Entlüftungsschächte und Parabolantennen auf ihre Tauglichkeit für den Nestbau prüfen, kümmerte die Frau am Feuer nicht mehr. Sie schwieg bereits seit elf Tagen.

Aber jetzt hob sie plötzlich den Kopf. Horchte sie doch

einer der vielen Tierstimmen nach, einem Lockgesang, einem Warnruf aus der Ferne? Gummiräder quietschten auf dem blanken Boden. Abendessenszeit.

Ein weiß gekleideter Stationsgehilfe, ein Philippine, schob einen Wagen aus matt schimmerndem Nirosta-Stahl, hinter dem er nahezu verschwand, durch den Flur. Der Essensbringer kam aus Tubuan, einer an der Celebessee gelegenen Hafenstadt der philippinischen Insel Mindanao und arbeitete seit drei Jahren in dieser Abteilung, ohne seine Familie, deren Bild er stets bei sich trug, in dieser Zeit auch nur ein einziges Mal gesehen zu haben.

In den Fächern seines Wagens lagen mit Namensschildern versehene Tabletts voll langsam abkühlender Speisen. An jedem Wochenbeginn wurden Listen in den Krankenzimmern verteilt, auf denen die Patienten Menüs aus einem Angebot für die kommende Woche ankreuzen durften. Die kommende Woche; die nächste Woche; und die Wochen danach; die Zukunft: Kaum einer, der hier Montag für Montag seine Kreuze auf die Liste setzte, rechnete damit, vielleicht bereits vor der Zubereitung der angekreuzten Speisen entlassen zu werden.

Als der stählerne Wagen auf das Feuer zurollte, hielt die junge Frau ihre Arme schützend über Flammen, die wohl bereits niedergebrannt waren. Was für ein Funkenschwarm mußte hochschießen, wenn dieser Stahlwagen durch die Glut fuhr. Aber der Philippine schob sein Fahrzeug langsam und vorsichtig ausweichend an der Frau, an mir, an der Glut vorbei; der kannte sich aus mit dem Feuer.

Essen, sagte er. Wollte die Frau nicht essen? Es gab Erdbeeren zum Nachtisch. Es war doch Erdbeerzeit.

Die junge Frau hatte ihre Augen wieder geschlossen und schien die Frage nicht gehört zu haben, schüttelte dann aber stumm den Kopf.

Als die über Lautsprecher zum Abendessen aufgeforderten Patienten aus ihren Zimmern kamen, ihre Tabletts aus dem Stahlwagen zogen und sie dann an unserem Lagerplatz vorbei in den Aufenthaltsraum trugen, zeigte die Frau plötzlich auf das Feuer und sah mich an. Sollte ich das Feuer hüten?

Sie wollte, daß ich blieb, wo ich war, während sie sich erhob und über den spiegelnden Flur in ihr Zimmer ging und sich dort auf ihr Bett legte. Ich sah durch die Türöffnung nur ihre bloßen Füße. Das Fenster ihres Zimmers war, wie jedes Fenster dieser Abteilung, verschraubt, aber hier mußte sie den Anblick der Wildnis mit niemandem teilen. Vielleicht hörte sie hier sogar das Rauschen der Bäume.

Hatte sie sich wieder hinter ihren geschlossenen Lidern versteckt, in den Wasserwäldern, oder starrte sie jetzt über ihre rot lackierten Zehennägel hinweg auf die leere Wand, auf der das Tageslicht zu schwinden begann? Oder auf Wasserlilien? An der Wand stand ein Tisch, der eine aus den Beständen der Station geliehene Blumenvase voll mit Wasserlilien jener Art trug, deren Blütezeit jetzt in den Auen begann.

So wie die junge Frau auf ihrem Bett lag, konnte sie sich den Anblick des Kameraauges ersparen, das hinter dem Kopfende des Bettes schwebte und sie Tag und Nacht anstarrte. Bett, Tisch, Wasserlilien, alles in diesem Zimmer gehörte zu einem von vielen Schwarzweißbildern, die nebeneinander auf einem großen Kontrollschirm in der Glaskanzel am Ende des Ganges flimmerten, dort, wo das Feuer brannte.

Leere und *belegte* Zimmer waren auf diesem Schirm zu sehen, schlafende oder in sich versunkene Menschen, Menschen auf Stühlen sitzend, auf und ab gehende oder am Fenster stehende Menschen. Am späten Nachmittag, eine Stunde vor der Abendessenszeit, war am rechten unteren Rand des Kontrollschirms ein Mann im weißen Krankenhaushemd zu sehen gewesen. Er saß auf dem Boden vor einer geschlossenen Schranktür, auf die er ein großes Herz, vielleicht war es auch ein Apfel, gemalt hatte. Sein Werkzeug, den Filzstift, hatte ihm ein Abgesandter aus dem Kontrollraum abgenommen. Jetzt saß er mit angezogenen Beinen vor seinem Werk, wollte nichts essen, hatte den Kopf auf die Knie gelegt.

Als sie noch sprach, hatte die junge Frau gegen dieses Auge gekämpft; vergeblich. Und vergeblich war auch ihr Kampf um das nächtliche Dunkel gewesen: In ihrem Zimmer durfte das Licht niemals erlöschen. Weniger grell, ja, weniger grell, fast dämmrig, durfte das Licht zur Schlafenszeit werden, aber niemals erlöschen. Schließlich konnte im Schutz der Dunkelheit geschehen, was niemals geschehen durfte, niemals in diesem Haus am Rand der Stadt, am Rand der Wildnis, in dem für alles, alles gesorgt war und ein Mensch beschützt wurde vor allem, was sein Leben bedrohte, beschützt sogar vor sich selbst.

An ihren ersten Tagen hier, hatte die junge Frau gesagt, als sie noch sprach, an ihren ersten Tagen habe eine Stimme, die wohl zu diesem Auge gehörte, aus der Wand zu ihr gesprochen, habe aus dem Kissen geflüstert, selbst aus dem Inneren ihres Kopfes, immerzu … Und als sie irgendwann ihre Fäuste gegen die Ohren preßte, damit es endlich still würde, still!, war diese Stimme wie das Meeresrauschen aus einer Muschel sogar aus ihren geschlossenen Fäusten zu vernehmen gewesen:

Du sollst! Du sollst, du sollst, hatte diese Stimme wieder und wieder geflüstert, gesummt, gemurmelt, in einer Litanei, so endlos wie das Licht in ihrem Zimmer, du sollst dich nicht töten.

Flugversuche

Ich sah einen jungen Königsalbatros auf einem grasbewachsenen Steilhang nahe der alten Maorisiedlung Otakou auf der Südinsel Neuseelands. Der Jungvogel war aus seinem Versuch, in waagrecht heranjagenden Regenschleiern aufzufliegen, ins Gras zurückgestürzt und ordnete nun seine langen, schmalen Schwingen. Mit seiner Flügelspannweite von gewiß drei Metern hatte er wohl bereits die Größe seiner Eltern erreicht, ja übertraf sie durch ihre Fürsorge vielleicht schon an Gewicht, aber der Wind, der an seinem rauchbraunen Gefieder riß, schien immer noch eher sein Feind zu sein als sein Element. Dabei würde er bald imstande sein, monatelang, jahrelang fernab aller Küsten dahinzusegeln, ohne sich jemals anderswo niederzulassen als auf den Wellen des Pazifischen Ozeans. Fliegend würde er jagen – Tintenfische, die in den Nachtstunden bis dicht unter die Meeresoberfläche emporstiegen, Quallen, schwärmende Fische; fliegend würde er fressen, und selbst schlafen würde er im Fliegen; schlafen, träumen im Segelflug. Und festes Land würde er im Verlauf seines fünfzig Jahre und länger dauernden Vogellebens nur noch in Brutzeiten aufsuchen. Aber noch warf ihn der Wind ins wehende Gras oder hob ihn wie prüfend hoch, hielt ihn einen kurzen Augenblick über den mit Gischtflocken beschneiten Grasbüscheln in der Luft und ließ ihn abermals fallen. Noch konnte er nicht fliegen.

Albatrosse, hatte der Vogelwart gesagt, aus dessen Geländewagen ich die Flugversuche des Jungvogels beobachtete, Albatrosse würden sich erst neun Monate nachdem sie aus ihrem Ei auf jenes Festland geschlüpft waren, das sie so schnell wie möglich verlassen wollten, in die Luft erheben. Der Vogelwart war an diesem Tag von der Brutkolonie am Taiaroa Head aufgebrochen, um Nistplätze zu kartographieren, und hatte mich, einen Strandwanderer, in einem Wolkenbruch aufgelesen und mir angeboten, mich bis zur Broad Bay mitzunehmen. Jetzt saß ich in seinem Wagen auf einem Parkplatz hoch über schwarzen Klippen im Trockenen, während er bei strömendem Regen einen Steilhang nach verlassenen Nestern absuchte. Im Autoradio war zwischen Werbespots für Fischerei- und Bootszubehör eine Ballade von Bob Dylan zu hören: *My heart's in the highlands.*

In den Wasserschleiern, die über die Windschutzscheibe rannen, schien auch der Albatros mit seinen ausgebreiteten, von den Windstößen einmal hochgebogenen, dann wieder übereinandergeworfenen Schwingen zu zerfließen, und wenn er sich über die Grasbüschel erhob und der Wind ihn wieder zu Boden warf, war es, als stiege ein verwirrtes oder betrunkenes, seine Erscheinungsformen ständig wechselndes Federwesen nur für einen Augenblick aus seinem Versteck, um sich gleich wieder in die Deckung zurückfallen zu lassen und dort neuerlich zu verwandeln.

Well my heart's in the highlands gentle and fair
Honeysuckle blooming in the wildwood air …
Feel like a prisoner in a world of mystery
I wish someone would come
And push back the clock for me.

Die Albatrosse, hatte der Vogelwart gesagt, seien sozusagen ungerufen in sein Leben gesegelt und hätten ihn aus der Welt eines Linienbusfahrers in jenes Vogelreich mitgenommen, das er wohl nicht mehr verlassen werde. Seit seine Frau vor neunzehn Jahren bei einem Verkehrsunfall ums Leben gekommen war und er in ihrem gemeinsamen Haus in Dunedin nicht mehr weiterleben und auch keine Linienbusse mehr fahren wollte, in denen er tagtäglich stundenlang an drohende Unfälle und ihre Opfer denken mußte, hatte er sein Leben an das der Albatrosse gebunden. Die kleinere seiner beiden Töchter war nach dem Unfall für ein ganzes Jahr nicht mehr gewachsen, ja!, hatte als dreijähriges Kind für ein ganzes trauriges Jahr einfach aufgehört zu wachsen. Und ihr Protest – er hatte diesen rätselhaften Stillstand entgegen ärztlicher Meinung immer als eine Art Protest gegen das Verschwinden der Mutter empfunden – legte sich erst, als er begann, mit seinen Töchtern in den Monaten der Brutzeit bei jeder Gelegenheit von Dunedin zur Albatroskolonie am Taiaroa Head hinauszufahren, um dort mit ihnen diese wunderbaren Tiere stundenlang zu beobachten.

Seit auch seine Töchter flügge geworden waren, die ältere hatte nach Perth, Australien, geheiratet, die jüngere war ihrem Freund nach Tasmanien gefolgt, gab es für ihn nur noch die Albatrosse. Einigen, die ihm besonders vertraut geworden waren, hatte er Namen gegeben, die erkannte er schon an ihren besonderen, unnachahmlichen Flugmanövern, selbst wenn sie nach zweijährigen oder noch längeren Brutpausen aus der ungeheuerlichen Weite des Pazifiks wieder zum Taiaroa Head zurückkehrten.

Was für eine Mühsal, hatte der Vogelwart gesagt, einen jungen Albatros zu füttern. An manchen Tagen mußten die Eltern Hunderte Meilen weit fliegen, um den Nachwuchs satt zu kriegen. Manchmal ließen sie das Junge auch für Tage allein, bevor sie es mit ihrem im Fliegen vorverdauten Nährbrei sättigen konnten. Bemerkenswert, daß ausgerechnet ein Wesen, das sich von seinem Nachwuchs so weit entfernte, weiter als jedes andere Tier dieser Erde, so unbeirrbar und verläßlich zurückkehrte, daß das verlassene Vogeljunge im Vertrauen auf diese Rückkehr niemals klagte, sondern stumm, seelenruhig aus dem Nest watschelte und dann ebenso seelenruhig die Stunden oder Tage des Wartens mit Flugübungen verbrachte.

Die Regenschleier schienen dem jungen Königsalbatros jetzt etwas Freßbares zugetragen zu haben. Er versuchte, die Beute mit vorgerecktem Hals hinunterzuwürgen, und breitete dabei seine Schwingen aus, um die Brust zu dehnen und Raum zu schaffen für den allzu großen Happen, als Bob Dylans Ballade von Radionachrichten unterbrochen wurde:

In Wellington, der Hauptstadt mit ihren lebenswichtigen Fährverbindungen zwischen der neuseeländischen Nord- und Südinsel, hatte die Erde wieder einmal gebebt; diesmal waren keine Toten zu beklagen, aber neun

Verletzte. In Christchurch hatte ein Junge mit dem Revolver seines Vaters einen Freund erschossen. An der Nordküste waren drei Dutzend Grindwale gestrandet und erstickt, und drei von fünf Besatzungsmitgliedern waren ertrunken, nachdem ein Fischkutter in einer Monsterwelle gekentert war. In Afghanistan war Krieg. In Südosteuropa war Krieg. In einer Kleinstadt des amerikanischen Mittelwestens war ein Schüler Amok gelaufen.

Manche Windstöße waren jetzt so heftig, daß der schwere Geländewagen schaukelte wie angestoßen vom Luftschild eines herandröhnenden Lastwagens oder dem einer Lokomotive. Und dann, als hätten ihn die Radionachrichten *beflügelt* und nur darin bestärkt, daß man diese Erde, alles Festland, am besten tief unter sich zurückließ, erhob sich der junge Königsalbatros, immer noch würgend, wieder in die Luft, hielt die weit gebreiteten Schwingen jetzt aber entschlossen und starr im Aufwind, stieg so wie ein Papierdrachen höher und höher und ließ sich schließlich, irgendwo hoch oben und obwohl Albatrosse stumm durch ihr Vogelleben gleiten und nur zu Balzzeiten und im Kampf ihre Stimme erheben, mit einem langgezogenen Triumphschrei in eine vollendete Schleife fallen und segelte dann, ein riesiger, schwereloser Vogel im Sturm, ruhig über umbrandeten Klippen dahin.

Der Pfau

Ich sah einen Wall aus Sandsäcken, eine Barrikade ohne jeden Durchlaß, in einer Gasse von New Delhi. Der Fahrer des Taxis, in dem ich saß, bremste jäh, fuhr dann aber langsam weiter und auf diesen Wall zu, als hoffte er, das Hindernis würde sich allein durch unsere Annäherung auflösen. Erst als die Barriere so groß geworden war, daß sie unser gesamtes Blickfeld einnahm, hielt er, ohne den Motor abzustellen, verharrte, die Hände auf das Lenkrad gelegt, einige Atemzüge lang reglos und wortlos und beantwortete auch meine Frage nicht, wieviel Zeit der nun unvermeidliche Umweg erfordern würde. Dann legte er den Rückwärtsgang ein, wandte sich um und damit mir und dem mit Glöckchen und Goldfäden behängten Heckfenster zu und begann, während er den Wagen in einem kurvigen Manöver zurücksetzte, von den zum Tode verurteilten Mördern der Ministerpräsidentin Indira Gandhi zu sprechen, zwei Sikhs, ihren eigenen Leibwächtern, die vielleicht noch heute nacht gehängt würden. Das Militär, sagte er, erwarte nach der Hinrichtung wohl Straßenschlachten, deswegen diese Sandsäcke, deswegen diese tote Gasse. Viele seiner Angehörigen und Freunde seien aus Angst vor den drohenden Kämpfen zwischen Hindus und Sikhs aus der Stadt geflüchtet.

Auch ich wollte das Stadtviertel verlassen, in dem ich die vergangenen Tage als Gast im Haus eines Sikhs verbracht hatte. In einer von Hindus bewohnten Nachbarschaft war ein solches Haus kein sicherer Ort. In den Pogromen, die nach dem Attentat auf Gandhi in Nordindien gewütet hatten, waren allein in Delhi mehr als dreitausend Sikhs getötet worden. Hindus wollten so den Tod ihrer Präsidentin an Gemüsehändlern, Handwerkern, Rikschafahrern und allen rächen, die das Unglück hatten, dem Volk von Indiras Mördern anzugehören.

Geh, hatte mein Gastgeber gesagt, geh, ich gehe auch. Mir klangen die Stockschläge noch in den Ohren, zehn, zwölf Schläge jede Minute, mit denen die Wächter seines Hauses, zwei Saisonarbeiter aus dem Punjab, jedem Feind einhämmern wollten, daß dieses Haus nicht verlassen und nicht preisgegeben worden war, sondern bewacht und notfalls verteidigt wurde. Die beiden trugen Enfield-Gewehre aus dem Zweiten Weltkrieg und hatten in den vergangenen Nächten das Haus, die mit Stacheldraht und Glasscherben bewehrte Gartenmauer vom Einbruch der Dunkelheit bis zum Sonnenaufgang umschritten und dazu mit ihren Schlagstöcken einen warnenden Takt gegen Wände und Mauern geklopft.

In einer dieser Nächte hatte ich zwischen langen schlaflosen Stunden das Geräusch der Stockschläge als Hammerschläge geträumt: Ein blutüberströmter Mann war aus seinem Haus gezerrt und an Armen und Beinen an ein von Stacheldraht umranktes Tor genagelt worden. Und am Abend nach diesem Traum hatte ich schon an den Ausbruch eines Pogroms geglaubt, als ich auf dem

Weg zu einer Bäckerei auf einer abschüssigen, von den Lichtern Dutzender Läden erleuchteten Gasse in eine aufgeregt schreiende Menschenmenge geraten war, die einen blutüberströmten Mann umdrängte.

Der Mann trug den *Dastar*, den Turban der Sikhs. Er lag zusammengekrümmt auf dem Straßenpflaster und hob abwehrend die Arme, wenn sich jemand über ihn beugte, und rief dazu immer wieder etwas, das wie eine Bitte um Gnade oder eine Unschuldsbeteuerung klang. Erst als ich Hunderte von verstreuten Chilischoten und ein immer noch hoch mit festgebundenen Körben beladenes Fahrrad am Straßenrand liegen sah, verflüchtigte sich das Bild eines Pogroms. Hier war wohl ein Gemüsehändler zu Sturz gekommen und wollte nun nicht fortgetragen, nur nicht hochgehoben werden. Schon die geringste Berührung schien ihn zu schmerzen. In der Menge gab es offensichtlich verschiedenste Meinungen, wie dem Verletzten zu helfen und wie er von der Straße zu schaffen war. Schließlich wurde der Schreiende doch in eine Rikscha gehoben, in der er verschwand, während zwei barfüßige Jungen die Chilischoten aufsammelten und ein Kupferschmied aus der Ladenstraße das Fahrrad in seine Werkstatt schob.

Das Taxi, in dem ich saß, sollte mich zum Bahnhof bringen. Ich wollte nach Rajasthan, nach Jaipur und dann weiter in die Wüste Thar und fürchtete, wegen des von der Sandsackbarriere erzwungenen Umwegs meinen Zug zu versäumen. Auf der Krone des Walls, der im Rahmen der Windschutzscheibe nun wieder zu schrumpfen begann, während der Taxifahrer zurücksetzte, war nichts zu sehen, kein Beobachtungsposten, kein Helm, kein Stacheldraht. So starrten wir aneinander vorbei, der Fahrer, der keine Angst, keine Angst sagte, wir würden rechtzeitig am Bahnhof sein, durch das Heckfenster, ich durch die Windschutzscheibe, in der sich die Gasse nun wieder in die Länge zu ziehen begann.

Und dann sah ich den Pfau. Er hüpfte von dem mit flatternder Wäsche überspannten Flachdach eines Hauses auf die Wallkrone, stolzierte etwa bis zu ihrer Mitte, machte Anstalten, seine Schleppe zu einem Rad zu schlagen, das mit seinen vielen Augen ein Untier vortäuschen und jeden Angreifer abschrecken sollte, schloß seinen Federfächer dann aber noch lange vor der Entfaltung wieder, so, als hätte er jetzt erst bemerkt, daß die von Schlaglöchern übersäte Gasse leer war, leer bis auf ein in Schlangenlinie rückwärts kriechendes Taxi, leer: ohne Nebenbuhler, ohne Bewunderer, ohne Feinde.

Das Attentat

Ich sah den Konvoi eines Königs auf dem Boulevard Durbar Marg im Zentrum der nepalesischen Residenzstadt Kathmandu: Drei schwarze Limousinen, eskortiert von Polizeifahrzeugen, Schützenpanzern und bewaffneten Motorradfahrern, glitten unter Alleebäumen dahin, in deren Kronen Scharen von Flughunden kreischten und schnatterten, als verglichen sie vor ihren nächtlichen Flügen noch rasch den Stand der neuesten Gerüchte. Mit dem Kopf nach unten wie übergroße Pelzfrüchte von den Zweigen hängend und eingehüllt in ihre Fledermausflügel, übertönten sie mit ihrem Stimmengewirr selbst die Motoren des Konvois.

Gyanendra Bir Bikram Shah Dev, Inkarnation der Hindugottheit Vishnu und König von Nepal, hatte es offenbar eilig, die Sicherheit seines Palastes noch vor Anbruch der Nacht zu erreichen. Denn in diesen Frühsommertagen schienen Könige schneller zu sterben als ihre Untertanen. Auch in Gyanendras Volk, in dem sich eine wachsende Zahl von Untertanen nicht mehr unter dem Banner der Monarchie, sondern unter den roten Fahnen der Maoisten versammelten, wurden die Stimmen immer lauter, die seine Abdankung, ja seine Verhaftung, manchmal sogar seinen Tod forderten. Dabei hatte Gyanendra seinen Thron erst vor wenigen Tagen bestiegen.

Es waren noch keine zwei Wochen her – ich wurde damals von einer fiebrigen Infektion in einem Zelt in den Bergen an der nepalesisch-tibetischen Grenze festgehalten –, daß ich die von einem Hochträger aus dem Volk der Tamang ins Zeltlager überbrachte Nachricht für ein wildes, der Unruhe im Land entsprechendes Gerücht gehalten hatte:

Gyanendras älterer Bruder Birendra, langjähriger, unerbittlicher Regent über Nepal und dessen Vorgänger auf dem Thron, sei mit seiner Königin, mit Prinzen und Prinzessinnen, insgesamt zehn Mitgliedern der ersten Familie des Landes, in einem Speisesaal des Palastes erschossen worden.

Als mein Fieber sank und ich Kathmandu nach mühseligen Marschtagen endlich erreichte, hatten sich zahllose, widersprüchliche Vermutungen über den Tathergang bereits zu einem schrillen Stimmengewirr gesteigert, das aber jedesmal erstarb, wenn Gefahr drohte, und so dem Flughundgeschrei ähnlich war. Zunächst hieß es sogar, auch Gyanendra, der am Abend des Massakers dem Palast und Speisesaal ferngeblieben war, sei in den Königsmord, der ihn am Ende zum neuen Herrscher machen sollte, verstrickt. Aber nach und nach behauptete sich eine Version des Geschehens, die schließlich als die einzig wahre bis in die entlegensten Himalayatäler getragen wurde:

Kronprinz Dipendra, der Sohn Birendras und Neffe Gyanendras, habe sich einer Entscheidung des Hofes nicht beugen wollen, der ihm bei Androhung des Verlustes seiner Thronfolge vorschrieb, eine Frau zu heiraten, die er nicht liebte. Dipendra, hieß es, wollte gegen das Gesetz seine wahre Geliebte zu seiner Frau machen und sei über dem königlich-väterlichen Spruch verzweifelt. Er berauschte sich mit Alkohol und Drogen, verließ nach einem Streit an der Tafel den Tisch, kehrte kurz darauf in einem Kampfanzug der Armee und mit zwei automatischen Waffen in den Händen in den Saal zurück und eröffnete das Feuer auf den König, auf seine eigene Familie. Dann richtete er eine seiner Waffen gegen sich selbst und verwundete sich tödlich.

Dipendra erlag drei Tage nach seiner Tat seinen Verletzungen, wurde aber, ohne daß er noch einmal zu Bewußtsein gekommen wäre und trotz aller Gerüchte, im Bett der Intensivstation zum Nachfolger seines erschossenen Vaters erklärt und zum neuen König ausgerufen. Als er am nächsten Tag starb, bestieg Gyanendra den Thron.

In den Unruhen, die dem Massaker im Königspalast folgten und in denen die gegensätzlichsten Versionen des Tathergangs auf Transparenten hochgehalten oder in Sprechchören gebrüllt wurden, gab es Verletzte und Tote. An dem Tag, an dem ich das Land Richtung Indien verlassen wollte, wurde der Flughafen geschlossen. Die Gnadenlosigkeit, mit der Polizei und Militär gegen die verstörten Untertanen vorrückten, rief Erinnerungen wach an jene Gewalt, mit der auch der ermordete König Birendra jeden Widerspruch bekämpft hatte. Kein Bewohner Kathmandus hatte vergessen, daß der König auf jenem Durbar Marg, über den der Konvoi sich jetzt dem Palast näherte, das Feuer auf Demonstranten hatte eröffnen lassen und dabei selbst Sanitäter und Helfer, die Verwundeten beistehen wollten, erschossen worden waren.

In den Schaufenstern der Geschäfte und in den Cafés am Durbar Marg brannten bereits Lichter, und im Strom der Passanten und Flaneure kümmerten sich nur wenige um den Konvoi, der den Narayanhiti Path, die Palaststraße, beinah erreicht hatte. Auch mich hatte erst ein Antiquitätenhändler, mit dem ich gerade um den Preis eines faustgroßen, steinernen Buddhakopfes feilschte, auf den *king!, the king!, the king!* aufmerksam gemacht und auf die Limousinen gezeigt, in deren dunklen Scheiben sich aber nur mit Schwärmen von Flughunden behängte Baumkronen spiegelten – als auf einen blendenden Lichtblitz ein ohrenbetäubender Knall folgte und über einer Kreuzung, die der Konvoi soeben passierte, ein Flammenregen niederging. Dann lag eine ganze Zeile von Geschäften plötzlich in tiefer Dämmerung.

Der abendliche Passantenstrom schien die Mine oder Bombe, die soeben detoniert war, zunächst gar nicht zu bemerken, sondern trieb und wälzte sich weiter dahin und dorthin. Allein in einen Schwarm Flughunde und in den Konvoi schien ein panischer Schrecken gefahren zu sein. Es waren gewiß mehr als hundert dieser fliegenden Hündchen, die plötzlich ihre Fledermausflügel entfalteten und flatternd aus den Bäumen stürzten, als hätte die Druckwelle der Explosion sie aus den Zweigen gesprengt. Jetzt strichen sie als schwarze Wolke über den Konvoi des Königs und über die Köpfe seiner Untertanen dahin.

Limousinen und Eskorte rasten auf die Palasttore zu,

während Soldaten von einem Lastwagen sprangen und zwei Schützenpanzer offensichtlich in Gefechtsstellung gingen. Aber wo war der Feind?

Der Antiquitätenhändler, dessen Laden nach der Explosion ebenfalls im Dunkeln lag, befürchtete möglicherweise, daß ich den Stromausfall nützen und verschwinden könnte, nahm mir den Buddhakopf aus den Händen und sagte lachend, daß ich gerade ein typisch nepalesisches Feuerwerk gesehen hätte:

Explodiert war eines jener Trafotürmchen, die, von einem Kokon aus elektrischen Drähten, Leitungen und Isolatoren umsponnen, wie Chaosdenkmäler aus vielen Gassen Kathmandus aufragten. Dabei konnte die Königsstadt, wenn überhaupt, damals nur zur Hälfte und nach einer Regel beleuchtet werden, die an geraden Tagen die Stadtbezirke diesseits, an ungeraden Tagen dagegen die Bezirke jenseits des Bagmati-Flusses mit elektrischem Strom versorgte. In den Straßen der lichtlosen Bezirke brannten dann Müllfeuer, über denen gekocht wurde, an denen man sich wärmte, und in den Fenstern flackerte Kerzenlicht. Aber auch am glücklichen, hell erleuchteten Ufer des Flusses konnte es nach der Explosion einer Trafostation jederzeit dunkel werden. Dann lagen funkensprühende Kabel in den Gassen oder hing ein qualmender Flughund an einer Leitung, die durch einen gerissenen Draht geerdet worden war und ihn mit einem Stromschlag getötet hatte. Flughunde hielten sich selbst an ihrem letzten Halt so fest, daß auch der Tod ihren Griff nicht lockern konnte. Ich hatte Leitungen gesehen, an denen nur noch zwei Krallen hingen, während der Rest des Kadavers längst von Vögeln gefressen oder verwesend abgefallen war.

Der König; der König. Vielleicht hatte sich der Händler ja getäuscht und in den nun verschwundenen Limousinen hatten bloß hohe Beamte, Waffenhändler, Diplomaten gesessen, in keinem der gepanzerten Wagen aber *the king*. Vielleicht hatte der letzte König von Nepal seinen Palast gar nicht verlassen oder hatte sich, gut getarnt, unsichtbar, im Gassengewirr seiner Residenz davon überzeugt, daß seine Zeit vorüber war. Und vielleicht hätten die Schützenpanzer auch ohne Flammenregen und Explosionsknall dort Position bezogen, wo sie nun drohend standen. Soldaten waren ausgestiegen, hatten Zigaretten aus ihren Brusttaschen gezogen und betrachteten rauchend die erloschenen Schaufenster. Die Passanten und Flaneure gingen weiter ihren Geschäften nach, vielleicht etwas eiliger jetzt. Die Soldaten würden über die Einhaltung der jüngsten nächtlichen Ausgangssperre wachen.

Vielleicht, sagte der Händler, bevor er mir ein letztes Angebot für den steinernen Kopf machte, seien die Flughunde dem König, der keine Macht über sie hatte, über alle Mauern und Stacheldrahtbarrieren hinweg vorangesegelt, um dem Volk der Nepalesen ein Beispiel zu geben. Als Nektarfresser, Früchtefresser, Blütenfresser waren ihnen die königlichen Gärten und Parks ja ein lohnendes Ziel. Gleichgültig gegenüber Ausgangssperren und Verbotszonen und hoch über den Köpfen von Soldaten und Leibwächtern, flogen sie Abend für Abend darauf zu.

Luftangriff

Ich sah vier einmotorige Militärmaschinen im Tiefflug über der glitzernden Wasserfläche des Stausees San Sebastián im bolivianischen Hochland. Die Jagdflugzeuge hielten offensichtlich Kurs auf die nahe, viertausend Meter über dem Meeresspiegel gelegene Zinn- und Silbergrubenstadt Potosí. Der Motorenlärm war schon seit einiger Zeit als unbestimmbares, an- und abschwellendes Dröhnen aus den umliegenden Tälern zu hören gewesen, steigerte sich aber, als die Jäger plötzlich über einem kahlen Höhenzug auftauchten, in den Sinkflug kippten und dann kaum dreißig Meter über dem Seespiegel dahinstrichen, zu einem infernalischen Gebrüll.

Ich wanderte an diesem eisigen Julivormittag – in der Nacht war Schnee gefallen, der unter einer grellen, kalten Morgensonne wieder verschwand – mit einem Biologen aus Bayern und seiner Freundin, einer jungen Ärztin aus dem italienischen Pistoia, über baum- und strauchlose Hänge am Seeufer. Wir hatten uns in einer unheizbaren Frühstückspension in Potosí kennengelernt, die dem Biologen seit drei Monaten als Basis diente für seine Bestimmung der Moose und Flechten des *Altiplano*, eines kahlen, drei- und viertausend Meter über dem Meer liegenden Hochlandes zwischen den westlichen und östlichen Anden. Tiziana, seine Freundin, begleitete ihn nur für einige Sommerwochen, um dann wieder zu ihrer Arbeit als Narkoseärztin in einer Mailänder Klinik zurückzukehren.

Wir hatten auf unserem morgendlichen Weg über die Hänge am Seeufer von San Sebastián einmal mehr über unsere überfällige Abreise gesprochen, die der Biologe und seine Freundin bereits dreimal verschoben hatten. Ich war unterwegs nach Peru und nur auf der Durchreise in Potosí, hatte mich den beiden aber angeschlossen, weil sie anboten, mich in ihrem Campingbus zum Titicacasee und weiter nach dem peruanischen Arequipa mitzunehmen.

Ja, aber ja doch, hatte der Biologe auch an diesem Morgen gesagt, aber ja, so schnell wie möglich, er wolle doch auch so schnell wie möglich nach Peru, morgen, nur noch diese eine Exkursion an den Stausee von San Sebastián. Schließlich käme ja vielleicht keiner von uns je wieder in dieses Hochland zurück.

In La Paz war in diesen Julitagen der von den mächtigsten Kokainhändlern des Landes unterstützte General García Meza in einem blutigen Putsch zum neuen Diktator Boliviens geworden; zu einem der bisher grausamsten, wie sich während seiner bloß einjährigen Herrschaft noch zeigen sollte. Wie von einem landesweiten Schrekken gelähmt, standen Züge und Überlandbusse still. Viele Straßen waren gesperrt oder von Militärfahrzeugen verstopft; Telefonleitungen blieben stumm. In den spärlichen Nachrichten, die Potosí erreichten, war von einer Verhaftungswelle und vielen Toten die Rede gewesen.

Daß seine Truppen und Gefolgsleute in einer Grubenarbeiterstadt wie Potosí keine Freunde, zumindest nicht in Massen, finden würden, konnte den neuen Landesherrn nicht überraschen. Das Jagdfliegergeschwader über dem See war vielleicht eine Demonstration seiner Wachsamkeit. Die Maschinen dröhnten an jenem steinigen Hang, den wir, keuchend in der dünnen Luft, emporstiegen, so nahe, fast auf Augenhöhe vorüber, daß ich in den Glaskanzeln die behelmten Köpfe der Piloten sehen konnte. Zwei von ihnen wandten sich uns zu.

Und plötzlich streckte Tiziana, die vor mir ging, diesen brüllenden Maschinen ihren Arm entgegen, ballte die Faust und schrie den Jägern wütend *No pasarán!* zu. *No pasarán!* Sie werden nicht durchkommen!

Vermutlich hätte selbst ein in der Pilotenkanzel sitzender Lippenleser diesen Zuruf nicht verstanden, der bereits in den Schützengräben von Verdun gebrüllt, aber erst im spanischen Bürgerkrieg zum Protestschrei gegen den Faschismus und schließlich zum Schlachtruf der lateinamerikanischen Guerilla geworden war. Aber die Faust!, die geballte Faust dieser mädchenhaften Frau, über die jetzt der Schatten einer Tragfläche hinweghuschte, war unmißverständlich. Dabei hatte ich Tiziana in den vergangenen Tagen immer wieder als vorsichtig – und übervorsichtig erlebt. Sie schluckte tagsüber unzählige Pillen in allen Größen und Farben, Vitamine, Magnesium, Prophylaxen gegen Höhenkrankheit und Magen- und Darmbeschwerden, warnte bei jeder Gelegenheit vor Obst und ungekochtem Gemüse und filterte und desinfizierte selbst Mineralwasser aus geschlossenen Flaschen.

Jetzt aber streckte sie den vier Piloten ihre Faust entgegen. *No pasarán!*

Ihr Freund lachte. Und im ersten Augenblick lachte auch ich. Einem Kampffliegergeschwader mit der Faust zu drohen hatte etwas seltsam Rührendes, Komisches, aber auch etwas von der Kühnheit eines Kampfes gegen Windmühlen. Was an uns vorüber- und über uns hinwegraste, war unerreichbar wie ein Meteorit. Aber dann, als hätte Tizianas kleine Faust das Geschwader tatsächlich verscheucht, wurde das Dröhnen leiser.

Die Jäger stiegen über der fernen Staumauer von San Sebastián in eine lange Schleife und waren damit wohl bereits im Anflug auf Potosí – als sich eine Maschine plötzlich aus dem Verband löste, in einer Steilkurve wendete und zurückflog; an unser Ufer zurück. Wir brauchten lange, um endlich glauben zu können, daß diese Rückkehr tatsächlich uns galt. Das Flugzeug stürzte jetzt aus der Sonne und wieder im Tiefflug auf uns zu. Auf der Pilotenkanzel waren nur blendende Sonnenreflexe zu sehen, kein Helm, kein Gesicht.

Potosí, hatte der Besitzer unserer Frühstückspension gesagt, sei aus einem Quechua-Wort, der Sprache der Andenleute, abgeleitet: *P'utuqsi*. Das bedeute *Lärm*.

P'utuqsi: Das Wort drängte sich mir in diesen Sekunden auf wie ein lange vergeblich gesuchter Name, der einem Vergeßlichen endlich und unwillkürlich wieder in den Sinn kommt – als das ohrenbetäubende Gebrüll der Maschine plötzlich zerhackt wurde von einem metallischen Hämmern und dicht neben unserem Pfad plötzlich Staub- und Sandfontänen hochschlugen, Orgelpfeifen aus Staub, die noch im Hochschlagen wieder verwehten.

Es war Tiziana, die als erste begriff, was hier geschah: Der schießt! Der schießt auf uns, der schießt!

Wie massig und weich, ja knochenlos meine Beine plötzlich waren. Ich wollte laufen, wollte Geschossen, die ihre Ziele schneller als der Schall erreichten, ausweichen. Aber meine Beine waren nicht zu gebrauchen. Ich stand einfach da.

Der Biologe …, den sah ich laufen. Aber seltsamerweise flüchtete er nicht hangabwärts, sondern hastete in dieser stechend kalten, auszehrenden Luft den Hang empor! Empor.

Nur Tiziana hatte sich zu Boden geworfen und schrie, legt euch hin, hinlegen, legt euch hin!

Hinlegen. Auf diesen kahlen, kalten Boden, auf dem kein Baum, kein Strauch Deckung bot. Zwischen dürre Grasbüschel, die kaum knöchelhoch waren.

Leg dich hin, Idiot!

Später, noch Tage danach, schon auf dem Weg zum Titicacasee, sollten wir darüber streiten, ob ein unbewegtes Ziel, in Deckung oder nicht, für einen fliegenden, rasenden Schützen schwieriger auszumachen war als ein bewegtes; ein Liegender, selbst in einer baum- und strauchlosen Wüste, schwieriger als ein Flüchtender. Warfen Soldaten sich denn nicht zu Boden, während ahnungslose Zivilisten davonrannten?

Aber was immer wir an diesem Julimorgen getan oder unterlassen hätten – es wäre zu spät gekommen, viel zu spät, wenn der Pilot uns nicht verfehlt hätte.

Ich konnte mich weder auf unserem Rückweg nach Potosí, wir verließen die Stadt noch am selben Tag auf Nebenstraßen, noch in den folgenden Wochen in Peru und Kolumbien erinnern, wann und wie ich Tizianas Aufforderung endlich gefolgt war und mich auf den trotz der grellen Sonne eisigen, nackten Boden fallen ließ. Erst was dann geschah, wurde wieder unvergeßlich, auch wenn es nur wenige Augenblicke lang gedauert haben konnte.

Ich spürte die Kälte des Bodens, den Druck kalter Steine an meiner Brust und sah den donnernden Schatten des Flugzeugs über den Abhang jagen und sah plötzlich, wie sich aus einem dürren, fingerhohen Grasbüschel dicht vor meinen Augen ein Käfer hervorkämpfte. Er hatte sich wohl bei einem erfolglosen Flugversuch mit seinen beiden Flügelpaaren zwischen querliegenden Halmen verheddert und klappte jetzt, endlich im freien Gelände, die smaragdgrün schillernden Deckflügel hoch, um sich mit den darunter liegenden, von schwarzen Adern durchzogenen Hautflügeln in die Luft zu erheben. Gleichgültig gegenüber allem, was in dieser von einem Jagdflugzeug und seinem rasenden Schatten beherrschten Welt geschah, in der Titanen seinesgleichen zertraten, ohne es auch nur zu bemerken, schwirrte er auf und in einer Schleife so knapp an meinem Ohr vorüber, daß ich seinen kleinen Fluglärm selbst im Gebrüll des Jägers zu hören glaubte. Ich lag vor seinem verlassenen Grasversteck und wagte selbst meine Augen nicht mehr zu bewegen. Als er dann schwirrend, schillernd im Sonnenlicht, aus meinem starren Blickfeld verschwand, erschien mir das dürre Büschel Gras vor mir plötzlich als Zuflucht, als rettendes Versteck, so wie in meiner Kindheit Gras- und Mooslandschaften, in die ich Spielfigürchen gestellt hatte, zu Urwäldern geworden waren, in die hinein man schrumpfen konnte und sich zwischen Schachtelhalmen, Huflattich und Löwenzahnbaumriesen verlieren.

Dieser Urwald war die Rettung! In sein Unterholz wollte ich flüchten und fühlte, wie das Leben, die Beweglichkeit in meine Beine zurückkehrte, mein Leben, das Hämmern meines Herzschlags, als etwas an meine Schulter stieß, etwas mich traf.

Es war Tiziana. Eine Riesin. Sie stand über mir und sprach aus einer schwindelnden Höhe in meinen Urwald, in mein Käferreich hinab. Du kannst aufstehen, sagte sie. Er ist weg.

Wilder Strand

Ich sah einen kahlgeschorenen Greis an einem Sandstrand nahe der Grenze, die unsichtbar zwischen den brasilianischen Bundesstaaten São Paulo und Rio de Janeiro durch den Regenwald verläuft. *Praia Brava*, der *Wilde Strand*, war nur auf einem gewundenen Lehmpfad zu erreichen, der über eine steile Bergflanke zum Atlantik hinabführte, und verdankte seinen Namen den Brechern, die sich donnernd heranwälzten und die Strandsichel in Wasserstaub hüllten. Diese Brecher schien der Kahlgeschorene anzuschreien.

Er saß auf einer mit Gras und Blättern belegten Blechkiste unter einem Sonnenschirm, der in den Windstößen der Mittagshitze immer wieder zu kippen drohte, und war wie für einen Kirchgang oder ein Fest gekleidet. Er trug einen schwarzen, zerknitterten Anzug, ein weißes Hemd mit weitem, offenen Kragen, der seinen faltigen Hals noch dünner erscheinen ließ, und eine schwarze Krawatte, stampfte aber mit nackten Füßen den Rhythmus seiner Schreie in den Sand. Neben ihm lagen eine Korbflasche, ein Strohhut, in dem ein Plastikbeutel steckte, auf seinen Knien ein aufgeschlagenes Buch – Gebetbuch, Gesangbuch oder Bibel.

Über dieses Buch hinweg, in das er aber keinen einzigen Blick warf, schrie er mit gefalteten Händen Gebete oder Anrufungen gegen einen kleinen Sandhügel zu seinen nackten Füßen. Dort lag eine mit zwei Kieselsteinen beschwerte Fotografie wie auf einem Altar. Das Foto, kaum größer als eine Spielkarte, zeigte das Porträt einer Frau. Ob sie zu den Lebenden oder Toten gehörte, war nicht zu erkennen.

Fünf Minuten, vielleicht länger, schrie der Alte gegen das Bild, gegen das Meer, schwieg dann für einige Atemzüge, beugte sich mit noch immer gefalteten Händen über das Buch auf seinen Knien und küßte die aufgeschlagenen Seiten. Dann zog er aus der Innentasche seiner Jacke einen braunen Umschlag, entnahm ihm ein weiteres Bild, das er gegen das vor ihm liegende austauschte, und begann von neuem zu schreien.

Fünf Bilder sah ich ihn so auf seinen Sandaltar legen, beschwören und wieder in den Umschlag zurückstecken. Nach dem letzten schloß er das Buch und zog aus dem Plastikbeutel ein paar Schuhe, in die er mit nackten Füßen schlüpfte. Dann saß er aufrecht, still und rührte sich auch nicht, als eine Bö seinen Sonnenschirm umwarf und davontrug.

Ich war eben dabei, meinen Platz als unbeteiligter Beobachter aufzugeben, um dem davonspringenden und -segelnden Schirm nachzulaufen, als sich plötzlich ein Junge aus dem Schatten des Regenwalddickichts löste und mir zuvorkam. Er erreichte den Schirm dicht vor schäumend im Sand versickernden Wasserzungen, packte ihn, klappte ihn zu, klemmte ihn unter den Arm und begann in der wirren, immer wieder unterbrochenen Spur, die der Schirm im Sand hinterlassen hatte, lachend auf den Alten zuzutanzen.

Als er ihn erreichte, bot ihm der aber nur wortlos die Hand, ließ sich von ihm hochziehen und blieb wartend stehen, während der Junge den Schirm wie eine Lanze in den Sand schleuderte, ihm den Strohhut aufsetzte, Flugsand von seinen Schultern klopfte und einen langen Schluck aus der Korbflasche nahm. Dann umwickelte er den Schirm mit einem zerfransten Band und legte ihn über die Schulter, nahm den Alten an der Hand und führte ihn behutsam wie einen Blinden in den Regenwald. Der Alte hielt sein Buch fest an sich gedrückt, als die beiden im Dickicht verschwanden.

Ich blieb allein an der *Praia Brava* zurück, setzte mich probeweise auf die Blechkiste und schrie probeweise *Amen, Amen!* in den Lärm des Meeres, hatte mich aber längst wieder in den dürftigen Schatten eines Flammenbaumes zurückgezogen und lag dort schläfrig im Sand, als der Junge mit einem zerschrammten, knallroten Surfbrett wieder aus dem Wald trat.

Ohne mich zu beachten und ohne zu zögern, lief er in die Brandung, warf sich in der brodelnden Gischt auf das Brett und paddelte mit den Händen durch die Brecher der Dünung entgegen: mächtigen Wogen, die sich wie im Takt eines Metronoms vom Horizont lösten und auf den Wellenreiter zurollten, als könnte nichts sich ihnen entgegenstellen und nichts sie brechen, kein Riff, keine Untiefe, kein Strand.

Mann am Fluß

Ich sah einen schlafenden Mann auf einer Uferwiese der Traun, eines Flusses, der durch das oberösterreichische Alpenvorland seiner Mündung in die Donau und damit dem Schwarzen Meer entgegenfließt. Der Schläfer trug eine blauschwarz gestreifte Badehose und lag auf dem Bauch im Gras, sein Kopf ruhte auf einem zusammengeknüllten Badetuch. Um ihn herum, fast an ihn gedrängt, saßen reglos fünf Kinder in Sommerkleidern. Jedes von ihnen hielt eine aus Blättern gerollte Tüte wie einen Becher mit kostbarem Inhalt in der Hand.

Wenn sich der Schläfer bewegte, um seine Haltung träumend zu ändern, und dann doch, manchmal mit einem kurzen Schnarchen, wieder in die Bauchlage zurückrollte, schnitten die Kinder, es waren drei Mädchen und zwei Jungen, Grimassen, zogen die Schultern in einem unterdrückten Lachen hoch, blieben aber stumm.

Bis auf das unregelmäßig glucksende Geräusch, mit dem der Fluß einen dicht am Ufer aus dem Wasser ragenden Felsen umspülte, war es so still, daß in seltsamer Überdeutlichkeit zu hören war, wie die in einiger Entfernung auf der Uferwiese weidenden Kühe Grasbüschel abrupften.

Die Stille wurde aber jäh unterbrochen, wenn eine

Flußbremse sich in einem langsamen, zielgerichteten Anflug näherte und sich auf dem Rücken, den Schultern oder Armen des Schläfers niederließ: Dann klatschten mehrere Hände auf seine sonnengebräunte Haut. Weil jeder der kindlichen Wächter über seinen Schlaf der erste sein wollte, schlugen manchmal zwei, drei Hände auf die eine Hand, die bereits auf der Beute lag. Jäger oder Jägerin steckten die erschlagene Bremse dann in einen der Blattbecher, von denen aber nur einer bereits gefüllt war.

Der Schläfer schien selbst unter den plötzlichen Schlägen weiterzuträumen, hielt seine Augen geschlossen. Erst, als eine der weidenden Kühe der Gruppe so nahe kam, daß ihr Schatten auf ihn fiel, hob er den Kopf, gähnte, streckte sich, setzte sich auf und strich sich das schweißnasse Haar aus der Stirn.

Hatte es für die Kinder ein Schweigegebot gegeben, mußte es spätestens mit dieser Geste aufgehoben worden sein: Sie begannen gleichzeitig zu sprechen, zu erzählen, lachten, waren wie erlöst und hielten dem Erwachten ihre Blattbecher entgegen. Der ließ sich nun die Beute, Becher für Becher, in seine große, offene Hand schütteln, zählte die Bremsen, sagte eine Zahl und warf die Erschlagenen dann mit einer weit ausholenden Bewegung und wie eine Handvoll Samen ins ufernahe Kehrwasser. Libellen vollführten rasende Flugmanöver über dieser rasch davontreibenden Saat.

Am Ende zog der Mann zwei Rollen kleiner Münzen aus seinen Kleidern und zählte für jedes Insekt, das daran gehindert worden war, sich von seinem Blut zu ernähren, eine Münze in die Hände, die sich ihm, eine nach der anderen, die höchste Beutezahl zuerst, entgegenstreckten.

Als alles gezählt und alles bezahlt war, wuschen die Schlafwächter ihre Hände im Fluß, hockten dann auf einem halbverfallenen Bootssteg und sahen dem Erwachten zu, wie er in den Fluß stieg und, bis zu den Knien darin stehend, mit beiden Händen eisiges Wasser schöpfte und sich damit ächzend Brust und Gesicht besprengte.

Umschwirrt von Bremsen, schwankenden Mückensäulen und einer Königslibelle, watete er dann in die Strömung und ließ sich, als das Wasser ihm über die Hüften stieg, rückwärts fallen. Prustend wandte er sich den Zurückbleibenden noch einmal zu und hob winkend den Arm, bevor er mit kraftvollen Bewegungen der davongetriebenen Aussaat erschlagener Flußbremsen nachzuschwimmen begann.

Der Beherrscher der Heroen

Ich sah fünf weiße Marmorstelen, alle schmal, fast mannshoch und mit eingemeißelten, geschwärzten Buchstaben des griechischen und lateinischen Alphabets beschrieben. Sie standen, in gerader Linie und dicht nebeneinander in die steinige Erde gesetzt, am Ende einer Straße, die sich durch baumloses, nach Thymian und Salbei duftendes Bergland auf der griechischen Insel Ios wand, und säumten so den Anfang eines Pfades, der vom Ende der Straße über eine sanfte Anhöhe hinweg auf eine Hügelkuppe führte. Die Kuppe wurde von einem Geviert aus niedrigen Trockensteinmauern gekrönt, einem verfallenden Grabmal, von dessen nach Westen gerichtetem Eingang sich in einer Art Vogelschau ein weiter Blick auf das tiefe Blau der südlichen Ägäis, auf scheinbar unbewohnte Nachbarinseln und das umliegende, unbebaute und menschenleere Bergland bot.

An den rohen Mauern des Grabmals waren kein Name und keine Inschrift zu lesen und auch kein steinerner oder anderer, das Leben überdauernder Schmuck zu sehen. So unterschied sich das dachlose Bauwerk auch kaum von den Ruinen der Schaf- und Ziegenställe, die am Rand so vieler aufgegebener und verwilderter Terrassenfelder und Weiden der Insel im Gestrüpp hockten.

Wie die Durchlässe in den Mauern dieser Stallruinen war auch der Türsturz des aus drei mächtigen, rohen Kalksteinplatten zusammengefügten Grabeinganges so niedrig, daß selbst ein kleiner Mensch, Totenträger oder Trauergast, ihn nur tief gebückt hätte passieren können. Aber anders als die von den Trümmern eingestürzter Dächer verschütteten Stalleingänge war dieser hier mit zusammenhanglosen Bruchstücken einer beschriebenen Steintafel mehr verbarrikadiert als verschlossen, den Resten einer zerschlagenen Schrift.

Allein die fünf weißen, von diesem Eingang einige hundert Schritt entfernten und vom Grabmal nicht mehr sichtbaren Stelen trugen Hinweise, wessen Leichnam dieser felsige Hügel bergen sollte, trugen ein in fünf Sprachen, allen voran der Landessprache, gemeißeltes Zitat aus den Schriften des Geschichtsschreibers und Kämpfers gegen die Tyrannei, Herodot von Halikarnaß, der im fünften vorchristlichen Jahrhundert als Überzeugung seiner Zeitgenossen überliefert hatte:

AN DIESEM ORT DECKT DIE ERDE
DAS GEHEILIGTE HAUPT
DES BEHERRSCHERS DER HEROEN
DES GÖTTLICHEN HOMER

Ich hatte mich dem Grabhügel über eine Reihe tief eingeschnittener Felsenbuchten und dann über einen weglosen, dornigen Abhang genähert, setzte mich, nachdem ich die Reihe der Stelen hinter mir gelassen und den Pfad zum Grabmal emporgegangen war, auf einen Stein an der Sonnenseite des Bauwerks und wusch mir mit Trinkwasser aus meiner Flasche die von zahllosen Dornen gezogenen, wirren Blutspuren von den Beinen. Die Hügelkuppe lag hundert Meter, vielleicht höher, über dem Meeresspiegel in zunehmenden und wieder abflauenden abendlichen Brisen, aber die Sonne schien noch nichts von jener Kraft verloren zu haben, die im umliegenden, bereits von Schiffsbauern der Antike kahlgeschlagenen Bergland nur kniehohe Zwergsträucher duldete – Phönizischen Wacholder, Salbei, Wundklee, Thymian und Brandkräuter, aber keine Bäume, keinen Schatten. Die nackten Abhänge dufteten nach dornbewehrten oder mit pelzigen Lanzenblättern besetzten Blumen und Kräutern, deren Aroma vom Wind selbst über felsige Küstenstriche ohne jeden Bewuchs getragen wurde.

Ich spürte die Wärme der unbehauenen Steine des Grabmals in meinem Rücken und betrachtete das Bild, das dem als ersten und wirkungsmächtigsten Dichter des Abendlandes verehrten Toten als immerwährende Aussicht zugedacht worden war:

Im Nordwesten lag Naxos, die Insel der von einer sterblichen kretischen Prinzessin zur Göttin erhobenen Ariadne: ein fernes, scheinbar unbewohntes Gebirge, das auf Dunstbänken zu schweben schien. Davor, und nach meiner Karte kaum sechs Seemeilen vom Grabmal entfernt, ragten die Felswände des nach dem in den Olymp entrückten Selbstzerfleischer Herakles benannten Iraklia jäh aus der Dünung. An klaren Tagen mußten im Nordosten auch die Höhenzüge der Insel Amorgos zu sehen sein, aber an diesem Augustabend zerflossen dort nur Dunstschleier, Wasser und ein wolkenloser Himmel zu einer blaßblauen Leere. Groß und übermächtig und von westlichen Winden nur leicht bewegt, lag die Ägäis vor jedem sichtbaren und unsichtbaren Land.

Ich hörte im Windgeräusch das Gewirr so vieler über die Jahrtausende und bis in die Gegenwart erhobener Stimmen, die behauptet hatten, ein Mensch namens Homer müsse allein deswegen unsterblich sein, weil er nie gelebt habe. Kein Mensch, kein einzelner Dichter oder Erzähler könne die Kraft besessen haben, solche Heerscharen von Helden, Göttern, Kriegern, liebenden, kämpfenden und trauernden Gestalten erstehen zu lassen, die Kraft, den Kampf um Troja und die Irrfahrten des Odysseus in so zahllos verschiedenen Rhythmen, Tonfällen, Sprachfarben zu besingen, nein, das müßte das Werk einer ganzen Reihe von namenlosen Dichtern gewesen sein, Sängern, die zu einem Phantom verblaßt und von den Nachgeborenen *Homer* getauft worden waren. Ein Grabmal, errichtet vor zwei- oder dreitausend Jahren auf Ios oder an irgendeinem anderen Küstenstrich Kleinasiens oder der griechischen Inselwelt, könne, wenn überhaupt etwas, dann nur die Erinnerung an einen Chor verschollener Erzähler bewahren.

Ich dachte an die vielen von Grabräubern kaum zu unterscheidenden Archäologen und Abenteurer des achtzehnten und neunzehnten Jahrhunderts, etwa den holländischen Grafen Pasch van Krienen, der 1771 den Ort, an dem ich nun die Sonne sinken sah, auf der Suche nach dem Leichnam des *Größten Dichters der Menschheit* umgepflügt hatte und später schwor, er habe ein Skelett freigelegt, das vor seinen Augen zu Staub zerfallen sei.

Wenn die abendlichen Brisen für eine Weile aussetzten und das schwache Brandungsgeräusch nicht mehr bis zur Höhe des Grabmals emporgetragen wurde, verstummte auch das Stimmengewirr um den toten Dichter. Dann wurde es so still, daß inmitten der Weite dieser Meereslandschaft selbst das Summen einer Fliege zu hören war, die Stein für Stein des Grabmals zu prüfen schien, bevor sie sich in rasenden, gierigen Manövern auf die fadendünnen Kratzer und Blutspuren an meinen Beinen zu stürzen versuchte.

Als die Sonne sich dem Horizont näherte und dabei Glanz und Form verlor und schließlich als rote Ellipse in bleigrauem Dunst versank, begann aus einer richtungslosen Ferne, zunächst kaum hörbar, dann aber rasch deutlicher und lauter, etwas zu brummen, etwas zu dröhnen, das der Lärm einer oder vieler Maschinen zu Wasser oder zu Land ebenso hätte sein können wie der eines anfliegenden Geschwaders hoch in der abendlichen Wolkenlosigkeit. Aber selbst als dieses Geräusch nicht nur das Summen einer noch im Zwielicht schillernden Fliege, sondern auch das Jammern der Windstöße in den Steinfugen des Grabmals verschluckte, war weder am Himmel noch auf dem Meer oder irgendwo zwischen den kahlen Hügeln und Berglehnen seine Quelle zu entdecken.

Erst im Fernglas, weit draußen und im Verhältnis zur Macht des Gedröhns rätselhaft winzig, sah ich eine mit Zwillingsgeschützen bestückte Fregatte der griechischen Marine auf südwestlichem Kurs an Iraklia vorüber durch eine See pflügen, die sich da und dort aufzuwerfen und wie für die Nacht mit Schaumkronen zu schmücken begann.

Unbeirrt und gleichgültig gegenüber dem Widerstand von Wind und Wellen, zog die Fregatte, auf der auch im Fernglas kein Mensch zu entdecken war, dahin, als schleppe sie eine wachsende, Himmel und Wasser erfassende Unruhe hinter sich her, eine aus der Meerestiefe emporsteigende Dunkelheit, in der ich plötzlich etwas Helles, Weißes aufplatzen sah und noch etwas Weißes – Segel!, Segel über Segel, weiß, weiß, das ganze schneeweiße, schon vom Nachtwind geblähte Tuch einer Flotte: mit klirrenden Kriegern bemannte und von Sklaven geruderte Trieren und Rahsegler, prunkvolle, unaufhaltsam dahinziehende Schiffe, die unter den Kommandos von Kapitänen mit Namen wie Agamemnon, Odysseus oder Achill Kurs nahmen auf eine dem Untergang geweihte Stadt, auf Schlachtfelder, Inseln der Liebe und der Barbarei und eine trügerische Ferne, aus der es nur eine blutige Heimkehr gab.

Ein Kreuzweg

Ich sah einen Kreuzträger auf einem steinigen Feldweg, der auf eine von Yuccas und Opuntien bewachsene Hügelkette zulief. Ich war unterwegs nach Santa Fe im amerikanischen Bundesstaat New Mexico und hatte angehalten, um an meiner Karte zu prüfen, wie weit ich mich verfahren hatte und wohin mich die Seitenstraße, auf die ich geraten war, führen konnte. Der Feldweg zweigte von dieser Seitenstraße ab und mußte irgendwo in der Wüste enden. Auf der Karte war er nicht verzeichnet.

Ein Blick durch das Fernglas zeigte, daß der Kreuzträger dort draußen auch eine Dornenkrone trug und daß ihm offensichtlich Blut über das Gesicht lief. Er führte eine Prozession von etwa zwanzig Menschen an, die in weiße Hemden oder T-Shirts gekleidet waren und sich langsam auf die Hügelkette zubewegten, sehr langsam – schien doch das Kreuz aus schwerem, massiven Holz und ebensowenig eine Attrappe zu sein wie die Dornenkrone.

Obwohl mich plötzlich das beklemmende Gefühl überkam, schon wieder eine falsche Abzweigung einzuschlagen, überwog am Ende die Neugier: Ich bog in den Feldweg ein und rollte im Schrittempo auf die Prozession zu.

Auch wenn es unauffälliger gewesen wäre, den Wagen an der Abzweigung zu parken und mich der Prozession zu Fuß zu nähern, wollte ich doch meinen Schutz, meinen Panzer – einen burgunderroten Cadillac, der mir auf dem Flughafen von Albuquerque als besonders sicheres und vor allem günstiges *Upgrade* angeboten worden war – nicht verlassen. Zu spät sah ich, daß ich auf dem von Gesteinsbrocken gesäumten und von tiefen Furchen durchzogenen Weg meinen Wagen im Fall einer Flucht nicht wenden konnte.

Und ich brauchte auch bald kein Fernglas mehr, um zu erkennen, daß ich hier nicht willkommen war. Mehr und mehr Gesichter aus der Prozession hatten sich mir oder der trotz meiner langsamen Annäherung aufrauchenden Staubfahne zugewandt, als ein dicker Mann, er ging unmittelbar hinter dem Kreuzträger, eine Tafel, die er in der Hand hielt, in einer unmißverständlichen Geste zu schwenken begann: Verschwinde! Hau ab! Nur der Kreuzträger schien keinen Atem, keine Kraft für Abwehrgesten oder auch nur einen Blick in meine Richtung zu haben.

Ich hielt in vermeintlich sicherer Entfernung an, stieg aus und hob beide Arme hoch wie einer, der sich ergeben will. Die Prozession war immer noch so weit entfernt, daß wir uns nur schreiend hätten verständigen können, aber doch nahe genug, daß ich die vier Großbuchstaben auf der Tafel des Dicken lesen konnte: *INRI. Iesus Nazarenus Rex Iudaeorum.* Jesus von Nazareth, König der Juden.

Ohne auf mein Zeichen zu reagieren, reichte der

Dicke die Tafel einem neben ihm stehenden Mann und bückte sich schwerfällig, bückte sich nach einem Stein!, den er nach mir warf. Der Stein, etwa faustgroß und zu schwer für einen Weitwurf, ließ zwar nur eine Staubfontäne drei oder vier Meter vor mir hochschlagen, scheuchte mich aber augenblicklich in meinen Wagen zurück. Als ich startete und einen Knall hörte, dachte ich an einen Schuß. Aber dann war es nur ein zweiter, kleinerer, vom Dicken oder einem anderen Prozessionsteilnehmer geschleuderter Stein, der auf der Motorhaube meines schönen Cadillac aufschlug.

Es wurde schwierig, im Rückwärtsgang zu flüchten. Ich konnte die gewundenen Wegränder, vor allem Gesteinsbrocken, die dort lagen, durch das Heckfenster oft nicht rechtzeitig erkennen und fuhr rumpelnd über alle Hindernisse hinweg. Dann war ich endlich wieder auf der Asphaltstraße und sah im Rückspiegel nur noch eine rote Staubfahne, in der die Prozession verschwand.

Nach der Straßenkarte mußte ich mich rechts, also südlich halten, wenn ich die *State Route* nach Santa Fe wieder erreichen wollte. Und das wollte ich nun so schnell wie möglich. Ich fuhr durch menschenleeres, steiniges Land, aber der Kreuzträger und seine Apostel – oder waren es seine Schergen? – waren mir immer noch nahe, als ein aufjaulendes Folgetonhorn jeden Gedanken unterbrach. Der Streifenwagen mußte schon eine Weile hinter mir hergefahren sein. Der blau-rot blinkende Lichtbalken in meinem Rückspiegel schien unübersehbar – aber ich hatte ihn übersehen und konnte nun bloß Befehlen folgen, die ich über einen Lautsprecher aus dem Polizeiwagen erhielt: Anhalten. Fenster auf der Fahrerseite öffnen. Beide Hände gut sichtbar auf das Lenkrad legen. Weitere Anweisungen abwarten.

Der Deputy, dem ich dann meine Dokumente durch das offene Fenster reichte, war weder beeindruckt noch erfreut, daß ich aus Europa kam. Wen ich mit meiner Raserei denn töten wollte, fragte er, mich selber oder andere *road users*.

Hier ist niemand, sagte ich.

Ich bin niemand? fragte er. Sie sehen bloß niemanden. Sie haben auch mich übersehen. Wen haben Sie sonst noch übersehen? Fährt man in Europa blind?

Während ich überlegte, ob ich ihm von meiner Begegnung in den Hügeln berichten und so versuchen sollte, meine Unachtsamkeit zu erklären und die Lage zu entspannen, beantwortete ich seine Fragen, was ich in dieser Wüste denn suchte und wohin ich mit einer solchen Geschwindigkeit unterwegs sei.

Chimayo! wiederholte er plötzlich in völlig verändertem, ja freundlichem Tonfall. Aus Chimayo kam ich? Hatte ich an der Wallfahrt teilgenommen?

Ich war in Chimayo gewesen. In diesem fast ausschließlich von Einwanderern aus Mexiko und Lateinamerika bewohnten Wallfahrtsort fanden sich an jedem Karfreitag Tausende Pilger ein, aus Santa Fe, selbst aus Albuquerque und Las Vegas, um dort nach langem Anstehen vor dem *Santuario de Chimayo*, einer Lehmkirche, an einem Erdloch zu knien und daraus eine Handvoll roter Erde in mitgebrachte Gefäße zu schöpfen. Die Erde sollte Schwerkranke, selbst vom Teufel Besessene geheilt und Wunder auf dem grenzenlosen Feld menschlicher Wünsche bewirkt haben.

Auch ich hatte auf dem Beifahrersitz einen Becher voll roter Erde aus dem Santuario. Mein Gastgeber in Santa Fe hatte mich darum gebeten, als ich am Morgen zu meinem Karfreitagsausflug an den Rio Grande und nach Chimayo aufgebrochen war. Ich war in der Mittagshitze mehr als zwei Stunden Schritt um Schritt mit den Betenden vorgerückt, bis ich mich um diese Erde bücken durfte. Und auf dem Rückweg hatte ich mich verfahren, als ich dem endlosen Pilgerstrom ausweichen wollte, der sich immer noch auf das Heiligtum zubewegte. Ich hatte Menschen gesehen, die ihrem Ziel auf Knien entgegenrutschten, andere waren, laut betend, immer wieder stehengeblieben und hatten sich auf den Boden geworfen, um mit ausgebreiteten Armen ein Kreuz zu formen. Und vor und hinter den Pilgern zu Fuß krochen mit Marien- und Christusbildern geschmückte Autokolonnen dahin.

Ich zeigte dem Deputy meinen Becher voll Erde.

Healing dirt! Er habe selber noch eine Schale davon. Elfmal hatte er die Wallfahrt bereits gemacht. Von Albuquerque nach Chimayo.

Zu Fuß?

Neunzig Meilen zu Fuß? Es gab Leute, die in der Karwoche auch das auf sich nahmen. Aber er war die Strecke mit zwei Freunden vom Harley-Davidson-Club gefahren. Aber in diesem Jahr mußte er stattdessen wieder einmal ein paar Verrückte suchen, Mitglieder einer Sekte, die sich *Penitentes* nannten und an jedem Karfreitag einen Freiwilligen aus ihrer Mitte kreuzigten, ja, ans Kreuz schlugen! Eine ganze Flotte von Streifenwagen versuchte sie Jahr für Jahr davon abzuhalten, aber sie schafften es immer wieder – in irgendeinem Canyon, auf irgendeinem Hügel in der Wüste, notfalls in einer Scheune.

Nicht, daß der Gekreuzigte wirklich sterben sollte, aber es war doch vorgekommen, nach Stunden am Kreuz war es vorgekommen. Wenn es gelang, eine Penitentes-Prozession zu stellen und damit irgendeinen freiwilligen Christus vor dem Kreuz zu bewahren, hatte man ja immer auch ein paar illegale Einwanderer als Draufgabe. Unter jedem Kreuz standen ein paar Illegale. Denen war ihr Leben offensichtlich immer noch nicht Kreuzweg genug.

Als er mir meine Dokumente durch das Fenster zurückreichte, lächelte er: Einen schönen Tag wünsche er noch. Und ich sollte auch in der Wüste auf meine Geschwindigkeit achten und daran denken, daß man an einem Karfreitag nicht nur am Kreuz, sondern auch in einem Cadillac sterben konnte.

Im Summen des Elektromotors, der das Fenster zur Weiterfahrt und zum Schutz vor der Hitze wieder schloß, hörte ich ihn plötzlich noch etwas sagen, halblaut, so als redete er nicht mehr mit mir, sondern mit sich selber und deswegen auch in der Sprache seiner alten Heimat, die irgendwo jenseits der mexikanischen Grenze liegen mußte: *Vaya con Dios.* Geh mit Gott.

Besuch aus großer Ferne

Ich sah eine Akkordeonspielerin, ein Indiomädchen, auf dem Gehsteig vor einem Juwelierladen in einer schattigen Straße von Mexico City. Das Mädchen saß mit gekreuzten Beinen an den schwarzen, hochpolierten Granit der Geschäftsfassade gelehnt und schien gegen den metallischen Lärm anzuspielen, der aus der Tiefe einer Baugrube nach oben drang. Die von gelben Plastikbändern wie umsponnene Grube klaffte über nahezu die ganze Breite der Straße und ließ nur dicht an den Fassaden schmale Pfade frei, auf denen sich Passanten drängten. Wer seinen Weg auf der Straßenseite des Juwelierladens suchte, mußte an der Akkordeonspielerin und einem ausgelegten, zu einer Art Nest gewundenen Tuch vorbei, in dem einige Münzen lagen, und war dann so sehr damit beschäftigt, im Gedränge über dieses Tuch oder den daneben liegenden Akkordeonkoffer hinwegzusteigen, daß ihm kaum Zeit blieb, einen Blick in das Schaufenster des Juweliers zu werfen. Dort schwebte über einem mit Perlenketten, Armreifen, Diademen, Uhren, Broschen und Manschettenknöpfen geradezu überschütteten Sarg ein vergoldeter Totenschädel, der in einem lückenlosen Grinsen Zähne aus Silber zeigte. In seinen Augenhöhlen glommen moosgrüne Steine, Smaragde vielleicht. Vielleicht aber auch bloß geschliffenes Buntglas.

Auf meinem Weg vom Busbahnhof *Del Oriente*, wo ich am Morgen aus Oaxaca angekommen war, hatte ich Schaufenster von Bäckereien und Konditoreien gesehen, in denen Skelette, Totenschädel und Särge aus Schokolade, Zuckerguß und Marzipan auslagen, Schaufenster von Möbelhäusern, in denen skelettierte Familien samt ihren skelettierten Hunden und Katzen in Küchen, Wohnzimmern und Schlafzimmern Posen eines glücklichen Lebens einnahmen: Knochenfrauen in Schürzen oder Kostümen, Knochenmänner in Pyjamas, Overalls oder Smokings, Knochenkinder in Matrosenanzügen, die mit Puppenskeletten spielten; Knochensäuglinge in schwarzen Windeln. Im Schaufenster eines Autohändlers parkte ein Kabriolett, in dem zwei Skelette in Buschhemden saßen und durch ihre Sonnenbrillen ein Skelettmädchen in kurzem Rock und hochhackigen Stiefeln anstarrten, während in einer Buchhandlung, keine hundert Schritt weiter, ein Sensenmann in einem Kochbuch mit Diätrezepten las. Es war der erste November in Mexiko. Das Land feierte die *Días de los Muerto*s, die Tage der Toten.

In den fünf Nächten zwischen diesen letzten Oktober- und ersten Novembertagen durften die Toten nach einem schon in den Kulten der Mayas, Tolteken und Azteken verwurzelten und dann mit den Allerseelen- und Allerheiligenritualen christlicher Missionare verwachsenen Glauben als Besucher zu den Lebenden zurückkehren und wurden mit Musik, Tanz und Festmählern empfangen. Fährten aus goldgelben Cempasúchil-Blüten, einer Tagetes-Art, zeigten ihnen dabei den Weg aus ihren Gruften und Gräbern zu ihren alten Wohnungen. Auch Ringelblumen und Chrysanthemen wurden als Wegzeichen gestreut, es mußten aber gelbe, goldgelbe Blüten sein, denn allein die Farbe des Goldes schimmerte bis in das Totenreich hinab und war für den, der von dort als Besucher zurückkehrte, am leichtesten zu sehen. Entlang dieser blumenbestreuten Rückwege flackerten mit Speisen und Süßigkeiten, Seife und Parfüms gedeckte und von Kerzen erhellte Altäre, damit, wer aus dem Abgrund des Todes zurückkam, sich nicht nur stärken, sondern auch waschen und erfrischen, an diesen Gaben aber vor allem erkennen konnte, daß er nicht bloß unvergessen war, sondern immer noch geliebt wurde.

Ich war am Rand der Baugrube stehengeblieben, hörte der Akkordeonspielerin zu und versuchte mich zu erinnern, wo ich dieses Mädchen auf meiner Reise aus der Provinz Chiapas in die Hauptstadt schon einmal gesehen hatte. Ich war überzeugt, dieses Gesicht mit den seltsam hellgrünen Augen zu kennen. Das Mädchen wiegte sich im Rhythmus ihrer Melodien und blickte über das in ihren Armen riesenhaft wirkende Instrument hinweg an mir vorbei, an den Passanten vorbei oder durch uns alle hindurch, als stünde an irgendeiner der gegenüberliegenden Fassaden die Notenschrift ihrer manchmal rasenden Tonfolgen zu lesen. Woher kannte ich dieses Mädchen?

Der Tag meiner Ankunft in Mexico City war der Tag der *Angelitos*, der *Engelchen*, denn nach den Selbstmördern, Unfallopfern und Ermordeten, die in der ersten der vergangenen Nächte zurückgekehrt waren, nach den Unglücklichen der zweiten Nacht, die ungetauft und ohne den Segen der Kirche gestorben waren, und den Traurigen der dritten Nacht, die diese Welt ohne den Trost von Familien und Verwandten verlassen hatten, waren in der vergangenen, der seligsten aller dieser Nächte, endlich die *Angelito*s zurückgekehrt, die toten Kinder, und sie durften bis zum Anbruch der kommenden Nacht bleiben.

Auf den ihnen geweihten Altären hatte ich Puppen in weißen Kleidern gesehen, Plüschleoparden, Pyramiden aus Süßigkeiten und aztekische Spielzeugkrieger aus Plastik. Die Engelchen sollten ihre Freude haben an der von ihnen verlassenen Welt. Auch auf dem Gehsteig, auf dem die Akkordeonspielerin saß, lagen Chrysanthemen und Cempasúchil-Blüten verstreut, aber die goldgelbe Spur, die vielleicht zu einem Grab, vielleicht zu einer Wiege oder einem Kinderbett führte, verlor sich an den Rändern der Baugrube.

Oaxaca! Jetzt erinnerte ich mich. Ich kannte das Gesicht des Indiomädchens aus Oaxaca – von einem breiten, grellbunten Wandgemälde, das dort über den langen Flaschenreihen einer Bar prangte. Zwei Schergen oder Tempeldiener führten auf diesem Bild ein halbnacktes Mädchen die Stufen einer Pyramide empor, an deren Spitze ein maskierter Priester vor einem blutüberströmten Steinblock wartete. Das Mädchen sollte offensichtlich als eines von vielen Menschenopfern den Blutdurst der Götter stillen, denn über die Treppenstufen der Pyramide flossen zahllose leuchtend rote Rinnsale den Flaschenreihen der

Bartheke entgegen. Das Opfer schien keinerlei Widerstand zu leisten, sondern blickte mit einem so gelassenen, fast heiter versunkenen Ausdruck über ihre nackte Schulter auf die Welt der Lebenden zurück und auf jeden herab, der wie ich an der Theke stand, als sei sie durchdrungen vom aztekischen Glauben, daß jeden Geopferten ein überirdisches Glück erwarte, nachdem ihm auf dem Block die Brust mit einem Obsidianmesser geöffnet und das Herz aus dem Leib gerissen worden war.

Das Hellgrün ihrer Augen … die Züge der Akkordeonspielerin glichen denen der Kindfrau auf den Pyramidenstufen, als habe die Straßenmusikantin dem Wandmaler in Oaxaca Modell gestanden. Und während sie weiter und weiter und wie in Trance spielte, legten sich in meiner Müdigkeit nach den vielen Stunden der Busfahrt nicht nur die Farben eines Wandgemäldes über die Straßenszene vor dem Juwelierladen, sondern stieg zur manchmal keuchenden, dann wieder fast flötenden, nie gehörten Akkordeonmusik Bild um Bild aus der Tiefe empor.

Die Baugrube war bis zu jener acht und zehn Meter unter dem Straßenniveau der Gegenwart liegenden Ebene ausgeschachtet worden, auf der einst das versunkene Tenochtitlán, die von spanischen Eroberern zerstörte Metropole des Aztekenreiches, geglänzt hatte – eine Stadt von geradezu venezianischer Schönheit, die mit ihren farbenprächtigen Tempelpyramiden und Palästen, ihrem Gewirr von Kanälen und Deichen, Brücken, schwimmenden Gärten und auf riesigen Holzflößen driftenden Feldern als Weltwunder inmitten eines ausgedehnten, von den Zerstörern bis auf einen schlammigen Rest entwässerten Sees gelegen war. Eine Steinlawine aus Kathedralen, Kirchen, Kolonialpalästen und Handelshäusern hatte die Ruinen von Tenochtitlán schließlich unter sich begraben.

Ich stand gebannt von der Musik der Akkordeonspielerin am Grubenrand und war trotz des Gedränges auf dem Pfad vor dem Schaufenster vielleicht ihr einziger Zuhörer, als plötzlich der Juwelier aus seinem Geschäft trat. Er ging an der Straßenmusikantin vorbei, scheinbar ohne sie zu beachten, verschwand für einige Minuten und kehrte dann mit einer Papiertüte zurück, aus der er zwei Totenschädel aus Marzipan, Zuckerguß und Schokolade zog und dem Mädchen anbot.

Die Aztekin nahm die Geschenke mit der linken Hand, stopfte sich einen der Totenköpfe in den Mund, ließ das Akkordeon mit der rechten Hand weiteratmen, weiterseufzen und nickte kauend zu dem, was der Juwelier zu ihr sagte. Erst nachdem sie auch den zweiten Schädel verschlungen hatte, erfüllte sie, was von ihr wohl um den Preis dieser Süßigkeiten verlangt worden war, las die wenigen Münzen vom Tuch, das sie dann zusammenraffte, legte das Akkordeon in den zerschlissenen Koffer, band sich dieses übergroße, schwarze Gewicht mit zwei Stricken auf den Rücken und verschwand auf der wirren, goldgelben Spur der Totenblumen im Strom der Passanten.

Umbettung

Ich sah einen Mauerrest an einem von Treibgut und Bruchholz übersäten Strand. Ein Mann in einem staubigen, blauen Overall war gerade dabei, diesen Rest mit weit ausholenden Schlägen einer Spitzhacke zu zertrümmern. Die abgesprengten Brocken warf er auf einen Haufen in den schwarzen Sand.

Es war ein wolkenverhangener Sommernachmittag auf der gebirgigen *Isla Robinsón Crusoe*, der einzigen bewohnten der drei zwischen sechs- und siebenhundert Kilometer westlich des südamerikanischen Festlands im Pazifik gelegenen Inseln des Juan-Fernández-Archipels. Vor kaum vier Monaten war nach einem Tiefseebeben eine Flutwelle über San Juan Bautista, das einzige Dorf der Insel, hinweggerast. Die meisten der sechshundert Inselbewohner waren seither damit beschäftigt, Trümmerstätten wieder in bewohnbare Orte zurückzuverwandeln. Vierzehn Tote und Verschollene wurden beklagt, und ihre Zahl wäre größer, viel größer gewesen, hätte ein zwölfjähriges Mädchen nicht, wenige Augenblicke bevor eine graue meterhohe Wasserwand auf die strandnahen, ebenerdigen Häuser des Dorfes zuraste, Alarm geschlagen. Eine breite Betonspur, die für den wiederkehrenden Notfall vor Jahren als *Tsunami Evacuation Route* angelegt worden war und vom Meer über einen mit Eukalyptusbäumen bewachsenen Steilhang in die nebelige, rettende Höhe führte, hatte viele der Gewarnten entkommen lassen.

Die Welle hatte die Mole und alle vertäuten Fischerboote zerschlagen und neben vielen Wohnhäusern auch die Schule, den Kaufladen und das Gemeindehaus bis auf die Grundmauern zerstört. Kaum ein Bewohner der Insel war vom Unheil verschont geblieben. Wer keinen Toten beweinen mußte, sprach von Glück. Am Ende aber hatte das Wasser auch die Grenze zwischen den Orten der Lebenden und denen der Toten verwischt:

Der Mann im blauen Overall arbeitete am Fuß einer Felswand am Rand des Dorfes, dort, wo einmal ein kleiner, die Geschichte der Insel von ihrer Entdeckung im sechzehnten Jahrhundert bis zum Tag der jüngsten Flut bewahrender Friedhof gelegen hatte – und nun auch wiedererstehen sollte. Hier ruhten nicht nur die Toten der Insel, sondern auch die Opfer von Schiffbrüchen und Seegefechten, spanische, englische, chilenische und deutsche Matrosen, die den Pazifik nach Glück, Macht und Reichtum abgesucht und Jahre und Jahrzehnte auf See verbracht hatten, um schließlich in einer Bucht am Ende der Welt nichts zu finden als den Tod.

Zwischen den Resten ihrer Gräber lagen an diesem Nachmittag Fenster- und Türrahmen zerstörter Häuser, zerfetzte Wellblechbahnen, eine aus ihrer Verankerung gerissene Hollywoodschaukel und ein ölschwarzer Motorblock wie das herausgerissene Herz eines Ungeheuers … Kreuze und Grabsteine dagegen waren wie im Tausch gegen die hier verstreuten Trümmer des täglichen

Lebens unter dem Druck der Wasserwand davongewirbelt und lagen nun weit von den Orten der ewigen Ruhe zwischen den Fundamenten verschwundener Häuser, zerschmetterten Dächern und ins Leere ragenden Betonsäulen.

Ich kam in diesen Nachmittagsstunden eben von einer Wanderung zurück, die mich von San Juan Bautista durch Eukalyptus- und Bergurwald in jene verlassene, von steil aufschießenden Felswänden umschlossene Bucht geführt hatte, in der Archäologen in einer Höhle, die wie eine erstarrte Magmablase an einem steinigen Strand lag, Werkzeugreste und einen Navigationszirkel des schottischen Freibeuters Alexander Selkirk entdeckt hatten.

Selkirk, Steuermann auf einem britischen Kaperschiff, war im Jahr 1704 nach einem Streit über die von Bohrmuscheln zerfressene Seetüchtigkeit des Dreimasters, auf dem er als *Sailmaster* angeheuert hatte, von seinem Kapitän in dieser Bucht ausgesetzt worden und hatte bis zu seiner Rettung vier Jahre und vier Monate später in einer verzweifelten Einsamkeit überlebt, die ihn an manchen Tagen dem Wahnsinn, an anderen dem Tod nahe gebracht hatte. Die einzigen Menschen, denen er in diesen Jahren begegnete, Matrosen eines spanischen Schiffes, die anlandeten, um Frischwasser aufzunehmen, und in dem in Felle gehüllten Insulaner einen englischen Piraten und Feind zur See erkannten, wollten ihn töten. Er entkam ihnen mit knapper Not in die verhaßte Wildnis. Nach seiner glücklichen Rettung durch ein britisches Kaperschiff, seiner Rückkehr in die bewohnte Welt und in sein altes, gewalttätiges Leben, sollte sein Schicksal den Schriftsteller Daniel Defoe zu einen Roman beflügeln, der den Chronisten mittlerweile als der erste in der englischen Literaturgeschichte gilt: *Robinson Crusoe.*

Defoe verlegte seine Bühne der Einsamkeit allerdings in die Karibik und veredelte den ausgesetzten Freibeuter zum schiffbrüchigen Kauffahrer: vor den von Urwald überwucherten, nahezu senkrecht aufragenden Bergzügen hinter San Juan Bautista, vor den stürmischen Winden mit ihren Wolkenwirbeln über unersteigbaren Gipfeln ein naheliegender Kunstgriff. Welcher Leser wollte denn einem Helden bloß in die graue Wirklichkeit und auf eine stürmische, regenreiche Insel folgen, die noch dazu immer wieder von rasenden Tsunamis bedroht wurde, die fernen Vulkanausbrüchen und tektonischen Verwerfungen folgten? Mit ihrer von Tiefdruckfronten und einem aufgewühlten Pazifik gleichermaßen bedrängten Schroffheit glich die Isla Robinsón Crusoe selbst an einem Sommertag eher einem Verbannungsort als einem Schauplatz tropischer Abenteuer.

Auf den Seekarten zu Selkirks Zeiten und noch lange danach war die Insel unter jenem navigatorisch einfachsten Namen geführt worden, auf den sie ihr Entdekker, der spanische Kapitän Juan Fernández, bereits 1574 getauft hatte: *Isla Más a Tierra* – Die dem Land (dem südamerikanischen Kontinent im Vergleich zur benachbarten *Isla Más Afuera*) nähere Insel. Erst der Weltruhm einer Phantasiegestalt sollte in neuerer Zeit in der Hoffnung auf touristischen Gewinn dazu führen, das Inselpaar umzutaufen: die eine, die nähere, nach Robinson Crusoe, die kleinere, entferntere, unbewohnte nach dem historischen Vorbild der Romangestalt: *Isla Alejandro Selkirk.*

Wie Erfindung und Wirklichkeit in der kartographischen Umtaufe schienen an diesem Nachmittag auch die Welten der Lebenden und der Toten ineinanderzufließen: Der Mann im blauen Overall zerschlug den Rest einer Einfriedungsmauer, vielleicht war es auch das Fragment eines Gehsteigs oder einer zerstörten Strandpromenade aus vulkanischem Gestein, um aus den Trümmern eine Grabeinfassung genau dort wieder einzusetzen, wo sie nach seiner oder der Erinnerung eines Auftraggebers vor der Flut gelegen hatte. Andere Hinterbliebene und Nachkommen hatten offensichtlich schon vor ihm einige Ruhestätten wieder an den ungefähren alten Orten errichtet. Dabei schien aber jeder seiner eigenen Erinnerung gefolgt zu sein, denn die wiederhergestellten, neu gefaßten Gräber lagen nicht in Reihen oder anderen Symmetrien, sondern etwa so, wie sich vielleicht eine Menge müder, erschöpfter Menschen auf diesen schwarzen Sandgrund gelagert hätte – die Körper nach dieser und jener Richtung zeigend, manche nebeneinander und nahe zusammen, andere allein und abseits liegend, alle Lagen und Haltungen aber ohne die Strenge von Lineal und Lot.

Der Mann im Overall legte seine Spitzhacke zur Seite, bückte sich nach einer Bierdose, nahm einen Schluck und setzte sich dann für eine kurze Atempause auf den Trümmerhaufen. Danach begann er, die Brocken wie nach einem in den schwarzen Grund gravierten Plan zu einer Grabeinfassung zu ordnen. Am Ende stellte er ein aus Beton gegossenes kleines Kreuz, dessen Oberfläche noch den Abdruck der Jahresringe des Verschalungsholzes trug, ans Kopfende und legte ein Bukett aus blauen und roten Plastikblumen auf das neue Grab. Die Füße eines unter dieser Einfassung bestatteten Toten hätten in die Berge gewiesen, sein Kopf aber gegen das Meer.

Ich glaubte zunächst, daß der Mann, gebeugt von seinen Erinnerungen oder seiner Trauer, ein Gebet verrichten wollte, als er am Ende seiner Arbeit lange stillstand und dann vor dem wiedererrichteten Grab auf die Knie sank. Aber stattdessen begann er die steinerne Fassung wieder auseinanderzunehmen und die Brocken, die Plastikblumen und das Kreuz noch einmal anders und neu zusammenzufügen, als ob er erst nach einem abschließenden prüfenden Blick den Fehler an der Ausrichtung dieser Ruhestätte erkannt hätte. Einen Fehler, der nur gutzumachen war, indem er noch einmal von vorne begann:

Wenn die Lebenden dieser Insel und noch ihre Toten in den ersten Jahren der Ewigkeit immer wieder vor der Gewalt und der Übermacht des Ozeans beschützt werden mußten, dann sollte der hier, irgendwo hier Bestattete die heranrasenden Wellen der Zukunft nicht in jener hilflosen, ausgesetzten Lage erwarten, die der Flut die breiteste Angriffsfläche bot. Und so wies die Ruhestätte, als der Mann im Overall die Brocken endlich neu zusammengefügt hatte, wie ein gegen die Brandung gerichtetes Boot mit dem Kopfende gegen die wolkenverhangenen Berge, das Fußende aber zeigte … nein: stemmte sich gegen das anrollende, alles umfassende und alles verschlingende Meer.

Beifang

Ich sah einen Fischer, der fluchend Kurs hielt auf den Hafen von Baltimore im Südwesten Irlands. Er umklammerte das Steuerrad seines Kutters, als kämpfte er gegen die Sturzseen eines Orkans. Dabei war das Meer ruhig, im Windschatten unbewohnter Felseninseln, die der Kutter passierte, fast spiegelglatt. Aber er hatte etwa fünf Seemeilen nordöstlich einer *Stags* genannten Felseninsel ein vollgelaufenes Boot und zwei darin bereits bis zu den Knien im Wasser stehende Insassen ins Schlepptau genommen und mußte nun Riffen, an denen er ansonsten achtlos vorüberglitt, in langsamer Fahrt ausweichen.

Das vollgelaufene Boot gehörte einem Steinmetz aus Glengarriff, der mich eingeladen hatte, ihn zu den Ruinen auf einer der verlassenen Calf Islands zu begleiten. Er wollte dort Schieferplatten von eingestürzten Dächern sammeln, um damit eine Kapelle neu zu decken: Schiefer von den Calfs sei der beste in ganz Irland und würde die Madonna seiner Kapelle noch in hundert Jahren vor Sturm und Regen schützen. Bei einem mißglückten Anlegemanöver an einer verfallenen Mole war unser Boot dann aber auf Felsengrund gelaufen und leck geschlagen.

Nun saßen wir mit nassen Füßen auf zwei Ballen engmaschiger Netze im Boot unseres Retters, der uns den

Rücken zukehrte und halblaut vor sich hin in die Windstille fluchte. Er hatte an diesem Tag fünf Dutzend Hummerkörbe, große, mit Steinen beschwerte und Ködern versehene Drahtkörbe, die er, zu langen Ketten zusammengebunden, vor zwei Tagen versenkt hatte, in stundenlanger Arbeit wieder hochgeholt und nur einen einzigen Hummer darin gefunden.

Einen Hummer. Ein einziger, gottverfluchter Hummer in sechzig Körben. Sechzig Körbe, und ein Hummer!

Die Beute, ein tintenblauer Atlantikhummer von mittlerer Größe, versuchte, auf dem Boden einer Plastikwanne, die groß genug war für zwanzig oder dreißig seinesgleichen, mit zusammengebundenen Scheren zu entkommen.

Dieses gottverdammte Meer machte aus jedem gottverdammten Fischer einen gottverdammten Idioten. Neunundfünfzig leere Körbe!

Die Motorwinde, mit der unser Retter die zusammengebundenen Körbe normalerweise aus der Tiefe hochzog, war an diesem Tag auch nach zahllosen Versuchen nicht in Gang zu bringen gewesen. Also hatte er die schweren Drahtkörbe mit eigenen Händen hochgeholt, Korb für Korb mit eigenen Händen, und darin nur Ballaststeine gefunden und verrottende, stinkende Fischabfälle, Köder.

Scheiße!

Unser Retter hatte uns seine vom Zugseil wundgescheuerten Hände gezeigt.

Leere Scheißkörbe! Und zum Ausgleich dafür ein abgesoffenes Boot. Gab es auf diesem leergefischten, verfluchten Meer denn überhaupt noch etwas anderes als Probleme? Gottverdammte Probleme! Dieses Scheißmeer schlug Molen in Trümmer, schlug Boote leck, zerriß Ankerketten, zerriß Netze, ließ einen in Sturmzeiten oft tagelang nicht zu den Fanggründen und beschenkte einen Idioten, der blöd genug war, um sich in der Fischerei zu plagen, nach tagelangen, nächtelangen Schindereien mit einem einzigen Hummer! Und als Draufgabe mit zerrissenen Netzen, mit leeren Körben, einem Wrack und zwei Schiffbrüchigen. Verfluchte Scheiße.

Wir hatten anfangs gedacht, unser Retter wollte *uns* etwas sagen, auch wenn er sich kein einziges Mal nach uns umdrehte, und hatten zweimal, dreimal nachgefragt, bis wir verstanden, daß der Mann nicht mit uns, sondern mit dem Himmel sprach, dem Meer.

Bei allen Heiligen! Sollte doch der gesamte Atlantik verdampfen, versickern zwischen den gottverdammten Riffen, dann war endlich Ruhe über dem Schlammgrund und kein Vollidiot mußte noch Kredite aufnehmen, um sich ein rostzerfressenes Wrack leisten zu können, mit dem er dann abgesoffene Anglerschiffchen in den Hafen schleppen durfte.

Das Leuchtfeuer des *Beacon*, eine an der Hafeneinfahrt von Baltimore hochragende, weiße Säule, war bereits in Sichtweite, als unser Retter die Maschine in den Leerlauf kuppelte und das Steuerrad losließ.

Von einem Hummer und neunundfünfzig scheißleeren Körben sollte ein verfluchter Fischer die Raten für seinen Kutter bezahlen?, sollte davon seine Frau ernähren und drei Kinder auf ein armseliges, beschissenes, besseres Leben vorbereiten? Von einem Hummer?

Unser Retter war an die Plastikwanne getreten und

beugte sich über seine Beute, als begutachte er ein nie gesehenes, geheimnisvolles Wesen aus der Tiefsee, das tatsächlich alle seine Fragen lösen konnte. Dann packte er den Hummer an seinem meerblauen Panzer, löste ihm die Fesseln, spröde Gummibänder, von denen Dutzende, zu Knäueln verstrickt, in der Wanne lagen, hielt das mit seinen befreiten Scheren winkende Tier noch einmal hoch und warf es über Bord.

In der Tiefe

Ich sah eine Walkuh, die in etwa dreißig Meter Wassertiefe schlafend im Blau des Meeresgrundes lag. Sie hatte eine ihrer Brustflossen, die sich als weiße, meterlange Flügel vom Schwarz ihres Körpers abhoben, in einer schützenden Umarmung über ihr Kalb gelegt.

Ich trieb an der Oberfläche eines von Passatwinden zerfurchten Meeres, beobachtete die Riesin und ihr Kind durch meine Taucherbrille und versuchte, meine Position in den kreuz und quer laufenden Wellen mit langsamen, vorsichtigen Flossenschlägen zu halten, vorsichtig, weil das vierzehn, vielleicht fünfzehn Meter lange und wohl zwischen zwanzig und dreißig Tonnen schwere Tier in der Tiefe – *scheu* war und schon von den Bewegungen eines hoch über ihr paddelnden, bloß mit Schnorchel und Taucherbrille bewehrten Schwimmers beunruhigt werden konnte: So zumindest hatte mich ein Meeresbiologe aus Tucson, Arizona, an Bord jenes Schiffes belehrt, von dem ich in den Morgenstunden gemeinsam mit fünf anderen *whale watchers* in einem Schlauchboot abgelegt hatte, um einen Vormittag lang Ausschau zu halten nach dem Blas, den Atemluftfontänen der Wale. Schon an der Reling unseres Mutterschiffs hatten wir die verwehenden Schleier von mehr als einem Dutzend solcher Fontänen gesehen – und dann auch jenen namengebenden Buckel, mit dem ein Wal unter dem Kondenswasserstaub seines Atems wieder abtauchte und dabei die Fluke wie zu einem letzten Winken vor dem Verschwinden über die Wellen erhob.

Eine dieser sprühenden, im Sonnenlicht manchmal in den Spektralfarben aufleuchtenden Fontänen – und dann eine lange Fährte aus aneinandergereihten Stellen glatten Wassers, die, riesigen Fußstapfen ähnlich, durch die Flossenschläge eines dicht unter der Oberfläche dahinziehenden Wals entstanden, hatten uns schließlich an den Ort geführt, an dem nun die Kuh in der Tiefe schlief, vielleicht träumte. Und wir waren vom Schlauchboot lautlos ins Wasser geglitten, um eines der größten Säugetiere der Evolution aus nächster Nähe zu beobachten. Meine Ohren waren voll Wasser. Ich starrte in die Tiefe, hörte nichts außer meinem eigenen durch den Schnorchel fauchenden Atem und hielt bei der leisesten, tatsächlichen oder bloß vermeintlichen, Bewegung des schwarzen Tiers dort unten unwillkürlich die Luft an wie einer, der seine Entdeckung fürchten muß.

Es war ein strahlender, windiger Februartag auf den *Silverbanks*. Diese mehrere hundert Quadratkilometer große, von Korallenriffen gezähnte Untiefe sechzig nautische Meilen nördlich der Küsten von Haiti und der Dominikanischen Republik war in den Wintermonaten der nördlichen Hemisphäre einmal mehr zu einer Bühne des Lebens der Buckelwale geworden. Vier- bis fünftausend von ihnen schwammen in diesen Monaten aus nordatlantischen Meeresregionen um den halben Erdball, um in den ruhigen Untiefen karibischer und benachbarter tropischer Gewässer Brautschau zu halten, Rivalenkämpfe auszufechten, ihre Kälber in den Techniken des ozeanischen Überlebens zu unterweisen oder Strophe um Strophe ihrer rätselhaften – und für den, der das rechte Ohr dafür hatte, über Hunderte Kilometer hörbaren – Lieder zu singen.

Die unter amerikanischer Flagge kreuzende Yacht, die mit sechs Besatzungsmitgliedern und fünfzehn Atlantikschwimmern und Walfreunden an Bord eine Woche über den Silverbanks vor Anker liegen sollte, war eines von jährlich drei Schiffen, die mit einer Lizenz der Dominikanischen Republik in die Welt der Buckelwale eindringen durften. Wir hatten diese Welt zwölf Stunden nach dem Auslaufen aus dem dominikanischen Puerto Plata und nach einer langen Sturmnacht erreicht. Selbst der Erste Offizier und die Kapitänin, eine Weltumseglerin aus dem englischen Lake District, trugen am Morgen unserer Ankunft im ruhigen Wasser der Silverbanks, das wie ein großer See inmitten eines stürmischen Ozeans glitzerte, immer noch weiße Pflaster gegen die Seekrankheit auf der Haut. Die Yacht lag nun an Mooringketten zwischen zwei Korallenriffen und in Sichtweite eines geborstenen Frachters, der vor Jahren gegen diese Korallen gelaufen war und seither als ein von Möwen umschwärmtes, unter den Wellenschlägen manchmal metallisch ächzendes Seezeichen aus dem seichten Riffwasser ragte: eine Erinnerung auch daran, daß diese Untiefen ihren Namen spanischen Galeonen verdankten, die hier, schwer mit Silber und anderem Raubgut aus einer *Neuen Welt* befrachtet, gescheitert waren.

Wir hatten uns den ganzen Vormittag über vom Blas und den Fährten der Wale leiten lassen und waren ihnen im Schlauchboot dahin und dorthin, schließlich so weit hinaus gefolgt, bis die rostzerfressenen Aufbauten und geknickten Ladekräne dieses Wracks, dann auch die Funkmasten unseres eigenen Mutterschiffs unter den nun ringsum leeren Horizont gesunken waren.

Auf dieser Pirschfahrt hatten wir Buckelwalbullen gesehen, die mit wenigen Flukenschlägen die Gesamtheit ihrer ungeheuren Masse aus dem Wasser katapultierten, dann für einen Augenblick in voller Größe über den Wellen und vor den weißen Wolkenfäusten des Tropenhimmels schwebten, bevor sie in einer Explosion schneeiger Gischt und zerreißender Wasservorhänge wieder ins Meer zurückstürzten. Der Meeresbiologe, der unser Schlauchboot steuerte, bevorzugte unter den vielen Deutungen dieser Sprünge als Macht- oder Kampfrituale die allereinfachste: Sie *spielen.* Aber wehe dem Schwimmer, der einen solchen Spieler aus der Tiefe unter sich hochstürmen sah.

Buckelwale, hatte der Biologe gesagt, bevor er den Motor abstellte und uns anwies, lautlos ins Wasser zu gleiten und die letzten hundert Meter bis zur vermuteten Schlafstelle der Walkuh und ihres Kalbes zu schwimmen, Buckelwale seien friedlich, ja, sie hätten unseren harpunierenden Artgenossen offensichtlich selbst den Versuch verziehen, sie über die Jahrhunderte mit einer Armada aus Fangschiffen auszurotten.

Ich hatte den fünf oder sechs Meter langen Säugling, der sich jetzt aus der Umarmung der Mutter löste und mit flatternden Brustflossen der Meeresoberfläche entgegenstieg, bereits zweimal auftauchen, blasen und wieder abtauchen sehen, als die Mutter, die bis zu einer halben Stunde, ohne einen Atemzug zu tun, in der Tiefe ruhen konnte, aus ihrem Schlaf oder ihren Tagträumen erwachte und nun ihrem Kalb in einem steilen Aufstieg nachschwebte.

Obwohl ich keinen Zweifel an der Sanftheit und Friedlichkeit der Buckelwale hegte, überfiel mich plötzlich die Starre eines Beutetiers, als dieser schwarze, von Seepocken und an Stahlnieten erinnernden Warzen übersäte Koloß mit einem Maul, so groß, daß ich darin wie in einem Strandkorb Platz gefunden hätte, auf mich zukam. Auf mich? Die Walkuh schwamm auf die von der Linse des Ozeans verzerrten Bilder von Kumulustürmen zu, auf den Tropenhimmel, schwamm plötzlich aber nicht mehr ihrem in sicherer Entfernung von mir blasenden Kalb entgegen, sondern dorthin, wo ich war. Ich vergaß einige Herzschläge lang, durch den Schnorchel zu atmen. Dann hob ich prustend den Kopf aus der Flut und sah das Schlauchboot hundert Meter, vielleicht weiter, entfernt, sah auch fünf schnorchelnde Schwimmer, meine Gefährten, sah sie aber nicht, wie geboten, dicht nebeneinander, sondern von den Wellen versprengt und hinter deren Kämmen immer wieder verschwindend – weitab. Seltsam, wie besänftigend, wie ruhig gegen so viel Dunkel, so viel Bewegung unter mir dieser hohe Himmel sein konnte, die Wolkentürme, das unerreichbare Blau. Ich trieb in den Wellen.

Die Riesin kam langsam, war das vorsichtig?, näher, so

nahe schließlich, daß ich die Iris ihrer von dunklen Hautfalten umpanzerten, an ihrem mächtigen Schädel winzig erscheinenden Augen sah. Mit diesen Augen, hatte es an Bord geheißen, könne ein Wal zwei verschiedene Bilder gleichzeitig erfassen, gleichzeitig zwei verschiedene Welten.

Die Riesin sah mich an, nein: streifte mich mit ihrem Blick und änderte dann ihren Kurs um einen Hauch, gerade so viel, daß wir einander nicht berührten. Aber obwohl sie mir mit dieser Andeutung einer Seitwärtsbewegung auswich und damit mein Dasein immerhin wahrnahm und anerkannte, glaubte ich in ihrem Blick eine so abgrundtiefe Gleichgültigkeit zu sehen – vergleichbar der eines Berges gegenüber dem, der ihn besteigt, der des Himmels gegenüber dem, der ihn durchfliegt –, daß mich ein Gefühl überkam, als müßte ich mich unter diesen Augen ohne den geringsten Rest auflösen, müßte unter diesen Augen verschwinden, so, als hätte ich nie gelebt. Vielleicht war diese Riesin in Schwarz tatsächlich aus ihrer Tiefe zu einem Atlantikschwimmer emporgeschwebt, um ihm eine Ahnung davon zu vermitteln, wie reich, wie vielfältig, unverändert und selbstverständlich die Welt ohne ihn war.

Und dann durchbrach sie den Meeresspiegel, blies ihren Atem gegen die Wolken, in meine Welt, eine glitzernde Fontäne, und wandte sich, noch bevor die kondensierte Luft aus ihren zentnerschweren Lungen als Wasserschleier verwehte, wieder der Tiefe zu, folgte dem Säugling, der bereits auf dem Weg zum Grund war.

Und ich sah einen ungeheuren, von Abwehrkämpfen, von Korallenriffen, Liebesspielen oder den Schraubenblättern von Schiffen gezeichneten, narbigen Körper Meter um Meter um Meter um Meter an mir vorübergleiten – und sinken.

Die Königin der Wildnis

Ich sah ein totes Kalb auf einer von Urwald umschlossenen Weide im brasilianischen Bundesstaat São Paulo. Das Tier mußte schon vor Tagen verendet sein; der Bauch war von Gärgasen gebläht, an Stelle der Augen klafften blutige, von Schmeißfliegen umschwirrte Löcher. Lenden und Hals waren von Schnabelhieben oder Reißzähnen zerfetzt. Einige Urubus, schwarz gefiederte Geier, eben noch damit beschäftigt, das Aas zu zerteilen, hatten vor zwei Reitern die Flucht ergriffen und hockten nun wartend im Geäst eines entlaubten Flammenbaumes.

Fazenda Floresta: Der Name dieses hügeligen Weidelandes, auf dem die von Büschel- und Löwenäffchen, Kolibris und Papageien besiedelten Reste eines bereits vor Generationen gerodeten Urwalds als schwarzgrüne Inseln dahintrieben, erinnerte noch an die Wildnis, die sich hier einmal nach allen Himmelsrichtungen ausgebreitet hatte. Floresta bedeutete in der Landessprache *Wald*, undurchdringlicher Wald, Urwald.

Der Fazendero, der Grundherr, ein im westfälischen Münster geborener Deutscher, den eine große Liebe vor Jahrzehnten dazu gebracht hatte, in Brasilien seßhaft und dort Bauer und Rinderzüchter zu werden, hatte mir an diesem heißen Februarmorgen vorgeschlagen, ihn auf seinem Ritt über weit verstreute Weiden zu begleiten; einer der Viehhüter habe ihm einen von einer Korallenschlange getöteten Jungstier gemeldet.

Unsere Pferde näherten sich dem Kadaver mit einem solchen Widerwillen, daß wir schließlich abstiegen und sie an den Ästen eines leuchtend violett blühenden Quaresmeirabaumes festbanden, dann aber selber vor einem Hagel von Schmeißfliegen zurückweichen mußten. Der Kleine da, sagte der Fazendero, hätte ein guter Zuchtstier werden können; er sei bereits das zweite vom Biß einer Korallenschlange getötete Tier in diesem Jahr. Manchmal habe er das Gefühl, die Wildnis oder ihre Dämonen forderten Tier- und sogar Menschenopfer als Sühne dafür, daß Vogelchöre und Affenhorden in den Busch zurückgedrängt, Wald gerodet und Haustiere, Schweine, Rinderherden auf die eroberten Lichtungen getrieben worden seien. Dabei genüge hier schon ein kurzes Nachlassen der Wachsamkeit, und unbestelltes Land fiel wieder an die Wildnis zurück und versanken Weiden, Wege, Ställe und Häuser in stetig anrollenden, wuchernden, blühenden Wogen immergrünen Dickichts.

Als er dieses Land hier zum erstenmal gesehen habe, sagte der Fazendero, sei es vom Busch kaum noch zu unterscheiden gewesen – das Herrenhaus eine Ruine, aus deren Fenstern Bäume ihre Äste streckten, die Unterstände für das Vieh verrottet, Tore und Gatter von armdicken Lianen und Würgefeigen zugenäht, die Brunnen verschüttet – wertloses Land. Entsprechend niedrig dann auch der Preis.

Also hatte er damals diese Abgeschiedenheit gekauft und der Wildnis in erschöpfender und begeisterter Arbeit ihre Beute wieder abgejagt, hatte gemeinsam mit seinen Landarbeitern die rote Erdstraße, die nun hügelauf, hügelab bis nach Buri, der nächsten Stadt, verlief, über Kilometer und Kilometer und immer den Barrieren des Geländes folgend oder ihnen ausweichend, als Schneise durch den Wald geschlagen, hatte die überwucherten Lichtungen wieder in Weiden zurückverwandelt und auf einer Anhöhe ein neues, lichtdurchflutetes Haus aus eisenhartem Arueraholz und Glas gebaut, Häuser für die Viehhüter, die Landarbeiter und ihre Familien, Unterstände gegen die brennende Sonne und Ställe, später eine Schule, einen Kindergarten, eine Kirche, einen Spielplatz … ein von Urwald umgebenes, vom Urwald beschütztes Dorf.

Gab es denn etwas Lohnenderes, fragte der Fazendero, während wir die schweißnassen Pferde wieder bestiegen und die Lichtung und ihren Verwesungsgestank hinter uns ließen, gab es denn etwas Beglückenderes, als der Wildnis, der äußeren wie jener, die man in sich selber trug, etwas Neues, vielleicht sogar etwas wie eine Heimat abzugewinnen – nein, nicht im Kampf oder allein mit Motorsägen, Beilen, Planierraupen und Dynamit, sondern in einer Art Tauschhandel, einem Gegengeschäft, das zum Beispiel den Geiern das Aas von verendetem Weidevieh überließ, das bewaldete Steilhänge, Affenland!, mit Entwässerungskanälen vor dem Abrutschen unter Wolkenbrüchen bewahrte, den Kolibris auf den Veranden Glasflöten voll Honigwasser – und selbst den Schlangen zwischen den Viehweiden für Menschen und ihre Herden unzugängliche Lebensräume anbot?

Ich hatte den Fazendero in einem Restaurant im dreihundert Kilometer entfernten São Paulo kennengelernt, in dem er nach einer Zusammenkunft brasilianischer Züchter von Simmental-Rindern zu Abend gegessen hatte, und am nächsten Tag seine Einladung angenommen, die Fazenda Floresta als sein Gast zu besuchen. Auf der Fahrt aus der grenzenlos scheinenden Stadt hinaus und endlich über freies Land hatte er von seinem langwierigen Unternehmen erzählt, kleinwüchsige Zebus, aus Indien stammende Buckelrinder, die das Bild brasilianischer Weiden damals noch bestimmten, mit vergleichsweise massigen, Fleisch *und* Milch liefernden Simmentalern, schweizerischem Fleckvieh, zu kreuzen. Immer wieder sei er nach Europa gereist und mit Kühlboxen voll Simmental-Embryonen im Gepäck zurückgekommen, kostbarem Zuchtmaterial, das dann den Mutterkühen auf der Fazenda von einem Indio eingepflanzt wurde, der nicht nur Pferde, sondern auch Kühe dazu bringen konnte, ihm aufs Wort zu gehorchen. Aber das europäische Fleckvieh gedieh hier der Feuchtigkeit, der Hitze, des mageren Grases und der Parasiten wegen nicht so recht; es hatte immer neuer Anläufe und Zuchtvarianten bedurft. Aber jetzt, endlich, lagen seine Simmentaler so friedlich wiederkäuend auf den Weiden der Fazenda, als hätte die Rasse nie einen anderen Schatten gekannt als den des Urwalds, den von Quaresmeirabäumen und Palmen.

Natürlich forderte die Wildnis von jedem Neuling ihren Preis, die Simmentaler, zum Beispiel, wurden zu den geplagtesten Opfern der Dasselfliege, eines Biestes von der Größe einer Wespe, das seine Eier in die Haut der Rinder legte, wo dann fette Maden heranwuchsen, aus denen die nächste Generation von Parasiten schlüpfte.

Bei den vielen Dasselfliegen, die eine Simmentalerherde umschwirrten, konnte es geschehen, daß auch Menschen als sogenannte Fehlwirte befallen wurden … Der zu seiner Frau gewordenen Geliebten des Fazenderos war das zugestoßen, und sie war nach dem Versuch eines Viehhüters, die Made mit seinen geschickten Fingern ebenso aus der Beule zu drücken, wie er dies ansonsten mit großer Sicherheit bei den Rindern tat, an einer Blutvergiftung beinah gestorben. Der Hüter hatte in seiner Schüchternheit, seinem Respekt vor der Frau des Grundherrn und im Eifer, alles, alles richtig zu machen, die Made noch unter der Haut zerdrückt.

Aber was immer auf der Fazenda Floresta bedrohlich wurde, war im Gegensatz zu dem, was einem in den Straßen von São Paulo auflauern konnte, wenigstens berechenbar. Nein, vor die Wahl gestellt, ein Leben zwischen Wolkenkratzern und den Blech- und Papphütten der Favelas oder hier, weit draußen, zu führen, würde der Fazendero auch jetzt keinen Augenblick mit seiner Entscheidung für die Floresta zögern. Und selbst wenn die Wildnis hier eines Tages wieder übermächtig werden und alle Weiden zurückfordern sollte – und das war ja so gewiß wie der Tod –, dann würde sich damit bloß einmal mehr zeigen, daß alles Land, Grundbücher hin oder her, eben nur von der Wildnis gepachtet war.

Unser Ausritt hatte gegen Mittag über die Grundgrenze geführt, zum einzigen Nachbarn in einigermaßen leicht erreichbarer Nähe, einem kleingewachsenen Mann, der eine Lehmhütte auf einer Lichtung bewohnte und sich dort von einem einzigen riesigen Avocadobaum ernährte, dessen Früchte er auf dem Markt in Buri verkaufte.

Der Nachbar bot uns Pinga, Zuckerrohrschnaps, in großen Gläsern an und nahm dann eine gerahmte Schwarzweißfotografie von der Wand, um sie uns stolz zu zeigen, das neueste Bild seiner beiden Söhne, neben einem Kruzifix einziger Wandschmuck in seiner Hütte: Die Söhne posierten darauf in weißen Hemden mit breiten, offenen Krägen vor dem Hintergrund der Wolkenkratzer von São Paulo. Die Arme vor der Brust gekreuzt, hielten sie breit lächelnd in jeder Faust eine Pistole.

Diese beiden, sagte der Avocadobauer, hatten es geschafft. Was genau sie in der Stadt für ihren Lebensunterhalt taten, wisse er nicht, und er wolle es auch nicht wissen, aber wir sollten uns doch bloß ihre Hemden ansehen, er habe in seinem ganzen Leben noch kein einziges solches Hemd besessen.

Auf unserer Heimkehr von den hitzeflirrenden Weiden in die von Deckenventilatoren gefächelte, nach Pfefferminze und Hibiskus duftende Kühle des Herrenhauses zeigte mir der Fazendero hölzerne, luftige Pfahlbauten, die ich wegen der Fliegengitter vor den breiten Fenstern für Wohnungen hielt. Aber es waren Ställe, schlangensichere Kälberställe, in denen das Jungvieh während seiner ersten Lebenswochen geschützt sein sollte vor den Gefahren der Weiden. Auf schmalen Borden über den Futtertischen standen schimmernde Glasflöten wie Blumenvasen. Erst als meine Augen sich an das im Vergleich zum blendenden Himmel sanfte Stalldunkel gewöhnten, erkannte ich, daß in jeder dieser Flöten eine Korallenschlange im Spiritusbad schwebte. Mit ihrer immer noch leuchtend roten, von schwarzweißen Ringen in regelmäßige Segmente unterteilten Schuppenhaut glichen diese Schlangen eher prachtvollen Halsbändern als einer Gefahr.

Schön und oft tödlich, sagte der Fazendero. Einige seiner Viehhüter behaupteten, daß die Schlangengefahr kleiner geworden sei, seit er ihren Rat befolgte und mit den von ihnen erschlagenen Korallenschlangen, besiegten Dämonen, die Ställe schmückte.

Der Nachmittag wurde gewittrig, und wir machten uns in einem tonnenschweren Geländewagen früher als geplant auf den Rückweg nach São Paulo – für den kommenden Tag waren schwere Regenfälle vorhergesagt. Die rote Erdstraße wurde dann selbst mit einem vierradgetriebenen Pick-up unpassierbar oder war nur noch im Kriechtempo mit jenen Schneeketten zu befahren, die der Fazendero im vergangenen Jahr aus dem eisigen Europa importiert hatte.

Der Himmel im Südwesten begann sich bereits violett zu verfärben, als wir, weit von der Fazenda entfernt und immer noch weit vor jeder Siedlung, etwas Dunkles auf der Straße liegen sahen, das ich aus der Entfernung für einen Balken oder einen prallen Wasserschlauch vom Umfang einer Regenrinne hielt. Der Fazendero bremste so heftig, daß die für alle Fälle mitgeführten Schneeketten auf der Ladefläche des Pick-up gegen das Fahrerhaus klirrten. Eine Anakonda, sagte er und öffnete bereits die Wagentür, um auszusteigen.

Die Riesenschlange, die langsam, sehr langsam und unbeirrt von unserer Gegenwart über die Straße kroch, mußte sechs, sieben Meter oder länger sein, ihr Schwanz war noch im Dickicht an der linken Straßenseite verborgen, während ihr Kopf für einen Augenblick zwischen dürren Grasbüscheln an der rechten Straßenseite auftauchte und gleich wieder verschwand. Wir sahen das wellenförmige Ornament auf ihrem Rücken langsam an uns vorüberfließen, als auf der Hügelkuppe vor uns ein Lastwagen auftauchte, das erste Fahrzeug seit unserem Aufbruch, und auf uns zukam wie auf der Flucht vor einer hinter ihr aufrauchenden, die Straße und ihre Ränder verschlingenden roten Staubfahne. Auf der Ladefläche standen Landarbeiter, die sich an den Bordwänden festhielten und den erhobenen Arm des Fazenderos, der warnen und die Anakonda schützen wollte, vielleicht für einen Gruß hielten. Sie winkten zurück, lachten, kamen rasch näher.

Aber der Fahrer des Lastwagens brauchte keine Warnung. Er hatte die Schlange längst gesehen und verringerte die Geschwindigkeit nicht, sondern fuhr wie von Jagdlust oder bloßer Wut, vielleicht Angst getrieben auf sie zu – und über sie hinweg. Und für einen Augenblick sah es aus, als setzte der Laster mit seinen hölzernen Bordwänden und lehmverkrusteten Zwillingsrädern wie ein monströses Untier durch einen Dressurreifen, denn das über sie hinwegdonnernde Gewicht ließ die Anakonda zu beiden Seiten des Gefährts, ihren Kopf, ihren Schwanz hochpeitschen und so einen Bogen bilden, der, kaum ausgespannt, in den roten Staub zurückfiel, während der Wagen, ohne stehengeblieben, ja, ohne auch nur langsamer geworden zu sein, verschwand und uns, die überfahrene Anakonda, die Erdstraße, den Urwald, in einem roten Nebel zurückließ, der sich nur zögernd lichtete.

Die Anakonda lebte noch und kroch weiter, langsamer jetzt, ohne ihre alte, fließende Anmut jetzt und manchmal wie in einem Krampf, aber weiter. Auf dem Ornament ihrer Haut war keine offene Wunde zu sehen, ihre Wirbel mußten aber gebrochen sein. Die Spuren der Zwillingsreifen auf ihrem von rotem Staub bedeckten Körper erinnerten an die dunklen Ringe auf dem Rot der Korallenschlangen in den Glasflöten der Fazenda Floresta.

Rainha da Selva, Königin der Wildnis, sagte der Fazendero, Königin der Wildnis habe einer seiner Viehhüter jene Anakonda genannt, die an einem Weihnachtsabend auf einer Stallrampe erschienen und dann vor einer Schar begeisterter Kinder sozusagen in die Heilige Nacht geflüchtet war. Aber dieser Königin hier, sagte der Fazendero, bleibe zur Herrschaft wohl nur noch das Totenreich. Wen sollte sie mit ihren gebrochenen Wirbeln noch jagen? Wen verschlingen?

Als wir der Anakonda folgten, soweit das Dickicht es zuließ, waren nur unsere eigenen Schritte zu hören; das Knacken dürrer Zweige unter unseren Füßen, das knisternde Gras. Ohne den Kopf noch einmal über das Blattwerk zu erheben, kroch die Königin lautlos ins Verschwinden.

Die Übergabe

Ich sah die schmale Hand des Bootsmannes Sang. Sie ruhte für einen Atemzug, vielleicht einen Augenblick länger, auf der Schulter seines Sohnes Lae, der neben ihm am Steuerruder eines Langbootes stand. Das Boot, das Lae seit drei Tagen stromabwärts führte, war nur mit vier Passagieren besetzt; ich war einer von ihnen. Wir waren bei Huay Xai, einer Grenzstadt im Dreieck zwischen Burma, Thailand und Laos, an Bord gegangen und sollten am Abend die alte laotische Königsresidenz Luang Prabang erreichen. Die Regenzeit war vorüber, aber der Wasserstand des Mekong immer noch hoch genug, daß ein Langboot von der bescheidenen Größe des unseren in Stromschnellen, vor allem aber in den Strudeln, die sich manchmal wie rotierende Brunnenschächte vor dem Bug auftaten, leicht kentern konnte.

Lae steuerte das Boot auf dem Stromabschnitt zwischen Huay Xai und Luang Prabang allein, aber wenn Gefahren oder Hindernisse die Fahrt bedrohten – felsige Untiefen, Stromschnellen, Strudel oder vom Monsun entwurzelte Bäume, deren Äste sich manchmal wie die Arme ertrinkender Riesen aus der Flut erhoben –, legte sein Vater ihm stets die Hand auf die Schulter, sagte dazu aber kein Wort, gab keinen Rat.

In den drei Tagen, an denen die laotischen Ufer des Mekong an uns vorübergeglitten waren – von Regenwald bedeckte Steilhänge, dazwischen blühende Rosenteakholzwälder, Pfahlbaudörfer und immer wieder schwarze, manchmal noch rauchende Brandrodungsflächen, auf denen Arbeitselefanten verkohlte Stämme an Ketten ans Wasser schleiften –, hatte Lae keinen Fehler gemacht. Er war auf unzähligen Fahrten nach Luang Prabang bisher stets nur der Matrose seines Vaters gewesen und kannte zwar noch nicht alle, aber doch viele Namen jener Gefahren, die sich mit den um acht und zehn Meter steigenden und wieder fallenden Wasserständen des Mekong im Wechsel der Jahreszeiten änderten:

Jeder dicht unter der Wasseroberfläche verborgene Felsen, jeder Strudel, der in der Monsunzeit eine Gefahr, in der Trockenzeit bloß eine glucksende Erinnerung war, trug einen alten, oft jahrhundertealten Namen. Bootsmann Sang hatte diese Namen aber stets erst dann ausgesprochen, wenn Lae das Richtige getan hatte und die Bedrohung bereits hinter uns lag. Ein Bootsmann mußte nicht nur bekannte Gefahren umschiffen, sondern sein Bild des Stromes beständig erneuern, indem er sich jede Verformung der Ufer, Schotter- und Sandbänke und auch alle Veränderungen im Relief der Wasseroberfläche einprägte, deren spiegelnde Glätte oder Wellenmuster ihm die Tiefe, Strömungsgeschwindigkeit und Tauglichkeit seines Fahrwassers anzeigen konnten.

Wenn wir am Abend dieses Tages über eine breite Steintreppe von den Anlegestegen am Mekongufer zu den Tempeln und Palästen von Luang Prabang emporsteigen würden, so hatte es Sang mit seinem Sohn vereinbart, sollte Lae das Boot wenden und sich, ohne an Land zu gehen, auf die Rückfahrt nach Huay Xai machen. Und von dieser Stunde an würde Lae der neue und alleinige Bootsmann sein. Als hätte er sich für die nahe Stunde der Übergabe seines Bootes festlich gekleidet, trug Sang, seitdem wir von unserer letzten Station abgelegt hatten, eines jener billigen Rohseidenhemden, wie sie in den Dörfern am Ufer verkauft wurden.

Sang hatte den Mekong stromauf, stromab mehr als dreißig Jahre lang befahren, bis hinab zu den *Viertausend Inseln* an der Grenze zu Kambodscha. Sang konnte Skizzen und Karten des Fahrwassers und der je nach Jahreszeit unterspülten oder überfluteten Ufer aus dem Gedächtnis zeichnen, kannte jedes Dorf, jeden Weiler an seinem Stromabschnitt – und war dabei doch immer ein Mann der Berge geblieben. Morgen früh würde er von Luang Prabang endlich ins Hochland, nach Phonsavanh in der Provinz Xieng Khouang, zurückkehren, zum erstenmal seit mehr als dreißig Jahren zurückkehren in ein verwüstetes, nahezu baumloses Land, das von seinen Bewohnern *Thong Hay Hin*, von den vielen Passagieren, die er in seinem Langboot befördert hatte, aber *Ebene der Tonkrüge* genannt wurde.

Mannshohe, ja bis zu drei Meter hohe, tonnenschwere Gefäße aus Sandstein und Granit, Reste einer rätselhaften, verschwundenen Kultur, lagen dort oben zu Tausenden über eine hügelige Savanne verstreut. Mythische Riesen, sagten die einen, hätten einst aus diesen Krügen getrunken; ach was: die Krüge hätten als Vorratsbehälter, nein: als Wasserspeicher, nein: als Urnen gedient, sagten die anderen. Die Wahrheit war bis in die Gegenwart auch deswegen immer noch ein Rätsel geblieben, weil das Land, aus dem die allermeisten dieser Krüge unberührt und unvermessen aufragten, nur in wenigen Abschnitten zugänglich, zum größten Teil aber von Minen verseucht war.

Sang war aus dieser Hochebene vor unendlich langer, in vielen Träumen aber immer noch gegenwärtiger Zeit ans Wasser, an die Ufer des Mekong geflüchtet, während die Dörfer, die Reisfelder und alles Land um Phonsavanh sich unter den Bombenteppichen amerikanischer Geschwader in ein von Kratern übersätes, an Mondwüsten erinnerndes Brachland verwandelt hatten: vom Entlaubungsmittel *Agent Orange* vergiftet und unbetretbar geworden durch Abermillionen von Minen und explosionsbereiten Blindgängern aus dem Bombenhagel. Auf dieser Ebene gediehen Bäume nur noch dort, wo die Bomben die Erde umgepflügt und die vom Gift unberührte Krume an die Oberfläche geschleudert hatten.

Wenn Bootsmann Sang nach der Übergabe seines Langbootes an seinen Sohn nun für einige Tage oder eine Woche dorthin zurückkehrte, dann auch, um die Erinnerungen, die ihm seit den Nachmittagsstunden eines Bombenangriffs das Träumen schwer und schmerzhaft machten, mit dem vielleicht friedvolleren Anblick der Gegenwart zu besänftigen. Wo der Hof seiner Eltern gestanden hatte, soviel wußte er aus Berichten und von einem Foto, das er bei sich trug, würde er nun kreisrunde Tümpel finden, in denen man Fische wie auf den Reisfeldern fangen konnte – mit Grund- und Regenwasser vollgelaufene Bombenkrater.

War es nicht seltsam, hatte Sang gefragt, während er auf einer Kiste neben dem Steuerruder wie zu Füßen seines Sohnes saß, daß er von einem fast fünftausend Kilometer langen Strom, dessen Name *Mekong* ja *Mutter aller Gewässer* bedeute, zurückkehren würde an einen Teich, einen Tümpel?

Während der vielen Stunden unserer Stromfahrt, vor allem aber an den beiden vergangenen Abenden, die wir unter Moskitonetzen in Pfahlbauten am Rand weitläufiger Schotterbänke verbrachten, hatte uns der Bootsmann von seinem Fluchtweg ans Wasser erzählt. Denn wohin sonst als ans Wasser hätte einer fliehen sollen, wenn plötzlich alles, alles in Flammen stand? Sangs Vater, seine Mutter, drei Schwestern und ein Bruder waren auf dem elterlichen Hof im Napalmfeuer eines Bombenangriffs verbrannt. Er und ein zweiter Bruder, Sonephet, waren verschont geblieben, weil sie damals gerade ein Wasserbüffelgespann über ein abgeerntetes Reisfeld führten.

Bomben. Phosphorbomben, Splitterbomben, Brandbomben, Sprengbomben, Streubomben … Die Luftangriffe waren seit Jahrzehnten vorüber, aber die Bomben immer noch allgegenwärtig: Entschärft dienten sie nun in den Dörfern des Hochlandes als Säulen für Hauseingänge und Vordächer, als Zäune, Blumenwannen und Reisbehälter oder lagen als Rohmaterial gestapelt vor den Dorfschmieden. Und die Stahlkugeln von Streubomben waren zum Spielzeug für Kinder geworden; glänzende Bälle.

Ein zerlesenenes, zum Schutz vor dem Wasser in durchsichtige Folie gebundenes Heft, das Sang allen seinen Passagieren zur Lektüre anbot, zeigte Bomben aller Typen und Größen, die auf sein Land gefallen waren, und auch alle Minentypen, die wie eine Drachensaat in der laotischen Erde lagen. Darunter stand in Englisch und Französisch, den Sprachen unvergessener Feinde, daß – vom Rest der Welt jahrelang unbeachtet und von einer Regierung in Washington ebenso lange geleugnet – zur Zeit des *Vietnamkriegs*, der ebensogut den Namen *Laoskrieg* verdient hätte, mehr Bomben auf das neutrale Laos gefallen seien als während des Zweiten Weltkriegs auf Deutschland und Japan: zwei Millionen Tonnen Bomben. Auf kein anderes Land der Welt sei in der bisherigen Geschichte der Kriege ein solcher Bombenhagel niedergegangen. Und das vor allem, weil ein als *Ho-Chi-Minh-Pfad* berüchtigter Nachschubweg der Vietcong zerstört werden sollte, ein Gewirr von Waldwegen, die aus dem benachbarten Vietnam unseligerweise durch den laotischen Dschungel führten.

Selbst jetzt, dreißig Jahre nach dem Krieg, hatte Sang gesagt, würden Jahr für Jahr Hunderte Menschen auf Reisfeldern, in Baugruben, bei der Arbeit im Garten oder einfach auf dem Weg zum Markt von Minen und Bomben getötet oder verstümmelt. Aber alle diese Krüppel, alle diese Toten, die zerstörten Wohnungen, Häuser, Tempel, diese verminten Felder und vergifteten Landstriche, aus denen nicht nur die Menschen, sondern auch die Elefanten, die Tiger, die Affenhorden und am Ende selbst die Vögel verschwunden waren – war dies das Werk von

Menschen gewesen oder nicht vielmehr das von Dämonen und bösen Geistern Besessenen? Konnten denn Menschen, die nicht von Dämonen beherrscht wurden, tatsächlich wollen, planen, tun, was in seinem Land geschehen war?

Er habe seinen Sohn Lae genannt, hatte Sang gesagt, Lae, das bedeute der *Dunkle*, und er habe sich oft über die Wiege des Säuglings gebeugt und laut darüber geklagt, wie häßlich, wie entstellt, ja monströs dieses Kind sei, sein Antlitz eine Fratze, seine Hände Klauen. Dabei war er immer überzeugt gewesen, daß es in Huay Xai kein schöneres Kind geben konnte als seinen Sohn. Aber in Laos versuche man eben mit solchen Klagen die Dämonen in die Irre zu führen und sie durch Schmähungen selbst der eigenen Kinder von jenem Haß und jener Eifersucht abzubringen, die ein Dämon gegenüber jedem geliebten und liebenden Wesen empfand. Wer würde denn schließlich ein Scheusal um seine Schönheit beneiden? Wer einem Monster, das ohnedies mit seiner Widerlichkeit geschlagen war, aus Eifersucht schaden wollen?

Lae, der Dunkle, hatte das Boot in den vergangenen Tagen so sicher geführt wie sein Vater. In der kommenden Nacht, schon auf der Rückfahrt, zwei Stunden stromaufwärts, würde er das leere Boot an einem Landesteg bei den *Pak-Ou*-Höhlen, den *Höhlen der Tausend Buddhas*, festmachen, um dort ein Opfer zu bringen. In diesen Karsthöhlen über dem Mekong hinterließen Wallfahrer seit Jahrhunderten Buddhastatuen aus Ton, Holz und Stein als Gaben der Demut und Dankbarkeit und auch, wenn sie einen neuen Lebensabschnitt begannen, und Lae würde diese ungezählte Tausendschaft um einen weiteren Buddha vermehren, eine Figur so groß wie ein Wasserkrug, gemeißelt aus einem Stein von den Schotterbänken bei Huay Xai.

In den Tagen unserer Stromfahrt hatte Lae den Blick nie vom Fahrwasser gewendet, wenn sein Vater mit seinen Passagieren sprach oder erzählte, sondern dem einen wie den anderen meist schweigend zugehört. Aber jetzt wandte er sich uns zu und zeigte auf eine dünne, ferne Rauchsäule, die hinter der nächsten Strombiegung aufstieg. Das war der Rauch von Luang Prabang. Und weit vor uns, irgendwo zwischen Strommitte und dem schwarzgrünen Dschungel am rechten Ufer, wurde einmal mehr jenes Rauschen hörbar und allmählich lauter, mit dem das Wasser über Felsen oder verkeilte Baumstämme hinwegsprang. Und ich sah, wie Bootsmann Sang seine Hand hob, vielleicht, um sie noch einmal auf die Schulter seines Sohnes zu legen, sah dann aber, wie er sie in Brusthöhe wieder sinken ließ und dabei über sein Hemd strich, als wollte er dort bloß Falten glätten, zierliche Wellen aus Seide.

Abschied

Ich sah eine leere Parkbank, eine von dreien, die auf dem Marktplatz der oberösterreichischen Gemeinde Lambach vor dem schmiedeeisernen Zaun des angrenzenden Apothekergartens standen. Auf diesen Bänken nahmen Fahrgäste Platz, die an der Haltestelle am Apothekergarten einen Linienbus besteigen wollten, um von hier entweder der Alpenkette und einem davorliegenden Seengebiet im Südwesten entgegenzufahren oder einer flachen zersiedelten Agrar- und Industrielandschaft im Nordosten, die auf den Karten der Region als *Welser Heide* erschien.

Auf der mittleren dieser drei Bänke hatte jener Mann gesessen, den an diesem Mittwochmorgen im Juli einige Passanten als einen seit Jahren verwitweten und nun mit einer beliebten Bürgerin der Gemeinde befreundeten pensionierten Lehrer kannten und grüßten. Der Tag war wolkenlos und sollte, der Wettervorhersage nach, bei aufkommendem schwachen Westwind und geringer Gewitterneigung heiß werden. Deshalb trug der Lehrer auch seine alte Schultasche nicht bei sich, in die er bei instabileren Aussichten einen Regenmantel und einen marineblauen Pullover packte, wenn er mit dem Bus in sein acht Kilometer entferntes Heimatdorf fahren wollte, das er nach dem Tod seiner Frau vor achtzehn Jahren verlassen hatte.

Er saß an diesem Vormittag gemeinsam mit seiner Freundin auf der mittleren der drei Parkbänke – wie üblich lange vor Abfahrt jenes Busses, der ihn zum Friedhof dieses Dorfes bringen sollte. Er unternahm diese Fahrt zweimal jede Woche, um am Grab seiner Frau ein Wachslicht zu entzünden, das mehrere Tage, zumindest aber bis zu seinem nächsten Besuch brennen sollte, und um die Blumen zu pflegen, die er den Jahreszeiten entsprechend auf dem Grab pflanzte. Nach dieser Arbeit wollte er diesmal einen seiner Söhne in einem Gastgarten treffen, der weit außerhalb des Dorfes inmitten von Weizen- und Maisfeldern lag.

Bei allmählich steigender Temperatur begann sich das Leben auf dem Marktplatz an diesem Vormittag in den Schatten zu verlagern, dorthin, wo die Busse am Apothekergarten hielten und abfuhren. Wer die Wahl hatte und nicht zu einem der Läden oder Hauseingänge in der prallen Sonne mußte, verlegte seinen Weg in den Schatten, und so ergaben sich für den wartenden Lehrer mehr Gelegenheiten als sonst, einige Worte mit ihm bekannten Passanten zu wechseln. Er saß auf der Parkbank wie vor einer Bühne, auf der die Darsteller und Statisten eines vormittäglichen Lebens an ihm vorüberzogen, Lieferanten, Straßenarbeiter, Ladenkundschaft und Patienten, die aus der Arztpraxis am Platz kamen und auf dem Weg zur Apotheke gerne bereit waren, einem Bekannten ihre Beschwerden oder die lindernde Wirkung von Heilmitteln zu beschreiben.

Als die Abfahrtszeit seines Busses näher kam, begann der Lehrer mit seiner Freundin die Vorhaben dieses Tages zu besprechen, die überfällige Neubepflanzung der beiden Familiengräber auf dem Dorffriedhof, das Treffen mit seinem Sohn im Gastgarten in den Feldern. Die Freundin hörte gerade seine Überlegungen zur Wahl der Friedhofsblumen und zur Speisenfolge des Mittagessens, während sie den Springbrunnen in der Mitte des Marktplatzes betrachtete, als er plötzlich verstummte. Sie sah die Fontäne des Brunnens, hörte das Plätschern des fallenden und fallenden Wassers und dachte zunächst, ihm sei vielleicht ein plötzlicher Gedanke gekommen, der das, was er gerade sagen wollte, verdrängt hatte – und wandte sich vom Anblick des Wassers ab und ihm zu:

Sein Kopf war auf die Brust gesunken, seine Augenlider flatterten, schlossen sich dann. Er saß da, als wäre er im eben gesprochenen Satz eingeschlafen. Sie stieß ihn an und lachte. Er spielte manchmal diesen Schläfer bloß, um dann, wenn er zu einem ihm peinlichen Zeitpunkt tatsächlich eingenickt war, sagen zu können, er habe nur gespielt, ja, nur gespielt. Denn von der Müdigkeit, vom Schlaf überwältigt zu werden war ihm stets etwas gewesen, was verheimlicht und zur Not geleugnet werden mußte. Seit ihn der Krieg als jungen Mann von seinem an einem tosenden Wasserfall gelegenen Eltern- und Geburtshaus auf ein Minensuchboot im Schwarzen Meer verschlagen hatte, war jedes Einnicken mit dem Gedanken an den lebensgefährlichen Sekundenschlaf eines wachhabenden Matrosen auf hoher, stürmischer See verbunden. Er sprach selten darüber, und wenn, zitierte er dazu immer eine Zeile von Detlev von Liliencron: *Und rauschende, schwarze, langmähnige Wogen kommen wie rasende Rosse geflogen* … Er hatte sich in den tosenden Sturmnächten an Bord eines vollständig verdunkelten Bootes oft danach gesehnt, aus der Finsternis, aus den schwarzen Brechern, in denen Treibminen tanzten, in den Schlaf flüchten zu dürfen.

Aber jetzt reagierte er auf keine Berührung, kein Wort, kein Zeichen, sondern lehnte wie ein im Warten eingeschlafener Fahrgast in den Armen seiner Freundin. Ein Arzt, der wenig später die vorgeschriebenen Formulare ausfüllte, sagte, daß der Lehrer zu diesem Zeitpunkt vermutlich schon tot war, und nannte dann neben medizinischen Begriffen für eine besondere Form des Herztodes auch einen Namen, der den drei Söhnen und der Tochter des Lehrers deutlicher als jede andere Bezeichnung in Erinnerung bleiben sollte: Sekundentod.

Vieles, sehr vieles wurde im Schatten des Apothekerhauses versucht, um den immer noch sitzenden, lehnenden, wie schlafenden Mann wieder ins Leben zurückzuholen. Zuerst kam der von einem Passanten gerufene Apotheker aus seinem Laden gerannt und setzte sich neben das Paar, sprach den Lehrer immer wieder mit seinem Namen an, fühlte seinen Puls und erhob sich dann, um den Notarzt zu rufen. Auch der kam Minuten später im Laufschritt und verfügte, der Mann solle auf das Pflaster des Marktplatzes gelegt werden. Dort versuchte er gezählte achtundzwanzig Minuten, ihn wiederzubeleben, während sich konzentrische Kreise von Passanten um das Geschehen bildeten. Zwei Busse, auch der planmäßige des Lehrers, hielten, ließen Fahrgäste aus- und andere einsteigen, fuhren wieder ab. Seit ein Rettungswagen des Roten Kreuzes mit Blaulicht und Folgetonhorn eingetroffen war, galt alle auf dem Marktplatz verfügbare Aufmerksamkeit dem kleinen, von Menschen umdrängten Raum, den der Sterbende oder bereits Tote einnahm.

Während der Arzt über seinen Wiederbelebungsversuchen in Schweiß geriet, klammerte sich die Freundin noch zweimal an die Hoffnung, daß der Schläfer am Pflaster doch bloß gespielt, nur gespielt wurde, wenn diesmal auch mit einer unerklärlichen, furchtbaren Beharrlichkeit. Aber er hatte doch jetzt geatmet. Hatte er nicht geatmet? Sie kniete neben ihm und flüsterte *Schläfst du, schläfst du schon wieder. Du schläfst schon wieder.*

Dann erhob sich der Arzt und sprach so leise mit den wartenden Rettungsmännern, daß keiner der Zuschauer ihn verstand. Aber es gab keinen Zweifel, daß nun nichts mehr zu retten war. In einer mitleidigen Geste brachten die Rotkreuzmänner den Lehrer dann im Rettungswagen in die Totenkammer des nahen Friedhofs im Schatten des großen Benediktinerklosters von Lambach, dessen prachtvolles Portal von den Parkbänken zu sehen war. Mitleidig, denn Rettungswagen mußten laut Vorschrift den Lebenden vorbehalten bleiben. Der Lehrer aber war zu diesem Zeitpunkt dem Leben schon sehr fern.

Der lange Kreuzgang des Benediktinerklosters lag in der prallen Sonne, als ich ihn Stunden später, auf dem Weg zum Friedhof, entlangging. Als ich die Totenkammer betrat, war ich vom grellen Licht des Sommertages so geblendet, daß ich in den ersten Augenblicken weder den aufgebahrten Leichnam noch den Gehilfen des Bestatters sah, der dem Toten die Uhr vom Handgelenk streifte, um sie zusammen mit einer Börse, einem Kamm, Taschentuch und Schlüsselbund den *Hinterbliebenen* zu übergeben.

Die Kleidung des Toten – eine helle, kurze Hose, Sandalen, ein kurzärmeliges Hemd – stand in einem seltsamen Widerspruch zu dem schwarzen Katafalk, auf dem er lag: So luftig gekleidet saß man auf sommerlichen Parkbänken, in Liegestühlen, am Springbrunnen eines Parks.

Die Haut des Toten, sein Gesicht, seine Arme, hatten in den ersten Stunden der Ewigkeit die Farbe des Herztodes angenommen, der das hellrote, fließende Blut unter Sauerstoffmangel blau, blauviolett werden ließ. Ich glaubte an der rechten Hand des Aufgebahrten noch die Restwärme des Lebens zu spüren, als ich sie ergriff. Der Gehilfe sah mich nicht an, sah aber eine Tränenspur, die über diese blaue Hand lief, und wollte mich trösten und zeigte behutsam auf die Stirn des Toten und sagte, das wird verschwinden, das Blau wird verschwinden, am Abend wird Ihr Vater wieder sein, wie er war.

Im Weltraum

Ich sah eine samtschwarze, von unzähligen Lichtpunkten tätowierte Finsternis über mir, ein scheinbar grenzenloses, bis an die fernsten Abgründe des Alls ausgespanntes Firmament, während ich auf dem flachen Boden eines Kahns lag, der unter den Ruderschlägen eines Fährmanns aus dem Volk der Maori durch die Nacht glitt.

Das verzweigte, von Wasseradern durchflutete Höhlensystem, durch das mich der Fährmann ruderte und stakte, führte vom Ufer des Lake Te Anau auf der Südinsel Neuseelands tiefer ins Innere der Murchison Mountains. Daß dort draußen, an einem von Eisrinden klirrenden Seeufer, ein Augusttag zu Ende ging, ein stürmischer Wintertag, der auf den Pässen Neuschnee gebracht hatte, war hier, im Inneren des Gebirges, ohne Bedeutung. Hier herrschten durch alle Jahreszeiten hindurch gleichbleibende Temperatur und eine windstille Finsternis, in der trotz aller Sternwolken, galaktischen Nebel und Kugelsternhaufen über meinem Kopf weder der Fährmann noch sein Ruder oder auch nur die eigene Hand vor den Augen zu sehen war.

Das Abbild des Nachthimmels an den Höhlendecken, das sich im glatten Wasser spiegelte, bis der Fährmann den Spiegel Ruderschlag für Ruderschlag zertrümmerte, wurde von den Larven eines Zweiflüglers aus der Familie der Pilzmücken in die undurchdringliche Schwärze gestochen, von zwei bis drei Zentimeter langen leuchtenden Würmchen, die mit ihrem bläulichen Schein Eintags- und Köcherfliegen, Nachtfalter oder verirrte Motten in einen Vorhang aus hauchzarten, klebrigen Fangschnüren aus Seide lockten, an denen sie dann die aus der Finsternis gefischte Beute in ihre Nester hochzogen und fraßen. Völlige Windstille war eine Grundbedingung dieser Jagd, die deshalb am erfolgreichsten in Höhlen betrieben wurde, denn beim leisesten Hauch mußten sich die sechzig und siebzig Fangschnüre, die von jedem Seidennest herabhingen, so unlösbar ineinander verstricken wie die Angelschnüre chaotischer Fischer.

Stille und Windstille waren hier unten so vollkommen, daß ich das Klingen des Blutes in meinem Kopf hörte. Daß der Fährmann mich außerhalb der auf einer großen Tafel an der Anlegestelle am Seeufer plakatierten Besichtungszeiten ins Innere des Gebirges ruderte, war ein Privileg, das ich einem Farmer verdankte, der mich für zwei Nächte in einem der drei *Zimmer mit Frühstück* seines Hofes beherbergte.

Schon bei der Einfahrt in die Höhle hatte mir der an Händen und Hals und über das ganze Gesicht mit den Ornamenten seines Stammes tätowierte Maori bedeutet, mich auf den Rücken zu legen. Ich könne so den Sternenhimmel über mir wie auf einem in sanften Brisen dahinsegelnden, fliegenden Teppich bestaunen. Aber kaum auf dem Boden des Kahns ausgestreckt und in einem Gefühl der Geborgenheit ähnlich dem in einer Wiege, spürte ich auch, wie müde ich war. Ich hatte einen langen Tag auf winterlichen Straßen, vor allem einer Paßstraße, hinter mir, auf der ich von Wanaka nach Queenstown über den *Crown Range Summit*, den höchsten, auf einer Straße überquerbaren Paß Neuseelands, gefahren und dabei fast einen Steilhang hinabgestürzt war: Nachdem es kurz vor der Paßhöhe in dichten Flocken zu schneien begonnen hatte, war mein für winterliche Verhältnisse nicht ausgerüsteter Mietwagen auf einem bereits schneeverwehten Anstieg mit durchdrehenden Rädern plötzlich rückwärts, rückwärts! und langsam gegen den Straßenrand und einen felsigen Abhang gerutscht. Der Hang war so steil, daß mein Wagen sich bis hinab zu einem Bergbach, der tief unten schwarz und lautlos talauswärts lief, wieder und wieder überschlagen mußte.

Natürlich stand in einem Vertrag, der zusammengefaltet im Handschuhfach lag, daß ich Paßstraßen zu dieser Jahreszeit unter allen Umständen zu meiden hätte und jede Versicherungsleistung verlieren würde, wenn ich gegen diese Bestimmung verstieß. Aber auf einer Route, die nicht über den Crown Range Summit, sondern um das Gebirge herumführte, hätte ich mein Ziel, den Lake Te Anau und seine Höhlen, wohl nicht mehr bei Tageslicht erreicht. Dazu war der Tag zwar stürmisch, aber noch nahezu wolkenlos gewesen, als ich mich für die Fahrt durch das Gebirge entschieden hatte.

Ich machte mich bereit, aus dem Wagen zu springen, um mein, wie ich empfand, dramatisch gefährdetes Leben um den Preis eines unbesetzt in einen Bergbach krachenden Mietwagens von meinem Schicksal zurückzukaufen, als der Wagen dicht vor dem Abgrund zum Stillstand kam:

Die Erinnerung an diese Augenblicke einer hilflosen Drift ließen mir meine Lage auf den Bodenplanken des Kahns so umsorgt und glückhaft erscheinen, daß ich in einem schläfrigen Gefühl des Behütetseins beinahe hinübergeglitten wäre in einen Traum, der mit Sternen zu tun hatte.

Vier Bergwanderer, die mich auf ihrer Rückreise von einer langen Tour in meiner Schwebe zwischen Totalschaden und Lebensgefahr am Straßenrand entdeckt, dann in ihrem mit Schneeketten gerüsteten Jeep über die Paßhöhe geschleppt und noch bis unter die Schneefallgrenze begleitet hatten, erschienen mir am Rand dieses Traumes als Schutzgeister, wie sie sich nur im Land der Maori um die Ängstlichen und Gefährdeten annahmen.

Vielleicht war ja auch mein tätowierter Fährmann ein solcher Geist. Er kannte das Höhlenlabyrinth so gut, daß er den Kahn ohne Lampe durch die Finsternis führte und sein Ruder wie einen Blindenstock. Wir glitten, schaukelten unter glimmenden Galaxien dahin. Manche dieser Sterne, sagte er, würden heller leuchten als andere, das seien die hungrigen Larven, ihr Licht mußte ja wohl das betörendste sein, andere *glow worms* wiederum, die gerade Beute gemacht und gefressen hatten, schimmerten blasser, und wieder andere, die dabei waren, sich zu verpuppen, und signalisieren wollten, daß sie bald zur Fortpflanzung bereit waren, leuchteten auf, erloschen, leuchteten erneut, *blinkten.*

Es sei hier in der Tiefe also nicht anders als am Himmel draußen in der Nacht, über dem Lake Te Anau und den schneebedeckten Gipfeln, auch dort draußen gab es Sterne, die ihre Leuchtkraft periodisch veränderten, gab es lichtstarke und lichtschwache Sonnen, Dunkelwolken, schwarze Löcher. Und tatsächlich behaupteten ja Insektenforscher, sagte der Fährmann, daß die phosphoreszierenden Larven dieser Pilzmücke nicht mehr und nicht weniger wollten, als den klaren Sternenhimmel täuschend nachzuahmen, um ihre Beute mit der Illusion in Sicherheit zu wiegen, sie schwirrte, flatterte, segelte auf ihrem Flug gegen die seidenen Fangschnüre in einer friedlichen Sommernacht und einer grenzenlosen Freiheit dahin.

Und dann lief unser Kahn auf seltsam elastischen Grund. Der Fährmann legte das Ruder ins Boot und schaltete seine Stirnlampe ein, die dann, nicht anders als die Lichtglocke einer ganzen Stadt den Nachthimmel, auch hier alle Sternwolken überstrahlte und nahezu zum Verschwinden brachte. Er reichte mir die Hand, um mir aus dem Kahn und an das knisternde Ufer eines unterirdischen Sees zu helfen, auf einen Boden, der dick, ja meterhoch mit toten Insekten bedeckt war, schimmernden Flügeln, Fadenbeinen, Chitinhüllen.

Das monatelange, leuchtende Larvenstadium, ihr Sternendasein, sagte der Fährmann, sei der weitaus längste Abschnitt im Leben dieser Insekten. Schlüpfte aus der Puppe endlich ein geflügeltes Wesen, blieben ihm nur noch ein paar letzte Lebenstage, die allein der Fortpflanzung dienten. Denn die *lovers*, sagte der Fährmann, die Liebenden, die dann in der Finsternis aufeinander zukrochen oder zuschwirrten, waren ohne Mund, ohne Freßwerkzeuge, ohne Verdauungsorgane und konnten auch nur mühselig fliegen. So warteten sie zumeist in unmittelbarer Nähe ihrer verlassenen Seidennester auf einen Gemahl, mit dem gemeinsam sie dann nach dem Liebesakt und der Eiablage – verhungerten und vom Himmel fielen, auf den felsigen Grund und ins Wasser, das, wenn es unter den Regengüssen der Außenwelt stieg und wieder sank, an manchen Stränden der Höhle diese knisternden Matten aus Überresten aufschichtete, Mumien.

Auf diesen Matten, sagte der Fährmann, würden wir nun noch ein Stück weiter, tiefer ins Innere des Gebirges gehen, in die Nacht, bis an den Rand des Firmaments. Und löschte seine Lampe.

Keine Angst, hörte ich sein nachleuchtendes Bild, einen Unsichtbaren, der mich an der Hand nahm, sagen, keine Angst, wir würden der Milchstraße über unseren Köpfen bis an ihr Ende folgen und brauchten dabei selbst einen Sturz nicht zu fürchten. Denn wer in dieser Finsternis stolperte und fiel, käme auf weichem Grund zu liegen, auf *stardust*, Sternenstaub.

Abschlag am Nordpol

Ich sah einen Golfspieler im Inneren jenes Kreises, den Matrosen des russischen Atomeisbrechers *Yamal* mit einem Dutzend Nationalflaggen ins Packeis gepflanzt hatten. Nach der bis auf Bruchteile einer Bogensekunde genauen Satellitennavigation der *Yamal* sollte im Mittelpunkt des Flaggenkreises jener mathematische Punkt liegen, an dem alle Winde aus Süden kommen und nach Süden wehen und der Magnetkompaß stets nach Süden zeigt, an dem die Meridiane sich vereinigen, die Zentrifugalkraft der Erde aufhört und die Gestirne nicht mehr auf- und untergehen.

Auf diesen Punkt, der als *Nordpol* Prozessionen von Entdeckern und Abenteurern und ganze Flotten ins Packeis, in die Finsternis der Polarnacht und oft in den Untergang gelockt hatte, schritt der Golfspieler zu. In der einen Hand einen Sack voll Golfbälle, in der anderen einen *Driver*, den massivsten seiner Schläger, der einen Ball in große Weiten fliegen ließ, wollte er einen vor Jahrzehnten, in den ersten, entmutigenden Monaten seines Golfspiels gefaßten Vorsatz einlösen:

Eines Tages, eines Tages! werde er mit einem Eisbrecher zum Nordpol fahren und dort, entsprechend den achtzehn Löchern eines Golfplatzes, achtzehn Bälle gegen den Horizont schlagen, achtzehn Bälle vom absoluten Ende der Welt in Richtung Äquator.

Natürlich hatten seine Freunde diese nach einigen Flaschen kalifornischem Shiraz im Clubhaus vorgetragene Idee belacht – und er hatte mitgelacht. Aber wann immer danach vom Pol, von der Eisdrift, von Ölbohrungen im Polarkreis, Schlittenreisen oder Eisbrecherfahrten die Rede gewesen war, wurde er an seinen Vorsatz erinnert. Und nach und nach, spätestens aber seit sich die sowjetische wieder in eine russische Marine verwandelt hatte, die mit ihren Eisbrechern ein-, zweimal im Jahr Touristen, arktische Sommergäste, an jenen magischen Punkt beförderte, der jahrhundertelang nur über entsetzliche Eismärsche oder Schlittenfahrten erreichbar erschienen war, wurde ihm ein Abschlag am Nordpol zu einem berechenbaren Ziel. Nun träumte er nicht mehr bloß vom Pol, sondern befaßte sich mit ebenso raren wie teuren Angeboten von Sommerfahrten ins Packeis. Die *Yamal*, zum Beispiel, trug mit ihren zwei Reaktoren und einer Maschinenleistung von fünfundsiebzigtausend Pferdestärken achtzig zahlende Passagiere aller Nationalitäten und einhundertfünfzig Besatzungsmitglieder je nach Eisverhältnissen innerhalb einer Woche von Murmansk auf der Halbinsel Kola bis ans Ende der Welt.

Ich stand an der Reling, hoch über dem Golfer, der das Fallreep in die Tiefe hinabgeklettert war, und sah, wie er die rote Flagge im Mittelpunkt des Kreises aus dem Schnee zog und durch sein Golftee ersetzte, auf das er dann den ersten, für mich aus der Entfernung und in seinem Weiß unsichtbaren, Ball legte. Ein mit einem Gewehr bewaffneter Matrose, der ihn vor streunenden Polarbären schützen sollte, hatte auf einer Eisklippe außerhalb des Kreises Stellung bezogen und setzte sein in die Weite gerichtetes Fernglas immer wieder ab, um nach seinem Schützling zu sehen.

Obwohl die arktische Sommersonne in diesen Augusttagen vierundzwanzig Stunden am Himmel stand, waren die Decks der *Yamal* menschenleer. Hinter der Glasfront der Brücke erschien für einen Augenblick das Gesicht eines wachhabenden Offiziers, verschwand. Es war still.

Als die *Yamal* den Pol am frühen Abend erreicht hatte, ließ der Kapitän, ein Nuklearphysiker aus Sankt Petersburg, alle Maschinen stoppen. Danach war zum erstenmal seit Tagen nur noch der Wind in den Aufbauten zu hören gewesen und manchmal das Klingen und Seufzen des Packeises, das sich über dem schwarzen, offenen Wasser der Fahrrinne wieder zu einer endlosen, von den Trümmern geborstener Schollen übersäten Ebene schloß. Wie ein Denkmal seines eigenen Namens ragte der Eisbrecher aus der im Licht der Mitternachtssonne gleißenden Trümmerlandschaft: *Yamal* bedeutete in der Sprache der Nenzen, der Ureinwohner der sibirischen Samojedenhalbinsel, *Ende der Welt*.

Auf der stampfenden Fahrt von Murmansk durch ein Sturmtief über der Barentssee bis zur Eisgrenze, an der sich haushohe Wellenberge endlich verliefen und das Polarmeer zu einer glitzernden, allein unter dem Bug der *Yamal* donnernden Ebene wurde, hatte der Golfer bei Tisch von den Schauplätzen seines Lebens als seinen *Greens* gesprochen, den Rasenteppichen eines Golfplatzes. Manche Löcher hätten ihm eine beschämend hohe Anzahl an Schlägen abverlangt, in anderen wiederum sei ein Problem so leicht wie eine Seifenblase im Abfluß verschwunden.

Der Golfer kam aus dem amerikanischen Bundesstaat Illinois, dem Land der schönen Golfplätze, von denen er den schönsten aus den Fenstern seines Hauses in Chicago sehen konnte – und dazu noch den meerblauen Lake Michigan. Aber seine ältere Heimat war das lettische Riga. Dort hatten sowjetische Besatzer seinen Vater in ein sibirisches Straflager und kurz darauf deutsche Besatzer seine Mutter als Zwangsarbeiterin verschleppt. Entsetzliches Europa. Ihm war über Deutschland, Frankreich und Spanien die Flucht nach Amerika geglückt, wo er als Fallschirmjäger der *Air Force* mehr als zweitausendmal aus allen Wolken sprang, bis sich an einem Oktobertag der Schirm nicht in vollem Umfang entfaltete, sondern, von den Fangleinen in zwei Hälften geteilt, einem riesigen, im Fallwind knatternden Büstenhalter glich: *Mae West* hatten die Flieger das Unglück eines auf diese Art eingeschnürten Fallschirms nach einem Sexsymbol der Kriegsjahre genannt.

Mit einem solchen Schirm war er jedenfalls vom Himmel gefallen und mit solcher Wucht aufgeschlagen, daß er noch einmal hochsprang wie ein Golfball auf dem Green und sich dabei nahezu alles brach, was ein Mensch sich brechen konnte, ohne zu sterben. Auch an den Blutstrom, der ihm damals aus dem Mund fuhr, hatte sich der Golfer an einem Mittagstisch der *Yamal* erinnert und daran, daß ihm im Militärhospital die Hand von einem General geschüttelt worden war.

Mae West versetzte ihn jedenfalls auf das nächste Green. Dort warteten Berge von Ziegeln, Steinen, Sand und Zement – Baustoffe, mit denen er als Veteran zu handeln begann und die ihm den Weg in ein besseres Leben pflasterten: Ziegel, Zement, Steine waren schließlich das Gegenteil von einem windgeblähten Schirm und fliegerischer Leichtigkeit, auf die sich nichts bauen ließ.

Vielleicht dachte der Golfer an Mae West, als er den ersten Ball in dieser sonnigen Mitternachtsstunde auf den Nordpol legte. Bei allen besonderen Anlässen, hatte er bei Tisch gesagt, bei Hochzeiten, Taufen, Begräbnissen, Jubiläen, komme ihm irgendwann Mae West in den Sinn und überwältigte ihn für einen Augenblick das Gefühl, zu stürzen, zu fallen.

Wie langsam und weit er dann mit dem Driver ausholte und dabei ein Ziel irgendwo tief im Süden im Auge behielt. Mit welcher Wucht er dann schlug und den Driver nach dem Abschlag noch weiterführte, sich ihm nachdrehte, als stünde er allein auf einem Grasteppich des einsamsten Golfplatzes der Welt.

Auf die Reling des Eisbrechers gestützt, sah ich den Abflug des Balles nicht, hörte aber das scharfe Schlaggeräusch und begann, als sich die nächsten Bälle hoch in den arktischen Himmel erhoben und vor diesem tiefblauen Grund endlich sichtbar wurden, mitzuzählen und mir die Greens dazu vorzustellen: Ein sibirisches Straflager. Eine Zwangsarbeiterin unbekannten Aufenthalts in Deutschland. Eine verlassene Wohnung in Riga. Ein Fallschirmabsprung über einem brennenden Kampfgebiet. Den herbstlichen Lake Michigan und sein Spiegelbild in den Fenstern eines neuen Hauses …

Achtzehn. Der Golfer hatte den letzten Abschlag tief in den Süden getan und den Driver dann sinken lassen. Die Bälle würden im Schnee verschwinden, einschmelzen in die polare Eisdecke und endlich, wenn der im Rhythmus der Jahreszeiten an- und abschwellende Druck der Eispressungen meterdicke Schollen aufwarf, bersten ließ und wieder neu zusammenfügte, ins Wasser gleiten und hinabsinken an den Meeresgrund, mehr als viertausend Meter hinab.

Aber nicht nur hier oben, auch dort unten, in der Finsternis der Tiefsee, stand bereits eine Flagge – die russische, im Lampenschein aufgepflanzt von der Besatzung eines U-Bootes zum Zeichen, daß alles, was aus diesem Dunkel geschürft, gehoben, gewonnen werden konnte, russisches Eigentum war.

Im Umkreis dieser Flagge würden seine Golfbälle nach und nach herabschneien wie auf ein nächtliches Green als die Hinterlassenschaft eines Mannes, der seinen Vater in Sibirien und die Mutter in Deutschland verloren hatte, eines Golfspielers, der jetzt plötzlich und ohne einen weiteren Ball aufgelegt zu haben, seinen Driver noch einmal hob und einen so wuchtigen Schlag führte, daß ich selbst in der Höhe der Reling das Fauchen zu hören glaubte, mit dem er die Leere durchschnitt.

Heimkehr

Ich sah einen Strom von Aberhunderten Silberlachsen, die sich an einem strahlenden Oktobertag im kanadischen Ontario durch das kaum knöcheltiefe Wasser eines Flusses gegen die Strömung vorankämpften. Der Fluß führte nach einem dürren Sommer nur wenig Wasser. Immer wieder sprangen die Lachse, viele von ihnen bereits zu Tode erschöpft, über Hindernisse hinweg, Schwemmholz, umschäumte Felsen, kamen dabei manchmal auf nur noch fingerbreit überspülten Schotterinseln zu liegen, wälzten und wanden sich in tieferes Wasser zurück, trieben dann scheinbar leblos ein Stück flußabwärts, bevor sie den Kampf erneut aufnahmen und sich an Ästen und Geröll zahllose Wunden rissen. Manchen hing das Fleisch bereits in Fetzen vom Körper.

An ihnen vorüber und nicht weniger dicht trieben ihre toten und sterbenden Artgenossen, von Verletzungen entstellt oder bereits verwesend, flußabwärts, auch sie zu Hunderten, Aberhunderten. Die Ströme der Lebenden und der Toten verkeilten sich ineinander, und wenn ein Lebender plötzlich im Gedränge der Toten auftauchte und über sie hinwegsprang, schien es, als sei hier einem Wesen tatsächlich die Rückkehr aus dem Totenreich geglückt.

Das Ziel der Silberlachse waren nach einem wochenlangen, gegen die Strömung verlaufenden Weg die nur noch wenige Stunden entfernten, flußaufwärts liegenden Laichplätze, die Stätten auch ihrer eigenen Geburt, die in diesem sonnigen Herbst aber keiner von ihnen erreichen sollte. Denn nicht allein, daß der niedrige Wasserstand den Fluß selber zum nahezu unüberwindlichen Hindernis werden ließ – unerreichbar wurde das Ziel durch einen etwa sechs Meter hohen Wasserfall, in dessen Gischtvorhängen in regenreicheren Zeiten Lachse mit rasenden Flossenschlägen hochschwimmen, hoch*fliegen* konnten. Jetzt aber rieselte der Fall nur dünn in ein Felsenbecken; keiner seiner Schleier bot an diesem Tag genug Wasser für Flossenschläge.

So sprangen die Erschöpften, wenn sie dieses Becken endlich erreichten, wieder und wieder vergeblich in die Wasserschleier und fielen daraus wieder und wieder zurück, bis sie sterbend auf seinen Abfluß zu- und dann endlich nicht mehr gegen, sondern wieder mit der Strömung hinabtrieben – denen entgegen, die dann mit letzter Kraft über sie hinwegsprangen.

Lachse wie diese hier, sagte ein Mann in Fischerkleidung, während er mit einem leeren Korb durch den Strom der Lebenden flußaufwärts watete, der sich in einem letzten Fluchtreflex vor ihm teilte – Pazifiklachse, würden, anders als die Atlantiklachse, auch in einem regenreichen Herbst und in wasserreichen Flüssen nach dem Laichen ohne Ausnahme sterben und zum Fraß für Bären, Möwen, Adler, Süßwasserfische. In diesem Jahr werde es aber wohl nur dann Nachkommen geben, wenn die oberhalb des Schleierfalls gelegenen Laichplätze von anderen Kämpfern gegen die Strömung erreicht würden, über jenen Fluß etwa, der in einiger Entfernung parallel zu diesem Rinnsal hier verlaufe.

Für die Jungfische, die irgendwann als Irrläufer über diesen Scheißwasserfall in diesen Scheißfluß geschwemmt würden, sagte der Mann, würde sich diese Route aber unauslöschlich als *ihr* einziger Weg ins Gedächtnis eingraben, ein Weg in den Tod, den sie nach ein paar glücklichen Jahren im Meer wieder zurückschwimmen müßten. Denen könne man für die Heimkehr in diesem seichten Rinnsal hier nur genug Regen wünschen, damit ihnen wenigstens das Glück von Nachkommen beschieden sei.

Dann beugte er sich über die ineinanderfließenden Ströme der Lebenden und der Toten und warf drei Lachse, die einigermaßen unverletzt erschienen, einen nach dem anderen, aus dem Strom der Lebenden in seinen Korb.

Strömung

Ich sah das dunkle, schweißnasse Gesicht des Fischers Ho Doeun in einer gewittrigen Novembernacht in Phnom Penh. Die Hauptstadt des Königreiches Kambodscha feierte in dieser Nacht das *Wasserfest.* Ho kniete am Ufer des Mekong unter den Funkensträußen eines Feuerwerks, dessen flammende Bögen und Lichtbrücken den Strom zwei, drei Herzschläge lang überspannten, bevor sie in einem donnernden Farbenspiel erloschen.

Ich sah den Widerschein des Feuerwerks auf den Schweißrinnsalen, die Ho über Stirn und Wangen krochen, und empfand diese Spuren als Zeichen, daß dieser Mann aus einem Wasserreich kam, zum Wasser gehörte und ans Wasser gebunden blieb wie der zerspringende Spiegel des Mekong, der die Figuren des Feuerwerks in Lichtsplittern und gebrochenen Blitzen in den Nachthimmel zurückwarf.

Ich saß als einer von Hunderttausenden, die das Feuerwerk am Strom bewunderten, auf den Stufen jener Freitreppe, die aus den Palmpromenaden vor dem Königspalast zu den Landestegen am Stromufer hinabführte: Ho setzte ein Schiffchen aus Bambus und Bananenblättern behutsam ins Wasser, schob es behutsam in die Strömung und hielt seinen Arm wie schützend ausgestreckt, während er reglos verfolgte, wie das mit flackernden Wachslichtern und Lotosblüten befrachtete Gefährt stromabwärts trieb, von einem trägen Strudel erfaßt wurde, kenterte und kieloben in der Finsternis verschwand.

Erst jetzt ließ er seinen Arm sinken, erhob sich und verbeugte sich dankbar vor der Flut. Der Mekong hatte sein Opfer angenommen – eine maßstabgetreue Nachbildung jenes mit Wellblech und Palmblättern gedeckten Hausbootes, auf dem ich in den vergangenen drei Tagen den größten See Kambodschas als Ho Doeuns Passagier befahren hatte.

Das Wasserfest. Was immer Ho Doeun in unseren gemeinsamen Tagen an Bord seines Hausbootes von seinem Leben erzählt hatte, schien untrennbar mit diesem Fest verbunden. Immer wenn eine Erinnerung ihn zu tief in die Abgründe seiner Vergangenheit führte, hatte er von diesem Fest zu schwärmen begonnen – von den Bootsrennen, von den Hunderttausenden an Uferpromenaden oder an Bord vertäuter Kähne und Einbäume versammelten Zuschauern, von den Figuren des Feuerwerks … so, als ob die vielstimmige Begeisterung und alle Lichter des Wasserfestes allein dem Zweck dienten, die Vergangenheit zu übertönen und zu überstrahlen. Gefeiert wurde in dieser Novembernacht schließlich nicht nur der Anbruch einer neuen Jahreszeit, sondern die *Umkehr* eines Stromes:

Der Monsun hatte die Pegelstände der Seen und Ströme Kambodschas um zehn, zwölf Meter steigen lassen, hatte Dörfer in Inseln, die Pfahlbauten der Reisbauern in Archen verwandelt, Straßen in unterspülte Dämme und Teakholzforste in versunkene Wälder, in deren Kronen Algenfahnen wehten. Mehr als ein Drittel des Landes war in diesen Monaten nach den Gesetzen einer mit Regengongs und Gebeten beschworenen und mit der Ganggenauigkeit einer Sonnenuhr steigenden und fallenden Flut versunken, ohne deren Schlamm auf den Weiden kein Gras für die Wasserbüffel- und Zebuherden und auf den von Lehmdämmen gefaßten Feldern kein Reis wachsen würde, ja Ackerbau und mit ihm Zivilisation, Kunst und alle Spielformen des Lebens bloße Träume geblieben wären im Land der Khmer. Aber am Ende der Regenzeit, tauchte das Land wieder aus der Flut, als würde eine zyklisch wiederkehrende, tektonische Kraft Schiffsrouten in Straßen und Wege zurückverwandeln und Felder und Weiden aus einem von morastigen Ufern gerahmten Wolkenspiegel dem Himmel entgegenstemmen.

Nirgendwo in Kambodscha zeigte sich das Drama der Flut eindrücklicher als vor dem Königspalast in Phnom Penh. Denn vor diesem Palast, unter den Augen eines jahrhundertelang als Gott verehrten Herrschers, teilt sich der Mekong für einen Stromkilometer ein mächtiges Bett mit dem hier einmündenden Fluß *Tonle Sap*. Unter den Wolkengebirgen der Regenzeit aber staut der Hochwasserschwall des Mekong den Tonle Sap, läßt den sanfteren, schwächeren Fluß der Khmer nicht länger ins gemeinsame Bett, sondern drängt ihn zurück, zwingt ihn zur Umkehr und in ein riesiges Flutbecken, einen See. Dieser See, der den Namen des Flusses trägt, schwillt in der Regenzeit bis zum Siebenfachen seiner ursprünglichen

Größe an und liegt so wie ein pulsierendes Wasserherz inmitten Kambodschas.

Im Land der Khmer wird der Tonle Sap auch *Fluß ohne Salz* genannt, aber Fischer wie Ho Doeun und Fährleute haben für den Salzlosen auch einen Kosenamen – *Süßer Fluß*: Er rauscht aus den monsunverschleierten Urwäldern seines Quellgebiets über Dämme und Wasserwehre, strömt allmählich sanfter dahin, sinkt schließlich, nur noch erschöpft murmelnd, seiner Mündung in Phnom Penh entgegen und hält vor dem Palast der Khmerkönige, kaum einen Tageslauf von der Brandung des Südchinesischen Meeres entfernt, inne, als hätte ihm der nahe Ozean angst gemacht: hält inne, glättet sich, steht still – und beginnt dann unter dem Druck des Mekong langsam und unaufhaltsam wieder zurückzufließen, seinen Quellen entgegen, monatelang, bis am Ende der Regenzeit die Macht des Mekong nachläßt und er seinen Lauf abermals umkehren und sich von seinen Quellen ab- und doch wieder dem Meer zuwenden darf.

Und während dann Pegelstände fallen und die Fluten aus dem Landesinneren so rasch abfließen, daß sich, wie Ho erzählt hatte, Fischschwärme in Büschen und Baumkronen wie in Reusen fangen und von den Bewohnern schwimmender Dörfer aus den Zweigen gepflückt werden, vereinigt sich der Fluß der Khmer wieder mit dem Mekong im alten Bett, das er aber, wie verwandelt durch den Zusammenfluß, schon nach einem Stromkilometer wieder verläßt, um sich unter einem neuen Namen seinen eigenen Weg in die Mangrovenwälder der kambodschanischen Küste zu suchen.

Chaktomuk, Vier Gesichter, nennen die Khmer das narbige, durch die Kreuzung unbeherrschbarer Ströme entstandene *X*, das sich nicht nur in den Schlammgrund der Imperien angkorianischer Gottkönige eingegraben hat, sondern wie ein Wasserzeichen durch die Schreckensherrschaft des *Saloth Sar* schien, eines Bauernsohnes aus der Provinz Kampong Thom, der als *Pol Pot* Kambodscha in ein Schlachthaus verwandelt hatte. Die Zahl der Opfer seiner *Roten Khmer* ließ sich nach dem Versiegen der Blutströme nur noch schätzen: fast zwei Millionen Menschen; mehr als zwei Millionen Menschen.

Es ist ein von Strudeln und Kehrwasserwirbeln zerfurchtes Kreuz, in dem sich der Tonle Sap, der einzige Strom der Welt, der seinen Lauf im Rhythmus der Jahreszeiten umkehrt, nahezu lautlos verliert.

Ein Fluß, der zu seinen Quellen zurückzukehren scheint, am Ende aber doch und wie zur Vernunft gekommen, dem Meer und seiner Auflösung entgegenzieht, hatte in unseren Gesprächen auf dem Tonle-Sap-See oft auch an andere, den Gesetzen der Physik und Logik scheinbar widersprechende Rückwege erinnert – an einen in die Wolken zurückrauschenden Gewitterregen zum Beispiel, an Wege zurück an den Ursprung der Zeit, Wege in die Kindheit.

Pol Pot und seine Roten Khmer, hatte Ho Doeun gesagt, hätten doch auch von einer Umkehr, einem Weg zurück in die Vergangenheit geträumt, geträumt von der Größe der alten Khmer-Reiche und dem Glanz des alten Angkor, das, im zwölften Jahrhundert von einer Million Menschen bewohnt, einmal die größte Stadt der Welt gewesen war. Und wie die alten Khmer-Reiche aus den Reisfeldern, dem Ackerbau, erwachsen waren, so sollte auch die Herrschaft der Roten Khmer aus der bäuerlichen Arbeit erwachsen:

Die Bewohner der Städte waren unter Pol Pot zu Hunderttausenden aufs Land, in die Wälder und an die Küste getrieben worden: Bauern, Arbeiter, Fischer sollten sie werden, der Dschungel zu Ackerland, die Wildnis zu einem Garten. Eine Brille! hatte Ho Doeun gesagt, selbst wer bloß eine Brille getragen hatte, wurde verdächtigt, kein revolutionärer neuer Mensch, sondern ein irregeleiteter Städter oder widerspenstiger Kopfarbeiter zu sein, und wurde erschlagen. Wer ertappt wurde, daß er eine Fremdsprache verstand, wie Ho Doeun, der mir von seiner und der Geschichte seines Landes in einem amerikanisch klingenden Englisch erzählte, das er sich an Bord seines Hausbootes in einem Lehrgang auf Kassette beigebracht hatte, war verdächtig, wurde erschlagen. Phnom Penh wurde für Jahre zu einer Geisterstadt, deren menschenleere Straßen, überwucherte Häuser, überwucherte Plätze und Parks an die Wildnis zurückfielen, an Ratten, Rudel verwilderter Hunde, Affenhorden.

Ho Doeun hatte mir auf unserer Bootsfahrt von den dreizehn zu Tode Gefolterten, Hingerichteten und Verschwundenen seiner Familie erzählt; erzählt von seinem aus Schußwunden blutenden, von den Roten Khmer in einer Schlammgrube lebendig begrabenen Vater; erzählt von seinen mit Bambusprügeln erschlagenen Brüdern und der von Ödemen entstellten Mutter, die inmitten fruchtbarer Reisfelder an den Ufern der fischreichsten Fanggründe dieser Erde verhungerte, weil *Angkar*, die allmächtige Kommunistische Partei Pol Pots, den Anspruch erhob, für alles, alles zu sorgen und den Hungernden, die Wildfrüchte pflückten oder Schnecken und Würmer auflasen, die Verhöhnung der grenzenlosen Fürsorge Angkars vorwarf: ein Verbrechen, das den Beschuldigten in das Foltergefängnis *Tuol Sleng* und von dort nach *Choeung Ek* bringen konnte, einem sumpfigen Ort unweit von Phnom Penh, der in der Chronik der Grausamkeit schließlich als *Killing Fields* geführt werden sollte. In Choeung Ek mußten die *Volksfeinde* am Rand eines Tümpels niederknien und wurden mit Bambusprügeln erschlagen, weil die Roten Khmer ihre der Revolution geweihten Patronen nicht an Abschaum verschwenden wollten.

Ich hatte die blutbespritzten Wände der Zellen und Verhörräume in Tuol Sleng gesehen und im schwarzen Wasser der Tümpel von Choeung Ek die emporschwebenden und wieder absinkenden Kleiderfetzen der Erschlagenen. Ich hatte in den Tagen auf dem See und Fluß Tonle Sap, dessen wechselnde Strömung alles Leben in und auf dem Wasser hin und her schaukelte wie eine Wiege und doch die Schmerzen der Erinnerung nicht lindern konnte, meine Kleidung gewaschen, im Kehrwasser gebadet und Schlangenkopffische in einem der zahllosen Nebenarme gefangen, auch einen Wels, dessen Farbe dem in Pfahlbautempeln geheiligten *Weiß* so nahe kam, daß Ho mir riet, meinen Fang in die lehmgelbe Flut zurückzuwerfen. Aber lächeln sah ich Ho Doeun in diesen Tagen nur, wenn die Rede auf das bevorstehende Wasserfest kam:

Unter dem großen Feuerwerk dieses Festes würde er eine mit Lotos und Lichtern beladene Nachbildung seines Bootes in die Wellen des Tonle Sap setzen. Und sein Schiff würde mit Abertausenden anderen, Flammen tragenden Flößen, Schiffchen aus Bananenblättern, Bambus und Seide, davontanzen und so die Strömungsumkehr des Flusses der Khmer in einer Lichterprozession in die Dunkelheit schreiben: ein flackerndes, fließendes Feuerzeichen, daß nichts, weder das Wasser noch die Zeit, noch das durch die Abgründe des Himmels wandernde Leben bloß einer einzigen, für immer festgelegten Richtung folge.

Die Arbeit der Engel

Ich sah eine mannshohe Mauer, die unter bereiften Bäumen einen weiten Bogen beschrieb. Folgte ich ihrem Verlauf mit meinem Blick, tauchten zwischen schwarzen Stämmen ferne, steile Dächer auf, dann auch der Turm der Martinskirche von Třebíč, einer Stadt im Süden jenes Landes, das damals noch als *Tschechoslowakei* auf den Karten Mitteleuropas erschien.

Hier entlang und dann weiter bis zu der Kuppe dort oben, dem Hrádek-Hügel, hatte man mir in einer am Flußufer gelegenen Pension gesagt und auf eine bewaldete Anhöhe gezeigt – Pavlik werde gewiß auch heute dort zu finden sein, Pavlik sei doch immer oder fast immer an seiner Mauer. Der werde wohl den Rest seines Lebens dort oben verbringen.

Tatsächlich war ich eine Stunde später kaum hundert Meter an Pavliks Mauer entlanggegangen, als ich einen alten Mann sah, der mit einer Spitzhacke Steine aus einem von Efeu überwachsenen Trümmerhaufen löste und an eine Bresche in der Mauer trug, die hier wie nach einem Angriff klaffte. Der Alte war offensichtlich dabei, diese Lücke wieder zu schließen. Ein Holzgerüst, das die Öffnung bereits verbarrikadierte, ließ den Blick aber immer noch frei auf lange Reihen überwucherter Gräber und Grabsteine, manche von ihnen noch aufrecht, andere gestürzt, umgeworfen oder bereits tief eingesunken in den gefrorenen Grund.

Ja, sagte der Alte, Bohumír Pavlik, das bin ich, und legte noch einen Stein an das Holzgerüst, bevor er sich die erdigen Hände an einem von Eisnadeln glitzernden Grasbüschel abwischte.

Ich hatte in Třebíč gar nicht nach Pavlik gefragt, den Namen hatte ich in meiner Pension zum erstenmal gehört, sondern nach dem jüdischen Friedhof, der seit mehr als vierhundert Jahren hinter einem Hügel außerhalb der Stadt lag, aber der alte Mann *war* dieser Friedhof, zumindest in den Augen seiner Mitbürger.

Nein, Pavlik war kein Jude, aber als ehemaliger Lehrer, der sich tagtäglich um *mehr Licht* in den Köpfen der nächsten Generation bemüht hatte, war er auch kein Freund der Kommunisten, die das Land damals noch beherrschten und alles, was ihren Verstand überstieg oder ihren Glaubenssätzen widersprach, einfach aus der Welt schaffen wollten. Und als die Gerüchte nicht verstummten, daß dieser Friedhof geschleift und zu Bauland zerstampft werden sollte, hatte Pavlik in seiner Empörung den Entschluß gefaßt, sich dieser Wildnis hier anzunehmen, in der niemand mehr begraben worden war, seit die letzten Třebíčer Juden, fast dreihundert Menschen, in Viehwaggons in das Konzentrationslager Theresienstadt verschleppt worden waren. Nur zehn von ihnen hatten die Schreckensjahre überlebt. Und keiner von ihnen war jemals wieder in seine Heimatstadt zurückgekehrt. Wer sollte also diesen gottverlassenen Ort vor Wildtieren, vor

Hunden, Grabschändern, vor der Zerstörungswut der Kommunisten und schließlich der Zeit selbst schützen?

Viel hatte Pavlik damals vom Judentum ja nicht gewußt – aber das Gesetz hatte er doch gekannt, nach dem einem Toten jenes Stück Erde, in das man ihn gebettet hatte, bis ans Ende der Zeit bewahrt werden sollte. Wer auf einem jüdischen Friedhof seine Auferstehung erwartete, dessen Grab wurde selbst am Ende seines Stammbaumes nicht aufgelassen wie auf christlichen Kirchhöfen, wo man die Knochen von *Umgebetteten* in Beinhäusern stapelte und die geleerten Gräber, die einen Menschen bis zum Jüngsten Tag hätten bergen sollen, einem anderen Toten und seinen zahlenden Nachkommen zusprach.

Pavlik hatte damals – fünfzehn, nein: sechzehn Jahre sollten seither schon wieder vergangenen sein? – ohne lange zu fragen begonnen, die alte Steinmauer um den Friedhof wiederzuerrichten, auf dem im Verlauf der Jahrhunderte mehr als elftausend Menschen ihre Ruhe gefunden hatten: eine eineinhalb Kilometer lange Mauer, von der an vielen Stellen nicht mehr zu sehen gewesen war als von den Grabsteinen, die er zu Hunderten und Aberhunderten mit eigenen Händen von Wurzeln und Dickicht befreit und aus dem Verborgenen wieder ans Licht gebracht hatte. Denn wenn es schon keine Verwandten und Nachkommen mehr gab, die den Toten Steine aufs Grab legten, um zu zeigen, daß man an sie dachte, sie immer noch liebte oder zumindest noch nicht vergessen hatte, dann sollte im Schutz dieser Mauer zumindest Ruhe herrschen, Geborgenheit, jedenfalls solange er, Pavlik, noch lebte. Er wurde in diesen Tagen achtzig Jahre alt.

Die Kiesel, die ich auf vielen Gräbern sah, die hatte alle er dorthin gelegt, und ich solle doch jetzt meine Handschuhe ausziehen und auch ein paar Kiesel auf die Gräber legen, Steine zählten hier mehr als Blumen und erinnerten noch an biblische Zeiten, in denen eine Grabstätte mit Steinen beschwert und so vor dem Hunger von Aasfressern und den Sandstürmen eines Heiligen Landes geschützt werden mußte.

An den meisten Tagen seiner oft schweren Arbeit war Pavlik hier oben so allein gewesen wie heute, an diesem Wintertag, an dem es so kalt war, daß er keinen Mörtel anrühren, sondern nur diese moosigen alten Mauersteine bereitlegen konnte, aber gerade dadurch hatte dieser Friedhof, hatten die Toten selbst nach und nach begonnen, zu ihm zu sprechen, ja, zu ihm, und er hatte ihre Sprache und ihre Schrift allmählich verstehen gelernt, oft war es mühevoll, aber so waren ihm ein Mensch nach dem anderen, an deren Leben neben deutschen und tschechischen vor allem hebräische Inschriften erinnerten, sozusagen auferstanden – Liebende, die in den Tagen der Pest für immer voneinander lassen mußten, eine junge Mutter, die Zwillingen das Leben geschenkt und dabei ihr eigenes verloren hatte, ein Arzt, der von der Cholera besiegt worden war … Mittlerweile kam es ihm manchmal vor, als seien ihm die hier Begrabenen vertrauter und näher als viele Bürger der Stadt.

Wenn es ihm gelang, wieder eine der hebräischen Inschriften zu übersetzen, schrieb Pavlik sie in einer langsamen, schönen Schrift in ein Notizbuch, das er in der Brusttasche seiner Jacke immer bei sich trug. Eine der ersten Seiten seiner Sammlung schmückte ein Brief, den er auf dem Grabstein der Frau eines Kürschners gefunden hatte:

Liebste
Du bist vergangen
Wie der hellste aller Tage
Aber auch die Nacht
Die unserem Abschied folgte
Wird vergehn

Aber ja, natürlich hoffte er immer noch, daß die Zeiten sich auch in Třebíč allmählich ändern und wieder heller werden würden. Vielleicht dachte man ja auch in den Parteibüros bereits daran, diesen Ort der Ewigkeit, anstatt ihn zu zerstören, für den Fremdenverkehr zu erschließen, schließlich war der Třebíčer jüdische Friedhof neben dem in Prag einer der größten des Landes und konnte für den einen oder anderen Freund der Vergangenheit zu einem lohnenden Ziel werden, das ihn irgendwann in die Pensionen und Gasthäuser der Stadt führen mußte. Aber solche Überlegungen kümmerten Pavlik schon lange nicht mehr. Er baute unbeirrt weiter an seiner Mauer und hörte manchmal nur noch die vielen Stimmen, die sich in ihrem Schutz erhoben.

Die schönsten Worte, die er in den vielen Jahren seiner großen Arbeit entdeckt hatte, waren allerdings nicht in den Stein geschlagen, sondern mit Silberfäden auf ein schwarzes Samttuch gestickt, das er eines Tages aus dem Schutt gezogen hatte. Mit solchen Tüchern waren einst die Bahren bedeckt und die Toten so auf Worten, auf einem Psalm, zu Grabe getragen worden. Es hatte ihn viel Mühe gekostet, bis er diese silberne Schrift entziffern konnte, und er war, ja, glücklich gewesen, als er sie endlich zu verstehen glaubte, denn was da auf dem Samt glänzte, galt wohl für die Lebenden *und* für die Toten:

Er hat seinen Engeln befohlen
Dich zu behüten
Wohin du auch gehst

Wohin du auch gehst, auf allen Wegen, selbst auf dem einen, dem letzten. Als Pavlik sich irgendwann zu fragen begann, ob denn auch die Třebíčer Juden in ihren Viehwaggons von diesen Engeln behütet worden waren, hatten ihn Zweifel gequält, und er erwehrte sich nur mit Mühe des Gedankens, daß selbst der Allmächtige ein Versprechen brechen konnte oder einfach vergessen hatte, seinen Engeln zu befehlen … seinen Engeln, die dann an den Wegen nach Theresienstadt und in die Vernichtungslager schweigend und tatenlos Spalier standen. Hatte denn ein anderer allmächtiger Gott nicht sogar seinen eigenen Sohn ans Kreuz nageln lassen, ohne die himmlischen Heerscharen gegen die Verblendung, Bösartigkeit und Grausamkeit seiner Geschöpfe ins Feld zu führen?

Aber dann, nach einer langen Zeit des Haderns und der Enttäuschung, in der er einfach an seiner Mauer weiterbaute, immer weiter, hatte Pavlik endlich begriffen, was wirklich auf dem Bahrentuch geschrieben stand: daß es nämlich den Menschen aufgegeben war, den Sterblichen,

Dich zu behüten
Wohin du auch gehst

und so die Arbeit der Engel zu tun.

Im Säulenwald

Ich sah einen Wanderer in einem Säulenwald. Er ging wenige Meter vor mir auf einem Holzsteg, der die schwarze, spiegelglatte Wasserfläche überbrückte, aus der die Granit- und Marmorsäulen dieses Waldes zu Hunderten aufragten. Manchmal blieb er stehen, beugte sich über das Geländer des Stegs und schien flüsternd zu fleckigen Goldfischen und monströsen Schuppenkarpfen zu sprechen, die träge zu seinen Füßen dahinschwammen und mit ihren Flossenschlägen die Glätte des Wasserspiegels da und dort durchbrachen, als bestünde ihre einzige Aufgabe in der Vorführung, daß der Boden dieses Säulenwaldes tatsächlich flüssig war, Süßwasser war und nicht aus schwarzem Glas. Manchmal blieb der Mann auch dicht vor einer der Säulen stehen, sah zu einem korinthischen oder ionischen Kapitell und den darauf ruhenden Gewölbebögen wie zu einer Baumkrone hoch, in der sich Vögel oder andere scheue Wesen verbargen, und sprach flüsternd auch mit ihnen.

Es war dunkel. Allein der rotgoldene Widerschein einer Reihe kunstvoll verborgener Lampen, der den Marmor und Granit der Säulen wie glühende Baumrinde aussehen ließ, erhellte den Holzsteg und das auf dem Wasser ruhende Spiegelbild eines Kreuzgewölbes, dessen unzählige Bögen sich nach allen Richtungen im Dämmerlicht verloren.

Es war still. Das Geflüster des Wanderers vor mir und selbst einige ferne, gedämpfte Stimmen vom Ende einer Säulenflucht schienen diese Stille nicht zu stören, sondern noch zu vertiefen. Nur wenige Besucher waren an diesem Novembertag in das hallende Dunkel der *Yerebatan-Zisterne* hinabgestiegen, dem – wie ein Plakat an jener Treppe verhieß, die aus der Oberwelt ans schwarze Wasser hinabführte – bedeutendsten unterirdischen Bauwerk der an Gewölben, Kellern, Verliesen, Zisternen, Gängen, Tunnels, Gruften und Brunnenschächten so reichen türkischen Metropole Istanbul.

Ankömmlinge in dieser Unterwelt wurden an normalen Öffnungstagen von Musik empfangen, von sanften, symphonischen Klängen, die sie um eineinhalb Jahrtausende und vielleicht weiter zurücktragen konnten, bis in die Tage des Bauherrn dieses Wasserpalastes, der als *Justinian* im sechsten Jahrhundert vom Bauernsohn zum römischen Imperator aufgestiegen war. Justinian hatte damals eine bereits zweihundert Jahre vor seiner Herrschaft ausgeschachtete Zisterne zu ihrer bis in die Gegenwart unveränderten Größe erweitern lassen: Achtzigtausend Tonnen Wasser, gespeichert unter einem von dreihundertsechsunddreißig, jeweils acht Meter hohen Säulen getragenen Gewölbe, sollten das Herz des oströmischen Imperiums, die kaiserlichen Gärten, Wasserspeier, Brunnen und Bäder, selbst in Zeiten der Dürre wie in denen des Kriegs durchfluten und jedem Feind und Belagerer der Stadt vorführen, daß der Boden byzantinisch-römischer Macht niemals verdorren würde. Aber selbst wenn der Wasserspiegel unter dem Durst des Palastes sank und sank und eine hallende Dunkelheit größer und größer werden ließ, sollte sich nicht der Mangel zeigen, sondern nur jene bis dahin geflutete Pracht, die dieser Zisterne den schönsten ihrer vielen Namen der Bewunderung eingetragen hatte: *Versunkener Palast*.

An diesem Novembertag war der Lärm der Oberwelt aber mit jedem Schritt, den ein Besucher über die Treppe in die Tiefe stieg, leiser geworden, schließlich verhallt und dann aber von keiner Musik ersetzt worden. Vielleicht wegen einer Störung am Tonsystem oder bloß weil die geringe Zahl der Besucher symphonische Klänge nicht verdiente, blieb es still. Und so war es wohl die gleiche, nur vom Aufschlaggeräusch der Sickerwassertropfen aus dem Gewölbe manchmal durchbrochene Stille, wie sie hier gewiß an den allermeisten Tagen der vergangenen eineinhalb Jahrtausende geherrscht hatte, die das Flüstern des Wanderers vor mir unüberhörbar machte. Hier unten hatte stets ein Flüstern ausgereicht – selbst wenn in der Oberwelt Breschen geschlagen, Stadtmauern erstürmt und Paläste geplündert wurden oder, wie an diesen Novembertagen, die Bomben eines Selbstmordattentäters detonierten.

So still wie jetzt mußte es hier auch in jenem Mai des Jahres 1453 gewesen sein, in dem Mehmet II., der *Unbesiegbare*, der *Herr der Horizonte*, ein Jüngling im dritten Jahr seines Sultanats, Konstantinopel, die Metropole der Christenheit, mit einem Heer von einhundertfünfzigtausend Mann zur tosenden Musik der Pauken, Posaunen,

Zimbeln und Pfeifen der Blutorchester erobert und der Stadt einen neuen Namen gegeben hatte.

Es hieß, Mehmet, die *Faust Allahs*, des einen und wahren Gottes, wollte mit diesem neuen Namen den ängstlichen Klang jenes Schreies verhöhnen, mit dem die griechischen Untertanen Konstantinopels in den nun vergeblich überstandenen Jahrhunderten der Kriege gegen den Islam die Frage nach dem Ziel ihrer Flucht stets beantwortet hatten: *Is tin polin!* In die Stadt! Und es hieß auch, Mehmet, der *Held der Welt*, der das Arabische, Lateinische und Griechische ebenso sprach wie das Hebräische und die Sprache der Perser, habe diesen Schrei nicht bloß verhöhnt, sondern in ein Wortspiel verwandelt, als er die Ruinen und Leichenfelder, die nach der Erstürmung der mächtigsten Mauern der Welt vor ihm brannten, *Is-tan-bul* nannte.

Still, gewiß, so still wie jetzt mußte es hier unten gewesen sein, während Mehmet, dort oben, im Licht der Sonne des einen und wahren Gottes alles, alles verwandelte: die *Hagia Sophia*, die größte Kirche des Morgenlandes, in die größte Moschee der Welt und eine Hauptstadt der Christenheit in das Herz des Osmanischen Reiches. Und Mehmet hatte schließlich sogar gezeigt, daß er selbst das Land zum Meer werden lassen konnte und das Meer zum Spiegel seines Triumphes, als er in den Tagen des Sturms die Hafensperre der Stadt in einem gewaltigen Karnevalszug um*segelte*, indem er einen großen Teil seiner Flotte, zweiundsiebzig Schiffe, voll getakelt und mit allen Ruderern besetzt, von Ochsengespannen und Zehntausenden Knechten und Sklaven von den Gestaden des Bosporus über Land! schleifen und ins Wasser des Goldenen Horns setzen ließ.

Über allem Lärm dieser Verwandlungen war es hier unten still geblieben, still selbst dann, als Mehmet, der *Eroberer*, die uneinsichtigen Verteidiger der gefallenen Stadt zur Strafe in langen Reihen, triefenden, roten Alleen, pfählen ließ und in der Oberwelt stundenlang, tagelang nur die entsetzlichen Schreie der Besiegten zu hören gewesen waren.

Auch wenn ich in dieser uralten Stille kein Wort vom Geflüster des Wanderers, eines rundlichen, bärtigen Mannes mittleren Alters, verstand, gab es doch keinen Zweifel, daß sein Ziel, wie das der wenigen anderen Besucher auch, zwei mächtige, steinerne Medusenhäupter waren. Sie lagen am Rand des Säulenwaldes im Wasser. Dort warfen ihnen die Besucher Münzen als Opfergaben oder als Anzahlung für ein noch in der Zukunft verborgenes Glück zu, und die bleichen Fische schnappten in einem unbeirrbaren Reflex nach dem schaukelnd und blinkend versinkenden Kleingeld.

Wie so viele der Säulen und Kapitelle der Zisterne stammten auch diese Medusenhäupter aus dem Schutt zerstörter oder abgetragener Tempel und Paläste, die auf längst vergessene Befehle byzantinischer Kaiser zu Steinbrüchen für neue, imperiale Bauwerke der Christenheit geworden waren. Und allmählich glaubte ich zu begreifen, daß der flüsternde Wanderer, wenn er zu einem dieser Kapitelle hochsah, möglicherweise in einem Selbstgespräch die Herkunft des steinernen Blattwerks erwog und nicht zu den Fischen, sondern vielleicht bloß mit seinem eigenen Spiegelbild sprach, dem er die Tragkraft der Ziegelgewölbebögen vorrechnete. Er ging, er flüsterte, hielt inne, ging in sein Selbstgespräch versunken weiter, und ich folgte ihm, schließlich hatten wir ein gemeinsames Ziel.

Medusa, eine sterbliche Schönheit der antiken Sagenwelt, war von Pallas Athene beim Liebesspiel mit Poseidon, dem Beherrscher der Meere, in ihrem Tempel ertappt und von der empörten Göttin für diesen Frevel zur Häßlichkeit, ja Schrecklichkeit verdammt worden: Die ehemals Wunderschöne sollte bis ans Ende ihrer Tage Schlangen statt Haare auf dem Kopf tragen und als geflügeltes Ungeheuer mit flackernden Augen, Reißzähnen und hängender Zunge jeden Menschen, der sie erblickte, vor Entsetzen zu Stein werden lassen.

Die Baumeister der Zisterne hatten die Medusenhäupter als Säulensockel verwendet und dabei einen der Köpfe verkehrt, den anderen liegend auf den Grund des Wasserspeichers gesetzt, als ob sie die Medusen zur immerwährenden Betrachtung der Säulenreihen und des Gewölbes zwingen und durch die versteinernde Wirkung dieses Blicks die Dauerhaftigkeit von Marmor und Granit noch erhöhen wollten.

Vor dem liegenden der beiden schlangenhaarigen Köpfe hielt der Wanderer nun endlich inne und hörte auf zu flüstern. Dann zog er – wie neben ihm zwei andere Zisternenbesucher auch, eine Münze aus seiner Börse, hielt sie kurz ins Licht, das hier so hell war wie an keinem anderen Ort des Versunkenen Palastes, und warf sie gegen die toten Augen, gegen die Stirn der Medusa, von wo sie mit einem Geräusch, kaum lauter als ein Tropfen, ins seichte Wasser fiel. Aber er ließ die zum Grund schaukelnde Münze nicht aus den Augen und starrte, als sie endlich still lag, ins Wasser, als sähe er etwas, was niemand sonst sah.

Und dann überstieg er plötzlich die Absperrung, eine schwere Kette, die Menschen und Medusa voneinander trennen sollte, und sprang vom Holzsteg, bevor jemand auch nur die Hand nach ihm ausstrecken konnte. Bis zu den Knien im Wasser stehend, bückte er sich nach seiner Münze, drehte sie um, ohne sie aus dem Wasser zu nehmen, und legte sie wieder zurück auf den Grund.

Kopf oder Zahl: Würde Istanbul seinen Namen in einer fernen Zukunft noch einmal ablegen und wechseln, eintauschen gegen einen Allah gefälligeren? Sollte eine Reise nach Anatolien getan oder unterlassen werden?, eine Freundschaft in Istanbul gelöst oder bewahrt? War in der kommenden Nacht einer Begierde nachzugeben – oder ihr zu widerstehen?

Zahl oder Kopf: Welche Seite die Münze auch immer gezeigt und damit eine Entscheidung bekräftigt oder irgendein Ereignis der Zukunft bestimmt hatte – nun zeigte jedenfalls die vom Münzwerfer erhoffte, die richtige Seite nach oben. Und während auf den Bohlen des Stegs das Trampeln zu spät kommender Aufseher oder Ordner laut wurde, stieg der Wanderer tropfend aus dem Zisternenwasser, lächelnd, als einer, der die Götter zwar befragen, sich ihrem Spruch aber nicht beugen wollte. Er hatte mit der versunkenen Münze sein Schicksal in die

Hand genommen. Und er hatte dieses Schicksal unter den an Dunkelheit und Finsternis gewöhnten Augen bleicher Karpfen und Goldfische und zum Erschrecken einiger Tagesgäste in der Unterwelt – gewendet.

Die Schönheit der Finsternis

Ich sah eine Spiralgalaxis im Sternbild *Haar der Berenike*, einem unscheinbaren Himmelsareal, das im dritten vorchristlichen Jahrhundert vom griechischen Astronomen Kólon von Samos nach einer Pharaonin benannt worden war: Berenike hatte gelobt, ihr goldschimmerndes Haar zu opfern, wenn ihr Gemahl unversehrt aus seinem Krieg gegen die Assyrer zurückkehren würde. Der Pharao kehrte als Sieger heim, und Berenike legte die Strähnen ihres abgeschnittenen Haares einer Statue der Göttin der Liebe zu Füßen. Als die Opfergabe über Nacht verschwand, zeigte der griechische Hofastronom dem wütenden Pharao, der an einen Diebstahl glaubte, drei Sterne am Himmel der folgenden Nacht und sagte, die Göttin Aphrodite habe das Opfer seiner Gemahlin angenommen, das geopferte Goldhaar in diese Sterne verwandelt und an den Himmel gehängt.

Der schwache, aus dem Licht von Abermilliarden Sonnen bestehende Glanz der Spiralgalaxis im Haar der Berenike brauchte nach letzten, noch umstrittenen, astronomischen Messungen vierundvierzig Millionen Jahre, um aus der Tiefe des Raumes auf die Spiegel meines Teleskops zu treffen. Im Okular erschien ihre Ellipse wie ein leuchtendes, von einem dunklen Lid verhängtes Auge, das sich eben zu öffnen – oder zu schließen schien. Allein die Länge dieses Augenlids, eines sichelförmigen Bandes aus dunkler Materie, Gasschleiern und Sternenstaub, sollte mehr als fünftausend Lichtjahre betragen: auch dieses Maß galt als umstritten. Ich fluchte.

Ich saß in dieser Nacht der Sommersonnenwende auf einer weiten Lichtung des Hochwaldes am Rand des oberösterreichischen Höllengebirges unter einem mondlosen, von Sternen übersäten Himmel hinter meinen Teleskopen und fluchte so laut, daß die Verwünschungen von einer Mauer schwarzer Bergfichten zurückschlugen. Von den Kühen, die als schwarze Inseln in der kaum helleren Weite der Almwiesen wiederkäuend lagen oder schliefen, war in der nächtlichen Stille nur ein gelegentliches tiefes Seufzen zu hören.

Es hatte durch atmosphärische Turbulenzen und den Ausfall eines Navigationssystems an meinem astronomischen Gerät eine Weile gedauert, bis ich die Linsen und Spiegel meiner beiden Teleskope, mit Sucherfernrohren von Richtstern zu Richtstern gleitend, nach den Koordinaten dieser fernen Galaxis ausgerichtet hatte, die in verschiedenen Sternkatalogen so bildhafte Namen trug wie *Black Eye Galaxy*, *Evil Eye Galaxy* oder *Sleeping Beauty* – Blaues Auge, Teufelsauge, Schlafende Schönheit …

Drei Astronomen des späten achtzehnten Jahrhunderts, der Engländer Edward Pigott, der Deutsche Johann Elert Bode und der Franzose Charles Messier, hatten diese Schönheit innerhalb eines Jahres unabhängig voneinander in der Tiefe eines nahezu leeren Raumes beobachtet, aber nur Messier hatte sie mit dem ersten Buchstaben seines

Namens und einer fortlaufenden Nummer aus der langen Reihe aller von ihm entdeckten Himmelsnebel und Galaxien getauft: *M64*.

Bei Anbruch der astronomischen Dämmerung zur kürzesten Nacht des Jahres hatte ich meine Fernrohre – ein zentnerschweres Schmidt-Cassegrain-Spiegelteleskop und einen kaum leichteren apochromatischen Refraktor – auf einer erschütterungsfreien, gemauerten Plattform neben einer Almhütte aufgebaut und sie vor der Neugier des Weideviehs mit einem Drahtzaun geschützt. Ich wollte den Himmel der Sommersonnenwende durchstreifen, bis der Mond aufging, um dann in seinem hohen Norden das *Meer der Kälte* und an dessen Ostufer die Krater Atlas und Herkules zu besuchen.

Ich hatte in dieser milden Sommernacht bereits die Areale des Skorpions und des Schlangenträgers und dort Doppelsterne, Kugelsternhaufen und planetarische Nebel angesteuert und war dabei allmählich und einmal mehr in Wut darüber geraten, daß eine Seilbahnstation auf einem gegenüberliegenden Bergkamm von einer Scheinwerferbatterie in gleißendes Licht getaucht wurde. Das Streulicht dieser Scheinwerfer ließ lichtschwache Himmelsobjekte und Hunderte Lichtjahrmillionen entfernte Riesensonnen, die ansonsten wie Brillanten im Samtschwarz des Raumes glitzerten, stumpf werden und verblassen.

Als ich mich entschloß, die lichtverseuchten Areale zu verlassen und in Sternregionen hoch im Südwesten auszuweichen, mußte ich allerdings auch dort feststellen, daß selbst M64, eine der zwölf hellsten Galaxien am Firmament, im Streulicht der Bergstation viel, fast alles, von ihrem Glanz verlor. In einer makellos schwarzen Nacht war mit den leistungsstärksten Teleskopen der Astronomie im Areal der Berenike eine der ungeheuerlichsten Zusammenballungen von Sternsystemen des sichtbaren Universums zu entdecken – mehr als eintausend bis zu vierhundertfünfzig Millionen Lichtjahre entfernte Galaxien –, aber der Scheinwerfer einer einzigen, menschenleeren Bergstation brachte sie mit seiner Blendkraft allesamt zum Verschwinden. Ich wünschte fluchend, dieses Licht würde unter einem Bergsturz, einer Steinlawine oder unter einem Kometeneinschlag erlöschen.

Aber als die Lichtquelle plötzlich tatsächlich versiegte, erschrak ich beinahe. Wer will schließlich, daß seine Verwünschungen und Flüche augenblicklich in Erfüllung gehen? Die plötzliche Finsternis war in manchen Nächten ein unverhofftes Geschenk nach Stromausfällen und Blitzschlägen gewesen. Aber diese Nacht war windstill, mild, sternenklar – und nun von einer makellosen Dunkelheit.

So langsam sich meine Augen an die geänderten Lichtverhältnisse auch gewöhnten – schon in den ersten Minuten nach dem Ende der Lichtvergiftung war zu sehen, wie die Zahl der Sterne wuchs. Und als ich den verbesserten Verhältnissen entsprechend vom Spiegelteleskop zum apochromatischen Linsenteleskop wechselte, bot sich auch im Areal der Berenike ein dramatisch verändertes Bild:

Das Augenlid der Galaxis M64 schien sich geöffnet zu haben, ihr Kernbereich schimmerte nun nicht mehr bloß, sondern *erstrahlte*. Nach Messungen der Rotverschiebung im Spektrum dieses Lichts hatten Astronomen die Frage diskutiert, ob die Schlafende Schönheit nicht durch eine kosmische Kollision von mindestens zwei Galaxien entstanden war, denn ihre inneren und äußeren Bereiche rotierten mit hoher Geschwindigkeit in entgegengesetzten Drehrichtungen. Dort, wo die beiden gegenläufigen Rotationen in chaotischen Wirbeln aneinanderstießen, hieß es, konnten neue, ultraheiße Sonnen zu Hunderttausenden entstehen und dazu – als kosmischer Abfall solcher Sterngeburten – Asteroidenschwärme, Planetensysteme, kühlere Orte, an denen sich Phantasien über ein Leben in fernsten Räumen entzünden durften.

Aber jetzt, kaum aufgeschlagen, verschwand dieses Auge wieder. Ich sah die Black Eye Galaxy, die sich eben noch in ihrer vollen Schönheit gezeigt hatte, in meinem Okular erlöschen. Die gesamte Galaxis verschwand in einer jähen, wogenden Finsternis. Nur am Rand meines Blickfeldes blinkten noch einzelne lichtschwache Funken und ließen den Eindruck entstehen, daß diese Schwärze, eine flatternde, alles Licht verschlingende Nacht, auf mich zuraste.

Doch als ich meinen Blick vom Okular löste und mit bloßem Auge zum Himmel aufsah, standen Jungfrau, Bärenhüter, Löwe und Jagdhunde – dem Haar der Berenike benachbarte Sternbilder – ruhig an einem friedlichen Himmel; in den Bergfichten regte sich kein Hauch, und selbst die schlafenden Kühe seufzten nicht mehr. Die kosmische Katastrophe tobte allein im Okular meines Refraktors und verschlang Lichtjahr um Lichtjahr des sternenbesetzten Raums … Und plötzlich hörte ich auch, wie der Weltenuntergang *klang*:

Es war der Schrei eines Vogels. Ein Waldkauz. Er hatte in seinem lautlosen Pirschflug wohl genau entlang der Ausrichtung meiner Teleskope seine Beute gesucht oder verfolgt und war dabei von den Linsen in ein konturloses, sternfressendes Monster verwandelt worden, von dem aber mit freiem Augen ebensowenig zu sehen war wie von einer fernen Galaxis.

War das Erleichterung, was ich empfand? Mich fror. Über den südöstlichen Höhenzügen des Höllengebirges begann der Mond hochzusteigen, der *gute Mond*, der größte Sternenfresser, der meinen intergalaktischen Streifzug beschließen würde. Nach einem raschen Aufstieg stand seine Sichel über den Graten des Gebirges wie eine Lampe am Bett eines Kindes, das böse geträumt hat – ein trautes Nachtlicht, in dessen beruhigendem, tröstlichem Schein alle Schrecken und alle Gespenster, aber auch alle Schönheiten der Finsternis verblaßten.

Sturz aus der Nacht

Ich sah Tausende glimmende Lichter am Nachthimmel über Jaipur. Als ob ausgerechnet über der Hauptstadt des nordindischen Wüstenstaates Rajasthan ein zweites Firmament als schützendes Netz vor die beängstigenden Tiefen des Alls mit ihren an die Ewigkeit grenzenden, leeren Räumen ausgespannt worden wäre, gaukelten, schwebten, tanzten diese Lichter in einer mondlosen Finsternis, entfernten sich voneinander, glitten wieder aufeinander zu und verbanden sich für die Dauer einiger Herzschläge zu flüchtigen, nie gesehenen Sternbildern. Wenn eines dieser zahllosen Lichter von einer unsichtbaren Kraft plötzlich aus seiner chaotischen Bahn gesprengt wurde, dann auf die nächtliche Stadt zustürzte und im Fallen wie ein Meteor verglühte, waren in der Dunkelheit Kichern zu hören, Gelächter und Schreie; Triumphschreie.

Ich saß in dieser klaren, milden Januarnacht auf dem Flachdach eines Guest House nahe dem *Hawa Mahal*, dem Palast der Winde, einem Lustschloß aus der Zeit der Rajputen, und verfolgte das Himmelsschauspiel gemeinsam mit einem großen, auf den Flachdächern der Stadt versammelten Publikum, einem Heer von Schemen, das sich in der Dunkelheit verlor.

Jaipur feierte in dieser Nacht den Höhepunkt eines dreitägigen Festes, *Makar Sankranti*, den Beginn einer neuen Zeit. Denn in diesen Tagen neigte sich die Sonnenbahn an einem von den Astronomen auf die Sekunde vorausberechneten Wendepunkt wieder nach Norden und begann damit einmal mehr jenes Sternbild zu durchlaufen, zu dem die Himmelsbeobachter des Abendlandes als *Steinbock* aufsahen, das in der hinduistischen Welt aber den Namen eines mythischen Wasserwesens trug: *Makara*. Die Flußgöttin Ganga war auf einem Zwitterwesen dieses Namens, das auf unzähligen Darstellungen einmal einem Krokodil, dann wieder einem Delphin, einem elefantenköpfigen Fisch oder auch einem Seepferd glich, geritten, als sie dem heiligen Strom Ganges befohlen hatte, aus der Welt der Götter in die der Menschen zu fließen. Wenn die Sonne die nach Makara benannte Sternenkonstellation erreichte, war der Winter vorüber, wurden die Tage wieder länger, konnten die Zuckerrohrfelder süße Ernte tragen und wurde nicht nur die Erde, sondern der Himmel selbst mit Papier und Seide geschmückt.

Denn in Jaipur und in so vielen anderen Städten Nordindiens stiegen dann zur Feier der Sonnenwende Hunderttausende, ja Millionen von Drachen aus Papier und Seide in den Himmel, Flugwesen aller Größen, Gestalten und Farben. Und wenn die Sonne an diesen Festtagen sank, um am nächsten Morgen einige Atemzüge früher als am Vortag wiederzukehren, wurden an den straffen Steigleinen winzige Öllämpchen befestigt und so glimmende, flackernde Sterne, ein zweites, von Menschenhand entzündetes Firmament, an den Himmel gehängt.

Dabei rückten die Drachenlenker den Sternen auch selber ein Stück näher, wenn sie ihre Hunderte Meter langen Leinen auf den Dächern der Stadt von Spindeln aus Holz und Plastik abrollen ließen. Nur auf den Dächern wurde der zu ebener Erde vom Straßen- und Gassengewirr vergitterte, in Streifen zerteilte Himmel groß genug, weit genug, um ihn als Jagd- und Spielplatz zu überschauen, vielleicht sogar zu beherrschen. Denn zu Makar Sankranti genügte es nicht, seinen Drachen bloß höher und höher steigen zu lassen, sondern im Aufstieg mußten anderen Drachenlenkern die höchsten Höhen auch noch streitig gemacht oder, wenn sie den Zenit bereits besetzt hielten, abgejagt werden.

Deshalb wurden Drachenschnüre mit Leim bestrichen und mit Glasstaub und rasiermesserscharfen Splittern bewehrt und so in Schnursägen verwandelt, mit denen die Leine eines Gegners durchtrennt und sein Drachen *befreit* werden konnte, zum Absturz gebracht. Die kunstvollen Gebilde aus Seide und Papier, die dann zur Erde taumelten und auf Dächern, in Baumkronen, im funkensprühenden Gewirr elektrischer Leitungen oder auf den staubigen Feldern weit draußen vor der Stadt aufschlugen, zerrissen und zerbrachen, waren Himmelsstrandgut und wurden zur Beute von Kindern und jenen Ärmsten, denen das Geld selbst für Spielzeug aus Papier fehlte. Mit ihren Trophäen behängt, zogen manche von diesen Strandgutsammlern singend durch die Gassen oder ließen ihre noch flugtaugliche Beute an zusammengeknüpften Schnurresten wieder steigen.

Es gab ja Drachenlenker, hatte mir der Besitzer des

Guest House gesagt, ein vor dem Bürgerkrieg aus Kaschmir geflüchteter Wollhändler, die davon überzeugt waren, daß mit jeder durchgesägten Schnur, jedem befreiten Drachen einer Seele auf dem Weg durch das Labyrinth der Inkarnationen eine Wiedergeburt erspart werde ... aber für die meisten sei, was am Himmel zu Makar Sankranti geschah, wohl doch nur ein Spiel. Wenn nur jeder Zehnte, hatte der Wollhändler gesagt, nur jeder Zehnte der fast zweihundertfünfzig Millionen Einwohner der nordindischen Bundesstaaten Rajasthan, Maharashtra und Gujarat zu Makar Sankranti einen Drachen steigen ließe – und das sei gewiß zu niedrig gegriffen –, ergäbe das immerhin eine theoretische Ersparnis von fünfundzwanzig Millionen Wiedergeburten.

Ich konnte in der Dunkelheit kaum erkennen, wer von den vielen Gestalten auf den umliegenden Dächern als Zuschauer bloß gegen den Nachthimmel zeigte und wer als Drachenlenker an einer Leine zog oder sie über einen schützenden Handschuh laufen ließ, aber dem Beifall und Jubel nach mußte wohl gerade einer der Schemen auf dem Nachbardach triumphiert haben, denn in einiger Entfernung war ein fallendes Licht zu sehen, dann auch ein brennender Drache, der auf einer mit Wäsche behängten Terrasse aufschlug und dort unter Fußtritten erlosch.

Und plötzlich stürzte noch etwas aus der Finsternis und fiel unter die Menschen, ein schwarzer, geflügelter Schatten, der zunächst einen Entsetzensschrei, dann aber erleichtertes Gelächter auslöste. Im Schein einer nach den Schrecksekunden aufflammenden Taschenlampe lag vor einem dunklen, spiegelnden Rinnsal, das wohl Blut war, einer jener Flughunde, die, übergroßen Fledermäusen ähnlich, tagsüber zu Hunderten kopfüber und in ihre schwarzen Flügel gehüllt, in den Kronen ihrer Schlafbäume hingen. Wenn sie in der Dämmerung ausschwärmten, konnten sie den Himmelsstreifen über der Gasse vor dem Guest House verfinstern.

Die Flügelspannweite des Abgestürzten mußte mehr als einen Meter betragen. Er flatterte in Panik aber nur mit einer seiner großen Fledermausschwingen; die zweite war grotesk verdreht und eingerissen, die Flügelknochen gewiß gebrochen. Flughunden wurde nachgesagt, daß sie ihren Durst mit Meerwasser löschten, aber auch, daß sie sich als Vampire von Menschenblut ernährten. Dabei fraßen sie trotz ihrer Hundeschnauze nur Früchte, Blüten, Pollen und machten auf kein einziges Wesen zu Erde, Wasser oder zu Luft Jagd. Und sie verfügten auch über keine Ultraschallortung wie die jagenden Fledermäuse. Vielleicht hatte sich der Gestürzte auch aus diesem Mangel an einer oder gleich mehreren der am Nachthimmel ausgespannten Drachenschnüre verletzt.

Im Gewirr dieser Schnursägen fielen zu Makar Sankranti Jahr für Jahr aber nicht nur Flughunde, sondern ganze Vogelschwärme vom Himmel, Geier, Falken, Kormorane, Ibisse, Reiher und Flamingos, und es fielen auch Drachenlenker, die nur Augen für ihre Luftkämpfe hatten, von Terrassen und Flachdächern in die Tiefe, und immer wieder geschah es auch, daß die straff gespannten Schnursägen die Halsschlagader eines in den grellbunten oder sternenübersäten Himmel starrenden Festgastes oder Drachenlenkers durchschnitten. Elf Tote, hatte der Wollhändler aus Kaschmir gesagt, elf Tote allein im vergangenen Jahr.

Der gefallene Flughund aber sollte, durfte an diesem letzten Festtag nicht zum Opfer werden. Die Aufmerksamkeit der meisten Gäste auf dem Nachbardach wie auf dem Dach des Guest House galt bereits wieder dem Geschehen am Himmel, als ich zwei Mädchen sah, die das nur noch müde flatternde Tier behutsam aufhoben, den verletzten Flügel im Schein einer Öllampe behutsam entfalteten und das Tier dabei für einen Augenblick aussehen ließen wie einen Drachen, der darauf vorbereitet wurde, wieder in den Himmel zu steigen.

Die Mädchen fielen sich immer wieder gegenseitig in den Arm und ermahnten sich zu größerer und noch größerer Vorsicht, als sie den eingerissenen Flügel mit einem hellen Pulver bestäubten, wieder falteten und an den pelzigen Körper legten. Dann wickelten sie das schreckensstarre oder tatsächlich beruhigte, vielleicht aber auch sterbende Tier bis zum Kopf in ein von schimmernden Fäden durchwirktes Tuch und wiegten es wie einen Säugling oder eine Puppe in den Armen. Fünf, sechs Schritte durfte ein Mädchen den Flughund nur tragen, bevor es das bewegungslose Bündel wieder an die Freundin abgeben mußte. Ich stellte mir vor, nein: ich wünschte mir, der Gestürzte und nun so liebevoll, ja ehrfürchtig Behütete wäre in den Armen eines der Mädchen bloß vertrauensvoll eingeschlafen und nicht deswegen so still und bewegungslos, weil er bereits für immer von allen Bindungen an die Erde gelöst war, als er über eine Treppenleiter in die dunkle Gasse hinabgetragen wurde.

Der Pianist

Ich sah einen Konzertflügel hinter der blauen Glasfront meines Hotels am Rand der Sankei-Gärten in Yokohama. Platanen und Ahornbäume spiegelten sich in dieser Front und ließen den flüchtigen Eindruck entstehen, das Klavier stünde in einer windbewegten Allee. Es war Oktober und die schwüle Herbstluft erfüllt von den schrillen Chören der Singzikaden, ohrenbetäubenden Chören, in denen der Verkehrslärm ebenso unterging wie das Rauschen des Blattwerks, in dem sich die Sänger zu Tausenden verbargen. Ich sah mein Spiegelbild aus dem getönten Glas auf mich zukommen, von dem der Zikadengesang zurückschlug, als schrillte auch er nicht aus den Baumkronen in meinem Rücken, sondern in der gespiegelten Allee.

Der Rezeptionist, ein ehemaliger Lehrer aus Nagoya, der in Kunstharz eingegossene Zikaden als Briefbeschwerer verkaufte, hatte mir gesagt, daß die Larven mancher Arten dieser Sänger sieben, dreizehn, ja siebzehn Jahre unter der Erde verbrachten, dabei Hülle um Hülle der Verwandlung einer kriechenden Larve in ein Flügelwesen abstreiften und langsam und unbeirrbar höher stiegen, bis sie endlich die Oberwelt erreichten, das Licht. Aber hier, nach der Entfaltung ihrer Flügel und all den Jahren in der

Finsternis, blieben ihnen nur noch wenige Lebenstage, in denen sie Paarungs- und Reviergesänge anstimmten, sich in Fortpflanzungsrituale verstrickten, Eier ablegten. Dann fielen sie wie Laub von den Bäumen – die singenden Männchen zuerst, die zeitlebens stummen Weibchen Tage später. Und aus den Eiern krochen Larven wieder hinab in die Finsternis, in die Erde, um dort sieben, dreizehn oder siebzehn Jahre auf den Tag ihrer Rückkehr ans Licht zu warten.

Ich hatte auf meinem Weg von den Sankei-Gärten zum Hotel Abertausende aus den Bäumen gefallene Zikaden gesehen. Wie ausgesät lagen sie auf unfruchtbaren Böden, Autodächern, Fahrbahnen, Gehwegen, Plätzen. Anfangs hatte ich noch versucht, den Gefallenen auszuweichen, war irgendwann aber weitergegangen, ohne noch auf das Knacken von Chitinpanzern, das Knistern von Sprungbeinen und Flügeln unter meinen Schuhen zu achten.

Ich erreichte mein Spiegelbild, öffnete die Glastür und betrat die Hotelhalle. Mit der schwülen Luft strömte auch der Zikadengesang in die klimatisierte, dämmrige Kühle und ergoß sich über die Klaviermusik aus dem unter Glashauspalmen stehenden Flügel. Als sich die Tür hinter mir wieder schloß, wurden die Zikadenchöre seit Stunden zum erstenmal leiser, wie von der menschlichen Musik abgewiesen und zurückgedrängt in die Wildnis. Dabei war der offene Konzertflügel auf den ersten Blick ohne Pianisten. Ich glaubte schon, eine bloße Verkleidung für Lautsprecher vor mir zu haben, die Konzertaufnahmen wiedergaben, als ich den kleinen, sehr kleinen Mann im schwarzen Anzug sah. Er spielte so tief über die Klaviatur gebeugt, als wollte er nicht nur dem Anschlag der Filzhämmer auf den Saiten nachhören, sondern auch noch jenem Geräusch, mit dem seine Fingerkuppen auf die Tasten schlugen.

Die kurzen Beine dieses Pianisten wären wie die eines Kindes über dem Boden und den Pedalen gebaumelt, hätte er nicht zwei mattschwarz lackierte, mit schwarzen Bändern an seine Füße gebundene, stelzenartige Rundhölzer getragen, die an ihrem Ende mit den Messingpedalen verbunden waren und ihm so die Modulation seines Spiels erlaubten. Der Eindruck einer durch diese Stelzen entstehenden insektenhaften Langbeinigkeit stand in einem seltsamen Kontrast zu seinem gedrungenen Oberkörper und der geringen Spannweite seiner Arme. Dabei klang das Spiel des kleinen Mannes so offen und leicht, als wären ihm von der Zugluft Klangfarben und Rhythmen des Zikadenchors zugetragen worden. Tatsächlich schien dieses Spiel das unablässige *mii mii mii* der Zikaden aufzunehmen und zu variieren.

Ich wollte mich eben in einen der Fauteuils unter den Palmen sinken lassen, um ihm zuzuhören, als der Pianist sein Stück abrupt beendete, die schwarzen Stelzen abstreifte und barfuß von der Klavierbank auf den tiefblauen, mit Wellen gemusterten Teppich glitt. In der plötzlichen Stille wurden die Stimmen der auf Sofas und in Fauteuils plaudernden Hotelgäste wieder hörbar, vor allem aber, wenn auch durch die Glaswand gedämpft, die Zikadenchöre.

Behutsam schloß der kleine Mann die Tastaturklappe,

schlüpfte in Sandalen, die unter der Klavierbank bereitlagen, und trippelte, seine Stelzen unter dem Arm, durch das Foyer in Richtung Garten, der jenseits einer weiteren Glasfront lag. Durch diesen Spiegel trat er ins Freie.

Der Garten, angelegt wie ein Amphitheater, das den Hotelbau sanft ansteigend umschloß, erhob sich in Terrassen bis zu einem Horizont, der kaum dreißig Meter entfernt war und dennoch in weiter Ferne zu liegen schien – waren doch die einzelnen Stufen mit Sträuchern und Bäumen, Blütenkirsche und Rotem Ahorn, bepflanzt, die von unten nach oben kleiner und kleiner wurden, bis sich schließlich an der Horizontlinie nur noch Zwergbäume erhoben, Bonsais. Was jenseits dieses Horizonts lag, über dem sich die Wolkenbänder eines blaßblauen Oktoberhimmels dehnten, war nicht zu sehen.

Der kleine Mann wanderte dieser Ferne entgegen, vielleicht, um an einem schattigen Platz eine Zigarette zu rauchen, oder auch, um ein verborgenes Personalquartier aufzusuchen, in dem er seinen schwarzen, westlichen Anzug gegen *Wafuku*, bequeme japanische Kleidung, tauschen konnte. Und während er langsam höher stieg, wurde er vor den entlang seines Weges schrumpfenden, eine dramatische Fluchtlinie säumenden Sträuchern und Bäumen größer und größer, bis er schließlich, ein Riese, den Horizont erreichte. Dort beugte er sich zu einem Bonsai hinab, als habe er in seinen Zweigen eine Entdekkung gemacht.

Wenn er dort eine Zikade sah, die bei seiner Annäherung verstummt war, dann mußte sie im zierlichen Geäst und winzigen Blattwerk wie ein urzeitliches Tier erscheinen, so groß und so scheu, daß es eines ganzen Baumes bedurfte, wenn es sich verbergen wollte, um zu singen.

Das Glück und der Stille Ozean

Ich sah einen Losverkäufer in einer sonntäglich leeren Straße der chilenischen Pazifikstadt Valparaíso. Nur wenige Spaziergänger schlenderten an diesem spätsommerlich warmen Nachmittag an den geschlossenen Portalen jener Banken vorüber, deren säulengeschmückte und verspiegelte Fassaden sich hier aneinanderreihten, als sei dem Geschäft mit dem Geld und der Organisation des Reichtums die *Antigua Calle de la Aduana* als ausschließliche Adresse in dieser Stadt an der Küste des Stillen Ozeans zugewiesen worden; ein Ghetto.

Nur die obersten Etagen der höchsten Geldpaläste ragten, von seltsam stummen Möwenschwärmen aus dem nahen Hafen umflattert, aus dem tiefen Schatten, in dem beide Straßenseiten zu dieser Stunde bereits lagen, in einen von Federwolken gestreiften Himmel. Die mit imperialem Zierat verschiedenster Baustile geschmückten Portale und Treppenaufgänge aber waren längst ohne Sonne: ohne Sonne die *Banco Santander*, ohne Sonne die *Banco Itaú*, die *Banco Bilbao Vizcaya Argentaria*, die *Banco Fácil*, die *Scotiabank* und die *Banco de Chile* und die *Banco Estado* – ein Schattenreich. Und die Reihen spiegelnder Fenster und Flügeltüren wie für immer geschlossen, versiegelt wie Tatorte eines Verbrechens.

Obwohl die wenigen Spaziergänger und Passanten, mögliche Kundschaft, in dieser Fassadenschlucht noch weit, viel zu weit entfernt waren für seine dünne Stimme, pries ein Losverkäufer, der von Bankportal zu Bankportal der großen, noch in der Spätnachmittagssonne liegenden Plaza Sotomayor entgegenging, das Glück der Lotterie in einem monotonen Singsang ohne besondere Lautstärke, so, als wiederholte er seine Wahrheiten bloß zur Einübung und mehr für sich selbst als für einen Käufer jener Lose, die er auf Schnüre gefädelt als bunte Papiergirlanden um den Hals trug. Auf seinem Kopf saß eine schwarze Perücke wie eine Haube oder ein Hut, und an seinem rechten Arm schwang er eine Krücke, die er als Halt oder Stütze nicht zu benötigen schien, manchmal wie einen Taktstock.

Keine heiße Luft, kein Betrug, kein Schwindel, rief er, *sang* er, während er ohne erkennbare Gehbehinderung durch das Reich des Geldes zog, vor manchen Prunkportalen und Treppenaufgängen stehenblieb und dann mit seiner Krücke zu einem goldglänzenden Namen oder dem meterhohen Geschäftsschild einer hier residierenden Bankgesellschaft emporzeigte: Keine faulen Geschäfte mit dem Geld anderer Leute!, keine Wucherzinsen, keine Blutsaugerei an den Adern der Arbeit, nein, denn die Lotterie!, die Lotterie führe nicht durch den Sumpf der Banken zum Reichtum, sondern auf direktem Weg in ein Glück, das so gerecht war wie sonst nur der Tod und keine Unterschiede des Standes, der Rasse oder der Herkunft kannte. Ein Los konnte schließlich noch für den Ärmsten zum Ausweg, Fluchtweg werden in eine hellere

Welt – ob *Revancha, Gana Gana, Noche* oder *Boleto*, jede noch so bescheidene Spielform der Lotterie war redlicher als alle in diesen Geldbunkern betriebenen Spekulationen auf Kosten der Menschheit! Ein Los – und dazu raschelte er mit seinen papierenen Girlanden – war ein Gutschein, zumindest für einen beglückenden Traum, den man Woche für Woche, Tag für Tag und bis zum Herzschlag in der Sekunde der Ziehung mit allem Recht träumen durfte, den Traum von einem gerechten Reichtum, um den man hinter diesen Fassaden und Portalen tagtäglich betrogen wurde. Selbst ein blindes Los war noch besser als ein sogenanntes *Wertpapier* irgendeiner *Banco Soundso*, stand doch hinter jedem Los ein atmender, träumender Mensch, ein Spieler, bereit, mit seinem Einsatz von einigen Pesos für das Glück eines anderen zu zahlen, immer aber auch in der Hoffnung, aus den Händen seiner Mitspieler vielleicht das eigene Glück zu empfangen. Und floß darüber hinaus nicht der breiteste Geldstrom aus dem Meer der Lotterie der Gemeinschaft aller Menschen zu?, dem Staat, der Nation und diente so dem Wohl des Einzelnen *und* dem seines Landes? Welche Bank, verflucht, wagte das von ihren Geldströmen zu sagen?

Von den wenigen Sonntagsspaziergängern oder Passanten, an denen der Losverkäufer vorüberkam – einem älteren Paar, dem ein grauhaariger Spaniel hinterhertrottete, einer Frau mit einem Mädchen in einem blaßrosa Kleid an der Hand und einem Marinesoldaten, der offensichtlich von seinem Dienst auf einem der Kriegsschiffe, die in der weiten, glitzernden Bucht vor der Stadt lagen, zum Landgang beurlaubt worden war und einen großen, in Zellophan gewickelten Blumenstrauß trug –, hörten einige dem Losverkäufer zwar zu oder drehten sich nach ihm um, aber keiner blieb bei ihm stehen; keiner kaufte ein Los. Allein das Mädchen an der Hand der Frau schien fasziniert vom Singsang dieses Mannes, zeigte auf seine Papiergirlanden, als er an ihnen vorüberging, wollte ihm nach und ließ sich nur widerwillig in die Gegenrichtung ziehen.

Ich folgte dem Losverkäufer in schrumpfendem Abstand bis zur Einmündung der Schattenstraße in die sonnenhelle Weite der Plaza Sotomayor, holte ihn dort ein und wollte, mehr aus Mitleid als aus Überzeugung, endlich eine der von ihm gepriesenen Chancen nützen und ein Los kaufen. Aber der Sänger streifte mich nur mit einem flüchtigen Blick und kümmerte sich nicht um den Zehntausend-Peso-Schein, den ich ihm entgegenstreckte, sondern ging singend und raschelnd an mir vorüber und weiter dem himmelblau gestrichenen Hauptquartier der chilenischen Marine entgegen, das die Plaza beherrschte. Dort drängten gerade die Passagiere dreier Reisebusse ins Freie und zielten mit ihren Digitalkameras nach allen Himmelsrichtungen, darunter auch in jene, aus der sich ihnen der Losverkäufer näherte, ein Girlandenmann. Er ging, ungerührt und ohne in seinem Singsang innezuhalten, weiter, wurde fotografiert und wieder und wieder fotografiert, ohne daß er auch nur eine Sekunde innehielt, und war, als sich ein vierter Bus rangierend in mein Blickfeld schob und daraus langsam wieder zurückzog, verschwunden.

Einer der fliegenden Händler, die sich mit dem Scharfblick von Jägern um die Buspassagiere bemühten, hatte wohl bemerkt, daß ich dem Losverkäufer gefolgt war und nun, überrascht von seinem plötzlichen Verschwinden, nach ihm Ausschau hielt. Er kam auf mich zu, bot mir mit strategischer Zurückhaltung zunächst aber keinen seiner Stadtpläne und keine günstige Führung durch die Schönheiten Valparaísos an, sondern eine Geschichte:

Salva, der Mann mit den Papiergirlanden, wolle niemandem etwas verkaufen, schon gar keine Lose. Was der da um den Hals trug, das waren alles Lose, mit denen er selber hatte reich werden wollen, Nieten, im Verlauf von Jahrzehnten gesammelt und aufgefädelt. Dabei habe er es einmal sogar geschafft. Beinahe geschafft. Sein Los hatte gewonnen! Aber als er es am Morgen nach jener Nacht, in der er seinen Fahrschein ins *paraíso* der halben Stadt gezeigt und jede Zahl, jeden Buchstaben auf diesem Zettel so oft gesagt, gerufen, gesungen hatte, daß alle diese Glückszeichen wie eintätowiert in seinem Gedächtnis bleiben mußten … als er diesen Zettel also vorzeigen wollte, um die Ansprüche auf seinen Gewinn rechtskräftig werden zu lassen, da war das Los verschwunden. Verschwunden, verloren, ins Meer geschwemmt, davongeflattert, von einem Neider gestohlen oder in irgendeinem Müllfeuer verbrannt.

So ganz richtig im Kopf sei Salva, den seine Mutter nach dem ermordeten Präsidenten Salvador Allende, dem größten Sohn Valparaísos, getauft hatte, ja nie gewesen, aber seit diesem Verlust fädle er alle seine Lose, Nieten oder nicht, auf eine Schnur und trage sie um den Hals. Und führe laute Selbstgespräche über das Glück.

Worüber Salva denn heute gesprochen habe, fragte mich der fliegende Händler, von dem ich noch erfahren sollte, daß er, wie viele Taxifahrer, Gärtner oder Diener in Chile, aus Peru kam, aus Lima, aber mittlerweile den größten Teil seines Lebens in Valparaíso verbracht hatte und in diesem *Paradiestal* wohl auch sterben werde. Die Banken?, über die Banken hatte er gesprochen? Dann sollte ich erst einmal hören, was Salva über das Glück und den Pazifik zu sagen hatte. Hatte ich davon schon gehört? fragte der Peruaner und fragte endlich auch, ob er mir den Hafen zeigen solle. Oder den Sonntagsmarkt? Oder wollte ich eine Rundfahrt machen über die schönsten Hügel der Stadt, den Cerro Alegre, den Cerro Concepción? Oder war mir die Nordseite der Bucht lieber?, wollte ich hinüber nach Viña del Mar, nach Viña del Mar!, zu den Gärten der Reichen. Und auf der Fahrt dorthin vielleicht noch andere von Salvas Geschichten hören?

Das Glück und der Pazifik. Das Glück und der Stille Ozean. Mein Schiff sollte am späten Abend mit Kurs auf die Juan-Fernández-Inseln auslaufen. Bis dahin blieben noch mindestens fünf Stunden Zeit. Ja, von diesem Glück wollte ich mir erzählen lassen. Also gut, sagte ich, nach Viña del Mar, zu den Gärten.

Die Regeln des Paradieses

Ich sah eine schwarze Ziege am Rand eines von Schilfgras überwucherten Tennisplatzes in Adamstown, der einzigen Siedlung der Südseeinsel Pitcairn. Ich war auf meiner Umwanderung der Insel über einen bewaldeten Höhenzug auf eine Lichtung und diesen Platz geraten. Die Ziege versuchte panisch vor mir zu flüchten, als ich aus dem Dickicht auf den rissigen Betonbelag trat, war aber mit einem Strick an eine Laufleine gebunden, die sich entlang einer verblaßten Grundlinie des Spielfeldes spannte. So glich ihr Fluchtversuch dem rasenden Hin und Her eines Spielers auf der Jagd nach den Bällen eines Phantomgegners. Das Tier hetzte von einem Ende der Laufleine zum anderen, wurde, wenn der Strick sich plötzlich straffte, immer wieder zurück- und auf die Hinterbeine gerissen, zerrte vergeblich an der Fessel. Ein Eisenring, der Laufleine und Strick miteinander verband, schlug dabei immer wieder klingelnd auf den Beton.

Da ich annahm, daß dieses Klingeln auch den oder die Bewohner jenes weißen Bungalows, der am Rand des Spielfeldes zwischen Papaya- und Brotfruchtbäumen stand, auf mich aufmerksam machen würde, rief ich einen Gruß gegen das Haus, gegen eine offene Verandatür und die mit Fliegengittern bespannten Fenster. Durch die

Türöffnung waren ein sonnenbeschienenes Bücherregal zu sehen, ein Tisch, auf dem Holzlocken und Werkzeuge lagen, die ich für Hohleisen und Schnitzmesser hielt. Vor dem Bücherregal stand ein leerer Rollstuhl. Aber ich hörte keine Erwiderung meines Grußes und über dem Klingeln des Eisenringes nur Blätterrauschen.

Das Spielfeld war ohne Netz, aber an der Mittellinie erhob sich immer noch ein Schiedsrichterstuhl über die Schilfgrasbüschel. Die Sprossen der an den Hochstuhl genagelten Holzleiter waren durchgetreten, als hätte ein schwergewichtiger, vielleicht wütender Referee das letzte Match beendet.

In Zeiten, in denen hier noch um Punkt, Satz und Spielgewinn gekämpft worden war, hätte auch der schlechteste Aufschläger wenigstens Anspruch auf den Rekord erheben dürfen, seine Bälle auf einem der entlegensten und am schwierigsten zu erreichenden Plätze der Welt ins *Out* gesetzt zu haben:

Mehr als fünftausend Kilometer waren es von hier bis Neuseeland und fast sechstausend Kilometer bis zur südamerikanischen Küste. Durch die Leere dazwischen rollte allein der Pazifik, dessen Sturmwellen und selbst bei Windstille oft haushohe Dünung auf allen Routen nach Pitcairn von keiner Festlandbarriere gebrochen wurden. Es war die Hochsee, die donnernd gegen die ragenden Klippen und Felswände Pitcairns schlug und jede Anlandung zu einem gewagten – und für Inselbewohner, die nicht tagelang auf ein ruhiges Meer warten konnten, wenn sie von einem Fischzug heimkehrten –, oft lebensgefährlichen Manöver machten.

Aber weil es auf Pitcairn seiner verlorenen Lage und seiner Schroffheit wegen weder eine Flugpiste noch einen Hafen gab, waren Rettungsboote oder *Longboats*, massive, offene Langboote aus Aluminium, immer noch die einzigen Fahrzeuge, mit denen sich Passagiere eines weit draußen, in sicherer Entfernung von den Klippen und dort über einer Meerestiefe von dreitausend Metern auf Reede liegenden Schiffes diesem felsigen Land nähern konnten. Aber auch wer diese nur viereinhalb Quadratkilometer große Insel nach einer langen Seereise endlich erreichte, war noch längst nicht angekommen, sondern mußte warten, manchmal stundenlang, manchmal tagelang auf ein gnädiges Meer, das ihm eine Landung erlaubte.

Die berühmtesten und berüchtigtsten Ankömmlinge vor Pitcairn, die Meuterer von der bewaffneten Dreimastbark *Bounty*, hatten mehr als drei Tage vor dieser hochragenden Felsenküste gewartet, bis sie ihr Beiboot an den felsigen Strand setzen konnten. Wir, Passagiere auf einer zehntausend Kilometer langen, von der chilenischen Küste über neun bewohnte und unbewohnte Inseln der Südsee bis in den Tuamotu-Archipel und nach Tahiti führenden Schiffsreise, hatten mehr Glück. Trotz einer verhältnismäßig ruhigen See konnten uns nach bloß zwei Stunden des Wartens auf sanftere Wogen aber nicht die eigenen Matrosen, sondern erst einige über Funk um Hilfe gebetene Pitcairner in einem ihrer Langboote von unserem krängenden Schiff zum Landgang übersetzen.

Achtundvierzig Menschen lebten zur Zeit unserer Ankunft an einem sommerlich heiteren Märztag noch auf

Pitcairn, und viele von ihnen hatten sich an der von Brechern blank gespülten Mole versammelt, um uns zu grüßen. Unser Schiff war das erste seit Monaten, das erste in diesem Jahr.

Young, McCoy, Brown, Christian … Unter denen, die sich vor dem Bootsschuppen an der Mole oder später vor den verstreuten Holzhäusern oder auf dem kleinen, schattigen Dorfplatz vorstellten, trugen viele immer noch die Familiennamen der Meuterer und sagten manchmal stolz dazu, in welcher Generationsfolge sie von einem *Able-bodied Seaman*, einem Vollmatrosen des Meutererschiffs, einem *Midshipman*, Seekadetten, oder auch dem *Master's Mate* und *Acting Lieutenant*, jenem als Zweiten Offizier an Bord der Bounty wie auf Pitcairn kommandierenden Fletcher Christian, abstammten, den ein Jahrhundert nach dem tödlichen Ende des Dramas auch Filmhelden mit Namen wie Clark Gable, Marlon Brando oder Mel Gibson vergeblich wieder zum Leben zu erwecken versucht hatten.

Durchnäßt von der Gischt, war ich den steilen Weg von der Mole hinauf zum Dorfplatz und zum *Post Office* gegangen, in dem ein Brief manchmal Monate auf seine Weiterbeförderung warten mußte, und wollte unterwegs in *Christian's Café* nach der panoramareichsten Route für eine Umwanderung der Insel fragen. In einem als Gaststube dienenden Wohnzimmer hatte ich aber nur einen Fregattvogel vorgefunden, der, groß wie ein Adler, auf der Armlehne eines Schaukelstuhls saß. Ich hielt den Vogel für ausgestopft und erschrak, als er mir plötzlich den Kopf zuwandte. Er öffnete stumm seinen langen Hakenschnabel, als die Wirtin mit einem Mädchen auf dem Arm aus dem Dämmerlicht der Küche in den Raum trat: Mrs. Christian. Uralt, sagte sie, der Vogel sei uralt und seit dreiunddreißig Jahren Gast in ihrem Haus. Aber anders als ein Bewohner von Adamstown könne der die Insel nach Belieben verlassen, manchmal für Wochen, manchmal für Monate. Bisher sei er allerdings – wie viele irgendwann ausgewanderte und dann vom Heimweh geplagten Pitcairner übrigens auch – immer wieder zurückgekehrt.

Mrs. Christian, auch sie eine der vielen Nachkommen des Anführers der Meuterer, waren Gäste, die von Schiffen kamen, manchmal lieber als einheimische Kundschaft, mit der sie erstens oft verwandt war und die ihr zweitens nur wenig erzählen konnte, was sie nicht schon längst wußte.

Während ich neuseeländisches Bier aus einer Kühltruhe trank, die ein brummender Generator mit Strom versorgte, fragte sich Mrs. Christian, warum, um Himmelswillen, warum Menschen denn um die halbe Welt reisten, Abertausende Meilen durch den Pazifik, um den letzten Hafen der Bounty zu sehen, sich für die wahre Geschichte der Meuterei aber ebensowenig interessierten wie für das wirkliche Leben auf einer Insel, die nicht am Ende der Welt lag, sondern das Ende der Welt *war.*

Aber ja, natürlich, wenn die Rede auf Südseeträume kam, auf paradiesische Strände, die es hier nicht gab, auf einen endlos blauen Himmel, den es hier nicht gab – oder gar auf Südseemädchen!, da wurde man selbst in Regenländern hellhörig, in denen man den Namen Pitcairn zuvor noch nie gehört hatte, geschweige denn wußte, wo im Pazifik diese letzte Zuflucht der Meuterer lag. Als die Zeitungen von Patagonien bis England voll von diesen Mädchengeschichten gewesen waren, diesem Prozeß, in dem die Hälfte aller Männer von Pitcairn angeklagt worden war, Minderjährige genötigt und vergewaltigt zu haben, da waren mit jedem Schiff immer auch ein paar *Peeping Toms*, Spanner, gekommen, die in Klarsichtfolie eingeschweißte Artikel über *Das verlorene Paradies, Verbrechen im Paradies, Schatten über dem Paradies* und ähnlichen Schwachsinn mitbrachten und die Wirklichkeit mit ihren Folien vergleichen wollten. Als ob Pitcairn je ein Paradies gewesen wäre.

Polizisten, Gerichtsbeamte, Staatsanwälte und Verteidiger aus England und Neuseeland hatten die Einwohnerzahl von Adamstown damals für sieben Prozeßwochen verdoppelt. Richter waren um die halbe Welt gereist, um festzustellen, daß die Männer am Ende der Welt nicht besser waren als in ihrer Mitte. Daß Pitcairn als britische Kolonie immer noch der Krone unterstand, war für die Ankläger von Bedeutung gewesen, nicht für die Angeklagten. Immerhin, sagte Mrs. Christian, war Adamstown der erste Ort der Welt gewesen, auf dem das uneingeschränkte Frauenwahlrecht eingeführt worden sei – im Jahre 1838! Aber wer hier lebte, sprach nicht nur eine Mischung aus Tahitianisch und einem Englisch aus dem Jahrhundert der Bounty, sondern hatte unter seinen Vorfahren auch Frauen und Männer aus Tahiti und Tubuai, die von den Meuterern hierher entführt worden oder später von Mangareva, Raiatea und anderen Inseln gekommen waren. Einige der Angeklagten hatten sich zu ihrer Verteidigung eben auf die alten Gesetze und Traditionen der Südsee berufen, die Regeln des Paradieses.

Mrs. Christian entließ ihre plappernde Enkeltochter auf den Boden, wo sie auf allen vieren dem in seine Starre zurückgesunkenen Fregattvogel entgegenkroch. Durch die verglaste Veranda war weit draußen mein Schiff im Nachmittagsglitzern des Meeres zu sehen, als eine Art Glockengeläut einsetzte; helle, weithin klingende Schläge. Mit dieser Glocke, sagte Mrs. Christian, sei jeder Bewohner der Insel überall zu erreichen. Heute werde sie für Deborah Christian geschlagen, ihre Schwiegermutter. Die sei am Morgen, kurz vor der Ankunft meines Schiffes, im Alter von achtundachtzig Jahren gestorben.

Deborah! Auf Pitcairn geboren, auf Pitcairn gestorben, hatte sie ihr ganzes Leben auf dieser Insel verbracht und, wie viele Pitcairner, niemals Sehnsucht nach irgendeinem Festland gehabt. War es ein Wunder, daß sie gerade am dreiundzwanzigsten Januar, dem *Bounty Day*, den die Leute hier als festlichen Jahrestag begingen, vom Schlag getroffen wurde und die letzten Wochen ihres Lebens sprachlos, stumm verbrachte, als wollte sie jenes Geheimnis für immer bewahren, zu dem die Meuterer Pitcairn machen wollten ...? Deborah hatte ihre Sprache ausgerechnet in den Stunden verloren, in denen ein Modell der Bounty, wie jedes Jahr, in der Bay ausgesetzt und in Brand gesteckt wurde und, wie jedes Jahr, genau an der Stelle sank, an der auch die Meuterer ihr Schiff im Januar 1790 in Brand gesteckt und versenkt hatten, um das letzte verräterische Zeichen zu tilgen, das ein von seiner Route abgekommenes, zufällig vorübersegelndes Schiff anziehen konnte.

Aber auf dieser Welt sei auf Dauer nichts zu verbergen, sagte Mrs. Christian, kein Schiff, keine Schandtat, keine Insel. Denn auch wenn Christians Gefährten von ihren Verfolgern niemals entdeckt worden waren, hatten doch ihre Nachkommen mehrmals versucht, die Insel zu verlassen, waren einmal nach Tahiti umgesiedelt, Jahrzehnte später auf die sechstausend Kilometer weiter westlich gelegene verlassene Gefängnisinsel Norfolk … Aber stets sei das Heimweh der Ausgewanderten so groß geworden, daß viele von ihnen, genau wie dieser Fregattvogel hier, immer wieder zurückkehrten.

Jeden Weg, sagte Mrs. Christian zum Abschied, ich könne für meine Inselumwanderung so gut wie jeden Weg nehmen. Am Ende würde ich doch unweigerlich wieder ankommen, von wo ich ausgegangen war, und dabei überall auf die Geschichte der Bounty stoßen, auf den unter großen Mühen geborgenen, zum Denkmal gewordenen Anker, auf eine zum Denkmal gewordene Bordkanone, auf die gerettete Bordbibel und auch auf das Grab des letzten Meuterers.

Auf roten Erdstraßen, gewundenen Pfaden und weglosen Höhenzügen hatte ich schließlich kaum mehr als zwei Stunden für die Umwanderung der Insel gebraucht und Adamstown dabei nur selten aus den Augen verloren. Obwohl die höchste Hügelkuppe Pitcairns bloß dreihundertsiebenundvierzig Meter über der Brandung lag, klafften entlang meiner Route Abgründe, so steil und manchmal überhängend zum Meer abstürzend, daß ihre Tiefe grundlos erschien. Tatsächlich erinnerten viele Ortsnamen auf einer Inselkarte, die ich immer wieder aus meiner Brusttasche zog, an Stürze: *Nellie Fall, Dan Fall, Tom Off, Lin Fall, Minnie Off, Johnny Fall* – hier und hier und hier waren die und der und der und die beim Sammeln von Seevogeleiern oder auf der Suche nach Kräutern und entlaufenen Ziegen in den Abgrund gestürzt oder auf einem scheinbar sicheren Felsen von einer Riesenwelle erfaßt und in die Ewigkeit gespült worden.

In den Steilhängen, die zu den Unglücksorten hinab- oder emporführten, hatte ich immer wieder schwarze Ziegen gesehen, die, wenn sie mich bemerkten, oft minutenlang wie erstarrt stehenblieben, bevor sie in Panik davonsprangen. Die Meuterer hatten solche Ziegen aus Tahiti mitgebracht und sie frei auf der Insel weiden lassen, bis sie wieder so scheu und wachsam wie Wildtiere geworden waren.

Die Ziege an der Grundlinie des überwucherten Tennisplatzes war im Sucher meiner Kamera kaum zu halten gewesen. Das digitale Bild zeigte am Ende nur einen verwischten Schatten vor den Lichtreflexen aus der Bounty Bay, in der immer noch Reste des Meutererschiffs lagen, Nägel, Beschläge, Ballaststeine in nur wenigen Metern Wassertiefe. Der große Blick auf die Bay, der sich vom Tennisplatz bot, hätte mir erlaubt, das Meutererschiff brennen und sinken zu sehen.

Wie friedlich Adamstown aus der Höhe des Tennisplatzes erschien – die ins Grün gestreuten Bungalows, die Felstürme und Höhenrücken, auf denen das Gras wogte, Kokospalmen, die sich in leichten Brisen kaum merklich und geräuschlos bewegten. Wie schnell das Gras hier selbst über Betonplätze wuchs, wenn nur noch Licht und Schatten, Regen und Wolkenbrüche sie bespielten. Die klaffenden Risse im steingrauen Belag ließen das Spielfeld aussehen, als sei es bereits im Jahrhundert der Bounty angelegt worden.

Ich setzte mich auf dem schmalen Streifen zwischen Dickicht und der verblaßten Seitenlinie in den Schatten und trank Mineralwasser aus Christian's Café. Die Flasche stammte vermutlich aus der Ladung eines der zwei oder drei neuseeländischen Versorgungsschiffe, die Pitcairn jährlich anliefen. Die Ziege konnte mich in meiner Dekkung hinter hohen Schilfgrasbüscheln nicht sehen. Auch ich bemerkte von ihr nur noch das gelegentliche Klingeln des Eisenringes.

Daß die vom ehemaligen Kohlenfrachter zur bewaffneten Dreimastbark umgerüstete Bounty unter dem Kommando eines Lieutenants namens William Bligh Brotfruchtbaumschößlinge von Tahiti nach den Antillen bringen sollte, war eine der zahllosen Folgen des amerikanischen Unabhängigkeitskrieges gewesen. Denn nachdem die Krone kein billiges Getreide mehr aus dem abtrünnigen Amerika beziehen konnte, waren auf englischen Zuckerrohrplantagen in der Karibik innerhalb weniger Jahre nach ungenauen, zumeist beschönigenden Schätzungen fünfzehntausend Sklaven verhungert. Die bis dahin auf den Antillen unbekannte Brotfrucht sollte nun ein neues, möglichst großes Heer von Sklaven möglichst billig ernähren.

Lieutenant Bligh, an den Maßstäben der Admiralität

gemessen ein nachsichtiger und liberaler Offizier, hatte an der Seite von James Cook die Welt umsegelt und schien für eine Fahrt nach dem in Europa noch kaum bekannten, mythenverzauberten Tahiti der richtige Seemann. Bligh hoffte seinerseits, nach dieser Mission endlich zum Kapitän befördert zu werden.

Fletcher Christian, Zweiter Offizier auf der Bounty, hatte lange wie ein Ziehsohn im Haus von William Bligh verkehrt, war aber nach glücklichen Monaten auf Tahiti, nach der Ernte und Verstauung der Schößlinge und dem traurigen Abschied von einer tahitianischen Geliebten bereits auf der ersten Etappe der Rückreise nach lange schwelenden Feindseligkeiten, schließlich einem offenen Streit um fehlende Kokosnüsse aus dem Schiffsproviant, einer solchen Wut verfallen, daß er Bligh und neunzehn seiner Getreuen vor den Tongainseln in einer sieben Meter langen und zwei Meter breiten Barkasse auf hoher See aussetzte und sie damit dem Tod durch Verhungern, Verdursten oder Ertrinken preisgab.

Aber Lieutenant Bligh schaffte eine bis dahin für unmöglich gehaltene navigatorische Glanzleistung, die ihm und seinen Männern nicht nur die Heimkehr nach England ermöglichte, sondern ihn endlich zum Kapitän, am Ende sogar zum Vizeadmiral machen sollte: Bligh erreichte mit dem überladenen, schwer zu manövrierenden Boot segelnd und rudernd in achtundvierzig Tagen die fast sechstausend Kilometer entfernte Hafenstadt Kupang auf Timor, eine holländische Kolonie, kartographierte auf dieser Schreckensfahrt unter allen Qualen von Durst, Hunger, brennender Hitze und Sturm und ohne in der

Enge zwischen den Ruderbänken auch nur ein einziges Mal ausgestreckt geschlafen zu haben, vierzig unbekannte Inseln und Riffe und kehrte über Batavia, dem späteren Jakarta, auf einem Handelsschiff nach England zurück. Sein Bericht an die Admiralität löste dort die bis dahin längste, über den halben Erdball führende Verfolgungsjagd der königlichen Marine aus.

Die Meuterer hatten sich inzwischen mit der Bounty auf die Suche nach einer Insel abseits aller Schiffsrouten gemacht und schon geglaubt, auf dem Südseeatoll Tubuai einen sicheren Ort gefunden zu haben. Aber anders als die Tahitianer wollten die Bewohner Tubuais den Fremden weder dienen noch ihnen ihre Nahrungsmittel und schon gar nicht ihre Frauen ausliefern – und starben zur Strafe in einem Massaker, nach dem Christians Männer ohne eigene Verluste wieder Segel setzten: Sechsundsechzig Tote blieben auf dem Atoll zurück. Und die Bounty nahm neuerlich Kurs auf Tahiti, wo sechzehn Meuterer trotz der Gefahr, hier eines Tages von einem englischen Kriegsschiff aufgespürt zu werden, im Streit über die Zukunft und auch über das Blutbad auf Tubuai, von Bord gingen.

Von diesen *Tahitianern* waren nach einer tödlichen Schlägerei und der nachfolgenden Blutrache nur noch vierzehn am Leben, als die königliche Fregatte *HMS Pandora* achtzehn Monate später in der Matavai-Bucht, an deren Stränden sich die meisten Flüchtigen mit ihren tahitianischen Frauen angesiedelt hatten, Anker warf. Die Flüchtigen, von denen einige nicht freiwillig auf der Bounty geblieben, sondern William Bligh nur aus Platzmangel nicht ins Beiboot gefolgt waren, wurden innerhalb von zwei Tagen gefaßt, in Ketten geschlagen und in einem kleinen, glutheißen Käfig auf dem Achterdeck zusammengepfercht. Zwischen Schuldigen und Unschuldigen sollten Richter in England entscheiden.

Aber auf der vergeblichen weiteren Suche nach dem Rest der Meuterer lief die Pandora vor Australien auf das Große Barriereriff und sank, und mit einunddreißig Seeleuten ertranken auch vier der angeketteten Männer von der Bounty; ihr Käfig war erst im letzten Augenblick geöffnet worden. Die Überlebenden – Gefangene wie ihre Jäger und Bewacher – mußten nun gemeinsam in Rettungsbooten die Schreckensfahrt des ausgesetzten William Bligh und seiner Leidensgefährten wiederholen. Nach endlosen Wochen, in denen nur das Blut erjagter Seevögel und der eigene Urin den rasenden Durst linderten, landeten auch sie auf Timor und kehrten über Batavia nach Portsmouth zurück. Dort wurden sechs Meuterer zum Tode verurteilt. Drei von ihnen begnadigte der König, drei wurden an der Rah des Kriegsschiffs *HMS Brunswick* gehängt, wo sie zur Abschreckung noch stundenlang im Wind pendelten.

Am anderen Ende der Welt, nach dem Massaker auf Tubuai und der Zerstreuung der Mannschaft auf Tahiti, wollten Fletcher Christian und seine acht verbliebenen Gefährten nur noch unbewohnte Inseln suchen. Aber um an einem menschenleeren, unbekannten Ziel nicht ohne Frauen und Knechte zu sein, hatte Christian in einer stürmischen Nacht vor Tahiti die Ankertaue kappen lassen und so zwölf an Bord gelockte Tahitianerinnen und sechs Männer aus Tahiti, Tubuai und Raiatea zu einer Reise gezwungen, von der keiner je zurückkehren sollte.

Christian kannte aus der Bordbibliothek der Bounty Berichte von einer bereits 1767 entdeckten und nach einem Seekadetten namens Robert Pitcairn benannten Insel, die aber wieder in Vergessenheit geraten und auf verschiedenen Seekarten an zumindest drei verschiedenen, weit auseinanderliegenden Positionen eingetragen worden war. Selbst ein Entdecker und Weltumsegler wie James Cook hatte diese Insel mit Unterstützung seines Navigators William Bligh vergeblich gesucht und an den ihr zugeschriebenen Koordinaten nur den leeren Horizont gefunden. Also mußte dieser Ort sicher sein wie kaum ein anderes Versteck auf dieser Erde.

Was für ein Triumph, als nach einer langen, an manchen Tagen verzweifelten Irrfahrt im Januar 1790 endlich Felswände aus dem Wasser stiegen. Das mußte Pitcairn sein. Hier sollte endlich, mußte endlich alles besser werden, vielleicht so gut werden wie noch nie. Und vielleicht ließ sich hier sogar vergessen, was nicht zu vergessen war.

Schon in den ersten Tagen nach der Anlandung gab es trotz aller Hoffnungen Grund zum Streit: Der Matrose Matthew Quintal, der den Galgen mehr als alle anderen fürchtete, steckte die auf Grund gesetzte Bounty in Brand, ohne sich zuvor mit seinen Gefährten beraten zu haben. Als das Schiff elf Stunden später sank, war zwar ein weithin sichtbares, verräterisches Zeichen verschwunden, verschwunden aber auch jede Möglichkeit, der Gefangenschaft auf einem Felsen inmitten des größten und tiefsten Ozeans der Erde aus eigener Kraft jemals wieder zu entkommen, der Gefangenschaft vor allem aber in den Fallen der Erinnerung, der Schuld, des Heimwehs und der Sehnsucht.

Was nun begann, war das Drama eines Neuanfangs, das allerdings allein der Logik der für immer verlassenen, alten, tief unter dem Horizont liegenden Welt zu folgen schien: Zunächst beanspruchten die neun Meuterer neun der zwölf Tahitianerinnern als ihr Eigentum. Die verbliebenen drei Frauen sollten den sechs polynesischen Knechten dienen. Als aber bereits im ersten Jahr der neuen Zeit die Gefährtin eines Meuterers auf der Suche nach Vogeleiern von den Klippen stürzte, eine zweite an einer Vergiftung starb und daraufhin zwei Frauen der Knechte die Toten ersetzen sollten, wollten sich die Knechte für diese Schmach – und auch dafür rächen, daß die Insel allein unter Weißen aufgeteilt worden war, und griffen ihre Herren an. Die schlugen zurück und töteten zwei der Angreifer. Die Überlebenden flüchteten und versteckten sich, bis ihnen nach einer Zeit trügerischer Ruhe endlich die Rache gelang: In einem nächtlichen Überfall erschlugen sie fünf Meuterer, unter ihnen auch Fletcher Christian, begannen nach ihrem Sieg allerdings gegeneinander zu kämpfen. Einer von ihnen starb im Streit um eine Frau, ein zweiter, der sich mit den Meuterern neuerlich verbünden, und ein dritter, der ihn dafür töten wollte, wurden von den Weißen erschossen. Den vierten und letzten der polynesischen Knechte erstach eine der an ihrem Heimweh verzweifelnden Tahitianerinnen.

Die Frauen hatten auf Pitcairn nicht nur ihre Freiheit und ihre Familien, sondern auch ihre Namen verloren – aus *Mauatua* war Isabel geworden, aus *Teatuahitea* Sarah, aus *Toofaiti* Nancy, aus *Vahineatua* Prudence und Jenny aus *Teehuteatuaonoa* … Aber jetzt war es genug. Die Frauen hatten die Insel bewohnbar gemacht, wußten, wie man Gärten anlegte, die Brotfrucht zubereitete, aus dem Papiermaulbeerbaum Fasern für Kleidung und Decken gewann und die Kokosnuß auf hundert Arten verwendete – aber jetzt war es genug. Sie wollten die Insel verlassen und begannen in aller Heimlichkeit an einem Floß zu bauen. Tahiti war weit, unendlich weit, aber vielleicht lagen noch andere, namenlose Inseln auf ihrem Weg in die Heimat. Jede von ihnen mußte besser sein als Pitcairn.

Aber das Floß wurde entdeckt. Und die Frauen wurden zurückgezerrt in die der alten so ähnliche neue Welt, in der plötzlich aber auch der Matrose William McCoy nicht länger bleiben wollte. McCoy hatte in einem beinah vergessenen Leben in einer walisischen Schnapsbrennerei die Maische gerührt. Nun zerstampfte er die Wurzeln der Keulenlilie zu einem Brei, aus dem er ein Getränk brannte, das ihm endlich zur Flucht verhalf: Er betrank sich, wand einen Strick um seine Füße, verknotete ihn, steckte dann auch seine Arme so in die Fessel, daß eine Befreiung nicht mehr möglich war, und ließ sich von einem Felsen in den nun endlich friedlichen Ozean fallen.

Von den drei letzten Männern auf Pitcairn trank einer den Rest von McCoys Palmfusel, bis er in eine tagelange Raserei verfiel und seine zwei Gefährten aus Furcht vor ihm nicht mehr zu schlafen wagten. Also erschlugen sie ihn mit jener Axt, mit der er sie bedroht hatte. Kurz nach dem Kampf erstickte einer der Sieger an einem Asthmaanfall.

Der einzige Überlebende der Flucht auf eine Insel, die trotz ihrer vielen Positionen auf der Weltkarte allen Verfolgern wie von den Wellen verschluckt schien, sollte schließlich auch der einzige von allen Entkommenen sein, der nach seinem Tod nicht bloß verscharrt, ins Meer geworfen oder einfach den Vögeln überlassen, sondern unter einem behauenen Stein begraben und von Frauen und Kindern betrauert wurde.

Auch dieser letzte der Meuterer durfte aber nur deswegen eines gewaltlosen, vielleicht sogar friedlichen Todes sterben, weil die Kapitäne der englischen Kriegsschiffe *Tagus* und *Briton*, die Pitcairn, ohne je nach den Flüchtigen gesucht zu haben, fünfundzwanzig Jahre nach der Meuterei zufällig wiederentdeckten, Gnade vor Recht ergehen ließen: Obwohl sich ihnen ein alter, Psalmen flüsternder Mann als Alexander Smith alias John Adams, Meuterer von der Bounty, Mörder, Frauenräuber und reuiger Sünder, zu erkennen gab und sich jedem Gericht freiwillig stellen und jede Strafe, auch den Galgen, erdulden wollte, segelten die Kapitäne auf Bitten einer Schar weinender Frauen und Kinder ohne John Adams, den Namenspatron der kleinsten Stadt der Welt und einzigen menschlichen Siedlung in einem scheinbar unendlichen Ozean, nach England zurück. Dort berichteten sie der Admiralität, sie hätten es angesichts einer Inselgemeinschaft, die an so vieles, an Verbrechen, an Schuld und

Sühne, aber auch an das Paradies erinnern konnte, nicht übers Herz gebracht, dem Gesetz Genüge zu tun.

Als ich mich aus meinem Schilfgrasversteck erhob, um weiterzugehen, hinab ins Dorf und zu John Adams' Grab, das unter einer Königspalme weitab von jenem kleinen Friedhof lag, auf dem man Deborah Christian am späten Nachmittag zwischen so vielen anderen Christians bestatten würde, blieb es still: kein Hufgetrappel, kein klingelnder Eisenring. Die Ziege mußte sich losgerissen und, vermutlich den Strick hinter sich herschleifend, ins Dickicht geschlagen haben.

Hangaufwärts, schon sehr fern, sah ich winkende Zweige. Wenn diese Bewegung den Fluchtweg der Ziege anzeigte, konnte es nicht lange dauern, bis sich ihr Zerrstrick in irgendeinem Geäst, an irgendeiner Wurzel verfing und sie neuerlich fesselte. Aber dort oben würde niemand vorüberkommen und sie zu Tode erschrecken, wie ich es getan hatte. Vielleicht aber auch niemand, um sie loszubinden, heimzuholen, zu retten. Ich mußte einen Zettel hinterlassen, eine Nachricht an der offenen Verandatür und löste eine Seite aus meinem Notizbuch, während ich zwischen Schilfgrasbüscheln auf das verlassene Haus zuging.

Ein Schatten der Rettung

Ich sah eine rote Schwimmweste am Rand eines wogenden Treibgutfeldes im Indischen Ozean. Wie zu einem Segelflug ausgebreitet, schaukelte sie zwischen Plastikfässern, Seetang, zerrissenen Planen, Palmwedeln, Bruchholz und anderen Resten zerstörter Hütten und geborstener Stege in einer weitläufigen Bucht der eintausendachthundert Kilometer vor der ostafrikanischen Küste gelegenen Insel Mauritius.

Der Steuermann des Bootstaxis, der mich an diesem schwach windigen, nahezu wolkenlosen Februartag gemeinsam mit anderen Passagieren – drei Frauen, von denen eine die Tilaka, das Segenszeichen der Hindus, auf der Stirn trug, und zwei Hochseeanglern aus dem Elsaß – von Péreybère nach der Inselhauptstadt Port Louis bringen sollte, fischte die Weste mit einem Bootshaken aus der Trümmerflut, die der Zyklon *Gamede* eine Woche zuvor hinterlassen hatte. Gamede, einer jener verheerenden Tropenstürme, von denen Mauritius in den feuchtheißen Sommermonaten zwischen Dezember und April immer wieder heimgesucht wurde, war mit Windgeschwindigkeiten von mehr als einhundertachtzig Stundenkilometern über die Insel hinweggerast und hatte vor der Küste, die wir an diesem Vormittag entlangfuhren, Wellen hochschlagen lassen, deren Kammhöhen vom Wetterdienst mit zwanzig Metern gemessen worden waren.

Die Rettungsweste, die einer der elsässischen Hochseeangler als erster gesichtet hatte, wäre nur eines von unzähligen aus jeder Ordnung und allem Zusammenhang gerissenen Treibgutstücken gewesen, die auf der Fahrt nach Port Louis unbeachtet an uns vorüberglitten, wenn in ihrem Rot nicht groß jener Schiffsname geprangt hätte, der in den Tagen nach dem Sturm stets in einem Atemzug mit der Zerstörungskraft des Zyklons genannt wurde und Nachrichtensendungen und Titelseiten immer noch beherrschte: *King Fish.*

King Fish, ein nach der Königsmakrele getaufter Fischkutter, war am Tag vor dem Herannahen des Sturmtiefs mit neun Mann Besatzung aus dem Hafen von Port Louis mit Kurs auf Saint Brandon, einen aus zwei Dutzend winzigen, zumeist unbewohnten Inseln bestehenden Archipel nordöstlich von Mauritus, ausgelaufen und war dort, im Auge des Orkans, aus dem Funkverkehr und allen Kontrollsystemen der Küstenwache verschwunden.

Während in Mauritius Palmenhaine entwurzelt, Blechschuppen davongeweht, mit Balken und Brettern vernagelte Türen und Schaufenster zerschmettert wurden und Dachziegel und Glasbruch als unberechenbare Geschosse durch die Luft schwirrten, kam irgendwo aus dem Insellabyrinth von Saint Brandon der letzte Funkspruch von King Fish. Die Nachricht enthielt keinerlei Hinweise auf Seenot oder Panik: Die See sei rauh, die Mannschaft wohlauf, alles in Ordnung. Und dann Funkstille.

Fünf Tage nachdem der Zyklon in östlicher Richtung

weitergerast war und die Wellenhöhen, wie beschwert von Treibgut und so vielen Trümmern, flacher und flacher wurden, entdeckte ein Pilot der Seerettung aus dem Cockpit eines Dornier-Flugzeugs den Kutter weitab vom Suchgebiet am Strand des nur zeitweilig bewohnten *Coco Island* im Saint-Brandon-Archipel. Einen Tag danach erreichte ein Boot der Küstenwache den gestrandeten Kutter:

King Fish saß auf Grund. Die Reling und ein Teil des Schanzkleides an der Steuerbordseite waren zwar zertrümmert, das Schiff aber ohne Leck, das Dach des Ruderhauses davongeweht, die Kajüten trocken. Navigations- und Funkgeräte, Lebensmittel, Lampen und Wasserflaschen waren über Böden, Tische und Kojen verstreut. Im Kühlraum lag ein reicher Fang auf Eis – Thunfische und Königsmakrelen, selbst Blaue Marline. Von der Besatzung allerdings fehlte jede Spur.

Daß ein Kutter im Sand von Coco Island lag, nahezu unversehrt, die Kajüten trocken und mit Ausrüstung, Trinkwasser und allem Überlebensnotwendigen versehen, von den Seeleuten aber trotzdem verlassen worden war, schien die Phantasie aller vom Zyklon Betroffenen mehr zu beschäftigen als andere, katastrophalere Tatsachen der Sturmtage. Denn daß Fischerboote, ja ganze Konvois spurlos verschwinden konnten ... daß Trawler im Sturm kenterten, gegen Riffe trieben, leck schlugen oder auseinanderbrachen und zum Meeresgrund sanken, ohne etwas anderes als Ölspuren zu hinterlassen, und daß die Hütten und windschiefen Häuser der Armen von Port Louis sich unter der Gewalt des Windes einfach in die

Luft erhoben, während die fest gebauten Häuser der Reichen jedem Unwetter standhielten – alles das folgte den Gesetzen eines Zyklons, aber daß die Besatzung eines gutausgerüsteten Schiffes, das seiner Mannschaft doch besseren Schutz vor einem Orkan bieten konnte als jede Fischerhütte auf festem Land, einfach verschwand, blieb ein Rätsel, durch das sich King Fish allmählich in ein Geisterschiff zu verwandeln begann.

Selbst als eine genauere Untersuchung der Küstenwache ergab, daß die Maschine des Kutters defekt, dann auch noch Wasser in den Maschinenraum eingedrungen, das Schiff dadurch manövrierunfähig geworden und wohl deswegen aufgegeben worden war und die Besatzung vermutlich versucht hatte, eine der zwischen Wellengebirgen versteckten Inseln von Saint Brandon mit einem aufblasbaren Rettungsfloß anzulaufen, blieb das einmal heraufbeschworene Bild stärker als das Resultat jeder Nachforschung: Ein Geisterschiff. Es war ein Geisterschiff, das schließlich in den Hafen von Port Louis geschleppt wurde.

Ich weiß nicht, ob dieses Schiff für die Passagiere des Bootstaxis einer der Gründe gewesen war, von Péreybère nach Port Louis zu fahren. Ich hatte keine Ahnung, in welcher der mehr als zwanzig Sprachen, die auf Mauritius gesprochen wurden, sich die drei Frauen während dieser Fahrt unterhielten, und die elsässischen Hochseeangler hatten sich in ein Gespräch über Köder und Haken vertieft, von dem ich auch nicht viel verstand. Der Steuermann sprach kein Wort, und ich fragte mich, ob ich es wohl noch vor der Mittagsruhe ins Büro jener Reederei in Port Louis schaffen würde, in dem ich eine Überfahrt nach Madagaskar buchen wollte … Aber als wir unter einer stechenden Sonne in die Hafenzone der Hauptstadt einfuhren und die King Fish vertäut an einem Pier sahen, unterbrachen die Frauen ihr Gespräch ebenso wie die Hochseeangler. Der Steuermann drosselte das Tempo.

Als hätte der Tod oder das Geheimnis des Verschwindens so vieler Seeleute einen Schreckensraum um ihn herum entstehen lassen, lag der Kutter verlassen und weitab vom nächsten Schiff im öligen Wasser. Die geborstene Reling, der Schaden am Schanzkleid, das fehlende Dach am Ruderhaus – alles war, wie längst auf Bildschirmen und Titelblättern gezeigt.

Als unser Boot das Geisterschiff passierte, stoppte der Steuermann die Maschine, und wir glitten lautlos an dem zerschlagenen Schanzkleid vorüber. Plötzlich zog die Frau mit dem Mal der Hindus auf der Stirn ein Fläschchen aus ihrem Sari, öffnete den Schraubverschluß und goß mit einer weit ausholenden Armbewegung einen dünnen, glitzernden Strahl in Richtung des Schiffsrumpfes. Das geschah so selbstverständlich und beiläufig, daß ich die Geste kaum beachtete und sie für etwas hielt, das nicht viel mehr sein konnte als das Ausgießen einer schal gewordenen oder verdorbenen Flüssigkeit; ein Gefäß, das wiederverwendet werden sollte, wurde hier geleert, nichts weiter.

Es war der Steuermann, ein Kreole aus Grand Baie, der mich vor dem Sturm schon einmal nach Port Louis und wieder zurück nach Péreybère gebracht hatte, der mir später sagte, es war an einem vom Fischgeruch aus der großen Markthalle überwehten Anlegesteg, daß die Frau Wasser aus dem Ganges ins Meer gegossen hatte:

Bei den Hindus – und auf Mauritius waren die meisten Gläubigen Hindus – sei es Brauch, einem Verstorbenen einige Tropfen Wasser aus dem heiligsten aller Ströme in den Mund zu träufeln, Wasser, das den Staub der Seelenwanderung abwaschen und den Toten stärken sollte auf seinem Weg in die Befreiung von allen Gestalten und Formen.

Das Wasser des Ganges, das sich nun an der Bordwand und unter dem Kiel von King Fish untrennbar mit dem Wasser des Hafenbeckens und so mit dem Indischen Ozean vermischte, sollte von Gezeiten und Strömungen bis an die Lippen jener Verschwundenen getragen werden, die nun bei Saint Brandon oder irgendwo weit draußen in der blauen Tiefe schwebten. Und während die Körper der ertrunkenen Seeleute den Hunger von Fischen und Krebsen stillten, würde dieses Wasser die vergehenden Gestalten durchströmen und so noch am Meeresgrund daran erinnern, daß die Trauer über die Toten und alles Verlorene nur ein Schatten der Rettung war.

Der Untote

Ich sah sieben Brautpaare an einer Straßensperre vor dem Roten Platz in Moskau. Jenseits der von Soldaten bewachten Scherengitter lag der Platz menschenleer wie ein weiter, zugefrorener See. Am Morgen hatte es geschneit, und die dünne Schneedecke war in den grauen Vormittagsstunden nicht wieder geschmolzen. Warum der Platz nicht betreten werden durfte, blieb ein Geheimnis. Einer der Wachsoldaten zuckte zu den Fragen meines Begleiters, eines Übersetzers aus Nishnij Nowgorod, nur die Achseln. Von einem mit Kameras behängten Fotografen, der mit den Brautleuten an der Absperrung wartete, war zu erfahren, daß wir Geduld haben sollten, warten sollten. Es werde nun nicht mehr lange dauern. Das habe ihm ein Kollege, der am anderen Ende des Platzes, an der Basilius-Kathedrale, festsitze, am Mobiltelefon versichert.

Nicht mehr lange? sagte mein Begleiter, nicht mehr lange?, das konnte in Rußland die Ewigkeit sein.

Wir waren eben dabei, dem Roten Platz und dem Lenin-Mausoleum, das wir dort besuchen wollten, den Rücken zu kehren, als die Scherengitter plötzlich zur Seite geschoben wurden und die Soldaten die Brautleute und ihren Fotografen in die schneeige Weite entließen. In

Moskau wurden in diesen Spätherbsttagen fast zweihundert Tote und mehr als vierhundert Verletzte beklagt – Opfer der Straßenkämpfe zwischen den Anhängern eines russischen Vizepräsidenten namens Alexander Ruzkoi und denen des abgesetzten Präsidenten Boris Jelzin, der das Parlament mit Panzergranaten hatte beschießen lassen, um gegen die darin verbarrikadierten Volksdeputierten seine Reformpolitik durchzusetzen. Nach Jelzins Sieg und dem Ende der Kämpfe herrschte in weiten Teilen der Stadt eine erschöpfte, von Zorn und Trauer bestimmte Ruhe.

Ich war mit meinem Begleiter einem Gerücht gefolgt, das am Vorabend die Runde gemacht hatte: Der einbalsamierte Leichnam Wladimir Iljitsch Lenins sei nach einem sieben Jahrzehnte dauernden Totenkult von Reformern aus dem Mausoleum am Roten Platz entführt und in aller Stille an der Kremlmauer begraben worden und damit endlich aus den Augen Rußlands verschwunden.

Mein Begleiter hatte mir auf unserem Weg durch windige, leere Gassen von einer Wallfahrt erzählt, die er als Kind mit seinen Eltern und zwei Brüdern von seiner Heimatstadt Nishnij Nowgorod zum Lenin-Mausoleum nach Moskau unternommen hatte: die tagelange Anreise auf der eisigen Ladefläche eines Lastwagens; die Ankunft um Mitternacht am Roten Platz; sechzehn Stunden Wartezeit in einer Menschenschlange, die bis tief in den Alexandergarten zurückreichte …; eine ganze Nacht im Freien! Und dann das unendlich langsame, schrittweise Vorrücken in einer dichtgedrängten Prozession gegen das Tor des Mausoleums, um irgendwann, frierend und erschöpft, einen flüchtigen Blick auf Lenins zur Schau gestellten Leichnam werfen zu können, bevor man von den Nachdrängenden und den Kommandos der Wachsoldaten weitergeschoben wurde, zurück und hinauf in die Oberwelt.

War es nicht seltsam, sagte mein Begleiter, daß die mächtigsten Männer der untergegangenen Sowjetunion Jahr für Jahr am *Tag der Oktoberrevolution* und dem *Tag der Arbeit* auf dem Dach des Lenin-Mausoleums Aufstellung genommen hatten, um von dort herab den Fahnen, den Paraden, dem Volk zuzuwinken? Ein Grab als Tribüne der Macht, ein Grab als der wahre Thron!

Die Brautpaare hatten mittlerweile in einiger Entfernung ihre Kulissen gefunden, die zum Hintergrund der Erinnerung an einen kalten Hochzeitstag werden sollten, und lachten in die Kamera. Der rote Granit des Mausoleums, dem ich mich mit meinem Begleiter durch den unberührten Schnee näherte, hätte gewiß einen reizvollen Kontrast zum Weiß der Brautkleider abgegeben. Aber das Grabmal schien gegen die imperiale Pracht des Kreml oder die Zwiebeltürme der Basilius-Kathedrale alle Bedeutung verloren zu haben.

Obwohl die Torflügel des Mausoleums offenstanden wie die eines eroberten, geplünderten Palastes, waren keine Besucher zu sehen. Zwei Wachsoldaten, das war alles. War das Gerücht also wahr, das Grab leer und Lenin an Stalins Seite im Schatten der Kremlmauer begraben? Hatten die siegreichen Reformer gezeigt, daß nicht nur eine neue Zeit, sondern auch eine neue Ewigkeit angebrochen war? Das Tor stand weit offen. Also gingen wir darauf zu.

Die beiden Wachen starrten unbewegt in das leichte Schneetreiben, das eingesetzt hatte, und ließen uns wortlos passieren. Erst als wir in die Unterwelt hinabstiegen und mein Begleiter von den durchfrorenen Füßen und blauen Händen sprach, unter denen er bei seinem letzten Besuch hier gelitten hatte, wurde uns ein Befehl von oben zugebellt: Leise! Wir hätten leise zu sein. Und langsam! Wir sollten langsam gehen.

Wir gehorchten und schritten so langsam die Stufen hinab, als bewegten wir uns in einer müden, dichtgedrängten Prozession, die schon seit vielen Stunden, Schritt für Schritt, einer Mumie entgegenkroch – vor uns Unsichtbare, hinter uns Unsichtbare, neben uns Unsichtbare –, und standen am Ende vor Lenins Panzerglassarg.

Immer noch, er liegt immer noch da! flüsterte mein Begleiter, als könnte er nicht glauben und ich nicht sehen, was er sah: Eine Mumie in Anzug und Krawatte, die ganze Generationen von Präparatoren, Biochemikern und Anatomen beschäftigt hatte, die alle paar Jahre neu eingekleidet und wieder und wieder mit den radikalsten Mitteln des Kampfes gegen die Verwesung getränkt worden war, lag in mildem, weißem Licht in einem Prunkbett unter Panzerglas. Die wächsernen Gesichtszüge erschienen so starr, als wären sie weder im Leben noch im Tod, niemals, von einer Regung der Heiterkeit, des Hasses, der Liebe, Angst oder der Trauer bewegt worden.

Wie hatte Lenins Gesicht wohl in seiner Jugend, an jenem Tag ausgesehen, an dem sein Bruder Alexander, ein siebzehnjähriger Schüler, gehängt wurde, weil er sich an einem Attentat auf den Zaren Alexander III. beteiligen wollte – und wie, als Lenin viele Jahre später, nun selber von schlecht verheilten Schußwunden nach einem Attentat gequält, Liquidationslisten redigierte oder Massenhinrichtungen durch die bolschewistischen Geheimdienste befahl?

Liquidieren. An die Wand stellen. Auslöschen. Vernichten: Mit welchem Ausdruck hatte Lenin diese von ihm oft gebrauchten Vokabeln aufs Papier gesetzt? Hatten sich Empörung oder Wut in seinen Zügen gespiegelt, als er in Nishnij Nowgorod Hunderte Prostituierte erschießen ließ, weil die Kampfkraft der Roten Armee nicht von Huren geschwächt werden durfte? Und war es Wut oder bloß die teilnahmslose Unerbittlichkeit eines Strategen, wenn er nach allen verlustreichen Kämpfen um die Diktatur des Proletariats Hunderte Arbeiter, streikende Arbeiter! in Petrograd erschießen ließ und damit vorführte, daß jede Revolution, auch die große vom Roten Oktober, irgendwann begann, ihre Kinder zu fressen?

Verliebt, heiter oder feierlich ernst – mit welcher Miene hatte Lenin um die Hand seiner Frau Nadeshda Krupskaja angehalten? Konnte einer, der seinen Namen *Uljanow*, den Namen eines vermögenden Adeligen, ablegte, um *Lenin* zu seinem Kampfnamen zu wählen, dies nicht auch mit einem Lächeln getan haben? Mein Begleiter hatte mir von Stimmen erzählt, nach denen Lenin schon als Junge auf die Frage, wessen Liebling er denn sei, stets den Namen seines Kindermädchens gerufen habe: *Lenas!*, das konnte im Russischen ungefähr *Lenin!* bedeuten. Oder hatte der erste Mann der Revolution an den ostsibirischen Fluß Lena und damit an das Massaker erinnern wollen, das zaristische Truppen dort an streikenden Goldminenarbeitern verübt hatten – Lenin, das konnte dann auch heißen: *Der vom Fluß*.

Wir hätten die Mumie lange befragen können. Aber wir durften nicht bleiben. Vielleicht mußten die Wachen bloß verhindern, daß das maskenhafte Antlitz des Unsterblichen allzu lange betrachtet und dabei bemerkt wurde, daß auch ein Revolutionär, und hätte er die Welt von der Gravitation befreit und aus ihrer Bahn um die Sonne geworfen, vor dem Lauf der Zeit nicht zu bewahren war.

Weitergehen! Eine Soldatenstimme aus der Oberwelt rief den Befehl in die Tiefe. Dabei waren wir die einzigen am Prunkbett der Mumie. Es gab niemanden, der an unsere Stelle treten wollte.

Weiter, gehen Sie weiter! Schweigen Sie!

Also reihten wir uns ein in eine Prozession von Geistern und stiegen, gedrängt und begleitet von Unsichtbaren, die Stufen langsam wieder empor, hinauf ins Schneelicht des Roten Platzes, der sich nach der Öffnung der Sperren und trotz des Schneetreibens zu beleben begann. Vom Tor des Mausoleums führte nach wie vor keine andere als unsere eigene Spur hinaus auf den beschneiten Platz. In dieser Spur schritten wir, steif vor Kälte und wortlos, als gehorchten wir immer noch dem Schweigebefehl eines Totenwächters, in die Welt der Lebenden zurück.

Parlamentsbesucher

Ich sah einen barfüßigen Mann in einer langen Schlange winterlich vermummter Menschen vor dem Reichstag in Berlin. Der Mann trug einen grauen Kammgarnmantel, graue Lederhandschuhe, auch Schal, Hut und Flanellhose waren grau, wenn auch von dunklerer Tönung. Selbst seine nackten Füße schienen in der Kälte etwas vom regenfeuchten Grau der Pflastersteine angenommen zu haben. Bis auf den Umstand, daß er weder Schuhe noch Strümpfe trug, war der Mann auffallend eleganter gekleidet als die meisten anderen, in Anoraks, Daunenjacken oder Regenmäntel gehüllten Wartenden.

Ich kam an diesem windigen Tag an der Schlange vorüber, weil mir der Weg durch die leere Weite vor dem Reichstag als der kürzeste zu einer Verabredung am Brandenburger Tor erschienen war, und versuchte nun beiläufig abzuschätzen, wie viele Menschen hier unter freiem Himmel über Pflaster, Treppenstufen und durch viel leere Weite Schritt für Schritt gegen die Sicherheitsschleusen am Eingang des Reichstags vorrückten:

Es mußten mehr als zweihundert sein, die Wind und Kälte zur Not stundenlang ertragen und schließlich Handgepäckkontrollen und Leibesvisitationen über sich ergehen lassen wollten, um am Ende das Parlament eines der reichsten und mächtigsten Länder Europas besichtigen zu dürfen. Unter einer riesigen Kuppel aus Stahl und Glas, die nicht nur den Regierungspalast, sondern die ganze Stadt zu überwölben und den grauen Himmel über Spiegelflächen ins Innere des Gebäudes zu zwingen schien, berieten Volksvertreter in diesen Tagen neben ungelösten Fragen zur empörend ungerechten Verteilung des Reichtums auch darüber, ob Deutschland seine Soldaten in einen Krieg befehlen sollte, der fernab der Landesgrenzen auf Schlachtfeldern des Mittleren Ostens tobte, wo es wenig zu gewinnen und viel zu verlieren gab.

Der Barfüßige, längst über das Alter eines Soldaten hinaus und vielleicht sogar alt genug, um schon im vorläufig letzten Weltkrieg Helm und Uniform getragen zu haben, stand im hinteren Drittel der Warteschlange. Von dort würde er eineinhalb, vielleicht zwei Stunden benötigen, bis er das mildere Klima des Parlaments erreichte.

Die dicht vor ihm und dicht hinter ihm Wartenden schienen sich an den grauen Mann und seine bloßen Füße bereits gewöhnt zu haben. Vielleicht hatten sie auch schon einige vergebliche Versuche hinter sich, mit ihm ins Gespräch zu kommen, und standen nun wieder fröstelnd, schweigend oder mit ihren Nachbarn plaudernd in der Kälte.

Natürlich mußte die Nachricht von einem Barfüßigen längst reihauf, reihab weitergetragen worden sein. Ich sah Wartende, die bemüht unauffällig vor- oder die Reihe zurückschlenderten, um diesen Mann zu sehen, der sich schweigend, den Blick auf die Reichstagskuppel gerichtet, seinem Ziel auf nackten Füßen näherte und vom gelegentlichen Gekicher und Getuschel um ihn herum nichts zu bemerken schien.

Ich tat, als betrachtete ich bloß das monströse Gebäude, das vor der Schlange mit jedem Schritt, der in ihr getan wurde, höher in den Winterhimmel aufwuchs, blickte mich um wie einer, der, was er sieht, mit seinem Stadtplan, seinen Erwartungen oder Erinnerungen vergleicht, hantierte an der Kamerafunktion meines Mobiltelefons und schielte dabei doch und ebenso verstohlen wie dieser und jener aus der Warteschlange auf den grauen Mann mit den nackten Füßen. Ich würde zu spät zu meiner Verabredung kommen, aber sein Anblick ließ mich nicht los.

Jetzt sprach ihn ein Mädchen an, das vom Kopfende der Schlange – so weit also war die Nachricht vom Barfüßigen bereits vorgedrungen? – herangelaufen, ja über steinerne Treppenstufen herangetanzt gekommen war und sich nicht um eine Frau, die Mutter?, kümmerte, die einen Namen rief, den ich zunächst nicht verstand:

Frierst du nicht?

Der Barfüßige rückte seinem Vordermann zwei, drei Schritte nach, schwieg, blickte zur Kuppel auf.

Warum hast du keine Schuhe?

Miriam! Die Mutter wollte ihre weit vorgerückte Position nicht gefährden, war bloß einen Schritt aus der Reihe getreten und rief von dort noch einmal im Befehlston: Miriam!

Du hast keine Schuhe, sagte Miriam und wandte sich von dem Barfüßigen ab, um dem Ruf der Mutter zu folgen. Vielleicht hatte das Mädchen aber auch schneller als die anderen Wartenden begriffen, daß von diesem Mann keine Antwort zu erhoffen war.

Aus dem grauen Himmel lösten sich vereinzelt winzige Flocken, von denen manche, noch bevor sie das Pflaster oder die Mäntel und Mützen der Schlange erreichten, vom leichtesten Aufwind wieder hochgetragen und anderswo abgesetzt wurden. Weil aus einem Wald turmhoher Baukräne am fernen Rand der Weite Brandgeruch heranwehte, dachte ich an Asche; vielleicht wärmten sich Bauarbeiter zur Mittagspause an einem Feuer aus Schalungsholz und leeren Zementsäcken. Aber es war Schnee.

Ob man es nicht besser lassen und zurück ins Hotel gehen solle, fragte ein Mann mit Pelzmütze eine zierliche Frau an seiner Seite, bei diesem Tempo könne man hier ja noch stundenlang frieren. Das hier sei keine Warteschlange, sondern eine Warteschnecke.

Und dann die Anmeldeformulare nochmal ausfüllen? sagte die Frau, alles von vorne?

Ich fragte mich, was wohl auf dem Anmeldeformular des Barfüßigen zu lesen stand, das jeder Besucher des Reichstages ausfüllen mußte, bevor er sich in lange sommerliche oder kürzere winterliche Schlangen einreihte. Hoch in der Reichstagskuppel, himmelhoch oben, auf einem umlaufenden Steg oder einer Plattform, erschienen jetzt winzige, schwarze Gestalten vor den grauen Wolken. Die hatten es geschafft. Die sahen, wenn sie in die Tiefe blickten, die Schlange, aus der sie gekommen waren, als dunkles, unregelmäßiges Band in der Leere.

Ob die da drinnen Fußbodenheizung haben, was meinen Sie? fragte der Mann mit der Pelzmütze den Barfüßigen in einem Tonfall, der gutmütig klang.

Der Barfüßige schwieg, verfolgte den Weg der Winzlinge durch die Kuppel.

Und dann kam ein dicker Mann, dessen Geduld wohl irgendwo in der vorderen Hälfte der Schlange gerissen war. Der Ärger mußte ihn gewärmt haben, er trug eine Daunenjacke über dem Arm und hatte keine Frau an seiner Seite, die ihn zum Bleiben ermahnte:

Ohne mich. Die sollen sich andere Idioten suchen.

Von einem Barfüßigen schien er in der Zeit des Wartens nichts gehört zu haben. Er blieb dicht vor dem grauen Mann stehen, starrte auf die nackten Füße und sagte, die kalten Füße können Sie sich anderswo holen, so kommen Sie da nie rein.

Der Barfüßige schwieg.

Warum nicht? sagte der Mann mit der Pelzmütze. Vielleicht beneidete er den Dicken. Der ging einfach, der tat, was er auch längst hätte tun sollen. Warum sollte man ihm den Eintritt verbieten?

Tatsächlich schienen weder die Wartenden vor noch die hinter dem Barfüßigen daran gezweifelt zu haben, daß man das deutsche Parlament auch ohne Schuhe und Strümpfe betreten konnte. Was hatte ein gut gerüstetes, von Polizei, Armee und Geheimdienst beschütztes Land, das noch dazu Waffen in solchen Massen produzierte, daß es mittlerweile die dritte Stelle unter den größten Waffenexporteuren der Welt einnahm, von einem barfüßigen alten Mann zu fürchten? Viel harmloser, wehrloser als ein Barfüßiger konnte ein Mensch doch nicht sein. Und mußte man vor den Sicherheitsschleusen die Schuhe nicht ohnedies ausziehen, wenn zirpende Metalldetektoren anders nicht zu beruhigen waren?

Den Barfüßigen kümmerte auch diese Frage nicht. Die Kuppel schimmerte wie ein Eispalast. Mehr als eintausend Tonnen, war auf einem gelben Flugblatt zu lesen, das einige der Wartenden immer noch in den Händen hielten, während es andere längst dem Wind überlassen hatten: Mehr als eintausend Tonnen wog die scheinbare Leichtigkeit dieser Konstruktion. Ein Flugzeug, das in der Ferne zum Himmel stieg, schien plötzlich im Inneren der Kuppel dahinzudröhnen.

Warum der da den Reichstag nur von außen sehen würde? Barfuß! sagte der Dicke jetzt fast triumphierend und wie einer, der soeben den Schlüssel entdeckt hatte, der einem Menschen nicht nur das Parlament eines Landes, sondern die Gemeinschaft der Landesbewohner öffnen – oder ihn davon ausschließen konnte:

Barfuß! Weil er barfuß ist.

Nackter im Schatten

Ich sah einen nackten Mann im Fernglas aus meiner Deckung hinter staubigen Feuerdornsträuchern. Er kauerte reglos im Schatten einer Betonsäule, die ein Kreuz aus vier nach den Himmelsrichtungen montierten Lautsprechern trug. Die Säule stand am Südhang eines baum- und strauchlosen Hügels, der sich hinter langgezogenen, von stacheldrahtbewehrten Mauern umgebenen Gebäuden mit vergitterten Fenstern erhob – die Irrenanstalt auf der griechischen Insel Leros.

In Athen herrschten in diesen Tagen die Militärs, und es hieß, die Junta würde ihre Gegner nicht nur in Folterkeller und Gefängnisse auf dem Festland oder in die großen Internierungslager auf den Inseln Gyaros und Leros verschleppen, sondern auch in Irrenanstalten wie jene, die nun in der prallen Sonne vor mir lag.

Der nackte Mann schrie. Es war eine Folge rasender Laute und Silben, die er nur unterbrach, um Atem zu holen. Obwohl es früher Vormittag war, brannte die Sonne schmerzhaft. Es war windstill. In den Dörfern der Insel hoffte man seit Wochen vergeblich auf den kühlenden Meltemi, Wind aus Nordwest. Es war August.

Der Sonnenlauf hatte den Schatten der Lautsprechersäule verkürzt und den Rücken und kahlrasierten Hinterkopf des Nackten den Strahlen ausgesetzt – und der ins unbarmherzige Licht Geratene rückte schreiend und ohne seine Kauerstellung aufzugeben, dem schrumpfenden Schatten nach. Endlich wieder in seinem Schutz, schien er in seine Versunkenheit zurückzufallen. Sein Schreien ging in ein Wimmern über, erstarb.

Die ebenfalls nackten oder bloß mit weißen, fleckigen Hemden bekleideten Insassen, die in seiner Nähe standen, an ihm vorübergingen oder im Schatten der Gebäude auf dem steinigen Erdboden lagen, nahmen weder von seinem Schreien noch von seinem Verstummen Notiz. Ich sah mehr als hundert nackte und halbnackte Menschen in der prallen Sonne, mehr, viel mehr im Schatten. Nicht zu sehen war, wer von ihnen ein verzweifelter Häftling und bei Sinnen – und wer verzweifelt und geisteskrank war.

Aus dem Lautsprecherkreuz auf der Säule war manchmal ein Knacken zu hören, aber keine Anweisung, kein Befehl. Auch die Insassen schienen stumm. Ich konnte aus der Entfernung meines Verstecks auf einem Abhang etwa fünfzig Meter vor den Stacheldrahtspiralen der Anstaltsmauer einen Gefangenen nur hören, wenn er schrie, und wagte nicht, mich aus meiner Deckung zu erheben und durch das Feuerdorngestrüpp näher an die Mauer heranzukriechen, seit ein weiß gekleideter Mann, ein Pfleger, ein Wärter, aus jenem Gebäude getreten war, auf das der Schatten der Säule zuwanderte. Der Wärter nahm auf einer Bank Platz, zog eine Zigarettenschachtel aus der Brusttasche und begann zu rauchen. Mir rann der Schweiß über die Stirn und tropfte auf die Okulare. Ich durfte nicht sein, wo ich war. Ich hockte an einem verbotenen Ort.

Jetzt schrie der Nackte wieder. Wieviel Zeit war seit seinem letzten Geheul vergangen? Die Sonne war höher gestiegen und hatte den Schattenwurf der Säule weiter verkürzt und den Nackten erneut ins grelle Licht geraten lassen. Und wieder schrie und heulte er, bis er seiner schwindenden Zuflucht nachgerückt war.

Ich hatte nun nur noch Augen für ihn, so als wäre er der einzige Insasse und nicht einer von mehr als – wie man mir in Athen gesagt hatte: zweitausend. Kauernd hielt der Nackte seine Knie mit beiden Armen umfangen, als hielte er etwas Tröstendes, Geliebtes fest, und schrie und folgte unter dem Zwang der in den Zenit steigenden Sonne dem Schatten, ohne sich ein einziges Mal zu erheben. Schrie. Wimmerte. Beruhigte sich. Verstummte.

Ich weiß nicht mehr, wie oft ich diese Abfolge von Geheul, Gewimmer und Verstummen gehört hatte, als der Säulenschatten ihn endlich an das Gebäude heranführte, näher und näher – und dann im großen, im ungeheuerlichen, von zahllosen anderen Nackten und Stummen besetzten Schatten der Mauern verschwand.

Jetzt hob der Mann zum erstenmal den Kopf und blickte um sich: ringsum Schatten, streckte einen Arm aus: Schatten, streckte den zweiten Arm aus: Schatten, überall Schatten, aber nirgendwo dieser schmale, dieser kleine Schatten, der allein ihm gehört hatte – und begann so gellend und in allen Tonlagen der Qual zu schreien, daß selbst einige bisher in teilnahmsloser Starre hockende oder liegende Insassen sich ihm zuwandten.

Aber diesmal half kein tastendes Vorrücken, kein Nachrücken. Die Sonnenuhr, deren Teil er gewesen war, blieb verschwunden. Die Zeit stand still. Vielleicht glaubte sich der Nackte nun in einem endlosen Augenblick gefangen: Alles, alles würde für immer so bleiben, wie es war – dieser baumlose, staubige, glühende Hügel. Diese Mauern. Alles für immer. Und wie im Entsetzen darüber, hörte er nicht auf zu schreien, zu heulen, bis sich der auf der Bank sitzende Wärter erhob, er trug um den Hals eine Kordel und daran ein Medaillon, ein Kreuz oder eine Trillerpfeife, und etwas durch die offenstehende Tür neben der Wärterbank ins Innere des Gebäudes rief. Ein zweiter Wärter erschien.

Ohne Eile gingen die beiden dann auf den Gequälten zu, faßten ihn unter den Achseln und schleiften ihn, der sich auch jetzt nicht aus seiner Kauerstellung lösen konnte, sondern wie durch einen Krampf darin heulend gefangen schien, über die steinige Erde zur offenen Tür und über die Schwelle und in die Finsternis dahinter.

Ein Hai in der Wüste

Ich sah einen dürren, mit flatternden Tüchern oder Fähnchen behängten Baum am Rand einer Küstenstraße, die zwischen schattenlosen Wüstenstrichen und schattenlosen, steinigen Stränden des Roten Meeres verlief und in die jemenitische Hafenstadt Al Hudaydah führen sollte. Über lange Strecken asphaltiert, dann wieder bloß Piste, erschien diese Straße im Heckfenster eines Sammeltaxis als wallende Staubfahne, in der alles verschwand, was an uns, fünf Passagieren und einem gegen den Flugsand vermummten Fahrer, vorüberglitt – flache Dünen, von Treibgut und Scherben übersäte Buchten, Dornsträucher. Der Himmel war sandfarben, die Wolken waren sandfarben, selbst das Rote Meer hatte die Farbe des Sandes, und so erschien dieser Baum in der Wüste, der einzige weithin, mit seinem flatternden, bunten Schmuck wie ein Grenzzeichen der nahen Stadt, ein Versprechen, daß Einfarbigkeit und Monotonie jenseits dieser Wegmarke enden würden.

Während der Baum, eine wohl schon vor langer Zeit verdorrte Tamariske, im Tempo der Fahrt zu überraschender Größe aufwuchs, dachte ich an tibetische Paßhöhen: Dort winkten und flatterten ähnliche Zeichen, *Windpferde* – bedruckte Gebetsfahnen in den Farben des

Wassers, des Feuers, des Himmels, der Erde und der Luft. Vielleicht schlugen an dieser Tamariske ja Koransuren im Wind oder auf Stoffähnchen gekritzelte Wünsche, die, an einem geheiligten Ort in die nackten Zweige geflochten, ihre Erfüllung erwarteten.

Der Fahrer, ein Mechaniker aus Aden, der bei Bedarf seine Werkstätte für ein, zwei Tage schloß, um mit einem Sammeltaxi einträglichere Überlandfahrten zu unternehmen, bedachte die flatternden Zeichen aber mit keinem Blick, näherte sich dem Baum mit unverminderter Geschwindigkeit, fuhr an ihm vorüber und weiter. Und erst im Vorüberfahren, während der vermeintliche Grenzbaum in unserer Staubfahne versank, sah ich, daß diese winkenden Tücher oder Wimpel eines rätselhaften Glaubens nur leere Plastiksäcke waren, Säcke in allen Farben, Abfall, wie er im Jemen vor jeder Stadt, jedem Dorf, jeder Oase aufflog und nach Einkäufen und Marktgängen dem Wind überlassen wurde, der ihn dann durch die Wüste oder eine von Glasscherben blinkende Küste entlang bis zum ersten Hindernis trieb, das er damit schmücken konnte – Dornsträucher, Masten, Antennengestrüpp. Dort flatterte der Müll, bis der Wind sich drehte und Fähnchen für Fähnchen wieder abnahm und weitertrug, hinaus in die Wüste oder hinaus auf das sandfarbene Meer.

Das Meer. Immer wieder hatte der Fahrer unterwegs vom Meer gesprochen, das an diesem Vormittag unter dem Quecksilber von Luftspiegelungen lag, gesprochen von der Vielfalt, Buntheit und Pracht des unterseeischen Lebens, das er, obwohl Nichtschwimmer, immer wieder durch eine Taucherbrille bewunderte. Über die Bordwand eines Fischerbootes gebeugt, nur den Kopf im Wasser, schwebte er dann mit angehaltenem Atem über dem Grund von Lagunen dahin: Vielleicht habe Allah die Bewohner der an das Rote Meer grenzenden Wüstenländer für die Hitze, die Dürre und Unfruchtbarkeit an ihren Küsten mit dem Fischreichtum und aller unter dem Meeresspiegel verborgenen Pracht entschädigen wollen – Korallen, Seeanemonen, Medusen, schwebenden, leuchtenden Tiefseebewohnern, Wesen aller Farben und Formen, die einem Landbewohner so phantastisch und fremd wie von einem anderen Stern erscheinen mußten. Auch an Al Hudaydah sei doch das Meer das Schönste, der Hafen, der Fischmarkt … Der Fischmarkt!, die Stadt sei nirgendwo märchenhafter als dort. Glitzernde Fische in einem Wüstenland!

Wir hatten die Vororte Al Huddaydahs, Baracken, Wellblechhütten, Werkstätten, in denen die blauen Feuer von Schweißern flackerten, bereits hinter uns, sahen das in der Hitze flirrende Grün staubiger Palmen und baumhoher Kathsträucher und waren, wie sich zeigen sollte, nur noch wenige hundert Meter von Hafen und Fischmarkt entfernt, als ein umgestürzter Transporter unseren Fahrer zum Halten zwang: Ein himmelblauer Dreirad-Pritschenwagen war offensichtlich mit einem Linienbus zusammengestoßen und lag seitlich gekippt, mit zerschlagener Frontscheibe, eingedrückter Kabine und einer seltsam verdrehten, blutüberströmten Ladefläche in einer Öllache. An dem staubbedeckten Bus war nur ein Scheinwerfer zerschlagen und eine himmelblaue Schramme zu sehen.

Eine dichte Menschenmenge umdrängte offensichtlich ein Unfallopfer, das neben dem gekippten Fahrzeug lag. Zwischen Beinen und bodenlangen Gewändern, die mir die Sicht auf den Gegenstand der Neugier oder der Hilfsbereitschaft verwehrten, sah ich zwei Blutrinnsale, eines versickerte im Sand des Straßenrandes, ein breiteres war über den rissigen Asphalt bis an ein Schlagloch in der Fahrbahnmitte gekrochen, dort zum Stillstand gekommen und nahezu schwarz geworden.

Unser Fahrer war ausgestiegen, hatte sich der Menge angeschlossen und wollte sich bis zur Blutquelle vordrängen. Als er nach kaum einer Minute wieder aus dem Gedränge auftauchte, winkte er mir, winkte seinen Passagieren aufgeregt zu: Wir sollten ihm nachkommen!, wir sollten sehen, was hier geschehen war.

Ich glaubte, den Geruch von Blut in der Nase zu haben, sah die Fliegen über den Blutrinnsalen. Auch die anderen Passagiere rührten sich nicht. Aber der Fahrer fuchtelte, winkte beharrlich weiter.

Ich ging schließlich auf ihn zu, wütend, um ihm zu sagen, daß ich keine Schwerverletzten oder Toten begaffen wollte, und hatte ihn beinahe erreicht, als einige Zuschauer oder Unfallzeugen sich nach mir umdrehten, andere traten sogar zurück, um dem Fremden einen Blick auf das zu ermöglichen, was der Rest der Menge immer noch verbarg.

Und endlich sah ich, was von der blutigen Ladefläche des Kleintransporters in den Staub geschleudert worden war – einen etwa vier Meter langen Tigerhai. Auf dem Eisengrau seiner Haut zeichnete sich noch jenes Muster ab, das ihm seinen Namen eingetragen hatte und an die Wellenschatten erinnerte, die über den sandigen Boden einer Bucht huschten – eine Tarnung, die der Tigerhai, wie ich auf dem Fischmarkt erfahren sollte, im Lauf seines Lebens verlor.

Der Hai hatte zu dem riesigen Fang gehört, der an diesem wie an jedem Morgen von einer Armada von Fischerbooten an den Kais von Al Hudaydah angelandet wurde. Die Fische lagen dort oft noch flossenschlagend und mit den Kiemen fächelnd, ihren Käufern und wartenden Händlern zu Füßen. In den Markthallen sollte man mir Seidenhaie zeigen, Spinnerhaie, Weißspitzen-Riffhaie und mir die säbelförmigen Rückenflossen von Fuchshaien als besondere Delikatesse anbieten.

Die Menschen, die den Tigerhai am Straßenrand umdrängten, waren weder Neugierige noch Helfer, sondern Kunden: Der Hai wurde an Ort und Stelle des Unfalls vom unverletzten Fahrer des Kleintransporters und einem Helfer mit Beil und Messern zerteilt und stückweise an die Meistbietenden verkauft. Wozu, sagte unserer Fahrer, sollte der Hai unter Fliegenschwärmen in der Hitze liegen, bis man ihn endlich auf ein Ersatzfahrzeug hieven konnte, wenn er sich als das Angebot der Stunde auch gleich an der Straße verkaufen ließ?

Wer sich als Kunde für ein Stück blutiges Fleisch, ein Stück der Rückenflosse oder auch für einige der wie gedrechselten aus dem Kiefer gehackten Zähne entschied, nahm seinen Kauf in einem jener Plastiksäcke in Empfang, die der Gehilfe in einem dicken Packen am Gürtel trug – bunte, hauchdünne, wasser- und staubdichte Taschen, die sich am Ende eines Heimwegs in unverwüstliche Fetzen verwandeln und, eine Weile noch von bluthungrigen Fliegen umschwirrt, dann aber trocken und knisternd über Straßen, Pisten, leeres Land taumeln würden, bis sich ein Zweig fand, ein Dornbusch, irgendein Halt, der sie als Grenzzeichen einer verheißungsvollen, vielfarbigen Welt oder als Gebetsfahnen in der Wüste flattern ließ.

Blut

Ich sah eine weinende Frau in der Sakristei der Pfarrkirche von Roitham, einem oberösterreichischen Voralpendorf in Sichtweite von Gebirgszügen mit Namen wie *Höllengebirge* und *Totes Gebirge*. Die Frau war gekommen, um mit dem Pfarrer, der eben seine scharlachroten Meßgewänder anlegte, den Tag, die Stunde und die Chorgesänge für das Begräbnis ihres einzigen Sohnes festzulegen. Der Siebzehnjährige war am Vorabend im Schlafzimmer seiner Eltern von einem Gendarmen erschossen worden.

Als die Weinende am Mesner vorbei, der sie zurückhalten und in gedämpftem Tonfall besänftigen wollte, in die Sakristei eindrang, zog ich gerade einen scharlachroten Schulterkragen über mein Meßdienerchorhemd, rot, weil der Gottesdienst im Gedenken an das Blut eines frühchristlichen Märtyrers gefeiert werden sollte.

Laß sie, sagte der Pfarrer zum Mesner und küßte gemäß den Ankleidevorschriften seine Stola, eine Brokatschärpe, bevor er sie um seine Schultern legte: Laß sie nur, laß sie.

Sie gebe ja zu, sagte die Frau, während ihr die Tränen über das Gesicht liefen, über Mundwinkel und Kinn auf ihre schwarze Bluse tropften und dort noch schwärzere

Spuren hinterließen, sie gebe ja zu, daß ihr Adi ein wilder junger Mensch gewesen sei. Er habe getrunken, er habe gerauft und, ja, er habe gestern das Kriegerdenkmal beschmutzt. Aber mußte man ihn deswegen erschießen? Mußte ihn der Inspektor deswegen durch die geschlossene Schlafzimmertür erschießen? Siebenmal sei Adis Darm von den Bauchschüssen durchschlagen worden, siebenmal! Der Arzt im Welser Krankenhaus habe die Löcher gezählt, bevor er ihren Sohn, der bei dieser Zählung schon tot war, wieder zugenäht habe.

Nach der Messe, sagte der Pfarrer, wir reden nach der Messe. Es ist traurig. Aber er hätte aufmachen müssen. Adi hätte die Tür aufmachen müssen.

Die Weinende schwieg, schüttelte den Kopf.

Ich hatte als Meßdiener schon viele Erwachsene weinen sehen – in der Aufbahrungshalle vor offenen Särgen, in den Kirchenbänken während des Requiems, an den Gräbern, auch vor Rührung und Glück bei Taufen und Hochzeiten –, aber der Tod war immer etwas gewesen, das vor allem die anderen betraf. Wer starb, das waren die anderen. Tränen gehörten zu dem vielfältigen und dramatischen Schauspiel, an dem ich je nach liturgischem Anlaß in schwarzen, grünen, violetten oder roten Kostümen teilnahm. Diesmal war der Tod allerdings näher als sonst. Ich hatte den Sohn der Weinenden gekannt, ich hatte ihn gefürchtet – und bewundert.

Adi widersprach Erwachsenen, ohne zu zögern, spottete über ihre Ermahnungen und drohte ihnen manchmal mit Schlägen. Unerschrocken ging er auf kläffende Hunde zu und steckte ihnen die Faust ins Maul. Und manche seiner Gegner und Feinde zogen sich schon vor seiner bloßen Drohung zurück, er werde ihnen mit dieser Faust ins Gesicht schlagen, mit der nackten, geballten Faust ins Gesicht. Daß er dazu imstande war, hatte er bewiesen.

Die wütende Furchtlosigkeit, mit der er einer empörten Welt gegenübertrat, war zwar beängstigend, wurde aber verklärt durch den Umstand, daß er, der Unbesiegbare, sich zu einem Jüngeren, Schwächeren großzügig hinabbeugen konnte. Wer zu schwach oder zu ängstlich war, um ihm ein ernstzunehmender Gegner zu sein, durfte kleine Dienste und Botengänge für ihn erledigen und wurde dafür nicht nur verschont, sondern belohnt.

Hatte ich ihm beispielsweise aus dem Lebensmittelladen Kaugummi geholt, weil er die Fotos von Filmstars sammelte, die dieser Kostbarkeit beigelegt waren, dann konnte ich den Kaugummi als Lohn behalten, während er das Bildchen einer schönen Frau oder eines Helden betrachtete und zurückgebliebenen Puderzuckerstaub vom Hochglanz blies. Den Kindern des Gemeindearztes hatte er einen ganzen Winter lang den Schlitten für unzählige Fahrten einen Steilhang hinaufgezogen, weil ihm der Arzt nach einer Rauferei eine Platzwunde genäht hatte, ohne ihm Vorwürfe zu machen. Und vom Kieselgrund einer Quelle am Fluß holte er im Sommer vor Badepublikum, das ihn mit kleiner Münze bezahlte, ein Knäuel ineinander verknoteter Regenwürmer, löste einen Wurm aus der Verstrickung, hielt ihn am ausgestreckten Arm hoch, ließ ihn dann in seinen weit geöffneten Mund fallen und verschluckte ihn. Wer die Darbietung genoß, ohne zu zahlen, konnte mit Schlägen bestraft – oder begnadigt werden.

Am Tag seines Todes hatte Adi betrunken seine Notdurft auf den Stufen des Kriegerdenkmals verrichtet und geschrien, ein Kranz aus Scheiße sei alles, was vor solchen Denkmälern abgelegt werden sollte. In der Schlägerei, die dieser Schändung folgte, mußte er allerdings vor der Übermacht empörter Zeugen, einem Mitglied des Kameradschaftsbundes und zwei Blechbläsern der Musikkapelle, flüchten. Noch im Davonrennen versprach er wiederzukommen, schrie, er werde ein Messer holen und wiederkommen.

Das Kriegerdenkmal bewahrte die Namen gefallener Dorfbewohner aus zwei Weltkriegen in vergoldeter Gravur auf schwarzem Granit, zwei lange Listen, die ein erschöpfter oder schwer verwundeter, in Beton gegossener Soldat bewachte. Das Denkmal stand an der Südfront der Kirche zwischen zwei Maulbeerbäumen, die im Sommer so viele Früchte trugen, daß der Mesner jeden Morgen die Beeren vom Kiesweg kehren mußte, weil Kirchgänger, die über einen Teppich aus abgefallenen Maulbeeren zur Messe gingen, auf dem steinernen Kirchenboden Spuren hinterließen, als wären sie durch Blut gewatet.

Adis Drohung, sein Messer zu holen, war jedenfalls den Dorfgendarmen angezeigt worden, und die hatten sich zu zweit auf den Weg gemacht. Der Betrunkene flüchtete bei ihrer Annäherung ins Haus und dort in das Schlafzimmer der Eltern und schwor dann durch die von innen verriegelte Tür, alle und jeden mit einer Axt, einem Messer, einem Prügel umzubringen, der ihn nicht in Ruhe schlafen ließe. Er wolle jetzt schlafen.

Er hatte aber weder eine Axt noch ein Messer, noch einen Prügel bei sich, als einer der Gendarmen, nach einigen vergeblichen Aufforderungen an den Verschanzten, sich zu ergeben, ein ganzes Magazin aus seiner Dienstpistole durch die geschlossene Tür feuerte, die unter der Wucht der Schüsse splitternd aufsprang.

Am nächsten Morgen hatte es in der Sakristei für einen Augenblick den Anschein, als wollte der Pfarrer die Weinende umarmen. Er breitete seine Arme aus, legte ihr dann aber nur die Hände besänftigend auf die Schultern und nickte dem Mesner zu. Und der nahm sie am Arm und führte sie zu ihrer Bank, hinaus ins kalte Kirchenschiff. Weil er aber in der Aufregung dieses Morgens vergessen hatte, die Maulbeeren vom Kiesweg zu kehren, sah ich, als ich dem Pfarrer auf dem Weg zum Altar voranging, auf den Steinplatten des Kirchenbodens blutige Tritte.

Lichtbogen

Ich sah ein wanderndes Licht auf einem der ungeheuren Stahlbögen der *Harbour Bridge* in der Bucht von Sydney. Nur ein Funke unter Myriaden anderen bewegten und unbewegten, strahlenden, fließenden oder glimmenden Lichtern der größten Stadt des australischen Kontinents, stieg dieses eine, winzige Licht wie ein Stern am Rande der Sichtbarkeit langsam höher und dem Scheitel des Brückenbogens entgegen, der himmelhoch über dem ruhigen Wasser der Hafeneinfahrt lag.

Ich stand am Fenster eines Hotelzimmers im neunzehnten Stockwerk und hatte eben das Wahrzeichen der Stadt, die kostbar schimmernde Muschel des Opernhauses, im Fernglas betrachtet, war dann zu hell erleuchteten Wolkenkratzern, Glastürmen von Banken, Handelshäusern und Versicherungen geschwenkt, auf die der Bogen der Harbour Bridge über die Bucht hinweg zuzuspringen schien – als ich dieses aufsteigende Licht bemerkte. Es verschwand im Höherkriechen manchmal für einen Augenblick, kehrte zurück. Das mußte ein Mensch sein, ein Mensch, der den Kegel seiner Taschen- oder Stirnlampe seinen Bewegungen entsprechend dahin und dorthin lenkte. Er kletterte einen Stahlbogen hoch, dessen Scheitel einhundertvierunddreißig Meter über dem Wasserspiegel lag: Ein im Hotelzimmer ausliegender Faltprospekt hatte das Panorama, das sich von der Dachterrasse des Hotels und noch aus dem Fenster meines Zimmers bot, mit Namen und Zahlen beschrieben.

Einhundertvierunddreißig Meter. Wer auf einem Brükkenbogen in diese Höhe kletterte, allein und in der Finsternis, setzte sein Leben aufs Spiel oder wollte es beenden. Wer aus dieser Höhe in die Tiefe sprang, fiel in den sicheren Tod und brauchte weder die Rettung noch die Hilflosigkeit eines Krüppels nach einem gegen alle Wahrscheinlichkeit überlebten Sturz zu fürchten. Wollte der Mensch dort sterben?

Der Lichtfunke zitterte in meinem Fernglas, zitterte im Rhythmus meines Herzschlags, meiner Atemzüge. Aber selbst als ich mein Glas am Panoramafenster stabilisierte, das der Klimaanlage oder auch einer dem Lebenswillen der Gäste mißtrauenden Vorsichtsmaßnahme wegen nicht zu öffnen war, blieb der Kletterer kaum mehr als ein insektenhaft winziger Schatten, den allein sein schwaches, verschwindendes und wieder aufflackerndes Licht verriet.

Ich war müde, zerschlagen vom endlosen Interkontinentalflug in einer bis auf den letzten Platz besetzten, überheizten Maschine und hatte, endlich ausgestreckt und geborgen in einem Hotelbett, doch keinen Schlaf gefunden. Bereits zum dritten Mal hatte ich das Licht wieder angedreht, nach der ersten der beiden Rotweinflaschen der *Minibar* auch noch die zweite geöffnet und hatte in der Hoffnung auf die einschläfernde Wirkung des Fernsehens Showmaster, Kommentatoren und schreiende Prediger erscheinen und wieder verschwinden lassen, Kleinfamilien in idyllischer Landschaft, die ihr Glück allein einer Schokolade, einem Shampoo oder einem Waschmittel verdankten, Soldaten verschiedener Armeen, Wildtiere, Zeichentrickmonster, Politiker, schließlich Pornodarsteller und Wetterkarten – und war doch nicht und nicht eingeschlafen.

Kletterte, kroch dieser Mensch über den Brückenbogen tatsächlich dem Ende seiner Welt entgegen? Was war an seinem Leben zu einer solchen Qual geworden, daß kein anderer Weg mehr blieb als der in den freien Fall?

Ich starrte durch das Fernglas, jetzt seltsam überzeugt, daß, was ich sah, tatsächlich ein letzter Weg war. Aber was sollte ich in meinem weißen Bademantel tun, was dem Rezeptionisten sagen, wenn ich ihm ein Licht im Panorama vor meinem Fenster beschrieb: Ich sehe einen Funken im Fernglas, gewiß ein Mensch, der von der *Harbour Bridge* springen will, rufen Sie die Feuerwehr, die Polizei, rufen Sie irgendeinen Notdienst in Brückennähe, rufen Sie irgend jemanden, der diesen Lebensmüden retten kann?

Das wandernde Licht schien plötzlich weit, unendlich weit entfernt – so weit und unerreichbar wie die Toten und Sterbenden auf einem Fernsehschirm, über den Bilder aus Kriegs- und Katastrophengebieten flackerten. Das Licht würde den Scheitel des Bogens erreichen, sich von der Stahlkonstruktion lösen und lautlos in die Tiefe stürzen, noch bevor ein Rezeptionist, ein Feuerwehrmann, ein Retter, irgendeiner außer mir, es auch nur bemerkte. Ich war allein mit dem Unerreichbaren. Wie ein zufälliger Passant, der einen Baum unter dem Winddruck oder auch bloß ein Blatt fallen sieht, stand ich an meinem versiegelten Fenster und wartete, daß das Unvermeidliche geschah – als die Stadt plötzlich zu erlöschen begann.

Sydney erlosch!, erlosch, als müßte mit diesem einen Menschen auf dem Stahlbogen der Brücke die ganze Welt untergehen: Die erleuchteten Wolkenkratzer, fünfzig, sechzig, achtzig Stockwerke hoch, erloschen – die unteren Etagen zuerst, dann schoß die Finsternis nach oben, bis sie auch die Penthouses verhüllte, die Restaurants und Aussichtsplattformen der Dachgeschosse und selbst das an den höchsten Turmspitzen wuchernde Antennengestrüpp. Und es erloschen die Leuchtfeuer der Reklameschriften, die Häuserzeilen, die Highways ... Die Lichtmuschel der Oper erlosch. Die Harbour Bridge war nur noch ein schwarzer Bogen, der mehrspurige Autokolonnen überspannte, letzte verbliebene Lichtstränge, die Sydneys finstere Nord- und Südküste miteinander vernähten.

Am Nachthimmel begannen die von der Stadt eben noch überstrahlten Sternbilder der südlichen Hemisphäre zu erscheinen, der Kentaur, das Segel, das Kreuz des Südens, der Wolf ... und auch das Licht auf dem Brückenbogen wurde in der plötzlichen Dunkelheit heller, klarer, hielt kurz inne, als müßte es sich besinnen, welcher Konstellation es sich als Stern unter Sternen anschließen wollte, und stieg dann beharrlich höher.

Vielleicht lag es an meiner schlaflosen Müdigkeit, vielleicht auch am Rotwein, daß ich diese Finsternis, die sich wie eine Explosion ausgebreitet hatte – sie sollte als einer der katastrophalsten Stromausfälle in die Chronik Sydneys eingehen –, so selbstverständlich empfand wie das Dunkel eines Zimmers, in dem das Licht abgedreht worden war. Vielleicht nahm ich die Verfinsterung aber auch nur beiläufig wahr, weil meine ganze Aufmerksamkeit einem Licht gehörte, das im nächsten Augenblick fallen und für immer erlöschen konnte.

Jetzt hatte es den Scheitel des Brückenbogens erreicht und wanderte, schwebte, ohne innezuhalten, über ihn hinweg. Und begann dann langsam wieder zu sinken. Es sprang nicht, stürzte nicht, sondern sank den schwarzen Promenaden der Südküste entgegen, an der nicht die Unterwelt wartete, sondern bloß eine in Dunkelheit gehüllte Stadt.

Am nächsten Tag sollte ich neben Einzelheiten zum großen Stromausfall auch erfahren, daß ein Weg über den Brückenbogen als besondere Form einer Stadtbesichtigung auch kurzfristig gebucht werden konnte – professionelle *Guides* führten möglichst schwindelfreie, möglichst trittsichere, mit Seilen und Klettergurten ausgerüstete Touristen über den Brückenbogen. Aber natürlich nicht in der Nacht, selbstverständlich nicht in der Nacht. Auch der Rezeptionist hatte keine Erklärung für mein wanderndes Licht.

Aber selbst wenn, was ich gesehen hatte, bloß die Stirnlampe eines Technikers gewesen war, eines Statikers auf seinem Kontrollgang oder eines Fotografen, der mit einer Sondergenehmigung der Stadtverwaltung an Nachtbildern arbeitete, blieb davon unberührt, daß ich als ratloser, vom scheinbar Unvermeidlichen gebannter Zeuge an einem Panoramafenster mitverfolgt hatte, wie ein Licht in einer von Lichtern durchsiebten Nacht empor- und dem Tod entgegengestiegen, dann aber in einer rasenden, alles verschlingenden Verfinsterung wieder ins Leben zurückgesunken war.

Zweiter Geburtstag

Ich sah eine gedeckte Tafel im Mannschaftsraum des russischen Eisbrechers *Kapitan Dranitsyn*. Das Schiff lag mit gestoppten Maschinen so still im hocharktischen Packeis, daß aus keinem der zwölf auf das Glück eines lächelnden Mannes erhobenen Gläser auch nur ein Tropfen schwappte. Ein weißes Tischtuch und eine Sprühkerze, die Sterne auf den Zuckerguß eines Blechkuchens regnen ließ, gaben der Tafel ein festliches Aussehen, das allerdings im Widerspruch zu den blauen Arbeitsoveralls der Gäste stand:

Der Pilot eines der beiden Bordhelikopter hatte während einer Schichtpause Ingenieure und Matrosen zu diesem Empfang als seinem *Zweiten Geburtstag* geladen, weil er wenige Stunden zuvor, während des Anflugs auf eine der vergletscherten Inseln des russischen Franz-Joseph-Land-Archipels einen Turbinenausfall und den darauffolgenden Absturz, den nur die vom Fallwind bewegten Rotorblätter bremsten, unverletzt überlebt hatte.

Der Gerettete hätte mich zusammen mit einem Freund von einem vereinbarten Treffpunkt auf der Champ-Insel – einer der fast zweihundert unter Gletschern begrabenen Inseln des Archipels – zum Schiff zurückfliegen sollen und hatte nach seiner Bruchlandung blaß und schweigend gemeinsam mit uns auf den Ersatzhelikopter gewartet.

In den Stunden davor war ich mit meinem Freund im Licht der Mitternachtssonne von einer schwarzen, etwa zwanzig Kilometer südwestlich der Absturzstelle aus dem Eis ragenden Felsformation über steiniges, für wenige Sommerwochen aber schneefreies Gelände dem Treffpunkt entgegenmarschiert und hatte unterwegs den Küstenverlauf immer wieder mit Fotokopien von Stahlstichen verglichen, die nach den kartographischen Skizzen der Entdecker dieses Landes angefertigt worden waren: Tafelberge, Packeis und perlmuttschimmernde Dunstbänke, die selbst aus geringer Entfernung von beschneiten Gletschern kaum zu unterscheiden waren – alles lag unverändert und scheinbar unbetreten vor uns, so, als ob hier im August 1873, dem Entdeckungsjahr dieser nördlichsten Inselgruppe der Welt, die Zeit stehengeblieben wäre.

Immer wieder hatten wir in diesen milden arktischen Sommertagen das Schiff mit besonderer Erlaubnis des Ersten Offiziers ohne Begleitmannschaft verlassen, um Inseln, Fjorde und Kaps auf den Routen jener österreichisch-ungarischen Polarexpedition zu umwandern, die diesen unbewohnten Archipel auf einer von der Packeisdrift erzwungenen Irrfahrt im Sommer 1873 entdeckt und zu Ehren eines fernen Herrschers *Kaiser-Franz-Joseph-Land* getauft hatte.

Der von der norwegischen Insel Spitzbergen in die russische Hocharktis führende Kurs der Kapitan Dranitsyn war der Erinnerung an diese Entdeckungsfahrt gewidmet, die nach den Hoffnungen der Landtäufer entlang der sibirischen Polarküste vom Atlantischen in den Pazifischen Ozean hätte führen sollen und damit die Existenz einer *Nordostpassage* beweisen, jener mythenverzauberten Route, auf der bereits in den Jahrhunderten vor der kaiserlichen Expedition und noch im Jahrhundert nach ihrem Scheitern Schiff um Schiff verschwunden war.

Ich war zur Polarfahrt an Bord der Kapitan Dranitsyn eingeladen worden, weil ich fast zwanzig Jahre zuvor einen Roman über die Entdeckung des Franz-Joseph-Landes geschrieben hatte – allerdings ohne je in der Arktis gewesen zu sein. Ich hatte damals weder die vielen Farben des Packeises noch das Wehen und Flackern des Nordlichts oder auch nur den kreisenden Schein der Mitternachtssonne gesehen, sondern mich meiner Erzählung genähert, indem ich Polarreisende und heimgekehrte Bewohner arktischer Stationen befragt, ihre Tagebücher und Berichte gelesen, Gemälde und Fotos betrachtet oder Tiefenlotungen mit den Blauschattierungen auf meinen Eismeerkarten verglichen hatte.

Und nun, in diesen ungewöhnlich wolkenarmen Sommerwochen, so viele Jahre nach dem Ende meiner Erzählung und mehr als ein Jahrhundert nach den qualvollen Märschen und Hundeschlittenfahrten *meiner* Expedition, setzten uns die Helikopterpiloten der Kapitan Dranitsyn je nach Windverhältnissen auf einer der von kaiserlichen Landvermessern bei Temperaturen von minus vierzig und fünfzig Grad Celsius kartographierten Inseln ab und nahmen uns im Verlauf eines sonnigen Tages oder einer sonnigen Nacht an einem vereinbarten Treffpunkt wieder an Bord.

Wenn der Helikopter, eine für die Luftkämpfe der Roten Armee entwickelte robuste Maschine, uns in brüllenden Wirbeln aus Schnee- und Eiskristallen zurückließ, noch eine Weile am arktischen Himmel dahinschlug, bevor er zum dunklen, singenden Punkt wurde und verschwand, begann für uns jedesmal ein Weg durch eine stillstehende Zeit. Denn nur selten, nur, wenn wir auf einem Tafelberg oder einer Anhöhe den Eisbrecher klein wie verlorenes Spielzeug im Packeis liegen sahen, wurden wir daran erinnert, daß hier seit der Entdeckung dieses Landes nichts und doch alles geschehen war: Zeit war vergangen.

Nach mehr als zwei Jahren im Packeis, zwei Polarnächten mit den tiefsten bis dahin gemessenen und von Menschen ertragenen Temperaturen, nach Skorbut, Erfrierungen und allen Schrecken des Eises und der Finsternis hatte die kaiserliche, unter den Namen ihrer Kommandanten Julius Payer und Carl Weyprecht in die Entdekkungsgeschichte eingegangene Expedition ihren dreimastigen Barkschoner in einem nicht mehr zu brechenden Eispanzer zurückgelassen und versucht, sich zu Fuß über das Packeis ans offene Wasser zu retten. Ein monatelanger Marsch, auf dem sie ihre Beiboote, massive norwegische Walfängerboote, durch Schneemorast und die Ruinenlandschaften des Packeises hinter sich herzerrten, erschien ihnen dabei als eine Zusammenfassung aller Torturen ihrer arktischen Jahre.

Aber was bis dahin noch niemals ohne eine lange Liste von Toten bewältigt worden war, geschah: Die Mannschaft erreichte tatsächlich das offene Meer, die von Stürmen zerrissene Barentssee, und ruderte, segelte mit ihren Rettungsbooten bis vor die zerklüftete Küste der Doppelinsel Nowaja Semlja, wo ein russischer Walfänger die von Hunger, Geschwüren und Frostbeulen entstellten Fremden an Bord nahm und nach Nordnorwegen brachte. Von dort kehrten die Entdecker des letzten Landes der Welt im Triumph nach Wien zurück, wo sie von mehr als einer halben Million Menschen empfangen wurden.

Begeisterung! Auch wenn des Kaisers kalte Länder bereits in vergangenen Jahrhunderten von namenlosen Polarfahrern, Tranjägern oder Gefangenen des Packeises zwischen fernen Dunstbänken gesichtet worden waren – so hatten sie diese Länder doch nicht vermessen, nicht betreten und vor allem: nicht getauft. Und was machte es schon, wenn auch nach der Payer-Weyprecht-Expedition noch eine Klippe hier und ein unbekannter Felsen da über den Horizont stieg und zu den Akten genommen wurde: Mit der Taufe des Franz-Joseph-Landes war der letzte weiße Fleck von der Landkarte der Alten Welt getilgt. Die Globen und die Atlanten, bereichert um eine mehr als sechzehntausend Quadratkilometer große menschenleere Wildnis, spiegelten nun endlich ein vollständiges Bild dieser Erde.

Siebenundsechzig Polarbären hatten die kaiserlichen Jäger im Verlauf ihrer Eisjahre, oft in Todesgefahr, erlegt und verzehrt. Ohne Bärenfleisch wäre die Mannschaft verhungert.

Wir hatten, auf den Spuren dieser Jäger, mit dem Fernglas an der Reling stehend, zwar immer wieder Polarbären von Scholle zu Scholle des unter dem Kiel berstenden Packeises springen sehen – einige hatten sich, wenn das Schiff still im Eis lag, aufgerichtet, ihre Tatzen an die Bordwand gelegt und zu uns emporgeblickt –, aber auf unseren Wanderungen über die Inseln waren wir nur ein einziges Mal einer Bärin mit ihren zwei Jungen begegnet:

Obwohl mit Pfefferspray und einem großkalibrigen Jagdgewehr bewaffnet, hätten wir uns vermutlich kaum schnell genug oder nur mit Mühe zu verteidigen vermocht, wenn die Bärin in uns eine Bedrohung für ihre Jungen oder auch bloß Beute gesehen hätte. Was für ein Anblick, als sie gefolgt von ihren Jungen in gemächlichem Lauf hinter einer etwa fünfzig Meter entfernten Eisklippe auftauchte und augenblicklich stehenblieb. Erst allmählich, die Witterung Segment für Segment eines unsichtbaren Kreises mit einer fast graziösen Bewegung ihrer Schnauze prüfend, wandte sie sich uns zu.

Ich hatte in meinem Roman Bärenjagden beschrieben, auch den Schrecken und die panische Flucht unbewaffneter, bei Arbeiten im Eis von Bären überfallener Matrosen. Aber bei meinen Nachforschungen war nie davon die Rede gewesen, daß ein Mensch in den Augenblicken seiner Angst auch leicht werden konnte, federleicht, so unglaublich leicht, daß die nächste Brise ihn vor die Pranken und Fangzähne eines Raubtiers wehen oder ihn hochwirbeln konnte wie Laub oder Seidenpapier und so in etwas verwandeln, das bloß aus der Luft gepflückt oder mit einem spielerischen Prankenhieb aus einem richtungslosen, taumelnden Flug geschlagen zu werden brauchte. Ich schwebte.

Aber die Bärin hatte mich, hatte uns vielleicht als seltsam, aber harmlos und auch als Beute nicht interessant genug, möglicherweise aber als in jeder Hinsicht für zu leicht befunden und lief nach ihrem kurzen Innehalten und einem prüfenden Blick ihren Jungen bereits wieder leichtfüßig voran, als ich bemerkte, daß mein Freund das Gewehr nicht mehr am Riemen über der Schulter trug, sondern in den Händen hielt. Ich hatte in meinem Erschrecken keinen Augenblick lang auch nur daran gedacht, den Pfefferspray aus der Seitentasche meines Rucksacks zu ziehen.

Ein flacher Hang auf der Champ-Insel war mit dem Piloten als Landeplatz und Treffpunkt vereinbart worden, weil er wegen zahlloser, weithin sichtbarer und lange Zeit rätselhafter Steinkugeln unverwechselbar war. Diese Kugeln, viele von ihnen kaum größer als Murmeln und Tennisbälle, einige aber mit einem Durchmesser von einem, zwei, sogar drei Metern, lagen über diesen Hang verstreut und waren ihrer geometrischen Ebenmäßigkeit wegen von Expeditionen der Vergangenheit als Reste einer verschwundenen Kultur, als Opfer an die Geister der arktischen Finsternis, ja sogar als Hinterlassenschaft außerirdischer Besucher gedeutet worden. Ein japanischer Geologe an Bord der Kapitan Dranitsyn hatte allerdings bloß von komplexen chemischen Prozessen innerhalb von Sedimentgesteinsschichten gesprochen, die zu schalenförmigen Ablagerungen – etwa um ein winziges Fossil – führten und, vergleichbar mit dem Wachstum einer Perle im Innern einer Auster, diese rätselhaften Kugelformen entstehen ließen.

Wir erreichten unseren Treffpunkt zwischen den Steinkugeln nach fünf sonnigen Nachtstunden noch vor der vereinbarten Zeit und befürchteten das Schlimmste, als wir den anfliegenden Helikopter – und nach einem durchdringenden metallischen Krachen, mit dem offensichtlich ein Turbinenblatt zersprungen und die Bruchstücke in den rasenden Lauf des Blätterkranzes gewirbelt waren, den gebremsten Sturz und die harte Landung sahen. In den zehn, zwölf und langen weiteren Sekunden nach dem Aufprall, in denen wir auf das Wrack über Steinkugeln und Geröll zurannten, saß der Pilot bewegungslos in seiner heil gebliebenen Kanzel.

Bei der Geburtstagsfeier im Mannschaftsraum, für die einer der Köche einen Helikopter mit Vogelflügeln aus Zucker auf den Blechkuchen gegossen hatte, sagte der Pilot, daß seine Maschine vermutlich die kommende Polarnacht über auf der Insel verbleiben und erst im nächsten Jahr, wenn der Nukleareisbrecher *Yamal* das Franz-Joseph-Land mit Kurs auf den Nordpol und den notwendigen Ersatzteilen an Bord passierte, wieder flugfähig gemacht werden könne. Er werde also am Nachmittag mit dem zweiten Helikopter noch einmal auf die Champ-Insel fliegen, das havarierte Gerät mit Dieseltreibstoff übergießen und auch das Gelände im Umkreis von einigen Metern mit Treibstoff tränken. Nur so, wenn überhaupt, könne man die Eisbären davon abhalten, in den finsteren Wintermonaten die Kanzel einzuschlagen. Ja!, ihre Prankenhiebe seien von einer solchen Gewalt, daß sie damit selbst das Glas einer Pilotenkanzel zertrümmerten, um ihren Hunger mit dem Leder der Kabinensitze und allem, was ihnen freßbar erschien, zu besänftigen. Denn so harmlos dieses größte Landraubtier der Erde im arktischen Sommer auch erschien – wenn Robben wie Fertiggerichte auf dem Eis lagen und selbst Walrosse zur Beute wurden –, in der Kälte und Finsternis der Polarnacht sei der Hunger eines Bären so unstillbar wie die Lebensgier eines Piloten im freien Fall.

Der Eisgott

Ich sah den weinenden Sohn des Gärtners auf der Freitreppe eines Herrenhauses in der irischen Grafschaft Cork. Er hielt einen kopfgroßen Eisklumpen mit beiden Händen hoch und rief nach seinem Vater, um ihm zu zeigen, was für ein unförmiger, glasiger Brocken aus jenem Schatz geworden war, den er seit Monaten in der Tiefkühltruhe vor dem milden Klima des irischen Südens bewahrte.

Der Gärtner war gerade dabei, fünf Cordyline-Palmen zu pflanzen, die am Morgen von einer Baumschule in Bantry geliefert worden waren, und bedeutete mir, seinem Helfer, beim Ausheben der Erdlöcher für die Wurzelballen eine kurze Pause zu machen; er werde gleich wieder zurück sein. Dann ging er ein breites, wogendes Beet voll gelb und rot blühender Calla, Aronstäben und Flamingoblumen entlang auf die Freitreppe zu, um seinen Sohn zu trösten. Über die windbewegten Blüten hinweg betrachtet, sah der Kleine auf der Treppe aus wie ein kindlicher Atlas, der eine seltsam winterliche Weltkugel gegen den Himmel stemmte.

An diesem windigen Frühsommertag schien im Garten des Herrenhauses, der sich in einem sanft zum Atlantik und einem felsigen Strand abfallenden Park verlor, alles in

Bewegung: Die blauen Hortensien, die Rhododendren und Kamelien, die hundertjährigen Baumfarne mit ihren Wedeln, groß wie die einer Kokospalme, die Myrten, Erdbeerbäume und Pinien, die Feigenbäume, die Jahr für Jahr bittere Früchte trugen, die Magnolien, roten und weißen Fuchsien und selbst die *Gunnera brasiliensis* mit ihren gigantischen, an einen Riesenrhabarber erinnernden Blättern – Blättern, größer als ein Doppelbett! –, alles, was in diesem Garten am Meer, von den Ausläufern des Golfstroms begünstigt und vom Gärtner gepflegt, in tropischer und subtropischer Üppigkeit blühte und wuchs, nickte sich raschelnd und rauschend zu, verneigte sich voreinander, schaukelte, wippte, schwankte, wiegte und bog sich im Wind – nur der weinende Atlas, die Säule der Welt, stand inmitten aller tanzenden organischen Pracht still. Sein Schatz, sein behüteter Schatz, hatte seine Gestalt verloren.

Ich hatte den schneeigen Globus, den er jetzt in die Hände seines Vaters legte, in den vergangenen Monaten immer wieder und in verschiedenen Stadien einer Verwandlung gesehen: Als Anfang Februar an diesem Küstenstrich zum erstenmal seit mehr als drei Jahren wieder Schnee gefallen war, hatte sich Kieran, der Sohn des Gärtners, bemüht, der dünnen Schneedecke, die schon nach wenigen Stunden wieder versickert war, den ersten Schneemann seines Lebens abzutrotzen. Er mußte dazu schließlich selbst die weißen Polster von den damals in voller Blüte stehenden Kamelien schütteln, um genug Masse für die Erschaffung eines Männchens zu gewinnen, das seinem Vater gerade bis an die Knie reichte.

Weil in der Grafschaft Cork auch die Winterluft mild bleibt wie im tiefen Süden und Kierans Sorge um seine Schöpfung groß war, hatte seine Mutter Schaffleisch aus der Kühltruhe ausgelagert – es gab aus diesem Grund ein großes Essen mit Freunden aus Skibbereen – und so dem Schneemann eine Zuflucht geschaffen. Der weiße Zwerg war seither, zumeist vor einem begeisterten kindlichen Publikum, zu verschiedenen Gelegenheiten aus seiner eisigen Finsternis gehoben und wieder darin versenkt worden und hatte in den jähen Temperaturwechseln begonnen, da und dort einen Pelz aus Kondensationskristallen anzusetzen, Eis- und Schneespeck, war durch alle Vorführungen aber erkennbar und bewundernswert geblieben. Es schien, als könnte der mit dem allmählichen Verlust der Formen verbundene Alterungsprozeß zu keinen Veränderungen führen, über die der Sohn des Gärtners und seine Freunde in ihrem Vergnügen am bloßen Dasein eines Schneemanns in einer ringsum grünen, blühenden Welt nicht liebevoll hinwegsahen. Was für ein schöner Mann: ein Pinienzapfen als Nase, die gefrorenen Früchte des Erdbeerbaums als Augen, ein Mund aus einem dürren Rosenzweig, die wächsernen Blätter einer Kamelie als Ohren und der Kopf geschmückt mit einem Kranz aus grünem Lorbeer.

Dieser Schneekönig wäre als der weiße Held von Kinderfesten oder als kostbarer, stummer Freund, den Kieran heimlich ans Licht holte, wenn er die Tiefkühltruhe verbotenerweise allein öffnete, gewiß noch oft, vielleicht sogar bis zum nächsten Schneefall aus seiner eisigen Finsternis aufgetaucht – hätte nicht in den vergangenen Tagen ein Sturm getobt. Die Windstärken ließen den Atlantik mit einer solchen Gewalt gegen die Steilküste und die unbewohnten Inseln in Sichtweite des Gartens rollen, daß turmhohe Gischtvorhänge an Klippen und Felsen emporstiegen, unter Donnerschlägen zerrissen und in vielarmigen Kaskaden in ein brodelndes Chaos zurückstürzten.

Der Sturm entwurzelte Bäume, knickte Strommasten, verfinsterte Dörfer, legte Werkstätten still, ließ Bildschirme erblinden – und Kühltruhen abtauen. Die katastrophale Wärme, die alles Gefriergut an vielen Küstenkilometern allmählich zu durchdringen begann und selbst an den kältesten Orten Schmelzungs- und Verfallsprozesse in Gang setzte, hatte den Schneemann zwar nicht zerstört, ihn aber in jenen mit Kamelienblättern und Rosenholz gespickten Klumpen verwandelt, zu dem er nach der Wiederherstellung der Schaltkreise gefror.

Der Gärtner setzte sich jetzt mit seinem Sohn auf die oberste Treppenstufe, hielt den Klumpen ins Sonnenlicht, drehte und schwenkte ihn und brachte so seine klaren, durchscheinenden Partien zum Funkeln. Was er seinem Sohn dazu sagte, konnte ich über die vielen schaukelnden und nickenden Blumen und Blätter hinweg nicht verstehen, aber der Kleine hörte zu schluchzen auf und stimmte dann auch eifrig nickend irgendeiner Frage zu, nach der sich der Gärtner erhob und das, was vom Schneekönig geblieben war, auf jene von Efeu umrankte Säule legte, auf der bis gestern ein steinerner Faun gestanden hatte; der Sturm hatte ihn vom Sockel gestürzt und zerschlagen.

An der Stelle des entthronten Fauns schimmerte nun ein glasiger, kugeliger Eisgott, vor dem der Gärtner plötzlich mit erhobenen Armen auf die Knie fiel und dann wie ein Priester oder Vorbeter irischer Frömmigkeit Strophe um Strophe eines monotonen Singsangs leierte, bis alle Trauer um den verwandelten Schneemann verflogen schien und sein Sohn zu lachen begann. Und zu diesem Singsang und dem vor der Weite des windbewegten Parks und des von Wellen gezähnten atlantischen Horizonts fast unhörbaren Lachen begann die schmelzende Gottheit Tropfen für Tropfen die Säule hinab- und der schwarzen Gartenerde entgegenzukriechen und sickerte endlich dem Februarschnee in die Unterwelt nach.

Der Prediger

Ich sah einen empörten Mann, einen Prediger, der mit erhobenen Armen über das morastige Spielfeld des größten Fußballstadions der Volksrepublik Polen schritt: Eine Schande! schrie der Mann, was für eine Schande, an einem Ort wie diesem Geschäfte zu machen!, zu schachern an einer den Helden, den Toten und der Erinnerung geweihten Stätte! Jesus, der Gottessohn, habe die Händler und Geldwechsler mit einer Geißel aus dem Tempel von Jerusalem gejagt, und so, genau so, müßte dieses Gesindel, das hier seinen Ramsch, seine Schmuggelware, ja sogar Diebsgut feilbiete, aus dem Stadion gepeitscht werden! Raus, raus! Alle raus!

Ich ließ mir gerade von einem Spielzeugmacher aus Georgien, einem der zahllosen Händler, die an diesem regnerischen Apriltag im Warschauer *Stadion des Zehnten Jahrestages* an Tausenden Verkaufsständen und Buden Kundschaft bedienten, die Beweglichkeit einer als Soldat im Tarnanzug kostümierten Marionette vorführen, als sich der Prediger dem von dürrem Gras und Brennesseln überwucherten Torraum näherte. Er hatte einen Stock von der Länge eines Axt- oder Hammerstiels, an den geflochtene Schnüre oder Lederriemen gebunden waren, aus seinem Gürtel gezogen – tatsächlich eine Geißel, die er über seinem Kopf zu schwingen begann. Aber in dem vielstimmigen, vielsprachigen Gedränge im Gassengewirr dieser Budenstadt, die bis hinauf zu den höchsten, mit Gestrüpp bewachsenen und von Regenschleiern verhangenen Rängen des Stadions reichte, nahm kaum jemand von dem Schreier Notiz. Und er schwang seine Geißel ja auch nur, er predigte, er fuchtelte, er verdammte. Aber er tat nicht, was der Gottessohn getan hatte, er schlug nicht zu.

Dieses Stadion, *ihr verfluchten Hausierer!*, sei aus den Trümmern Warschaus errichtet worden, aus Steinen, Ziegeln, an denen noch das Blut der Helden des Aufstands gegen die Deutschen klebte, das Blut Abertausender unschuldiger Bewohner der Stadt, von Kindern, Frauen, Greisen, die als Kugelfang vor die deutschen Panzer getrieben oder als Geiseln massakriert worden waren. *Ihr Halsabschneider!, Betrüger!*, dieses Stadion sei aber nicht allein zur Erinnerung an diese himmelschreiende Barbarei aus dem Schutt erstanden, sondern als ein Bauwerk der Zukunft: Das Volk der Opfer und das Volk der Mörder, Sieger und Besiegte, die Todfeinde von einst, sollten in diesem … diesem Tempel miteinander, gegeneinander, aber in Frieden! spielen. Spielen! sollten sie hier und zeigen, daß Menschen sich aneinander messen, sogar kämpfen konnten, ohne zu töten. Liebet eure Feinde! habe der Gottessohn befohlen, und das hieß doch auch: besiege ihn, wenn du ihn besiegen willst – aber im Spiel.

Und was, rief der Prediger, was trieb dieses Krämergesindel aus der Ukraine und dem Kaukasus an dieser Spielstätte? Es schacherte, verkaufte Schmuggelware und sogar Souvenirs aus dem schrecklichsten Krieg der Menschheit, Orden und Dolche, an denen das Hakenkreuz prangte!

Wollte ich diesem Verrückten wirklich folgen? fragte mich mein Begleiter, ein Freund aus Wien, der seit Jahren in Warschau lebte und mich auf einem langen Spaziergang durch die Stadt über die Poniatowski-Brücke an das Ostufer der Weichsel und in das alte Stadion geführt hatte, das in diesen Tagen als größter Basar nicht nur der polnischen Hauptstadt, sondern Osteuropas galt.

Der Prediger nahm keine Notiz von uns, als wir ihm auf seinem Missionsweg durch das Gedränge in kurzem Abstand folgten, stehenblieben, wo er stehenblieb, weitergingen, wenn er weiterging.

Einhunderttausend Menschen konnte das *Stadion Dziesięciolecia* fassen, das zehn Jahre nach dem Ende des Zweiten Weltkriegs in Erinnerung an den Warschauer Aufstand, den Kampf polnischer Untergrundarmeen gegen die deutschen Besatzer, eröffnet worden war. Errichtet aus den Trümmern der von Verbänden der Wehrmacht und *SS* dem Erdboden gleichgemachten Stadt, in der während der dreiundsechzig Tage des Aufstands fast zweihunderttausend Polen, die meisten von ihnen Zivilisten, als Geiseln, im Häuserkampf oder zur Vergeltung erschossen, verbrannt oder lebendig begraben worden waren, hatte dieses ungeheuerliche Bauwerk mehr als drei Jahrzehnte nicht nur den großen Warschauer Fußballmannschaften und Leichtathleten als Arena gedient, sondern auch als Bühne für Paraden, opernhafte Machtdemonstrationen der Kommunistischen Partei und selbst als

Altarraum einer Feldmesse des polnischen Papstes Johannes Paul II.

Aus Geldmangel schließlich dem Verfall preisgegeben, war das Stadion dann an eine Handelsgesellschaft verpachtet worden, die das Oval *Jarmark Europa* taufte und es als Marktplatz zur billigen Miete Kleinkrämern und Bauchladenträgern aus fast allen Ländern des zerfallenen Sowjetreiches überließ – aber das war an diesem regnerischen Markttag im April längst Geschichte: Händler aus allen Regionen Polens, aus der Ukraine, aus Rußland und Weißrußland, aus Moldawien und Georgien, Tschetschenien, Armenien und Kasachstan, Aserbaidschan, selbst Kirgisistan, dazu Asylanten, Chinesen, Mongolen und Vietnamesen, verkauften hier von Kaffee, Waschpulver und gefälschten Markenartikeln, Raubkopien von Musik und Filmen über geschmuggelte Zobelpelze und Zigaretten, Haushaltsgeräte, billige Werkzeuge und Kaviar bis zu Waffen, Munition und Drogen alles, was nachgefragt wurde und was anderswo entweder gar nicht oder nur um ein Vielfaches des im Stadion erfeilschten Preises zu haben war.

Zwischen den Budenzeilen auf den Rängen, auf denen sich einst die Chöre der Anhänger einer Nationalmannschaft oder großer Clubs wie *Legia Warschau* und *Polonia Warschau* die Hälse vor Begeisterung heiser geschrien hatten, wuchsen jetzt Schlehdorn, Brennesseln und Klee. Die ehemals weißen, vom Rost gefleckten Fußballtore standen noch, aber durch sie hindurch und von keinem Netz gehalten verflog allein die Zeit.

Wenn es nach einem Markttag Abend wurde und im

leeren Stadion nur Abfall und Fetzen zurückblieben, die der Wind über verblaßte Seiten- und Torlinien und alle bedeutungslos gewordenen Begrenzungen hinweg, über die Aschenbahnen und das zur sumpfigen Wiese verwilderte Spielfeld trieb, dann wurde es hier, sagte mein Freund, so beklemmend menschenleer, wie es wohl auch in den Schuttwüsten am Ende des niedergeschlagenen Warschauer Aufstands gewesen war. Dann wurde dieses Stadion, dem der Abriß vor einer kommenden Fußballeuropameisterschaft bevorstand, tatsächlich zum Mahnmal, dann konnte einem tatsächlich die endlose Prozession der Toten in den Sinn kommen, aus deren zerschossenen, zerbombten und gesprengten Häusern und Wohnungen diese Arena erbaut worden war, die in der Dämmerung eine unbegreifliche, unverzeihliche Menschenleere umschloß.

Der Prediger hatte jetzt die ersten Ränge erreicht und begann einen mühsamen Aufstieg zwischen den mit durchsichtigen Plastikplanen verhängten Marktständen, von denen Regenwasser troff. Vielleicht kannten ja auch einige von den Händlern das Gerücht, von dem mir mein Freund erzählte, während wir dem Prediger nachstiegen: Der Mann sei ein harmloser Säufer, ein ehemaliger Spieler der dritten oder vierten Reserve des Traditionsklubs *Legia Warschau*, ein Flügelstürmer, der es kein einziges Mal in die vordersten Reihen, kein einziges Mal bis in die Kampfmannschaft der *Legia* geschafft hatte und seit einem Straßenbahnunfall, nach dem er vergeblich zur Schwarzen Madonna von Tschenstochau gepilgert war, auch noch hinkte. Der Prediger tauchte jedenfalls nur vor hohen kirchlichen Feiertagen im Stadion auf – aber hatte nicht auch Jesus die Händler und Geldwechsler vor dem Pessachfest aus dem Tempel gejagt und vielleicht erst damit jene Wut provoziert, die ihn schließlich nach Golgatha, ans Kreuz, bringen sollte?

Möglicherweise war die Geschichte dieses schreienden Mannes, der sich einst als Flügelstürmer der zweiten oder dritten Reserve einer umjubelten Mannschaft große und vergebliche Hoffnungen gemacht hatte, nur eine passende Anekdote, erfunden an einem passenden Ort. Aber ein Unglück, das ihm vielleicht seine Lebensfreude, gewiß aber seine Beweglichkeit genommen hatte, mußte irgendwann in seiner Vergangenheit tatsächlich geschehen sein, denn der Mann erklomm geborstene, von Grasbüscheln durchsprengte Betonstufen nur mit Mühe, während er im Höhersteigen, keuchend, hinkend, weiter und weiter die Toten, die Helden und die Opfer der Grausamkeit beschwor, dabei als einzige Hoffnung aber nicht den Himmel predigte, sondern das Spiel als einen Abglanz des Paradieses.

Ein Fotograf

Ich sah einen Straßenarbeiter, der bis zur Brust in einem Graben vor einem lichtblauen Haus in der dominikanischen Stadt San Felipe de Puerto Plata stand. Der Mann arbeitete mit Spitzhacke und Schaufel offensichtlich daran, diesen Graben zu verlängern, um das Haus mit seinen weißen Fenstern und Veranden mit einem offenen Kanal zu verbinden, der entlang der Straße verlief. Kopfgroße, am Rand des Grabens ausgelegte Steine sollten Passanten vor der Fallgrube warnen.

Der Mann stützte sich eben auf den Schaufelstiel, um Atem zu holen, als sich drei Fußgänger, zwei Männer und eine Frau, in angeregtem Gespräch näherten. Die Frau zeigte schon aus der Ferne auf das lichtblaue Haus, als habe sie eine Entdeckung gemacht. Als sie den Graben erreichte und einen Augenblick ratlos davorstand, legte der Arbeiter die Schaufel zur Seite und überbrückte das Loch in der Erde mit einer Verschalungsplanke.

Keiner der drei bedankte sich für diesen Dienst. Die Frau ließ die Männer über den schmalen Steg vorangehen – einer von ihnen trug eine mit Packpapier umwickelte Tafel – und bedeutete ihnen, vor der Eingangstür des Hauses Aufstellung zu nehmen. Dann beugte sie sich zu dem Straßenarbeiter hinab und fragte ihn etwas, zu dem er lächelnd nickte.

Er kletterte aus der Grube und wischte sich die Hände an einem Papiertaschentuch ab, das die Frau ihm reichte, nahm dann aus ihren Händen eine Kamera und wohl auch Hinweise entgegen, daß alles bereit sei, Belichtung, Entfernung, Schärfe, er habe nur diesen Knopf zu drükken, ja genau, diesen. Dann lief sie über das Brett zu den posierenden Männern, ließ sich von ihnen in die Mitte nehmen und gab dem Fotografen ein Zeichen.

Der Straßenarbeiter hielt die Kamera mit ausgestreckten Armen vor seiner Brust wie eine Monstranz und drückte einen unhörbaren Auslöser. Noch einmal, ein zweites Bild! Die Frau wollte sichergehen. Auf der Stirn des Fotografen glänzten Schweißperlen. Noch ein unhörbares *Klick*. Zufrieden lief die Abgebildete über die Brücke auf den Fotografen zu, nahm ihm die Kamera ab, wischte das Gehäuse mit einem weiteren Papiertaschentuch blank und steckte sie in ihre Handtasche.

Der Straßenarbeiter stieg in seine Grube zurück und verfolgte, reglos auf seine Spitzhacke gestützt, wie die Begleiter der Frau begannen, die mitgebrachte Tafel an die Haustür zu nageln. Aus der Distanz des Grabens waren die Zeilen gerade noch zu erkennen. Es waren Angaben zu den Ordinationszeiten eines Hypnotiseurs, der nur an drei Tagen in der Woche trancewillige Klienten empfing.

Die drei Fußgänger, Vermieter vielleicht, Hausverwalter, Hypnotiseure oder Innenarchitekten, waren längst im lichtblauen Haus verschwunden, als der Mann in der Grube immer noch reglos dastand und auf das Schild starrte. Dachte er an die winzige Kamera, die in seinen Händen beinah verschwunden war, oder daran, seine Spitzhacke gegen ein solches Leichtgewicht, ja gegen ein anderes Leben einzutauschen, in dem alles, was schwer wog, Erdreich, Steine, Ziegel, Holzeimer voll Teer, von anderen getragen, von anderen gehoben, von anderen bewegt wurde? Wie gebannt stand er da. Wie in Trance stand er da. Dann ließ er die Spitzhacke los und setzte das Verschalungsbrett, den schmalen Steg, der seinen Graben überbrückt hatte, an die erdige Wand des Schachtes zurück.

Pacífico, Atlántico

Ich sah zwei Hündchen auf einem von Nebelschwaden verhüllten Parkplatz dreitausendvierhundert Meter über dem Meer und dicht unter dem Kraterrand des Irazú, Costa Ricas höchstem und feuergefährlichstem Vulkan. Die Pfoten in den schwarzen Lavasand gestemmt, zerrten sie an einem weißen, mit Spitze besetzten Stoffstreifen, der Teil eines Ballkleides, eines Vorhangs oder eines Brautschleiers hätte sein können. Als bestünde zwischen ihnen die Übereinkunft, das Objekt ihrer Begierde nicht zu zerfetzen, sondern es dem Rivalen so unversehrt wie möglich abzujagen, gaben sie zwar um keine Pfotenbreite nach, zogen aber auch nicht über die Reißfestigkeit des Gewebes hinaus an der Beute und standen deshalb, zitternd vor Anstrengung, vor Gier, vielleicht auch vor Kälte, knurrend und wie gebannt vom Blick des Gegners, still.

Ich ging gemeinsam mit anderen Passagieren eines vom Steinschlag verbeulten Reisebusses, der im Nebel des Parkplatzes auf uns warten sollte, an den Welpen vorüber zum Schlund des ungeheuerlichen, mehr als einen Kilometer breiten Hauptkraters, an dessen Grund ein Säuresee in giftigem Grün schimmerte. Einige Buspassagiere begannen am Kraterrand und beim Anblick des

Sees – wie schon zuvor während der Fahrt in die nebeligen Höhen – wieder zu beten, waren doch die meisten von ihnen auf der Rückreise von einer Wallfahrt zur Schwarzen Madonna von Cartago. *La Negrita*, eine von goldenen Strahlen umspielte Marienfigur aus Vulkangestein, der die Wallfahrer in der großen Basilika von Cartago durch die ganze Länge des Hauptschiffes auf den Knien entgegengerutscht waren, konnte gar nicht oft genug angefleht werden, die Menschen vor dem Höllenfeuer aus dem Herzen der Erde zu bewahren. Cartago war aber trotz aller durch die Jahrhunderte vorgetragenen Bitten immer wieder von Erdbeben und Vulkanausbrüchen zerstört worden und hatte im Ascheregen des Irazú vieles von seinem Glanz, schließlich sogar seine Hauptstadtwürde, an San José verloren.

Der Fahrer des Busses hatte mir auf dem Platz vor der Basilika auf meine Frage nach einer Mitfahrgelegenheit angeboten, mich in Richtung San José bis zur Abzweigung nach San Gerardo de Dota mitzunehmen. Ich wollte dort der Empfehlung eines Ornithologen folgen und in den Nebelwäldern im Schatten des *Cerro de la Muerte* den Quetzal, den prächtigen, scheuen Göttervogel der Mayas, Inkas und Azteken, in seinem Balzflug beobachten.

Weil ein Blick sowohl in den Schlund des Vulkans als auch in die Weiten des von der Himmelskönigin beschützten Landes den krönenden Abschluß jedes Besuches bei *La Negrita* bilden sollte, durfte nun auch ich als Mitreisender hoffen, ein vom Busfahrer über Lautsprecher gepriesenes Panorama zu genießen: Von einer Felskanzel am Kraterrand des Irazú sollte im Süden der Pazifik, im Norden der karibische Atlantik zu sehen sein. Aber als ich gemeinsam mit den Pilgern diesen erhabensten Punkt der mittelamerikanischen, zwei Ozeane voneinander trennenden Landbrücke erreichte, lag unter uns nur ein nach allen Seiten wogendes Nebelmeer.

Nuestra Señora de Los Ángeles hatte ich statt eines Ortsnamens auf dem Schild an der Frontscheibe des Wallfahrerbusses gelesen, *Unsere Frau von den Engeln.* Aber seltsamerweise waren die Legenden, die sich um die Himmelskönigin rankten – Geschichten von der Entdekkung der schwarzen Steinfigur durch eine Brennholzsammlerin, Geschichten von den beharrlichen himmlischen Fingerzeigen, die zum Bau einer Kirche über dem Fundort führten –, im Verlauf der dröhnenden Serpentinenfahrt in die Höhen des Irazú von anderen, älteren Geschichten überlagert worden. Denn als der Busfahrer seinen Passagieren mein Ziel nannte – die Reviere des Quetzal am Cerro de la Muerte, dem Todesberg, über den die höchste Paßstraße Costa Ricas zur Hauptstadt hinabführte –, schien der christliche Himmel gegen den indianischen des Quetzal ähnlich zu verblassen wie der Glanz Cartagos unter den Aschewolken des Irazú.

Quetzal! Dieser leuchtend grüne, papageiengroße Vogel mit seiner scharlachroten Brust und seinen armlangen Schwanzfedern, den ein glücklicher Beobachter im Nebelwald aus den Kronen wilder Avocadobäume in einem nur Sekunden dauernden, welligen Flug aufsteigen und im Sturzflug wieder verschwinden sah, hatte die indianische Phantasie über Jahrhunderte beflügelt. Die Azteken hatten mit seinen Federn eine Klapperschlange geschmückt, der sie als *Quetzalcoatl* göttliche Macht zusprachen, und von den Quiché-Mayas wurde erzählt, daß der Quetzal einst ausschließlich grün gefiedert gewesen sei, grün bis zu jenem Tag, an dem die Schergen des spanischen Conquistadors Pedro de Alvarado auf einem Schlachtfeld in der heutigen guatemaltekischen Sierra Madre Tausende Quiché-Krieger, unter ihnen auch ihren König Tecún Umán, erschlugen. In einem brausenden Schwarm seien aus schwarzen Trauerwolken Abertausende Quetzals herabgeflattert und hätten sich dann mit ausgebreiteten Flügeln an tote und sterbende Krieger geschmiegt, um den Seelen auf ihrem Weg aus der Welt beizustehen. So hätten sich die grünen Brustfedern scharlachrot gefärbt.

Vielleicht, sagte einer der Wallfahrer, ein Lehrer aus Alajuela, als wir im Nebel vom Kraterrand zum Parkplatz zurückgingen, vielleicht würde ich mit der Beobachtung des Quetzal in den Tälern von San Gerardo nicht mehr Glück haben als hier oben mit dem großen Blick auf den Pazifik, den Atlantik. Aber für zwei Weltmeere brauche man eben, wie für einen Göttervogel, vor allem eines: Zeit. Irgendwann in ihrem Lauf zeige sich schließlich selbst das Scheueste und Verborgenste. Irgendwann werde alles offenbar.

Als wir den Parkplatz erreichten, trieb der weiße, von den Hündchen umkämpfte und aufgegebene Stoffstreifen zwischen geparkten Autos im Wind, wurde von einer Bö erfaßt, erhob sich flatternd über den schwarzen Lavasand und glich so für einen Augenblick einem Vogel, auf den der Lehrer zeigte und lächelnd *Quetzal* sagte. Ein Mädchen fütterte die beiden Welpen an der offenen Tür des Busses mit Weißbrot, und als wir den Bus bestiegen, hob der Lehrer seine Hand noch einmal und zeigte zuerst auf den kleineren der beiden, dann auf den größeren und sagte *Pacífico – Atlántico.*

Love in vain

Ich sah einen schmalen Holzsteg, der an der Ostküste von Sumatra in die Mangrovensümpfe führte. Über eine Abzweigung dieses Steges, so hatte der Steuermann eines Lastenbootes versprochen, das mich mit einigen anderen Passagieren vom Flußhafen der Provinzhauptstadt Pekanbaru an die Straße von Malakka gebracht hatte, würde ich den Strand und dort einen Pfahlbau erreichen, ein Hotel.

Also folgte ich dem Steg, bis der Lärm der Anlegestation in meinem Rücken so leise wurde, daß ihn schließlich selbst das Glucksen des Wellenschlags zwischen den Mangrovenwurzeln übertönte. Es war ein drückend heißer Dezemberabend, und aus violetten Wolkengebirgen platzten immer wieder Regenschauer, die innerhalb von Sekunden selbst im Rucksack verstaute Kleidung durchnässen konnten.

Der Steg war ohne Geländer, und ich mußte in der rasch fortschreitenden tropischen Dämmerung alle Aufmerksamkeit darauf verwenden, auf den regennassen Bohlen nicht auszugleiten und mitsamt meinem Gepäck zwischen die Mangrovenwurzeln zu fallen, die wie Krallen aus dem faulig riechenden Brackwasser ragten. Ich kam an zwei Abzweigungen vorüber, fand aber nirgendwo ein

Hinweisschild auf einen Strand oder ein Hotel und blieb in der Überzeugung auf meinem Bohlenweg, nur dieser nach Westen und ins schwindende Tageslicht führende könne der richtige sein.

Während sich die Mangroven zu beiden Seiten des Stegs in schwarze Mauern zu verwandeln begannen, schimmerten vor mir noch Wolkenbänke in blassem Rotviolett, bis endlich ein kalter, weißer Schein über die Baumkronen stieg – Neonlicht: Dort mußten Strand und Hotel liegen. Und jetzt hörte ich auch Musik. Sie klang wie die von ländlichen Bands in den Dörfern meiner Heimat auf Hochzeiten und Tanzfesten nachgespielten und nachgesungenen Lieder unerreichbarer Vorbilder, war aber zweifelsfrei erkennbar und mir vertraut: *Love in vain*. Ein Song der *Rolling Stones.*

Im Neonlicht war dann allerdings von einem Fest oder einer Hochzeit nichts zu sehen und auch nichts von einem Strand. Auf einer Lichtung des Mangrovenwaldes stand eine große, von einem Blechdach gegen Wolkenbrüche geschützte Plattform auf Pfählen, von der einige Bohlenwege weiter, nun in die Nacht, führten. Die Plattform war mit etwa dreißig leeren Plastiktischen bestückt, die um eine Bühne gruppiert waren, zu der eine mit Lichterketten geschmückte Treppe emporführte. Und dort oben sang ein Mann, dessen Alter ich nicht abschätzen konnte, vor einem Standmikrophon zu einer Begleitmusik, die aus zwei als Seemannskoffer oder Schatztruhen dekorierten Lautsprecherboxen mehr knackte und klirrte als klang. Ein Karaokesänger ohne Publikum.

Ohne menschliches Publikum jedenfalls, denn über

ihm, wie an das Blechdach der Plattform geklebt, warteten reglos Geckos, Hunderte blasser Geckos verschiedener Größen auf ihre Beute – Fliegen, Nachtfalter, Mükken, die, vom Licht ebenso unwiderstehlich angezogen wie ich, ein Dutzend Neonröhren in dichten Wolken umschwirrten. Schneetreiben: Die Insektenschwärme im weißen Licht erinnerten an ein winterliches Gestöber. Kam ein Falter, eine Fliege … eine Flocke, einem der Geckos zu nahe, wurde sie Opfer eines blitzschnellen Zuschnappens, nach dem der Jäger aber augenblicklich in seine Reglosigkeit zurücksank. Und zwischen den leeren Tischen wartete eine schwarzweiß gefleckte, struppige Katze mit unverwandt nach oben gerichtetem Blick darauf, daß einer der kleineren, vielleicht noch unerfahrenen Insektenjäger nach einem erfolglosen Vorstoß vielleicht den Halt verlieren und ihr aus dem weißen Blechhimmel vor die Krallen und Zähne fallen würde.

Der Sänger war von zierlicher Statur und so klein gewachsen, daß er sich nach dem Mikrophon strecken mußte, das offensichtlich nicht tiefer zu setzen oder in seiner Halterung festgeschraubt war. Bei manchen Worten erhob er sich auf die Zehenspitzen:

Well, I followed her to the station with a suitcase in my hand.

Seine Stimme erinnerte in keiner Lage an die seines Vorbildes Mick Jagger, klang aber erstaunlich kraftvoll und sicher. Er sang einen Blues. Er war barfuß, mit einer schwarzen Hose und einem weißen, bis obenhin zugeknöpften Hemd aber beinahe festlich gekleidet. Die dunkle, verspiegelte Sonnenbrille, die er trug, sollte seine Darstellung eines Rockstars wohl unterstreichen.

Well, it's hard to tell, it's hard to tell, but all true love's in vain.

Über einen Bildschirm zu seiner Rechten lief Zeile für Zeile der Strophen seines Songs als rotes Leuchtschriftband, aber der Sänger bedurfte dieser Hilfe nicht. Er sang mit erhobenem Kopf über die Schrift hinweg, und manchmal schien es sogar, als wende er sich der Hundertschaft regloser Echsen zu, die sich über ihm im Neonlicht sonnten.

When the train left the station, it had two lights on behind
Well, the blue light was my baby and the red light was my mind.

Ich hatte mein Gepäck abgestellt und an einem der Plastiktische Platz genommen und ließ mich von diesem Sänger zurückversetzen an einen kalten, verschneiten Samstagnachmittag in meinem Heimatdorf, an dem eine mit braunen Samtjacketts und Glockenhosen uniformierte Band diese Ballade von vergeblicher Liebe und einem Abschied am Bahnhof mit großer Mühe, aber zur Begeisterung einer zum Teil in Trachten erschienenen Hochzeitsgesellschaft nachgespielt und nachgesungen hatte.

Die Karaoke-Maschine gab die Melodie offensichtlich in einer Endlosschleife wieder, denn der Sänger war eben wieder bei der ersten Strophe angelangt, als nach einem blendendem Blitz, dem im Bruchteil einer Sekunde ein Donnerschlag folgte, die Musik abbrach und alles Licht erlosch. In der plötzlichen Nacht sah ich den Sänger als schwarzen Schatten, der noch zwei, drei Takte in die jähe Stille sang und dann, ohne seine Sonnenbrille abzunehmen, auf den unter dem erloschenen Bildschirm stehenden Turm elektronischer Geräte zuging. Obwohl dort kein einziger Funke eines Kontrollämpchens mehr glühte, drehte und drückte er an Knöpfen, als müßte er bloß die richtige Tastenkombination finden, um trotz Blitzschlag und Stromausfall weiter und weiter und immer wieder seinen Blues singen zu können.

Und dann flammte am Rande der Plattform ein Licht auf, und ich sah einen nur mit einem Sarong bekleideten dünnen Mann, den ich zuvor entweder nicht bemerkt hatte oder der über einen der Stege aus dem Dunkel gekommen war. Er rief dem Sänger etwas und noch etwas zu, während er im Schein seiner Taschenlampe zwischen den Plastiktischen auf die Bühne zuging. Der Sänger lachte. Und dann war der dünne Mann bei ihm, nahm ihn an der Hand und führte ihn behutsam die Bühnentreppe hinab und zwischen den leeren Stühlen und Tischen zu einem der Stege, und ich verstand, daß dieser Sänger, der mit seiner freien Hand nach Hindernissen tastete, den Blitz nicht hatte sehen können und nicht hatte sehen können, wie die Neonröhren und Kontrollampen erloschen waren, und nicht, wie die Nacht so plötzlich über die Mangroven hereingebrochen war und Insektenschwärme und einen Blechhimmel, an dem Hunderte Geckos klebten, verschluckt hatte. Karaoke. Ein Blinder hatte mich aus den Mangroven Sumatras in das Dorf zurückgesungen, aus dem ich kam.

Weißer Sonntag

Ich sah ein Paar zierlicher Lackschuhe, weiße Mädchenschuhe, im Nest einer mit Seidenpapier ausgeschlagenen offenen Schachtel. Ein dunkelhaariges Mädchen, das an der Hand eines gedrungenen, schweißüberströmten Mannes in ein Schuhgeschäft des oberösterreichischen Marktfleckens Schwertberg gekommen war, hatte das Paar nach der Anprobe behutsam in die Schachtel zurückgelegt und wartete nun, ohne den Blick davon zu wenden, daß die Verkäuferin das Wunder endlich verpacken und sie damit unwiderruflich zur Eigentümerin schneeweißer Lackschuhe machen würde.

Die Ladentür stand weit offen. Es war ein sonniger Frühlingsnachmittag in der ersten Woche nach Ostern. Der kommende Sonntag würde der *Weiße* sein, ein Festtag, an dem das Mädchen, ganz in Weiß, die langen Haare unter einem Schleier zu Locken gedreht und in der Hand eine mit dem Zeichen des Kreuzes verzierte Kerze, in einer feierlichen Prozession ebenfalls weiß gekleideter Mädchen und in Festtagsanzüge gezwängter Jungen zur Kirche geführt werden würde. Dort sollte der Kinderzug vor einem mit weißen Blüten wie beschneiten Hochaltar die *Heilige Kommunion* empfangen – eine hauchdünne, münzgroße Oblate aus ungesäuertem Weizenmehl und

Wasser, die ein Priester auf dem geheimnisvollen Höhepunkt eines von Chorgesang und Orgelmusik begleiteten Rituals in den *Leib Christi* verwandeln würde. Und dieser Leib des Sohnes eines allmächtigen Gottes, Schöpfers des Himmels und der Erde, der Ozeane, Sonnen- und Planetensysteme, der Galaxien und Lichtjahrmilliarden durchmessenden Tiefen des Alls und der Zeit, würde sich, in der Form einer Hostie den Kindern von geweihten Händen auf die Zunge gelegt, in ihrer Mundhöhle auflösen und dadurch ein Teil von ihnen werden. Was für eine Verwandlung, was für ein Zauber am kommenden Sonntag bevorstand. Was für ein Fest.

Zwei Amseln in den Kastanien auf dem Marktplatz vor dem Schuhgeschäft sangen so bezaubernd, daß selbst die Schläge eines Preßlufthammers, der im Nebenhaus eine Wand oder einen Boden durchschlug, von ihren Stimmen wie umsponnen und gemildert wurden. Der Geruch nach Leder vermischte sich mit dem um diese Jahreszeit allgegenwärtigen Duft von Flieder, Narzissen und nackter Erde, den die Zugluft bis ins Innere des Ladens trug. Pur und unvermischt blieb nur der Schweißgeruch des Mannes, den die Schuhverkäuferin mittlerweile als den Vater des Mädchens angesprochen hatte. Sie bot ihm ein Papiertaschentuch für sein tropfendes Gesicht. Was für eine Hitze, sagte er, eine Hitze, als ob der Frühling abgeschafft worden sei: eben noch Schnee bis zur Dachrinne, dann Hochwasser vom Keller bis zum ersten Stock und jetzt übergangslos Temperaturen wie im August.

Das Mädchen saß auf dem Schemel, auf dem es die Lackschuhe anprobiert hatte, und war wie gebannt vom

Anblick der Schuhe, die immer noch unverpackt in ihrem Nest aus Seidenpapier lagen, weil die Verkäuferin gerade ein Pflegemittel anpries, das allen Glanz zu bewahren versprach.

Eine breite Sonnenbahn, die durch die offenstehende Tür auf überladene Regale fiel, schien in diesen Augenblicken allein die Tatsache zu beleuchten, daß unter den vielen hier angebotenen Schuhen kein Paar schöner, wunderbarer sein konnte als dieses weiße, das seine Besitzerin aus einer Welt, in der es Klassenzimmer, Abwasch, morgendliches Weckerrasseln, Fieber, Zeugnisse, Pflichten und Ermahnungen gab, ins Innere eines Märchenreiches tragen konnte: Königstöchter schmückten solche Schuhe oder geadelte Mägde, Aschenputtel, die durch einen Prinzen zu Prinzessinnen und Thronfolgerinnen geworden waren.

Ich wartete in diesen Minuten darauf, daß ein Lehrmädchen mit gewachsten Schuhbändern für meine Wanderstiefel aus dem Lager zurückkehren würde, und hörte, wie der Vater des Mädchens Eindruck auf die rundliche, hübsche Verkäuferin zu machen versuchte. Er bemerkte nicht, daß die Frau vor seinem Schweißgeruch so unauffällig wie möglich zurückwich. Auch von der Ungeduld des Mädchens, das darauf wartete, den Laden endlich im Triumph verlassen zu dürfen, bemerkte er in seinen Bemühungen nichts.

Diese Erstkommunion! sagte er, was für ein Tanz werde um diese Erstkommunion aufgeführt. Jedes Kind neu eingekleidet! Selbst die Buben schicke man neuerdings am Abend vor dem großen Ereignis mit einem

Haarnetz zu Bett, damit die gestärkte Frisur in den Federkissen nicht leide. Aber es sei den Kindern ja vergönnt. Zu seiner Zeit habe man am Weißen Sonntag bestenfalls die gebügelten Kleider der älteren Geschwister aufgetragen – und war man ein Einzelkind, dann trug man eben, was sich in den Kästen der Verwandtschaft fand … Arme Zeiten. Heutzutage mußte vom Schleier bis zu den Schuhen alles neu sein. Und das alles nur für einen einzigen Tag. Wann trug ein Mensch denn schon weiße Schuhe. Dabei kamen die Mädchen in Zeiten wie diesen ja wie im Flug in ein Alter, in denen ihnen schwarze Stöckelschuhe und schwarze Spitzenwäsche lieber waren als das Weiß der Unschuld. Hatte er nicht recht? Hatte er nicht recht? War es nicht so? Aber ja, natürlich, das Pflegemittel könne die Verkäuferin ruhig auch einpacken; das war später auch für schwarze, hochhackige Stiefel noch zu verwenden. Jetzt lachte er.

Die Verkäuferin lächelte nur kurz. Obwohl das Papiertaschentuch des Mannes sich vom vielen Abtupfen des Schweißes bereits aufzulösen begonnen hatte wie eine von Speichel durchtränkte Hostie, bot sie kein weiteres Taschentuch an.

Das Mädchen schien kein Wort der Unterhaltung zu hören. Erst als ihr Vater einen weißen Schuh plötzlich aus dem Seidenpapiernest nahm und ihn prüfend in den Händen drehte, schreckte sie aus ihrer Versunkenheit: Was waren das für Zeiten, sagte der Mann, was waren das für Zeiten, in denen einen so was glücklich machen konnte, Kunstlederschühchen!, eine lachhafte Spielerei, die sich wahrscheinlich schon im nächsten Regen auflösen würde. So leicht wie in der Kinderwelt war das Glück tatsächlich nie wieder zu erreichen. Er wüßte ja mittlerweile bessere Anlässe für eine glückliche Stunde, aber die waren hier wohl nicht im Angebot. Oder doch?

Diese Schuhe, sagte die Verkäuferin, ein italienisches Modell, die seien aus echtem Leder, *vero cuoio*, und die Sohle genäht und nicht bloß geklebt. Sie habe in den letzten Tagen vier Paar davon verkauft. Schmuckstücke.

Schmuckstücke? Für den Tagesumsatz vielleicht, sagte der Mann, offensichtlich enttäuscht, daß die rundliche Frau nicht über sein Glück reden wollte. Unglaublich, sagte er, was man heutzutage für so was verlangen konnte. Sein Engelchen, jetzt strich er dem Mädchen übers Haar, sein Engelchen habe sogar das Taschengeld drangegeben, um am kommenden Sonntag nicht die Schuhe der älteren Schwester tragen zu müssen. Was für ein Dickkopf, die Kleine. Jeden Tag war sie mit einer anderen Neuigkeit vom Schaufenster des Schuhladens nach Hause gekommen, einem weiteren Grund, diese und nur diese Lackschuhe zu kaufen. Lackschuhe! Gab es denn etwas Unpraktischeres, Nutzloseres als weiße Lackschuhe?, der reine Kitsch. Er sei ja gespannt, ob die Freude der Kleinen den nächsten Sonntag überdauern werde. Ein Steinchen, ein Stolpern im Kirchenschiff, eine Pfütze oder ein kleiner Riß im Lack beim ersten Kniefall vor dem Altar – und schon war die Pracht dahin.

Darf ich? sagte die Verkäuferin, als sie dem Mann den Schuh abnehmen wollte, um ihn zu verpacken. Der nützte die Gelegenheit, ihr Handgelenk für einen Augenblick zu umfassen; ließ wieder los und strich ihr wie in einem noch im Ansatz wieder abgebrochenen Versuch einer Umarmung, über die Schulter. Natürlich, murmelte er, natürlich, bitte sehr.

Das Mädchen hatte der Schmähung ihrer Lackschuhe mit offenem Mund zugehört. Ihre Miene nahm dabei den Ausdruck einer solchen Enttäuschung an, als erlebte sie in diesem Augenblick zum erstenmal, daß auch das Wunderbarste, Glänzendste und über jeden Zweifel Erhabene nicht bloß angezweifelt und geschmäht, sondern zertreten werden konnte. Sie sah dann nicht einmal mehr zu, wie die Verkäuferin die Schuhe mit Seidenpapierlagen bedeckte, die Schachtel schloß und vorsichtig in eine etwas zu kleine Tragetasche steckte, sondern stand mit dem Ausdruck einer solchen Traurigkeit in dem Sonnenlichtstreifen, der auf dem Teppichboden ein Stück weitergewandert war, daß darüber alles Licht grau wie dieser fleckige Boden zu werden schien.

Die Amseln waren verstummt. Der Preßlufthammer im Nebenhaus klang, als würde sein Meißel im nächsten Augenblick durch die Regalwand des Ladens schlagen. Der Duft von Flieder und Narzissen hatte sich in einem Geruch nach saurem Schweiß aufgelöst. Die Verkäuferin, jetzt eine blasse, müde Frau, strich einen Geldschein glatt, bevor sie ihn in das passende Fach der Registrierkasse legte, die rasselnd aufgesprungen war. Der Vater schwieg. Und als er seiner Tochter die Tasche mit den Lackschuhen übergeben wollte, streckte sie ihre Hand nicht danach aus.

Anglerin

Ich sah ein Mädchen mit einer Bambusangel am Bagmati-Fluß in Pashupatinath, dem Tempelbezirk von Kathmandu. Das Mädchen, vielleicht zehn Jahre alt, vielleicht jünger, stand bis zu den Knöcheln im Schlamm und zog eine Angelschnur durch das graue Wasser, auf dem Asche, verkohlte Holzstücke, rußige Fetzen und schwarze Klumpen schaukelten, von denen nicht zu sagen war, zu welcher Form sie einmal gehört hatten.

Immer wieder verhüllten Rauchfahnen die Fischerin, hinter der sich eine Reihe von Ghats aus dem Wasser erhob, steinerne Plattformen, auf denen Scheiterhaufen unter dem wolkenlosen Frühlingshimmel brannten, Leichname brannten. Manchmal fiel ein Arm oder ein Fuß aus einem dieser lodernden Feuerbetten oder gaben die Flammen den Blick frei auf einen in der Hitze geplatzten Bauch, aus dem sich ein graues Knäuel Eingeweide ergoß. Dann warfen weiß gekleidete Männer, Feuerwärter, Grasbüschel in den Brand, damit der Rauch die Schrekken des Verfalls verhülle, und legten, was immer aus dem Bett gefallen war, mit Schaufeln und Gabeln in die Flammen zurück.

War ein Feuer niedergebrannt, wurden Eimer voll Flußwasser über Asche und letzte Glutnester geleert und mit Reisigbesen in den Fluß gefegt, was bloß verkohlt, aber nicht verbrannt war. Dann wurde die Plattform gespült, bis sie glänzte, und ein neuer, kunstvoller Scheiterhaufen errichtet, der am Ende einem Sarkophag glich, in den ein Leichnam gebettet und mit Scheiten und Reisig bedeckt wurde, damit er nicht bloß in den Flammen, sondern im Herzen des Feuers ruhte.

Am Ufer, umgeben von ihren klagenden Familien, lagen in safrangelbe Tücher gehüllte Tote, die ein letztes Mal mit dem heiligen Wasser des Flusses benetzt wurden, bevor man ihr Antlitz für immer verhüllte und sie zu den Ghats hochtrug.

Das Mädchen kehrte den Toten und den Trauernden den Rücken zu, kehrte den Feuern und den Tempeln den Rücken zu, die goldglänzend hinter den Ghats aufragten, und kehrte der Stadt hinter den Tempeln und den weißen Bergketten des Himalaya den Rücken zu, die sich in der Ferne hinter der Stadt in den tiefblauen Himmel erhoben, und hatte allein Augen für seine das Wasser durchschneidende Angelschnur. Nur ein einziges Mal wandte sich die Fischerin nach dem Ufer um, als eine Frau, die das Gesicht ihres Mannes mit Flußwasser benetzt und ein letztes Mal liebkost und geküßt hatte, verzweifelt zu schreien begann und sich dann schreiend in den Armen einer Trösterin wand.

Auch ein schwarzweiß gefleckter Hund, der zwischen den zur Verbrennung bereitliegenden Leichnamen geschlafen hatte, war wohl von der Klage der Frau geweckt worden, erhob sich nun, gähnte, streckte sich, stakste dann in den Fluß und beschnüffelte, was ihm entgegenschaukelte, nahm etwas davon kurz in sein Maul, ließ es wieder ins Wasser zurückfallen. Dabei kam er aber der Fischerin zu nahe, die ihm etwas zurief, einen Befehl oder einen Fluch, und sich bückte, als sollte ein Flußkiesel aufgehoben und geschleudert werden.

Der Hund verstand, machte einige Sprünge flußabwärts und wirbelte dabei schwarzen Schlamm auf. Dann zog er, da und dort schnüffelnd und schnappend, weiter und war einen Steinwurf entfernt, als er auf einen Nebenbuhler stieß, der ihn ohne Vorwarnung ansprang.

Ich beobachtete die im Wasser Kämpfenden und sah deshalb nicht, wie das Mädchen seinen Fang machte. Erst ihr Triumphschrei führte mich zu ihr zurück. Sie hatte die Angelschnur bereits aus dem Wasser gezogen. Am Ende der Schnur war kein Haken, sondern ein Magnet befestigt, an dem der Fang haftete, ein Metallstück, eine Spange, ein Verschluß, etwas, das einen der Verbrannten vielleicht einmal geschmückt oder ihm gedient hatte und mit seiner Asche in den Fluß gefegt worden war.

Das Mädchen löste den Fang von dem Magneten, hielt ihn ins Licht, zeigte ihn lachend einer am Ufer hockenden Frau, prüfte ihn noch einmal und steckte ihn dann in einen Stoffbeutel, den sie an einem Schulterriemen trug. Dann warf sie die Angelschnur wieder aus.

Ich beschattete meine Augen, um mich wieder den flußabwärts kämpfenden Hunden zuzuwenden. Aber dort, wo sie sich unter Wasserfontänen zu einem rasenden Knäuel verbissen hatten, glitzerte nur eine Leerstelle im Nachmittagslicht und zog der Fluß, der aus der Nähe einer Kloake glich, silbrig dahin.

Die Drohung

Ich sah eine Henkerschlinge auf der haushohen Plakatwand, die das flache Gebäude einer Grenzstation überragte. Der Bus, in dem ich auf einer der vordersten Bänke saß, fuhr auf diese Plakatwand in jenem Schrittempo zu, das im Niemandsland zwischen der thailändischen und malaysischen Grenze strenge Vorschrift war. Über dem sechsfach gewickelten Knoten der Schlinge stand in mannshohen, schwarzen Lettern auf weißem Grund: DEATH FOR DRUGS. Todesstrafe für Drogenhandel.

Man hatte uns, Reisende verschiedenster Nationalitäten, die aus dem Süden Thailands in der dampfenden Hitze des Nordostmonsuns nach Malaysia unterwegs waren, schon vor der Abfahrt gewarnt: Gepäck nie aus den Augen lassen! Niemandem die Gefälligkeit erweisen, niemals!, für ihn ein Paket, ein Kleidungsstück, eine Puppe oder auch nur einen Kuchen über die Grenze nach Malaysia mitzunehmen. Es sei vorgekommen, daß ahnungslose Buspassagiere auf diese Weise zu Drogenkurieren geworden waren. In Malaysia müsse ein des Drogenhandels Angeklagter seine Unschuld – und nicht der Ankläger seine Schuld beweisen. Und: In Malaysia werde nicht nur hingerichtet, sondern auch gefoltert.

Der Anblick der im Schrittempo näher kommenden, größer und größer werdenden Henkerschlinge ließ mich – und wohl auch andere Reisende – plötzlich zweifeln: Hatten wir unser Gepäck tatsächlich nicht aus den Augen gelassen? Unsere Rucksäcke, Koffer, Taschen, Bündel lagen auf dem Busdach mit Stricken festgezurrt unter Planen.

Als der Bus vor der Plakatwand hielt und der Fahrer und sein Gehilfe begannen, Stück für Stück abzuladen und in einer langen Zeile auf den nach einem Wolkenbruch von Pfützen spiegelnden Asphalt zu legen, schien es durchaus möglich, daß ausgerechnet im eigenen Rucksack, im eigenen Koffer Schmuggelgut lag, das nach dem Passieren der Grenze ebenso unauffällig wieder entfernt werden sollte, wie es irgendwann vor der Abfahrt, auf dem lärmenden Busbahnhof oder bei einer Rast unterwegs, als möglicherweise tödliches Kuckucksei zwischen T-Shirts, Sarongs, Schlafsäcken und Taschenbüchern versteckt worden war.

Die Zeile, in der die Gepäckstücke schließlich aufgereiht lagen, war dreimal so lang wie unser schlammverkrusteter Bus, dessen Unterseite von zwei uniformierten Grenzpolizisten mit an Stangen montierten rollenden Spiegeln untersucht wurde, bevor die leeren Sitzreihen abgeschritten und von einem hellhaarigen, fast blonden Schäferhund beschnüffelt wurden. Die Uniformierten führten den Hund an einer kurzen Leine dann auch an uns vorüber, die wir wie Soldaten hinter unseren Gepäckstücken Aufstellung genommen hatten. Der Befehl dazu war in drei Sprachen aus zwei an der plakatierten

Todesdrohung angebrachten Lautsprechern gekommen. Aber der Hund zog scheinbar gleichgültig an uns und unserer Habe vorüber.

Als ihn die Grenzpolizisten bis ans Ende unserer Reihe geführt hatten, kamen, wie nach einer genau festgelegten Dramaturgie, drei verschleierte Frauen in bodenlangen, schwarz wehenden Gewändern aus dem Zollhaus auf uns zu. Und während die Polizisten mit ihrem Hund wie zum Schutz oder zur Kontrolle der Frauen am Ende der Gepäckzeile stehenblieben, wiesen die Verschleierten scheinbar wahllos auf diese und jene Tasche, auf diesen und jenen Rucksack oder Koffer: Öffnen! Auspacken!

So begann sich allmählich parallel zur ersten eine zweite, vielfältigere und kleinteiligere Zeile zu bilden, die an einen Flohmarkt erinnerte. Kamen Seifendosen, Toilettentaschen, Plastiksäcke oder Schuhbeutel zum Vorschein, mußten auch diese und alle Behälter wie russische Puppen geöffnet und nochmals geöffnet werden, bis auch der Kern, das Innerste, nicht mehr Teilbare offenlag. Bei allem sprachen die Verschleierten aber kein Wort, sondern machten nur Zeichen: zeigten, schrieben Schleifen und Kreise in die Luft, hoben die Handflächen, winkten ab.

Waren während des gesamten Verfahrens immer wieder Worte zwischen den Reisenden gewechselt worden, beschwichtigende, beruhigende, manchmal sogar scherzhafte Floskeln, so wurde es plötzlich still, vollkommen still, als eine der Verschleierten nach den beiden Uniformierten rief und ihnen eine geöffnete, mit kunstvollem Schnitzwerk verzierte Schatulle entgegenhielt, der sie ein mit Plastik und Klebeband umwickeltes Stück, etwa in der Größe einer Seife, entnahm. Als der Hund das Ding beschnupperte, schüttelte er sich, als sei ihm etwas Scharfes, Ätzendes in die Nase gestiegen.

Alle Blicke waren nun der Besitzerin der Schatulle zugewandt, einer jungen Thai, die offensichtlich *Bahasa Melayu*, die Landessprache, verstand, denn sie beantwortete, wenn auch stockend, die seltsam leise gestellten Fragen der beiden Uniformierten. Auch die Verschleierten umstanden nun die Verdächtige, stellten aber keine Fragen und blickten schweigend auf sie herab, als sie, einem Befehl gehorchend, den auf dem nassen Asphalt verstreuten Inhalt ihrer Tasche auf den Knien einsammelte.

Dann faßte sie einer der Uniformierten am Arm, der zweite nahm ihre Tasche. So wurde sie zum Zollhaus geführt, abgeführt. Die Verschleierten folgten mit der Schatulle und ließen uns in unserer Reihe stehend zurück. Erst als der Fahrer und sein Gehilfe im Zollhaus nachfragten und mit der Erlaubnis zurückkamen, das Gepäck wieder aufladen zu dürfen, wagten wir, uns zu bewegen. In den Bus zu steigen blieb uns aber verboten. Wir müßten warten, sagte der Fahrer, warten, bis die Erlaubnis zur Weiterfahrt erteilt werde. Eine Stunde verging. Dann zwang uns ein heftiger Regenschauer unter das Flugdach der Grenzstation.

Zunächst erkannte keiner von uns die zierliche Gestalt, die, gefolgt von einer der Verschleierten, aus der Tür des Zollhauses trat, während der Regen wie ein Steinhagel auf das Flugdach schlug. Sie trug einen himmelblauen Regenmantel mit hochgezogener Kapuze, verließ den

Schutz des Flugdaches und ging durch den Wolkenbruch auf unseren vor der Henkerschlinge wartenden Bus zu. Es war die Verdächtige. Was immer ihre Schatulle enthielt, hatte offensichtlich kein Gesetz verletzt. Wir dürften nun, bedeutete die Verschleierte unserem Fahrer, bevor sie wieder im Zollhaus verschwand, die Reise nach Kuala Lumpur fortsetzen.

Die Frau im blauen Regenmantel war schließlich die einzige, die den Bus trocken bestieg. Unsere Mäntel lagen im Gepäck verstaut auf dem Dach. Triefend nahmen wir unsere Plätze wieder ein.

Meiner Erinnerung nach war der Bus, der nun im Getrommel des Regens scheinbar lautlos aus der Grenzstation rollte, bei der Abfahrt im thailändischen Hat Yai bis auf den letzten Platz besetzt gewesen. Es hatte sogar Streit gegeben, als ein australisches Paar in der stickigen Enge nicht nebeneinander zu sitzen kam. Aber nun, als die Henkerschlinge hinter jagenden Wasserschleiern verschwand, hatte der Schrecken, der bloße Schatten des Todes, Raum geschaffen. Die Verdächtige saß, wo sie saß. Aber der Platz neben ihr blieb leer.

Unter Verdacht

Ich sah eine Plakatwand an der unter Luftspiegelungen verschwimmenden Straße nach Klipplaat am Rand der südafrikanischen Suurberge. Neben Werbungen für Geländewagen, Speiseeis, Limonaden und Klimaanlagen trug diese von einem Sturm oder einem Lastwagen leicht nach hinten gebogene Wand, die einen Rastplatz vom schwachen Verkehr der Fernstraße abschirmte, auch ein Plakat, das vor bissigen Pavianen warnte: Auf dem Parkplatz sollten keine Lebensmittel offen getragen werden. Die Gier der Affen sei leicht zu wecken.

Im Schatten dieser schiefen Wand lag ein staubiger Hund mit weit von sich gestreckten Pfoten, als wäre er über der Bewachung so vieler in grellen Farben prangender Werbebotschaften und Empfehlungen vor Langeweile eingeschlafen. Und schlafend mußte ihm wohl auch jener zornige Maler entgangen sein, der über alle Werbungen, Warnungen und Vorschriften in fast mannshohen Buchstaben und mit tiefroter, zerrinnender Farbe eine jede andere Botschaft überschreiende Forderung gepinselt hatte: HANG EM. Hängt ihn.

Ich war an diesem Tag als Passagier eines Überlandbusses unterwegs von Port Elizabeth am Indischen Ozean in die Steppen- und Wüstenlandschaften der Großen Karoo und wußte – wie wohl die meisten Buspassagiere –, wem in diesen Riesenlettern der Strang an den Hals gewünscht wurde. Ein Sergeant der südafrikanischen Polizei, jung, weiß, sein Ruf makellos, hatte auf einem Parkplatz an der Fernstraße nach Uitenhage in der Eastern Cape Province, einem Parkplatz ähnlich diesem hier, nur ohne Wasser, ohne Kiosk, Toiletten und Tankstelle, mit einer halbautomatischen Militärwaffe, es war eine Kalaschnikow, seine Frau und seine beiden Kinder erschossen. Das zumindest war die Version, die das Gericht in Uitenhage für die wahrscheinlichste gehalten hatte, als es über den Sergeant die Untersuchungshaft verhängte.

Um Himmelswillen nein, nein!, hatte dagegen der Verdächtige nach seiner Verhaftung geschworen, nein, an diesem furchtbarsten Tag seines Lebens sei er mit seiner Familie unterwegs in die Berge gewesen und habe vor dem Aufbruch wegen einer Eifersüchtelei unter den Kindern vergessen vollzutanken. Kurz vor dieser Raststelle, dem Tatort, sei der Tank leergelaufen und er habe seine Liebsten im Schatten zurückgelassen und sich mit einem ebenfalls leeren Reservekanister in der Hoffnung auf den Weg gemacht, nicht die ganze Strecke bis zur nächsten Tankstelle zu Fuß zurücklegen zu müssen. Vielleicht würde ihn ja einer der wenigen Autofahrer auf dieser Strecke bis dahin mitnehmen. Das sei auch geschehen, der mitleidige Fahrer könne das bezeugen. Und bei seiner Rückkehr … bei seiner Rückkehr habe er seine Frau und seine Kinder aus unzähligen Wunden blutend im Schatten gefunden, alle tot, alle erschossen.

Die Bluttat auf einem Parkplatz an einer Fernstraße, der weiße Sergeant, seine Grausamkeit oder sein tragisches Schicksal, seine Schuld oder Unschuld waren in den Tagen nach seiner Verhaftung immer wieder Gegenstand leidenschaftlicher Auseinandersetzungen gewesen, die in Zeitungen und im lokalen Fernsehen geführt wurden, an Eßtischen oder Bushaltestellen, nicht nur in der Region von Uitenhage, sondern weit darüber hinaus in der ganzen Provinz Eastern Cape. Ich hatte in Port Elizabeth einen offenen Lastwagen gesehen, auf dessen Bordwände in einer Art Endlosband die Dutzende Male wiederholte Forderung gesprüht worden war, den Mörder zu lynchen.

Südafrika hatte erst zwei Jahre zuvor die Rassentrennung ausnahmslos und in allen Bereichen der Gesellschaft, zumindest auf dem Papier der neuen Verfassung, abgeschafft und mit Nelson Rolihlahla Mandela aus dem Volk der Xhosa den ersten Schwarzen in seiner Geschichte zum Präsidenten gewählt. Aber von den vielen Hoffnungen, die sich in den Jahrzehnten eines oft aussichtslos erschienenen Kampfes um die Gleichheit aller Bewohner des Landes gestaut hatten, waren die meisten immer noch unerfüllt: An den Schauplätzen schwerer und schwerster Arbeit plagten sich nach wie vor fast ausschließlich Schwarze, das Elend war noch immer und vor allem in schwarzen Townships zu Hause, und selbst Krankheiten wie die Immunschwäche Aids waren nach wie vor schwarz geblieben – der helle, schöne kleine Rest des Lebens dagegen nach wie vor weiß. Während aus den unteren Etagen der Gesellschaft, den Werkstätten, Lagerhallen, Baugruben, Großküchen und anderen Stätten, an denen das tägliche Leben in Bewegung gehalten wurde, manchmal und immer noch die Gesänge der Xhosa und der Zulu, der Sotho, der Tswana, Ndebele, Herero oder Swasi und so vieler anderer Stämme des Landes zu hören waren, wurde es nach oben hin immer stiller – und heller. Und schließlich weiß.

Und in dieser Zeit der Einsicht in die quälende Langsamkeit der Verbesserung der Welt drang die Nachricht vom dreifachen Mord an der Fernstraße, drang vor allem aber die empörende Anschuldigung eines weißen Verdächtigen, der zu seiner Verteidigung vortrug: Nicht er, nicht er!, sondern eine der vielen schwarzen Banden, die in der Gegend von Uitenhage wie im Rest Südafrikas für Raubmorde, Vergewaltigungen und zahllose andere Verbrechen verantwortlich waren, hätten wohl auch diesen Mord verübt. Schwarze. Einmal mehr sollten Schwarze das Schlimmste auf sich nehmen.

Ich hatte Mühe, dem lautstarken Streitgespräch eines Paares zu folgen, das mit den anderen Passagieren aus dem Bus gestiegen und dann neben mir vor der Plakatwand stehengeblieben war, aber die beiden schienen einiges von dem zu wiederholen, was in der ganzen Provinz zum Fall des weißen Sergeant schon oft gesagt und oft geschrieben worden war. Das Paar gehörte zu jenen Bewohnern des Landes, denen nach den Gesetzen der überwundenen Rassentrennung als *Coloured* – nicht weiß, nicht schwarz – gegenüber der großen Mehrheit der Schwarzen einige bescheidene Privilegien zugestanden worden wären, und beschwor in seinem Streit vor der

Plakatwand nun auch annähernd schwarze und annähernd weiße Positionen.

Ganz richtig, hängen, aufhängen sollte man dieses Schwein, sagte die Frau, sie trug einen safrangelben Sari, ein Mensch, ein Gesetzeshüter!, der seine eigenen Kinder und die Mutter dieser Kinder töte, verdiene es nicht, auch nur den Morgen nach seiner Tat zu erleben. Und sein Kadaver sollte an einem Baum oder hoch an einem Baukran hängen, bis die Vögel jeden verfluchten Finger dieser Mörderhände mit ihren Schnäbeln zerhackt und die Knochen über den Steinen und Dornen der Großen Karoo verstreut hätten.

Der Mann oder Freund oder Bruder oder bloß zufällige Sitznachbar der Frau im Sari nickte zu ihrer Verfluchung, versuchte sich dann aber den weißen Sergeant als Unschuldigen vorzustellen – möglich, immerhin möglich sei seine Unschuld doch. Was für ein entsetzliches Schicksal, mit einem Kanister voll Benzin auf einen Parkplatz zurückzukehren, um einen Sonntagsausflug endlich fortzusetzen, und dort seine Familie in ihrem Blut zu finden. Gab es etwas Schrecklicheres, als auf diese Weise von seinen Kindern, seiner Frau Abschied nehmen und dann auch noch ertragen zu müssen, als ihr Mörder beschuldigt zu werden? Und von den Menschen statt Beistand, Trost oder Anteilnahme nur noch Abscheu und Haß erwarten zu können und auf diese Weise allein, ganz allein bleiben zu müssen in einem verfinsterten Leben. Wenn er an der Stelle dieses Sergeant wäre, sagte der Mann irgendwann nicht nur zur Frau im Sari, sondern auch in meine Richtung, schuldig oder unschuldig, würde er sich den Tod in jedem Fall wünschen, entweder als Sühne für seine Tat oder als Erlösung von der Unerträglichkeit seines Verlustes und der Unerträglichkeit der Anklage, der Mörder seiner Liebsten zu sein.

Ich habe vergessen, auf welche Weise der Chauffeur des Busses das Signal zur Weiterfahrt gab, erinnere mich aber daran, wie eilig alle Passagiere plötzlich vom Kiosk des Rastplatzes, von einem Trinkwasserbrunnen, vor dem sie Schlange gestanden hatten, oder von den Toiletten, auf deren Türen noch ein Abdruck längst entfernter Schilder *Nur für Weiße* zu sehen war, wieder auf ihre Plätze zurückkehrten. Auch das Paar wandte sich weiter redend, weiter streitend zum Gehen.

Allein der Mann, der, wie ich geglaubt hatte, eben noch als Fürsprecher des Mordverdächtigen aus Uitenhage aufgetreten war, schien durch seine eigenen Worte plötzlich seltsam aufgebracht, als ob schon die bloße Vorstellung dessen, was auf einem Parkplatz ähnlich diesem hier geschehen war, ausreichte, um sich gegen eine Welt, in der doch endlich alles hätte gut werden sollen und die nun so etwas zuließ, zu empören. Vielleicht war es auch der jähe, ohnmächtige Zorn, keinen unbezweifelbar Schuldigen verurteilen zu können, und vielleicht erschien ihm mit einemmal sogar der schlafende Hund im Schatten der Plakatwand als Sinnbild einer selbst in Unschuldigen schlafenden Bestialität.

Während also die Frau im Sari über den hitzeflirrenden Parkplatz weiter und zurück zum Bus ging, machte der Mann an ihrer Seite plötzlich kehrt, war mit einigen schnellen Schritten bei dem schlafenden Hund und trat mit einer solchen Wut gegen seine ausgestreckten Hinterläufe, daß das Tier jaulend hochsprang, dann allerdings, als sei es an Tritte und Mißhandlungen gewöhnt, nur bis ans Ende der Plakatwand, nur bis ans Ende der großen roten Schrift davonhinkte. HANG EM. Und weil sein Peiniger ihm nicht folgte, ließ der Hund sich dort, ein von der Räude geplagtes, zu Tode erschöpftes Wesen, wieder in den Staub fallen.

Die chinesische Vase

Ich sah schimmernde Eisfelder zwischen den Fächerpalmen eines weitläufigen Gartens in der chilenischen Hauptstadt Santiago; es waren die in der Abendsonne aufleuchtenden Gletscher der Anden, deren Gipfel sich in Sichtweite der Stadt fast sechstausend Meter über den Meeresspiegel erhoben. Das subtropische tiefe Grün des Gartens erschien vor diesem fernen, silbrigen Glanz noch dunkler: Zwischen Papayas, Milchorangen- und Maiglöckchenbäumen, Lorbeer, Pfauensträuchern und Baumfarnen wurden hier offensichtlich Vorbereitungen für ein Fest getroffen. Auf dem wie mit einem Rasiermesser zu einer Art Teppich gestutzten Rasen standen weiße, mit weißem Porzellan gedeckte und mit Blumenbuketts in Weiß – Calla, Hibiskus, Rosen, Lilien und weißer Lavendel – geschmückte, zu einem offenen Kreis ins Grün gesetzte Tische.

Als ob dieses vielfältige Weiß ihre Farbenpracht noch prunkvoller erscheinen lassen sollte, stand in der Mitte des Kreises eine riesige, etwa drei Meter hohe, mit Vogelschwärmen und Blumengirlanden wie aus der Ming-Zeit bemalte chinesische Vase auf einem weißen Podest. Die Vögel schienen einer Route zu folgen, die sich als spiralförmige, aus Blumen aller Farben, vielleicht auch Jahreszeiten, geflochtene Girlande vom Sockel zum Rand der Vase emporwand. Oder waren es die Vögel, die diese Blumen im Flug ausstreuten und so dem Jahreslauf seine Farben bescherten? Die Vase stellte wohl die Welt dar – an ihrem Sockel schlugen tiefblaue Meereswellen hoch, und ihr Rand war bemalt mit einer Krone wolkenverhüllter und wolkenumkränzter Gipfel. In einem schwarzgoldenen Band über den Gipfeln glänzten Sterne.

Vielleicht sollten hier ja weder Hochzeit noch Taufe oder Geburtstag gefeiert werden, sondern allein dieses riesige Gefäß … vielleicht wollte ein leidenschaftlicher Sammler seinen Freunden die Beute zeigen, die er von einer Auktion, einer Ausstellung oder einer Porzellanmanufaktur mitgebracht hatte; vielleicht war das monströse Ding aber auch ein Erbstück, das einer festlichen Versammlung von Nachkommen vorgestellt werden sollte. Ja, war ich schließlich überzeugt, so etwas oder so etwas Ähnliches mußte der Grund für dieses weiße Bankett in einem Garten sein, in dem es bereits zu dämmern begann, während die fernen Andengletscher noch im Licht einer unsichtbaren Herbstsonne leuchteten.

Ich hatte mich auf der Suche nach einer direkten Verbindung zwischen zwei parallel verlaufenden Häuserschluchten in diesen Garten verirrt, war zuerst einer langen, glasscherbenbewehrten Mauer gefolgt, hatte eine Sackgasse umgangen und mich in einem Durchhaus schon auf dem richtigen Weg geglaubt, als sich am Ende doch wieder nur ein weiterer Hof mit alarmgesicherten Garagen vor mir geöffnet hatte und ich schließlich zwischen Wohntürmen so hoch, daß ich den Kopf in den Nacken legen mußte, wenn ich zu den begrünten Terrassen der Penthouses aufblicken wollte, vor den offenen, mit Stacheldraht benagelten Flügeln eines Gartentores stand. Durch diesen Garten, er schien groß wie ein Park (der allerdings auf meinem Stadtplan nicht verzeichnet war), mußte doch ein Weg ins Freie führen. Ich würde mein Eindringen mit meiner Unkenntnis des Ortes entschuldigen, würde den Stadtplan wie einen Passierschein hochhalten und nach dem Weg fragen.

Aber der Garten war menschenleer. Zwischen den für siebzig oder achtzig Menschen gedeckten Tischen war weder von Gastgebern noch von Geladenen etwas zu sehen, und unsichtbar blieb auch, wer die Tische in diesen städtischen Urwald getragen und gedeckt hatte; keine Spur von Köchen und Kellnern an einem mit weißen Tüchern verhängten Büffet.

Wie still es hier war. Es war kurz vor Sonnenuntergang, die Stunde des Vogelgesangs, aber hier war es still, als ob die Vögel nicht nur dieses Gartens, sondern der ganzen Stadt, deren Motoren- und Maschinenlärm nur als gleichförmiges, gedämpftes Brausen in das tiefe Grün drang, von einem Maler in ein Ornament verwandelt und auf eine riesige Vase gebannt worden wären.

Das Bild eines abendlichen, wuchernden Gartens, der für eine Festgesellschaft bereit war, verlor aber plötzlich sein Gleichgewicht und alle Harmonie, ja begann zu kippen, als ich sah, daß der Sockel der Vase drei Handbreit oder mehr über den Rand des Podestes hinaus ins Leere ragte, so weit hinaus, daß das Gefäß jeden Augenblick fallen und zerspringen konnte. Wenn ein Kran dieses

Schwergewicht auf das Podest gehoben hatte – ich glaubte Reifenspuren auf dem Rasen zu sehen –, war dem Kranführer nicht aufgefallen, daß er die Vase nur mit kaum mehr als der Hälfte ihrer Standfläche auf festen Grund gestellt hatte.

Seltsam, mit einem ungeheuren Gefäß, das jederzeit kippen, fallen und zerspringen konnte, allein zu sein. Ich wollte mich dem gefährdeten Gleichgewicht nicht nähern. Fiel das Ding, konnte schließlich nur der Schuld daran tragen, der ihm in diesem Augenblick am nächsten war – ich, ein Eindringling, ein Fremder. Außerdem hätte jeder Versuch, die Vase in eine stabile Position zu rücken, die Kraft mehrerer Männer und gewiß einige Hilfsmittel, wenn nicht einen Kran erfordert.

Als ob sich der ganze Garten, selbst die Mauern und Wohntürme an seinem Rand, allmählich in jene Richtung neigten, in die das Gefäß, wenn es fiel, fallen mußte, überkam mich das Gefühl, auch das eigene Gleichgewicht zu verlieren, zu schwanken, zu fallen, um dann auf einer schiefen Ebene dorthin zurückzurutschen, zurückzurollen, woher ich gekommen war, durch das Stacheldrahttor hinaus, durch Hinterhöfe und eine glasscherbenbewehrte Mauer entlang in eine Sackgasse. Schief!, alles neigte sich, alles war schief. Das leichteste Grollen eines der unzähligen Vulkane dieses Landes – und sei es ein kaum wahrnehmbares, seismisches Zittern der Gletscher zwischen den Palmen, konnte, *mußte* die Vase zu Fall bringen.

Aber das Gefäß blieb unbewegt, als ein Windstoß in die Bäume fuhr und im Blätterrauschen plötzlich eine Trillerpfeife ertönte und das in weiße Hemden mit schwarzen Fliegen und weiße Blusen und weiße Röcke unter schwarzen Schürzen gekleidete Bedienungspersonal des Festes in Zweierreihe den Garten betrat: vierzehn Männer und Frauen, die ich für Indios hielt. Sie wurden kommandiert von einem spindeldürren Mann im Smoking, der seine Arme wie ein Zeremonienmeister dahin und dorthin ausstreckte und dazu Signale mit einer Trillerpfeife gab. Die Indios trugen weiße Lampions und mit weißen Kerzen besteckte Silberleuchter, die auf den Tischen entzündet wurden. Niemand kümmerte sich um mich. In meinen schwarzen Jeans und meinem schwarzen Hemd war ich ja vielleicht ein verfrühter Gast. Die Abendgesellschaft konnte aber nicht mehr weit sein.

Und dann fiel der Blick des spindeldürren Mannes, der eben einen Silberleuchter zurechtrücken wollte, auf die Vase, die zu fallen drohte. Noch im gleichen Augenblick setzte er sich in Bewegung, ging aber ohne Eile auf das Podest zu und rief dabei auch keinen seiner Untergebenen zu Hilfe, sondern trat an die Vase, als könnte ein spindeldürrer Mann ihr Zentner-, vielleicht Tonnengewicht bewegen – und breitete seine Arme aus und schob sie mühelos, fast beiläufig, zurück in die Mitte des Podestes. Federleicht! Das Ding war federleicht!, war aus Pappmaché oder leichtestem Kunststoff, auch wenn es selbst aus geringer Entfernung mit gebranntem, bemaltem Porzellan zu verwechseln war.

Unter den Händen des Zeremonienmeisters glitten aber plötzlich nicht nur die Vase, sondern auch der Rasenteppich, Sträucher, Tische und Bäume aus einer schiefen Ebene in ein sicheres Gleichgewicht zurück, ja verloren mit gleicher Plötzlichkeit wie die Vase ihr Gewicht:

Denn wenn dieses riesige Gefäß federleicht war, dann konnten auch die Palmen, die Baumfarne, die Wohntürme, selbst die vergletscherten Bergketten nicht viel wiegen. Turmhohe Washingtonia-Palmen begannen wie Zittergräser zu schwanken, bemooste, glasscherbenbewehrte Mauern flatterten wie Papiergirlanden, reich gedeckte Tische erhoben sich bei Kerzenschein leicht wie gefallenes Laub in die Luft, Silberbesteck, weiße Porzellanteller, selbst die nun erloschenen Gletscher gaukelten wie Ascheflocken oder Seidenpapier durch die von keiner einzigen Vogelstimme durchbrochene Stille und tanzten und taumelten im leichtesten Windhauch dahin und dorthin – bis zu jenem Augenblick, in dem der Kommandant aller Leichtigkeit, der spindeldürre – aber wer weiß, vielleicht doch über die Kräfte eines Riesen verfügende – Mann mich als Fremden erkannte und, ohne noch einmal in seine Trillerpfeife zu stoßen, auf mich zukam.

Kalligraphen

Ich sah flache Steininseln im spiegelglatten Wasser des Kunming-Sees im Nordwesten von Peking. Sie lagen wie schwimmende Tafeln so nahe am Ufer und dicht nebeneinander, daß ein Spaziergänger sie ohne Mühe erreichen konnte. Auf der größten von ihnen saß ein Mann in der Frühlingssonne. Neben sich eine weiße Leinentasche und einen Bambusstock, an dessen Spitze eine Knolle, ein Meeresschwamm, befestigt war, hielt er ein Buch in der Art eines Weitsichtigen am nahezu ausgestreckten Arm. Wenn er das Buch sinken ließ und über die Wasserfläche hinweg zu den am fernen jenseitigen Ufer schimmernden Türmen und Pavillons des Sommerpalastes der Kaiser von China sah, blätterte manchmal eine sanfte Brise die Seiten auf. Ließ er seinen Blick dann wieder sinken, war es, als folgte er bloß einem Vorschlag des Windes, wenn er dort weiterlas, wo der Fächer der Seiten gerade stillstand.

Als er sein Buch beiseite legte und der Leinentasche ein mit Tee gefülltes Marmeladen- oder Gurkenglas und dazu einen Becher entnahm, näherten sich zwei Männer, die ihm schon von weitem einen Gruß zuriefen. Auch diese beiden trugen Bambusstöcke und hatten Teegläser mitgebracht, aber keine Bücher, sondern nur eine Sammlung von Zetteln, die sie aus den Brusttaschen ihrer Jacken zogen. Sie besetzten zwei weitere Inseln, tranken Tee, entfalteten ihre Zettel und plauderten über die schmalen Wasserstraßen des Miniaturarchipels hinweg, bis sie plötzlich und wie auf ein geheimes Zeichen, das alle Müßiggänger am See zu ernsthafter Tätigkeit rief, ihre Teegläser zuschraubten und sich erhoben. Dann tauchten sie ihre Bambusstöcke ins Wasser und begannen, ihre Inseln mit den vollgesogenen Schwämmen zu beschreiben. Auf dem glatten, sonnenbeschienenen Steingrund erschienen ihre kunstvollen Schriftzeichen wie mit Tusche gepinselt.

Was diese Kalligraphen von ihren Zetteln und aus dem Buch auf den Stein übertrugen, war ihnen offensichtlich so vertraut, daß sie nur gelegentliche flüchtige Blicke auf ihre Vorlagen warfen. Aber mit welcher Eleganz und Sicherheit sie ihre Wasserzeichen auch malten – die Schrift verblaßte rasch unter der Sonne, verdampfte. Manchmal war, wenn ein Schreiber ans Ende einer Zeichenfolge gekommen war, ihr Anfang schon wieder verflogen und die leergetrocknete Tafel frei für die Fortsetzung. Manchmal hielt ein Schreiber auch inne, um das Werk seines Nachbarn mit einem kurzen prüfenden Blick zu begutachten und ein knappes Urteil zu fällen oder einfach um das Schauspiel des Verschwindens der eigenen und der fremden Schrift zu verfolgen.

Als eine langgezogene Wolkenbank die Sonne für fünfzehn, zwanzig Minuten verbarg, verlangsamte sich das Tempo dieses Verschwindens so sehr, daß die Schreiber auf der Suche nach leeren Flächen von Insel zu Insel schritten – und sich schließlich doch trennten. Es waren die beiden Zettelträger, die sich verabschiedeten und am Ufer in Richtung jenes marmornen Pavillons davonschlenderten, den die Kaiserinwitwe Tse Hsi, die China fast fünfzig Jahre lang beherrscht hatte, in der Form eines Raddampfers in den See hatte setzen lassen, um vorzuführen, daß ein kaiserliches Schiff selbst dann nicht sank, wenn es aus Stein war.

Der auf den Inseln zurückbleibende Mann legte seinen Bambusstock nach dem Aufbruch der beiden anderen zur Seite, nahm sein Buch wieder zur Hand und las, bis die Wolkenbank die Sonne wieder freigab und Zeichen um Zeichen erlosch. Ich hatte schon befürchtet, eine Gelegenheit versäumt zu haben, trat aber nun, als der Kalligraph seine Arbeit wieder aufnahm, ans Ufer und bat ihn mit den ebenso unmißverständlichen wie unbeholfenen Gesten eines Touristen um Erlaubnis, ihn und seine verfliegenden Zeichen mit der Kamera festhalten zu dürfen. Er antwortete auf englisch und bot mir Tee und einen Platz auf einer leeren Insel neben der seinen an. Während er nach meiner Herkunft und dem Zweck meiner Reise fragte, verflog seine Schrift. Ich antwortete, fotografierte, fragte zurück.

Er war Techniker in einem Wasserkraftwerk am Oberlauf des Yangtsekiang gewesen und erst jetzt, im Alter, aus der Provinz Hubei wieder zu seiner Tochter nach Peking zurückgekehrt. Er schrieb, wenn das Wetter es erlaubte, Tag für Tag unter freiem Himmel – nicht nur mit Wasser auf Steinen, sondern mit einem trockenen Pinsel auch in den Staub. Oft in den Staub auf den Kühlerhauben geparkter Autos. Eine stillstehende Kolonne, ein Abstellplatz konnten so bis zum nächsten Regen zu einem Buch oder zu einer Bibliothek werden.

Hatte ich schon von der Himmelswäsche gehört? In besonders staubigen Wochen wurden die Wolken über der Stadt aus Artilleriekanonen und Raketenwerfern mit Silberjodid beschossen, um einen reinigenden Wolkenbruch zu erzwingen. War der Angriff der *Wolkenkrieger*, der Mitarbeiter des *Amtes für Wetterbeeinflussung*, erfolgreich, dann stürzten manchmal solche Fluten vom Himmel, daß ganze Straßenzüge unter Wasser standen – und dann schrieb der Kalligraph nicht mit Pinsel oder Schwamm, sondern setzte seine Zeichen mit einem Stock in den Schlamm.

Jahrelang hatte er über das Vorhaben nachgedacht, gemeinsam mit seiner Frau das Land zu bereisen und die Ufer der größten Seen und Ströme Chinas nach und nach mit jener berühmten Sammlung von dreihundert Gedichten aus der Zeit der Tang-Dynastie zu beschriften, die vielen Kalligraphen immer noch als unerschöpfliche Quelle ihrer Kunst diente – Poesie aus dem siebenten, achten und neunten Jahrhundert. Aber dann war seine Frau gestorben und China zu groß geworden für seine Möglichkeiten und seine Kräfte. Und so mußten ihm jetzt die weitläufigen Ufer des Kunming-Sees die Ufer des Huang He, des Mekong und des Yangtsekiang und des Qinghai- und Poyang- oder Nam-Co-Sees ersetzen.

Er habe, sagte der Kalligraph, nicht mitgezählt, wie viele Male und immer wieder er dieses Ufer mit den Werken der berühmtesten Dichter der Tang-Zeit schon geschmückt hatte – mit den Worten von Li Bai, Du Fu,

Meng Haoran oder Bai Juyi, aber zu den Gedichten, die er immer wieder auf diese Steine schrieb, gehörte auch dieses hier von Meng Haoran, einem Dichter des achten Jahrhunderts. Jetzt las der Kalligraph laut und wie nach dem Takt seines Bambusstocks, was er auf den Stein schrieb:

Ich verschlief die Dämmerung eines Morgens im Frühling

Die erste Zeile war schon wieder erloschen, als ich mit seiner Hilfe, die mir eine Ahnung des Bedeutungsreichtums jedes einzelnen Zeichens vermitteln sollte, endlich eine Art Übersetzung, meine Version des verschwundenen Gedichts, in mein Notizbuch gekritzelt hatte:

Ich verschlief die Dämmerung eines Morgens im Frühling
Dabei war die Luft erfüllt von Vogelgesang
Und verstummt nur das nächtliche Rauschen
Von Regen und Wind
Wer weiß, wie viele Blüten gefallen sind.

Vielleicht lag es daran, daß sich neben dieser Botschaft aus der Tang-Zeit jedes weitere Wort erübrigte, oder auch daran, daß ich nun selber zu schreiben, zu kritzeln begonnen hatte – unser Gespräch wurde einsilbig und verstummte schließlich. Vielleicht wollte der Kalligraph aber auch bloß weiterschreiben und ich bloß weitergehen, die Uferpromenaden entlang, um endlich das steinerne Schiff der einst mächtigsten Frau Chinas zu sehen.

Also verabschiedeten wir uns herzlich, aber ohne Adressen zu tauschen und ohne das Versprechen, einander wiederzusehen. Als ich mich in einiger Entfernung noch einmal nach ihm umwandte, sah ich ihn bereits wieder versunken in seine Schrift. Er tauchte den Bambusstock ins Wasser, drückte den vollgesogenen Schwamm an der Steinkante aus und glich so einen Atemzug lang einem Fährmann auf einem mit Schriftzeichen beladenen Floß aus Stein.

Wallfahrer

Ich sah die von Schwertbohnen, blauen Winden und Fächerblumen überwucherten Fundamente eines zerstörten Hauses in der Bucht von Weligama, einer von Kokospalmenhainen beschatteten Kleinstadt im äußersten Süden Sri Lankas.

Sameera, der Fahrer einer jener dreirädrigen Motorradrikschas, die als *Tuk Tuks* die Straßen der Stadt beherrschten, wollte mir auf der Fahrt vom Fischmarkt zur Mole von Mirissa, an der ein Boot auf mich wartete, die Reste zeigen, die von seinem und dem Haus seiner Eltern nach dem vernichtenden Tsunami des Jahres 2004 geblieben waren. Ich hatte ihn darum gebeten, nachdem wir an der Theke einer Garküche ins Gespräch gekommen waren. Selbst jetzt, sieben Jahre nach dieser Flut, hatte Sameera gesagt, begannen ihn vor diesen überwucherten Fundamenten Erinnerungen zu quälen, die ihn oft stundenlang, nächtelang nicht wieder losließen:

Mehr als eintausend Wartende habe die große Welle damals allein auf dem strandnahen Busbahnhof von Galle getötet und mehr als vierzigtausend Menschen an den Küsten des ganzen Landes. Unter den Toten waren auch eine seiner Schwestern, die Mutter seiner Frau und zwei seiner Brüder, die, wie so viele andere Opfer, spurlos in der Flut verschwunden waren. Sampath, den älteren der beiden Brüder, habe er noch zwischen entwurzelten Kokospalmen, Fässern und Bruchholz in unerreichbarer Ferne schwimmen sehen. Sampath mußte dann aber, vielleicht bereits ertrunken oder vom dahinwirbelnden Treibgut erschlagen, vielleicht aber immer noch kämpfend und in den rauschenden Strudeln nach Halt suchend, vom Sog der ins Meer zurückströmenden Flut hinausgetragen worden sein und hinabgezogen in die Tiefe.

Sameera war wie seine Geschwister am Strand aufgewachsen, hatte den Ozean aber immer gefürchtet. Daß er als einziger von insgesamt fünf Brüdern kein Fischer werden mußte, verdankte er allein der Seekrankheit, die ihn für die schwere Arbeit auf den schmalen Auslegerbooten untauglich machte. Schon die Dünung bei Windstille ließ ihn bis zum Ersticken erbrechen.

Hier, das hier war das Schlafzimmer. Und hier die Küche. Und hier der Raum, in dem gegessen wurde und in dem auch die kleine, von einem blinkenden Lichterkranz umgebene Buddhastatue gestanden hatte, vor der er Morgen für Morgen, vor jeder ersten Ausfahrt mit dem Tuk Tuk, betete.

Nein, das mit Plastikblumen und farbigen Lämpchen geschmückte Gefährt, das ihm erlaubte, seine drei Söhne, seine Frau und seine Eltern zu ernähren, gehörte ihm nicht. Viele Fahrer mußten sich ihre Tuk Tuks von Geschäftsleuten mieten, weil sie seit der Flut weder Geld noch Sicherheiten für einen Kredit hatten, um ihr ins Meer geschwemmtes oder zerschmettertes Fahrzeug durch ein neues zu ersetzen.

Und auch ein Haus wie jenes, dessen Fundamente unter diesem blühenden Grün allmählich verschwanden, würde Sameera kein zweites Mal bauen können, sondern noch jahrelang angewiesen bleiben auf eine fensterlose, mit Wellblech gedeckte Baracke ohne fließendes Wasser am dröhnenden Rand der Straße nach Matara, in der er seit dem Jahr der Flut zur Miete wohnte. Erst mußten die Söhne groß werden und einen einträglicheren Beruf als den eines Fischers erlernen, bevor an ein Haus oder an ein eigenes Fahrzeug auch nur zu denken war. Eine Schwägerin, sagte Sameera, habe ihm ja ein leerstehendes Haus am Flußufer angeboten, ein schönes Haus dicht an der Mündung des Flusses. Aber allein die Vorstellung, daß eines seiner Kinder beim Spielen an den schlammigen Ufern ertrinken könnte, die Vorstellung, daß noch einer seiner Liebsten ertrinken könnte, habe ihm einen Umzug verboten.

Demuthu, Sameeras Frau, war mit ihrem ersten Sohn schwanger gewesen, als damals wie zur Warnung, die allerdings niemand verstand, ein Brecher über den Strand gerauscht war, der den Garten und die Fußböden knietief überschwemmte. Dann hatte sich das Wasser zurückgezogen, weiter und weiter, so weit wie bei keiner Ebbe und niemals zuvor … Niemand an den Stränden zwischen Galle und Matara konnte sich an ein solches Verschwinden, ein solches Versickern des Ozeans erinnern. Der Meeresgrund lag plötzlich unter freiem Himmel! Fische, große Fische, denen das Wasser davongelaufen war, lagen flossenschlagend im Schlick und im Sand und wurden aufgesammelt. Kinder trieben Bälle und Reifen über dieses glänzende, weiche, nie gesehene Land, als Sameera am Horizont etwas Dunkles auftauchen sah, etwas wie eine aus dem Meer steigende Küste, nein: etwas wie ein dunkles Wolkenband ... Das war die zweite, die alles vernichtende, turmhohe Wasserwand gewesen, die mit sechshundert Stundenkilometern auf das Land zuraste. Für die Spielenden weit draußen und die Fischsammler mußte jeder Warnschrei zu spät kommen, aber Sameera hatte seiner Frau und den Nachbarn und auch denen, die er in der Ferne sah und die schon verloren waren, immer nur *Lauf! Lauft!* zugeschrien, so laut, daß es im Hals und im Brustkorb schmerzte.

Demuthu war gerade damit beschäftigt, Wäsche aufzuhängen, und versuchte erst gar nicht mehr davonzulaufen, sondern kletterte auf den großen Schraubenbaum hinter dem Schuppen, als sie sah, wie die Wasserwand durch den Kokoshain am Strand brach. Hoch oben, so hoch es mit dem Kind in ihrem Bauch ging, band sie sich dort mit einem Tuch fest, während Sameera fortgerissen, dann aber an das Flachdach eines Rohbaus gespült wurde, wo er sich an einem Armierungseisen festhielt. Das Eisen durchschnitt ihm die Sehnen von Daumen und Zeigefinger und Mittelfinger. Aber dieser Rohbau und auch Demuthus Baum hielten dem Wasserdruck stand.

Zwei von Sameeras Brüdern entluden gerade ihr trokkengefallenes Auslegerboot und arbeiteten wohl mit dem Rücken zum Meer, als die Wasserwand sie erreichte. Wären die beiden doch weit draußen, bei ihren Fanggründen, geblieben, weit draußen auf ihrem gelbschwarzen, mit dem Fellmuster eines Tigers bemalten Boot! Die

Welle hätte sie hochgehoben, bloß gehoben, hätte sie einen Augenblick lang in der Schwebe gehalten und dann wieder unversehrt zurücksinken lassen in ein glattgewalztes Meer.

Demuthu war immer noch an den Schraubenbaum gebunden, stumm, von ihrem Entsetzen wie versteinert, als Sameera mit seiner blutenden Hand, die nichts halten und nichts greifen konnte, durch ein Chaos aus Trümmern zu der Stelle zurückkletterte und kroch, wo einmal sein Haus gewesen war.

War es am nächsten Tag?, ja, es war am nächsten Tag, während die Menschen begannen, in allem Schutt und Morast nach ihren Toten und Verschwundenen und den Resten zu graben, die sich in ein neues, trauriges Leben mitnehmen ließen, als Sameera und seine Frau beschlossen, zum *Sri Pada* zu gehen, dem heiligsten Berg des Landes. Menschen vier verschiedener Religionen erstiegen diesen Berg, um dankbar oder verzweifelt zu ihren Göttern zu beten, aber auch, wenn etwas geschehen war, das ihr Leben in seinen Fundamenten erschüttert hatte, und sie nach einem neuen Halt suchten, Rat suchten, Ruhe, vielleicht Trost.

Also hatten sie sich aus dem Chaos auf den Weg ins Hochland gemacht, in den Distrikt Ratnapura, aus dessen Urwäldern der Sri Pada als nackter Felskegel aufragte. Zweitausendzweihundertdreiundvierzig Meter über dem tödlichen Meer krönte ein Kloster den Gipfel, der in der Nacht erstiegen werden mußte, damit das Ende eines erschöpfenden Weges durch die Dunkelheit mit dem Aufgang der Sonne zusammenfiel. Ein Wanderer auf den Sri

Pada sollte aus dem Dunkel, aus seinem Dunkel, ans Licht.

Buddhisten, Hindus, Moslems und Christen war dieser Berg heilig, und obwohl sie über ihn so viele verschiedene, oft widersprüchliche Legenden erzählten, wollte keiner den Sri Pada für sich und seinen Glauben allein:

Buddha, hieß es, habe auf dem Gipfel einen nun kostbar gefaßten Fußabdruck hinterlassen und auf dem Abstieg den Tau aus den Wolken mitgebracht, um das Leben der Menschen in der trockenen Jahreszeit zu lindern, glitzernden Tau, der sich schließlich in die blauen Saphire, Rubine und Mondsteine verwandelte, nach denen noch jetzt in den Minen bei Ratnapura geschürft wurde …

Gott Shiva, hieß es auch, habe auf dem Gipfel getanzt und tanzend nicht nur die geistige Blindheit und Unwissenheit zertreten, sondern damit die Voraussetzungen für ein neues Universum geschaffen …

Und der im indischen Madras in die Ewigkeit eingegangene Apostel Thomas sei unter dem Gipfel des Sri Pada gekniet und habe seinem dreifaltigen Gott dafür gedankt, daß ihm der Blick ins Tal ein Land offenbarte, das vom Garten Eden nicht zu unterscheiden war …

Sameera rupfte einige blaue Winden von den in der Feuchtigkeit schwarz gewordenen Fundamenten seines verschwundenen Hauses, während er von seiner und Demuthus Wallfahrt sprach, und hielt überrascht inne, glaubte an ein Zeichen des Schicksals und wollte mir später, bei unserem Abschied an der Mole von Mirissa, den Fahrpreis von vierhundert Rupien erlassen, als ich ihm sagte, daß ich erst vor drei Tagen vom Sri Pada an die

Küste gekommen war und daß ich dort, wie er und seine Frau, vor Buddhas Fußabdruck auf dem Gipfel gestanden hatte – nicht als Pilger, aber als einer von vielen, die in einer gewittrigen Nacht dem Sonnenaufgang entgegengestiegen waren, stundenlang über in den Fels geschlagene und gemauerte Stiegen, so steil wie an Wände gelehnte Leitern. Und ich hatte von diesem Weg auch eine weitere der vielen Geschichten um diesen Berg mitgebracht, eine, die Sameera nicht kannte. Ich kam schließlich aus einer Welt, die den Sri Pada *Adam's Peak* nannte und auf den meisten ihrer Karten nur unter diesem Namen führte:

Adam habe nach seiner Vertreibung aus dem Paradies den Sri Pada als ersten irdischen Ort betreten, habe den Berg also nicht aus dem Tal, sondern aus göttlichen Sphären, dem Himmel, bestiegen und sei am Gipfel, in seiner Trauer über diese Welt der Sterblichkeit und Vergänglichkeit, auf die Knie gesunken und habe tausend Jahre lang um das verlorene Paradies geweint … Alle Quellen, alle Sturzbäche und Katarakte, die vom Sri Pada herabrauschten, seien Adams Tränen.

Sosehr sich die Schauplätze von Sameeras und meinem Leben bis zu diesem Augenblick auch voneinander unterschieden hatten, so unvermittelt und ausgerechnet zwischen den Resten eines zerstörten Hauses teilten wir plötzlich die Erinnerung an einen Berg, der uns bei der ersten Annäherung als ein von Lichtspuren, Lichtadern durchzogener schwarzer Koloß erschienen war, der zu den Sternen zeigte.

Eine Elektrizitätsgesellschaft, sagte Sameera, habe die

zahllosen Lichterketten und Lampen, die alle diese Stiegen und Plattformen des Weges aus den Wäldern bis zum Gipfel Nacht für Nacht erhellten, als Sühneopfer dargebracht: So sollten Götter und Dämonen wieder besänftigt werden, nachdem ein Tunnel des Staudamms, den diese Gesellschaft am Fuß des Berges, auf geheiligtem Land, gebaut hatte, eingestürzt und zum Grab für mehr als einhundertvierzig Menschen geworden war …

So viele Tempelchen und Schreine, so viele Andachtsstätten und Statuen so vieler Religionen und Hütten und Unterstände, in denen Tee für die Erschöpften in großen Kesseln dampfte, hatte Sameera, hatte ich auf dem Weg gesehen. Aber jede Hütte, jeder Unterstand mußte am Ende der Wallfahrtszeit wieder abgebaut werden, denn der Sri Pada gehörte nur für eine Hälfte des Jahres den Menschen. Die zweite gehörte allein den Göttern.

Ob ich auch die Höhle am Wasserfall kannte? fragte Sameera, eine Höhle, kaum größer als die Küche seines Hauses hier. Ein Eremit lebte dort seit vierzig Jahren.

Ja, ich hatte auch den Höhlenmenschen gesehen, einen kleinen alten Mann, der mich aufforderte, auf einer aus dem Fels geschlagenen Steinbank, die ihm als Nachtlager diente, Platz zu nehmen, und mir, schweißüberströmt, wie ich vom Aufstieg war, Wasser angeboten hatte. Ich hatte getrunken und ihn nach seinem Leben in dieser Höhle gefragt, nach den Gründen für seinen Entschluß, ein Leben unter den Felsen des Sri Pada zu verbringen, und konnte seine Antworten kaum ertragen: Der Atem des Eremiten roch faulig wie der eines Schwerkranken, und ich war mit der Beherrschung meines Ekels so beschäftigt, daß ich zunächst kaum etwas verstand von dem, was er sagte.

Als er sich dann an die Höhlenwand zurücklehnte und von der Liebe seiner Eltern sprach, von seiner Schwester, seinen Brüdern, begann er plötzlich zu weinen. Wie gerne hätte ich den Arm um ihn gelegt und ihn getröstet, aber ich konnte den Atemgestank nicht ertragen.

Nein, ihm fehle nichts in dieser Höhle, er habe hier nie etwas vermißt und habe als einzigen noch unerfüllten Wunsch nur die Hoffnung auf einen friedlichen Tod, sagte er, während er seine Brille abnahm und sich die Tränen von den Wangen wischte; er habe geweint, weil es seit so vielen Jahren das erste Mal gewesen sei, daß ihn jemand nach seiner Familie, seinem Leben gefragt hatte.

Er hat geweint? fragte Sameera, er hat ein Leben lang am Sri Pada gebetet, meditiert und sich zu befreien versucht von den Gewichten der Welt und mußte bei der Frage nach seiner Geschichte weinen?

Ich erzähle, was ich gesehen habe, sagte ich. Ich erzähle, was ich gehört habe.

Sameera hatte den Sri Pada zweimal bestiegen. Das zweite Mal vier Jahre nach dem Tsunami und ohne Demuthu. Auch vor dieser Reise ins Hochland war ein Bruder zu Tode gekommen: Harsha, der die Fischerei aufgegeben und sein Boot verkauft hatte und dann als Soldat im Distrikt Batticaloa von einer Mine der tamilischen Separatisten zerrissen worden war. Dabei habe er, wie er noch in der Woche davor an seine Familie schrieb, keinen einzigen Schuß auf die *Tamil Tigers* abgegeben, die über Jahrzehnte und am Ende vergeblich versuchten, ihren eigenen Staat auf dieser Insel der Singhalesen zu errichten, und mit denen jetzt endlich Frieden geschlossen worden war.

Seltsam, sagte Sameera, daß er bei seinem zweiten Weg in die Höhe weder an den von einer Mine getöteten Bruder noch an die in einer Wasserwand Verschwundenen seiner Familie denken konnte, sondern nur Schritt für Schritt seinen ersten Weg zum Fußabdruck Buddhas mit diesem zweiten Aufstieg verglich:

Beim erstenmal waren nur wenige andere Pilger auf dem Weg gewesen, weil die große Wallfahrtszeit ja erst mit dem Vollmond im Dezember begann. Aber jetzt schwankte und drängte und taumelte er in einem Strom Tausender Menschen empor. Und er machte mit ihnen halt, wo sie haltmachten, opferte, betete, wo sie opferten und beteten: An der dämmrigen Grotte des großen liegenden Buddha … vor den hell erleuchteten Felsen des Gottes Saman und auch vor jenem Steilaufschwung, an dem Buddha gerastet und seine zerrissenen Kleider geflickt hatte. Dort hatte Sameera dann auch gemeinsam mit so vielen anderen Nadel und Zwirn von fliegenden Händlern gekauft und seinen Faden in einen Strang aus Tausenden von vorausgegangenen Pilgern ausgespannten Schicksalsfäden eingeflochten.

Welche Stille am Ziel seines ersten Weges geherrscht hatte, sagte er, das Kloster nahezu menschenleer, der Gipfel dazu wolkenverhüllt und der Sonnenaufgang nur ein blasser Schimmer im treibenden Nebel. Aber jetzt war der Himmel klar, die Wolkendecke in der Tiefe nur eine weiße, wogende Ebene und die kalte Luft erfüllt von

Stimmen, Gebeten, Trommeln und Geläute, Glockenschlägen – jeder Ankömmling durfte entsprechend der Anzahl seiner bisherigen Aufstiege einen Glockenschlag tun – und dann … dann war die Sonne über die Bergketten gestiegen und hatte den gewaltigen Schatten des Sri Pada auf den Wolken in der Tiefe erscheinen lassen wie den Zeiger einer ungeheuren Sonnenuhr.

Auch das habe ich gesehen, sagte ich zu Sameera.

Vielleicht lag ja der Trost dieses Berges tatsächlich darin, daß jeder, der ihn erstieg, ob zur Monsunzeit oder in einer klaren, windstillen Sternennacht, Erinnerungen, Gefühle, Erschütterung, Begeisterung mit so vielen anderen teilen konnte, die sich gemeinsam mit ihm und vielleicht aus ähnlichen Gründen auf den Weg gemacht hatten. Jeder von ihnen bewahrte, wenn er aus der Höhe wieder ins Tal stieg, für den Rest seines Lebens etwas, das auch von anderen bewahrt wurde, und trug so etwas von allen anderen durch seine Zeit.

Als wir die überwucherten Reste von Sameeras Haus verließen und zur Mole von Mirissa weiterfuhren, überquerten wir auf einer schwankenden Brücke auch den ins Meer mündenden Fluß, an dessen Ufer jenes leere Haus für ihn bereitstand, das er aus Angst um seine Söhne nicht beziehen konnte. Ich hatte an diesem Ufer auf einer Flußfahrt am Vortag Eisvögel, Schwärme von Flughunden, Affenhorden und Seeadler gesehen, Flamingos zwischen Lotos und Orchideen und auf schattigen Sandbänken dösende Warane, Erinnerungen an den menschenleeren Garten Eden.

Unter dem Brückenbogen zogen jetzt dreißig oder

mehr Fischerboote, die tagsüber am geschützten Flußufer gelegen hatten, der Brandung entgegen, und Sameera winkte, ohne anzuhalten, einem der Fischer zu, schrie durch den Motorenlärm: mein Bruder! Und der hörte ihn oder hatte das mit Plastikblumen bekränzte Tuk Tuk erkannt und sah, an der Pinne eines mit Flammen bemalten, schwarzen Außenbordmotors sitzend, zu uns empor und winkte zurück.

Obwohl es schon spät war und ich nicht wußte, ob mein Boot in Mirissa noch warten würde, bat ich Sameera, am Brückengeländer zu halten. Dort sah ich dann Boot für Boot aus der Flußmündung durch die anrollende Brandung schießen, sah, wie manche der Boote sich von den Brechern lösten, ja aufzufliegen schienen und für einen Augenblick fast senkrecht in der brodelnden Gischt standen, bevor sie in das ruhige Wasser jenseits der Wellenkämme hinabglitten, sah eine farbenprächtige, kühne, triumphierende Flotte auf dem Weg in die Nacht.

Trost der Betrübten

Ich sah eine Gruppe betender Menschen vor den Gittertoren der Anstaltskirche des Psychiatrischen Krankenhauses *Am Steinhof* in Wien. Den Blick in das von zwei Ampeln nur schwach erhellte, golden schimmernde Kirchenschiff gerichtet, knieten oder standen die Betenden vor den versperrten Toren und umklammerten die Gitterstäbe, als ob die abendliche Weite in ihrem Rücken, die träge ziehenden Wolken, ja die ganze Stadt, die, aus der Höhe des Kirchenportals betrachtet, in einer blaugrauen Tiefe lag – Regionen einer vergitterten Welt wären und das verschlossene Halbdunkel, in das sie ihre Gebete, Lieder und Litaneien murmelten und sangen, die Freiheit, ein kostbar funkelnder, unendlicher Raum.

Maria, Königin der Barmherzigkeit,
Trösterin der Betrübten,
bitte für uns.

Obwohl jeder der sechs oder sieben Andächtigen seine eigenen Strophen und Bitten vorbrachte, verbanden sich ihre Stimmen zu einem wirren Chor, in dem jeder nach einem anderen Gesetz verstummte und irgendwann wieder in die Anrufungen einfiel. Die vier riesigen Engel mit ihren gefalteten Goldschwingen über dem Hauptportal, der an Packeis erinnernde weiße Marmor der Fassaden und die mit Blattgold beschichtete, in der Abendsonne leuchtende Kirchenkuppel hatten in den betenden Frauen und Männern vielleicht eine Ahnung wachgerufen vom Glanz jenes Himmels, zu dem ihre Bitten und Anrufungen durch ein Sieb aus Gitterstäben emporsteigen sollten.

Bleibe bei uns,
denn es will Abend werden,
und der Tag hat sich geneiget.

Eine Fibel, die ich auf dem Weg in die Anstalt Am Steinhof an einem Kiosk gekauft hatte, pries dieses mit Gold wie beschneite Bauwerk, zu dem ich auf ornamental geschwungenen Kieswegen und Treppen hochgestiegen war, als bedeutendsten und größten Sakralbau des Jugendstils: In den ersten Jahren des zwanzigsten Jahrhunderts als krönendes Schlußstück auf die höchste Erhebung des Anstaltsgeländes gesetzt, überglänzte die Kirche nicht nur einen ummauerten Komplex aus sechzig Gebäuden, Patientenpavillons, Verwaltungs- und Wirtschaftsbauten, sondern auch die zum Himmel zeigenden Türme der Stadt in der Tiefe. Einhunderttausend Bäume, Föhren, Kastanien, Eiben, Platanen, Tannen, die in den Baujahren auf dem Anstaltsgelände gepflanzt worden waren, beschatteten mittlerweile selbst die größten Pavillons und entsprachen an diesem frühherbstlichen Abend einmal mehr den Absichten des Planers: Die Luft war erfüllt vom Gesang der Vögel.

Aber dieser Planer, las ich auf einer Parkbank vor dem Kirchenportal in meiner Fibel, Otto Wagner, der große Architekt des Jugendstils, sei am Wiener Kaiserhof trotz seiner Weitsicht, mit der er sein Werk in einen Wald aus Laub- und Nadelbäumen eingebettet hatte, in Ungnade gefallen – war diesem Hof doch alles, was nicht den Normen entsprach, alles, was neu war, anders war, verrückt war, verhaßt. Ein Thronfolger, der wenige Jahre später in Sarajevo unter den Kugeln eines Attentäters sterben sollte, hatte in seiner Festrede zur Eröffnung der größten *Irrenanstalt* der damaligen Welt den Namen des Architekten mit keinem Wort erwähnt und den Festakt nach der Begehung der Kirche empört verlassen.

Namen! Wie viele Namen waren in den Pavillons und in unzähligen Krankengeschichten seit der Rede des Thronfolgers vergessen oder verschwiegen worden: In zweitausendsiebenhundert, dann dreitausend, schließlich viertausendachthundert Anstaltsbetten hätten Verzweiflung und so viele andere Leiden der Seele wenn nicht geheilt, so doch wenigstens gelindert werden sollen, als nach dem Ausbruch des Hakenkreuzwahns die Mehrzahl aller Insassen aus den Pavillons als *lebensunwert* in Vernichtungsanstalten verschleppt und dort in Gaskammern, mit Giftinjektionen oder im Verlauf medizinischer Experimente umgebracht wurde. Und wie lange waren innerhalb und außerhalb der Anstaltsmauern auch Tatsachen wie jene verschwiegen worden, daß ein Arzt, der hier qualvolle, tödliche Versuche an Hunderten Kindern durchgeführt hatte, noch Jahrzehnte nach dem Ende des Wahns als Gerichtsgutachter und Kinderarzt in der grauen Stadt in der grauen Tiefe praktizieren durfte.

Maria, Spiegel der Gerechtigkeit,
Widerschein der Gnade,
bitte für uns.

Als ich auf meiner Parkbank am Gitterportal der Anstaltskirche die Gebete und Litaneien hörte, war das Schweigen auch über diesen Arzt und seine Zeit zwar bereits gebrochen – von den jährlich etwa fünfeinhalbtausend *Einweisungen*, die Menschen aus ihren Wohnungen und aus ihrem Leben in die Pavillons am Steinhof versetzten, erfolgten damals, es waren die frühen achtziger Jahren des zwanzigsten Jahrhunderts, aber noch immer fast fünftausend unter Zwang. Dabei hatte in jenem milden Herbst auch auf den Steinhofgründen bereits ein frischer Wind eingesetzt, der vom Mittelmeer kam und von einem in Venedig geborenen und in Triest wirkenden Psychiater namens Franco Basaglia entfacht worden war, als er die Öffnung der Grenze zwischen Normalität und Verrücktheit und dann sogar die Abschaffung aller geschlossenen Anstalten gefordert und in vielen der immer noch als *Irrenanstalten* geführten psychiatrischen Krankenhäusern Westeuropas Gehör gefunden hatte.

Natürlich waren am Steinhof auch nach den Forderungen und Vorschlägen aus Triest die Türen nicht einfach aufgesprungen, sondern wurden, wie die Gittertore der Kirche, vor der ich saß, nur an Sonntagen und zu besonderen Anlässen geöffnet, aber als ersten Schritt über alte Grenzen hinweg sollten Menschen, die diesseits und jenseits der Anstaltsmauer lebten, wieder zusammengeführt werden.

In dieser Absicht war für ein Wochenende ein blaues Zirkuszelt auf den Wiesen von Steinhof errichtet worden. Insassen und Besucher sollten hier gemeinsam um Dompteure oder Tänzer am Hochseil bangen oder gemeinsam über einen Clown, der über unsichtbare Steine in unsichtbare Fallgruben stolperte, lachen. Ich hatte in diesem blauen Zelt aber auch Menschen gesehen, die über das Mißgeschick eines Clowns weinten.

Hunderte Bewohner der Stadt in der Tiefe und der Pavillons waren zur Zirkusvorstellung, am nächsten Tag aber auch zu einem Lichtbildervortrag über Hawaii in den Theatersaal der Anstalt geströmt. Dem entzückten Seufzen und den *Aaahs* und *Ooohs*, die den weißen Kämmen der Brandung, den schwarzen, von Königspalmen gesäumten Lavaständen oder den Haufenwolken zugerufen wurden, die im Abendrot über viertausend Meter hohen Vulkanen standen, war nicht anzuhören, ob sie von einem Besucher oder einem Insassen kamen. Und selbst wenn ein Zuschauer im Morgenmantel oder im Pyjama vor den über die Leinwand huschenden vulkanischen Landschaften saß, war keineswegs sicher, daß er zu den Patienten gehörte, denn im Publikum herrschte offensichtlich Erleichterung darüber, daß innerhalb der Mauern am Steinhof – zumindest was Kleidung, Mienenspiel, Zurufe oder Schreie betraf – eine größere Freiheit herrschte als in der Welt *draußen*. Weil hier so viele Menschen nicht mehr beherrschten, was in ihrem Innersten tobte, sich dort in einen Kokon einspann oder versteinerte, war auch denen, die als Besucher kommen *und* gehen durften, mehr erlaubt als anderswo. Warum also sollte einer, der bloß die Straße überqueren mußte, um im Theatersaal der Anstalt unter Patienten Platz zu nehmen, dies nicht in seinem Pyjama, seinem Morgenmantel tun?

Aber wie fern und unerreichbar die Namen der Inseln Hawaiis in den dichtbesetzten Reihen dennoch klangen: Molokai, Kauai, Oahu, Maui, Kahulaui, Lanai, Niihau ... Schwarze Strandsicheln, dunkler, tropischer Wald zogen an einem Publikum vorüber, aus dem manchmal sogar Hände nach Früchten und Blüten ausgestreckt wurden. Ein knallroter Ara, der mit wehenden Schwanzfedern durch eine Lavawüste flatterte, erinnerte einen weißhaarigen Mann in einer Daunenjacke offensichtlich so sehr an ein Bild des Gartens Eden, daß er immer wieder Adam und Eva! rief, Adam und Eva!, immer wieder und auch dann noch, als der Vortragende sein Publikum mit einem springenden Leuchtpfeil bereits durch die Straßen von Honolulu führte.

Erst als es am Ende aller Bildfolgen wieder hell wurde im Saal, wurde es auch still. Einigen, die beharrlich auf ein weiteres Bild warten und warten und warten wollten, wurde von Besuchern – oder waren es doch Bettnachbarn? – bedeutet, daß die Reise für heute zu Ende war. Ein Mann, der von einem Pfleger aus dem Saal geführt wurde, wollte immer wieder stehenbleiben, niederknien und unsichtbare Dinge, Gräser, Seeanemonen, vom Parkett pflücken. Im Foyer bat eine junge Frau darum, sich an meinen Schultern festhalten zu dürfen: sie wolle so hoch wie möglich springen. Und vor einem bodenlangen Garderobenspiegel sprang sie dann, bis sie außer Atem geriet, wieder und wieder hoch und rief dazu: Ich bin jung! Ich bin jung!, seht nur, wie meine Haare fliegen.

Maria, Morgenstern,
Pforte des Himmels,
bitte für uns.

Unter den Heimkehrern aus Hawaii waren schließlich auch einige, die nach dem Erlöschen der letzten Insel weder in ihre Pavillons noch in ihre Wohnungen zurückkehren wollten, sondern hinauf zur Kirche oder auf die weitläufigen Wiesen, die sich hinter der goldenen Kuppel in der Hügellandschaft des Wienerwaldes zu verlieren schienen, weil die Anstaltsmauer dort unsichtbar hinter Bäumen verlief.

Ich hatte mich den Kirchgängern, von denen einige schon auf dem Weg zu singen begonnen hatten, angeschlossen und saß dann auf der Parkbank, las in meiner Fibel, kritzelte die Namen Mariens, mit dem Rücken zur Tiefe und allein den Engeln über dem Hauptportal und den Betenden zugewandt, in mein Notizbuch und bemerkte deswegen auch nicht, was am Himmel geschah. Hörte zunächst nur ein fernes Brausen, dann ein Rauschen, als näherten sich himmlische Heerscharen, herabbeschworen von den Anrufungen, Engel in einer so ungeheuren Zahl, daß ihre Schwingen den Himmel verfinsterten.

Und dann verloren sich alle Stimmen, alle Namen und Worte in diesem Rauschen: Es waren tatsächlich Flügel, die Flügelschläge Tausender und Abertausender Saatkrähen, die an diesem wie an jedem anderen Abend auch ihre Schlafbäume am Steinhof aufsuchten, die ein in Ungnade gefallener Planer vielleicht nicht nur des Schattens und Vogelsangs wegen, sondern auch in der Absicht gepflanzt hatte, daß aus den Baumkronen Tag für Tag ein Beispiel dafür gegeben werde, wie das ging, wie das aussah: sich nach Belieben von der Erde zu lösen, sich über Dächer und Pavillons und Mauerkronen zu erheben oder auf unverrückbaren Orten unter einem fließenden Himmel nach Belieben auch wieder zu landen, dort zu singen, zu krächzen oder zu verstummen, um erneut aufzufliegen, allein oder in riesigen Schwärmen, und zu flattern oder zu segeln, wohin auch immer, jedenfalls aber auf und davon.

Der Tenor

Ich sah einen häßlichen Straßenzug in den Schneewirbeln eines arktischen Tiefdruckgebietes verschwinden: Plattenbauten mit schwarzen Fensterhöhlen; einen Lagerschuppen, dessen rissige Betonwände und verbeulte Schiebetore mit Totenköpfen und Comicfiguren bemalt waren; eine verlassene Baugrube, über die zwei verschneite Kräne ihre Gitterarme streckten; Baracken, entlaubte Birken und auf einer Anhöhe dahinter ein zehn oder zwölf Stockwerke hohes Denkmal in Gestalt eines Frontsoldaten aus Gußbeton … Unaufhaltsam versanken Häuser, Hügel, der turmhohe Soldat, der an blutige Kämpfe um die Polarregion erinnern sollte, zum klagenden Geräusch des Windes in kristallinen Wirbeln und Schleiern, bis vor meinem Fenster nur noch ein nach allen Richtungen wogendes Schneetreiben zu sehen war.

Ich saß in meinem zentral überheizten Zimmer im fünften Stock eines Hotels in Murmansk auf der russischen Halbinsel Kola und starrte in das chaotische Weiß. Mein Flug nach Moskau war wegen Schlechtwetters gestrichen worden und der Luftdruck seither weiter gefallen. Ich hatte durch diese Streichung auch meine Anschlußflüge nach London und Cork versäumt und würde heute auch die Hochzeit eines Freundes im irischen Baltimore versäumen. In einem immer wieder von Störgeräuschen unterbrochenen Telefongespräch hatte ich erfahren, daß dort zu dieser Stunde eine milde Herbstsonne schien und der Atlantik spiegelglatt vor der Steilküste lag.

Wäre ich doch, wie geplant, vor zwei Tagen bei bestem Flugwetter abgereist! Wäre ich doch, hätte ich doch … Ich hatte aber, verflucht, nach dem Ende einer Seereise in die Hocharktis meinen Aufenthalt in Murmansk noch um einen Tag verlängert: Wegen einer Rundfahrt! durch den Haupthafen der russischen Nordmeer- und Eisbrecherflotte und war dann an Bord eines zur touristischen Nutzung umgebauten Fischtrawlers an auslaufbereiten Schlachtschiffen vorbei und durch die Kola-Bucht gefahren, einen fast sechzig Kilometer langen Fjord der Barentssee, an dem in stillgelegten Werften und verrottenden Docks unzählige abgewrackte Kreuzer, Fregatten, Torpedoboote und U-Boote aller Klassen rostend, gekentert oder halb versunken im Wasser lagen.

Aus den wenigen Schiffen, die hier an verlassenen Kais und Molen nicht einfach der Zeit ausgeliefert, sondern noch ausgeschlachtet werden sollten, zuckten manchmal die blauen Blitze von Schweißfeuern und war das Geläute der Schläge von Kranarmen und Hämmern gegen das Metall der Aufbauten und Bordwände weithin über das glatte Wasser zu hören. Auch wenn in diesem Herbst der Zusammenbruch des sowjetischen Imperiums schon lange zurücklag, waren die Zeichen und Spuren des Verfalls in Hafen und Stadt allgegenwärtig:

Fast die Hälfte der Bewohner, zweihunderttausend

Menschen, hatten Murmansk nach diesem Zusammenbruch gegen Ende des zwanzigsten Jahrhunderts verlassen: Werften, Fabriken, staatliche Handelshäuser waren geschlossen und ganze Verbände der Nordmeerflotte aufgelöst und abgewrackt worden. Wer geblieben war, hoffte auf eine neue Blüte durch die Ausbeutung der Polarregion, auf die Erschließung neuer Öl- und riesiger Gasfelder bis an den Nordpol – oder wenigstens auf einen wachsenden Eismeertourismus in ehemals militärischen Sperrgebieten.

Aber was, hatte der Steuermann des Fischtrawlers gesagt, was hatte man den Murmanskern zu Zeiten der Kommunisten und dann erst recht nach dem Verschwinden ihrer Sowjetunion nicht schon alles versprochen. Mehr als ein Zehntel des gesamten Fangs der sowjetischen Fischerei sei einst in Murmansk angelandet worden. Und jetzt? Jetzt gab es wohl kein Gewässer in Rußland, das von den abgewrackten U-Booten und ihren Atomreaktoren und allem Öl und aller Chemie abgesoffener Schlachtschiffe schlimmer verseucht wäre als die Fanggründe in der Kola-Bucht und an den Küsten der Barentssee. Nein, das einzige Versprechen, das sich heute in dieser Bucht noch erfüllen werde, sei, daß sich die Nebelbänke, die wir gerade passierten, wohl demnächst lichten würden.

Als der Morgennebel dann innerhalb der ersten Stunde der Hafenrundfahrt tatsächlich, wenn auch mit der Trägheit von Rauchschwaden bei Windstille, verflog, tauchten die Wracks aus den Dunstschleiern wie aus einem apokalyptischen Traum: seitlich im schwarzen Wasser liegende Schiffe, deren Kanonen in den wolkenlosen Herbsthimmel und gegen den Meeresgrund zeigten, U-Boote, die wie gestrandete Wale zwischen Felsen lagen; von einem Zerstörer ragten nur noch Brücke und Geschütztürme aus dem ölig schimmernden Wasser, und einige vom Rost gebräunte Fregatten waren von den Gezeiten oder in Stürmen gegeneinandergeworfen worden und lagen nun wie gigantisches Treibholz vor verfallenen Docks. Nur wenige Wracks schaukelten noch vertäut oder verankert auf dem Wasser, die meisten waren gekippt, gekentert, gesunken.

Ich solle doch froh sein, hatte mir der Rezeptionist nach meiner Rückkehr vom soeben geschlossenen Murmansker Flughafen gesagt, bei diesem Wetter überhaupt noch ein freies, geheiztes Zimmer zu finden; er könne mir sogar meine alte Zimmernummer anbieten. Froh.

Ich hatte nach meinem Einzug in das erst vor wenigen Stunden geräumte Zimmer ein nasses Handtuch auf den glutheißen Heizkörper gelegt und, als der Schneefall für kurze Zeit aussetzte, mit meinem Fernglas die um *Aljoscha*, den turmhohen Betonsoldaten, kreisenden Möwenschwärme beobachtet und die Plattenbauten im Blickfeld des Hotels: Unter vielen Fenstern dieser verwahrlosten Gebäude pendelten Nylonsäcke mit Lebensmitteln, hingen Kisten und Vorratskästen, vielleicht aus Mangel an Kühlschränken, vielleicht auch aus Platzmangel oder zum Schutz gegen Diebe, denn in diesen hängenden, über ganze Fassaden ausgebreiteten Speicherzonen waren auch Fahrräder zu sehen, Stühle, Kleidersäcke. Die Front eines Wohnblocks glich so der schwebenden Ausstellung von

Dingen eines Lebens voller Mängel und vergeblicher Hoffnungen. Aber viele Bewohner, das zeigten ganze Reihen leerer Fensterhöhlen, mußten die Hoffnung bereits aufgegeben haben.

Als ich mein Fernglas zur Seite legte, begann es wieder zu schneien, immer heftiger zu schneien, und ich sah die Kulissen der Armut mit bloßem Auge verschwinden. Ich setzte mich wieder in einen von Zigarettenglutspuren durchschossenen Lehnsessel aus Schaumstoff und machte mich per Fernbedienung einmal mehr auf die Suche nach ermutigenden Wetternachrichten. Und sah zunächst doch nur schneeverwehte Straßen- und Landepisten auf dem Fernsehschirm, vorüberhuschende Ausschnitte aus Seifenopern, Werbeprediger, babylonische Nachrichten und Botschaften – und irgendwann auch einen rundlichen Mann mit schiefen Zähnen in einem etwas knapp sitzenden Büroanzug, der vor großem Publikum im Scheinwerferlicht auf einer Bühne stand.

Ich weiß nicht mehr, ob es sein schüchterner, fast verlegener Gesichtsausdruck, sein schüchternes, fast verlegenes Lächeln – oder die geringschätzigen Blicke und das verhaltene Grinsen waren, mit denen dieser Mann vom Publikum und der hinter einem Pult verschanzten Jury bedacht wurde, die mich dazu brachten, in meinem Lauf durch die Kanäle innezuhalten. Ich war offensichtlich in eine jener Casting-Shows geraten, die zu jener Zeit über die Fernsehstationen zahlloser Länder in zahllosen Sprachen ausgestrahlt wurden und bei denen in einem Knockout-Verfahren über wochenlange Fortsetzungen ein Sieger oder eine Siegerin ermittelt werden sollte, der oder die am besten singen, der oder die am besten tanzen oder in einem seltsam staksenden Gang mit todernster Miene lachhafte Mode auf einem Laufsteg präsentieren, kurz: etwas zeigen, vorführen konnte, mit dem angebetete Stars bereits weltberühmt geworden waren. Diesen Weltberühmtheiten galt es vor einer oft gnadenlos urteilenden Jury und zum Vergnügen eines per telefonischer Abstimmung beteiligten Millionenpublikums nachzueifern.

Opera, sagte der rundliche Mann auf die Frage eines Jurymitglieds, womit er denn sein Publikum hier und jetzt überzeugen zu können glaubte, er wolle Opera singen. Publikum und Jury lächelten.

Aber als der rundliche Mann mit den schiefen Zähnen dann zu einer Arie aus der Oper Turandot von Giacomo Puccini ansetzte: *Nessun dorma*, Niemand schlafe!, und das Lied eines Prinzen in einer schlaflosen Kaiserstadt zu singen begann, wichen alle Zeichen von Zweifel und lächelnder Überlegenheit in den Mienen der Zuhörer einem Ausdruck vollkommenen Erstaunens, schließlich der Rührung, ja Begeisterung. Gegen Ende der Prinzenarie begann das Publikum sich von den Plätzen zu erheben und unter Bravogeschrei stehend zu applaudieren, eine Frau der Jury wischte sich verstohlen Tränen aus dem Gesicht, und auch ihre Kollegen konnten ihre Gefühle nur mit Mühe verbergen.

Erst viel später, lange nach dem Abzug des arktischen Tiefs und meiner um zwei Tage verspäteten Ankunft in Baltimore, wo es mittlerweile ebenfalls herbstlich kalt zu regnen begonnen hatte, sollte ich durch irische Freunde erfahren, daß ich in meinem Murmansker Hotelzimmer nur eine im Internet jederzeit abrufbare, ältere Aufzeichnung eines legendär gewordenen Auftritts und kein Ereignis der Echtzeit gesehen hatte:

Der rundliche Mann, ein in Wales geborener Opernfreund, hatte Philosophie studiert, in einem Supermarkt als Regalpacker gearbeitet, als Vertreter Mobiltelefone verkauft, jahrelang Gesangsstunden genommen und, von Krankheiten und Operationsfolgen geplagt, schon viel Hoffnung verloren, als er mit seiner Bewerbung für eine Casting-Show die letzte Chance nützen wollte, seinen Traum von einem Leben als Tenor zu verwirklichen. Und er hatte den Wettbewerb gewonnen.

Noch im Jahr seines Triumphes durfte er vor der englischen Königin singen, verdiente Millionen und mußte sein Glück dann auch bezahlen. Denn nach dem ersten, überraschten und gerührten Jubel fanden die kritischen Stimmen der zweiten Welle seinen Gesang doch nicht mehr so zauberhaft, seine Preisgelder und Honorare unverdient hoch, seine Auftritte dilettantisch. Und die Tatsache, daß sich der Verlierer nach dem ersten Sieg seines Lebens die schiefen Zähne begradigen ließ und den alten, schlecht und eng sitzenden Billiganzug gegen einen maßgeschneiderten Smoking getauscht hatte, erschien im veränderten Licht plötzlich als ein bedauerliches Zeichen verlorener Bescheidenheit.

In der Stunde des Schneesturms aber war noch kein Hauch von Mißgunst oder Neid zu spüren. Ich war vom Auftritt des rundlichen Mannes, seinem schüchternen Lächeln, seinem Gesang beeindruckt wie der Großteil seines weltweit verstreuten, unsichtbaren Publikums. Und in meinem Murmansker Hotelzimmer bestärkte seine Arie die Hoffnung, daß es den Weg aus einer verzweifelten Lage ins Glück tatsächlich geben und jeder, auch ein fast schon verlorener, rundlicher Mann mit schiefen Zähnen, ihn finden und gehen konnte. Und während dieser Prinz Liebe und Schlaflosigkeit besang, wurde ein kahles Hotelzimmer zur behaglichen Zuflucht, das ungeduldige Warten auf das Ende eines Sturmtiefs zur geschenkten Zeit und das Schneetreiben vor meinem Fenster weihnachtlich friedvoll wie in Kindheitsjahren, in denen noch mit allem Recht alles zu erhoffen war.

Mann ohne Sonne

Ich sah fünf lachende Männer an der Theke einer nach längst verschwundenen Kohle- und Baumaterialkähnen *Sandboat* genannten Bar in Ballydehob, einem Dorf in der südirischen Grafschaft Cork. Es war ein grauer Sonntagnachmittag im Juli und die Luft an der Theke, an der damals noch geraucht werden durfte, vom Zigarettenqualm so milchig und trüb wie der Himmel vom *drizzle*, staubfeinem Sprühregen.

Immer wieder von Zwischenrufen und Gelächter unterbrochen, erzählte einer der Männer, ein rotgesichtiger, massiger Zecher, der neben seinem fast leeren Bierglas bereits ein zweites, volles, vor sich hatte, eine Geschichte, die er nach jedem Einwurf um weitere Details bereicherte. Seine Zuhörer sollten der Geschichte am Ende den Titel *The man who never saw the sun rise*, Der Mann, dem die Sonne nicht aufging, geben und darüber einmal mehr in schallendes Gelächter ausbrechen.

Erzählt, gehört, belacht und kommentiert wurde an der Theke die Geschichte eines Steinmetzen aus einem Weiler an der Straße nach Mizen Head, in dem er ein Haus allein mit einem struppigen irischen Schäferhund, größer als eine Dogge, bewohnte. Der Steinmetz, einer von damals noch zwei Dutzend irischen Handwerkern im

Unternehmen eines Baumeisters, der vor mehr als dreißig Jahren aus Deutschland eingewandert war, hatte sowohl vor seinen Freunden als auch vor der Madonna, wie er sagte, immer wieder geschworen, keinen Tropfen Alkohol mehr zu trinken, war aber an verschiedenen Wegkreuzungen immer wieder dazu gezwungen oder verführt worden, falsch abzubiegen und seinen Schwur zu brechen.

Der Erzähler hob sein Glas, eine Pint *Beamish*, leerte es und trank seinen Zuhörern dann aus dem zweiten, noch vollen Glas zu. Die lachten und tranken auch.

Die Trinkerei, ja schwere Räusche, mit denen er singend oder fluchend nach Hause gekommen war, wo sein Hund ihn ableckte und manchmal heulend in die Lieder seines Herrn einfiel … die Trinkerei hatte den Steinmetz jedenfalls immer wieder auch am rechtzeitigen Erscheinen auf dieser oder jener Baustelle gehindert, und schließlich war ihm, nach Entlassungen aus dieser oder jener Firma, nur noch der Baumeister aus Deutschland als Arbeitgeber geblieben. Mehr als einhundert in traditioneller irischer Steinbauweise unter diesem Meister errichtete Häuser hockten mittlerweile auf den Hügeln, an der Küste und in den Talsenken der ganzen Grafschaft, mehr als einhundert Häuser! Und an mehr als der Hälfte von ihnen hatte der Steinmetz mitgebaut. Daß er, wenn er nicht trank, zwölf und vierzehn Stunden und notfalls länger arbeiten konnte, war wohl auch einer der Gründe, warum dieser Deutsche dem Steinmetz zur Verwunderung einiger Leute in Ballydehob schon so vieles, wenn nicht alles, nachgesehen hatte …

Es war an einem Regensonntag wie diesem gewesen, einem kalten allerdings, einem Sonntag im Winter, als der Baumeister sich wieder einmal mit einigen seiner Handwerker im *Sandboat* getroffen und sie auf eine Pint eingeladen hatte und noch eine; auch den Steinmetz. Wie viele Pints der und die anderen zuvor schon getrunken hatten, wußte damals wohl auch der Mann an der Schank nicht mehr genau. Hier, wie an allen Theken Irlands, war ja jedes Glas sofort zu bezahlen. An diesem Sonntag waren es gewiß viele gewesen.

Es war bereits später Nachmittag, als der Baumeister sich verabschiedete und seinen Leuten das Versprechen abnahm, sich morgen früh an der Baustelle am Mount Gabriel nicht zu verspäten, auf keinen Fall zu verspäten! Der Bauherr dort, ein Zahnarzt aus Dublin, der jede seiner freien Sommerwochen hier im Süden verbrachte, würde Strafgeld einfordern, sollte sein Traumhaus nicht bis spätestens Mitte März beziehbar sein.

Die strengste Ermahnung zur Pünktlichkeit galt dem Steinmetz. Er würde diesmal keine Nachsicht mehr mit ihm haben und ihn entlassen, entlassen müssen, sagte der Baumeister. Die nächste Verspätung würde, das sei versprochen, seine letzte sein, jedenfalls bei ihm, jedenfalls in seiner Truppe. Also dann, morgen um sieben Uhr früh auf dem Bau und keine Minute später. Versprochen, sagte der Steinmetz. Die anderen nickten bloß.

Der Regen hatte aufgehört, die Wolken jagten in einem böigen Westwind dahin, und die kahlen Inseln draußen in der Roaringwater Bay lagen schwarz und brausend in der Nacht, als der Baumeister in seinem Haus, dessen

Fenster die stürmische Küste und den zerrissenen Himmel rahmten, von Schlägen an sein Haustor von den Abendnachrichten im Fernsehen weggeholt wurde. Es war acht Uhr, so ungefähr, und stockdunkel.

Vor der Tür stand der Steinmetz. Naß, zerzaust. Er mußte noch vor dem Ende des Regens von wo auch immer aufgebrochen sein, vielleicht von seiner Kate. Der Weg dorthin war weit. Er trug seine Arbeitskleidung und hatte in einem Plastiksack offensichtlich bereits den Proviant für eine Mittagspause bei sich und stammelte Entschuldigungen. Es sei der Wecker gewesen. Dabei habe er den Wecker doch vor dem Einschlafen kontrolliert, aber das verfluchte Ding, dieses Scheißding, hatte ihn im Stich gelassen. Selbst *Lucky*, der Hund, der ihn jeden Morgen bereits vor dem Alarm weckte, wenn er um sein Dosenfleisch bettelte, hatte sich diesmal nicht gerührt. Alles, alles habe sich ausgerechnet an diesem Morgen gegen ihn verschworen. Dieses Scheißleben sei wirklich voller Fallgruben.

Lucky. Das steinalte Monster. Der Baumeister hatte den Hirtenhund und seinen Herrn vor einigen Monaten fotografiert, nachdem er den betrunkenen Steinmetz in Ballydehob aufgelesen, ihn nach Hause gebracht und ihm geholfen hatte, die Schuhe auszuziehen, die schmutzigen Kleider. Selbst ins Bett hätte der Betrunkene nicht ohne Hilfe gefunden. Der Hund hatte damals die Lähmung seines Herrn genützt und war in die leere, nicht aufgeschlagene Hälfte des Ehebetts gesprungen, hatte sich dort eingerollt und seufzend die Augen geschlossen.

Und der Baumeister hatte der Versuchung nicht widerstehen können, die beiden Schläfer bis zum Hals zuzudecken, dann seine Kamera aus dem Auto zu holen, die für die vielen Details, die es auf einer Baustelle zu dokumentieren gab, immer im Handschuhfach bereitlag – und das Paar zu fotografieren. Für ein zweites Bild ließ sich der Hund sogar auf den Rücken drehen. Den haarigen Schädel auf dem Kopfkissen, lag er wie eine unter dem Vollmond zum Werwolf gewordene Geliebte neben seinem schnarchenden Herrn. Monatelang blieb die Fotografie an das schwarze Brett des mit Planrollen und Aktenordnern vollgestopften und dazu von Zimmerpflanzen durchwucherten Büros genadelt, in dem der Baumeister Tage- und Wochenlöhne auszahlte. Ein Hochzeitsbild, sagte der Baumeister, wenn der Steinmetz hier zwischen Kakteen und Passionsblumen seinen Lohn in Empfang nahm: Wer sich mit der Flasche ins Bett legte, schnarchte eher früher als später neben dem Hund, auf den er gekommen war.

Und jetzt stand der Saufbold vor ihm und hatte, als er zu Hause oder sonstwo eingenickt und aus seinem Dusel irgendwann hochgeschreckt war, offensichtlich nicht gemerkt, daß immer noch Sonntag war, Sonntagabend. Morgen- und Abenddunkel unterschieden sich um diese Jahreszeit ja kaum voneinander. Und wie damals in der Schlafkammer konnte der Baumeister auch diesmal der Versuchung nicht widerstehen:

Acht Uhr vorbei, um mehr als eine Stunde zu spät, sagte er. Du bist gefeuert, sagte er.

Der Steinmetz hustete, strich sich das Haar aus der Stirn, wie er es immer tat, bevor er etwas sagen wollte, schwieg dann aber einige Atemzüge lang. Ob der Baumeister, sagte er dann, ob der Baumeister wenigstens aus Rücksicht auf seine Familie noch ein letztes Mal Nachsicht haben könne; eine letzte Chance. Schließlich sei er gestern als einer der ersten aus dem *Sandboat* aufgebrochen und so früh zu Bett gegangen wie seit Jahren nicht mehr, alles nur, um auf keinen Fall zu verschlafen.

Familie? sagte der Baumeister, hatte der Steinmetz vergessen, daß ihm Deirdre, seine Frau, schon vor Jahren davongelaufen war, geflüchtet vor seinen Räuschen, und daß selbst seine Töchter *davon*geheiratet hatten, nach Rosslare und Waterford und von dort nicht einmal mehr zu Weihnachten in sein zur Bruchbude verkommenes Haus zurückkehrten. Familie? Auf dem Foto am schwarzen Brett war doch bereits die ganze Familie zu sehen: Ein alter Säufer und sein uralter Hund.

Eine Chance, sagte der Steinmetz.

Jetzt war es der Baumeister, der lange und wie im Widerstreit mit sich selber schwieg, Die anderen seien längst weg, sagte er dann, er habe sie nach Skibbereen geschickt. Bevor der Granit am Mount Gabriel nicht verlegt sei, konnte dort ja doch keiner von ihnen weitermachen.

Bis zum Abend bin ich fertig, sagte der Steinmetz.

Deine letzte Chance, sagte der Baumeister, die allerletzte.

Der Erzähler wartete ab, bis das Gelächter seiner Zuhörer an der Theke ihn wieder zu Wort kommen ließ: Die letzte Chance! Seine letzte Chance!

An diesem finsteren Morgen, finsteren Abend, setzte der Baumeister den Steinmetz also an der Baustelle am

Mount Gabriel ab, und der begann dort bei Anbruch der Nacht mit seinem Tagwerk, schliff, schnitt, schleppte Steine durch die Finsternis. Wie langsam bei dieser Schinderei die Zeit verging. Und es wurde nicht heller.

Und dann, er wußte nicht mehr, wie lange das Morgengrauen ihm schon fehlte, er bückte sich gerade nach dem Eckstein einer Terrasse, von der sich ein weiter Blick auf den Atlantik bieten sollte, hob einen Brocken, der so schwer war, daß ihm das Blut in den Kopf rauschte, als er diesen Chor hörte: *Good morning, good morning sunshine!*, Guten Morgen, liebe Sonne, vorbei ist die Nacht!, einen schlampigen Kanon, der bald in Hurragebrüll überging. Die da sangen und brüllten, das waren seine Kumpel. Der Baumeister hatte einige von ihnen aus dem *Sandboat*, andere aus zwei Pubs, einen sogar aus dem Bett geholt und ihnen ein Ständchen am Mount Gabriel vorgeschlagen. Dort sei ein fleißiger Mann am Werk.

The man who never saw the sun rise. Der Mann, dem die Sonne niemals aufging … Wie Pech, sagte der Erzähler, bevor er, wie immer an dieser Stelle, in das Gelächter seiner Zuhörer einfiel, der Spottname klebe nun an ihm wie sonst nur das Pech.

Wer ist dieser Steinmetz? fragte der Mann an der Schank, eine Aushilfe, er kam aus Glengarriff und kannte die Geschichte noch nicht.

Er steht vor dir, sagte der Erzähler.

Und der Baumeister? fragte der an der Schank.

Der steht neben mir, sagte der Erzähler.

Zeitlupe

Ich sah ein Dreifinger-Faultier auf der Veranda eines blau gestrichenen Holzhauses an der Pazifikküste Costa Ricas. Das Haus, das einzige an einem von kupferfarbenen Algenbändern und angeschwemmtem Seegras bedeckten Strand der Halbinsel Osa, wirkte vor den Kämmen der pazifischen Brandung und der tiefgrünen, dem Küstenverlauf folgenden Mauer des Regenwaldes so klein und verloren, daß es nur eine Frage von Tagen, vielleicht bloß von Stunden zu sein schien, bis es samt einem Bootsschuppen, einem verwilderten Garten und einer rostzerfressenen Parabolantenne entweder vom Dschungel oder von den Wasserwalzen des Pazifiks, die sich an flachen Riffen brachen, verschluckt werden würde.

Das Faultier glich einem in Zeitlupe kraulenden Schwimmer, als es auf den von der tropischen Feuchtigkeit geschwärzten Bodenbrettern der Veranda abwechselnd einen seiner langen Arme langsam, sehr langsam hob und langsam, sehr langsam wieder sinken ließ, um sich an seinen fingerlangen Krallen vorwärtszuziehen. Zwei Meter in der Minute, höchstens, vermochte es auf diese Weise kriechend zurückzulegen. Die gebogenen Krallen, die ihm erlaubten, sein Leben kopfüber hängend oder wie in Trance kletternd in den Kronen des Urwalds zu verbringen, glitten auf dem feuchten Holz immer wieder aus und hinterließen dort wirres Gekritzel. Zentimeter um Zentimeter kroch und schob sich das Tier stumm durch bernsteinfarbene Glasfiberscherben, Bruchstücke eines bemoosten Vordaches, durch das es soeben auf die Veranda gestürzt war. Das Tier schien unverletzt und versuchte mit der unvergleichlichen Langsamkeit seiner Art zu fliehen.

Maria, die Frau eines Fischers, der mir am Vortag auf einer unruhigen Ausfahrt versteckte Fanggründe für Blaue Marline gezeigt hatte, war im Schatten der Veranda damit beschäftigt gewesen, Weißwäsche zu bügeln, als das Faultier mit einem das Brandungstosen und den Wind in den Bäumen übertönenden Krachen das Vordach durchschlagen, den Bügeltisch gestreift und umgeworfen hatte und mit einem dumpfen Poltern auf dem Bretterboden aufgeschlagen war.

Obwohl das Tier von seinen krallenbewehrten Armen bis zu den krallenbewehrten Beinen nicht viel mehr als einen Meter maß, hatte die Fallhöhe seines Sturzes aus der Krone eines Ameisenbaumes, dessen Blätter zu seiner bevorzugten Nahrung gehörten, ausgereicht, das Verandadach zu durchschlagen. Eine in den Hitzewellen und Wolkenbrüchen vieler Jahre spröde gewordene Glasfiberplatte hatte den Sturz zwar gemildert, war dabei aber zersprungen. Ein morscher, von Spechten gekerbter, armdicker Ast, der irgendwo hoch oben gebrochen und mit dem Faultier in die Tiefe gestürzt war, zeigte durch das Loch im Dach, in dem er steckengeblieben war, auf die Frau des Fischers.

Maria hatte den Metallkern ihres Bügeleisens an einer Zange über der Flamme eines Gaskochers erhitzen wollen, um ihn dann wieder in das Eisen zurückzustecken, als ihr dieses graue Fellbündel vor die Füße gefallen war, ein Dämon, ein böser Geist!, und hatte den glutheißen Kern, den sie seiner Form wegen *pescado*, Fisch, nannte, glühender Fisch, mit einem Entsetzensschrei fallen lassen und gespürt, wie ein Splitter des Vordaches ihre Schulter streifte.

Aber dann fiel eine Sonnenbahn durch das Loch im Dach auf das gestürzte Wesen und auf die bemoosten Scherben und Splitter am Boden, und Maria stieß das heiße Eisen, das zischend neben dem grauen Pelz lag, mit der Zange zur Seite. Denn auch wenn die Erscheinung eines Teufels oder bösen Geistes vielleicht ähnlich nach Feuer und Verbranntem stank, war, was ihr in die Nase stieg, doch nur der Geruch eines versengten Faultierfells. *Un perezoso!* Ein Faultier!, war vom Himmel gefallen, und ihr Mann Bonifacio würde ein uraltes Versprechen endlich einlösen und das verrottete Verandadach erneuern müssen. Jetzt lachte sie.

Der Lärm des Sturzes, vielleicht aber auch erst Marias Entsetzensschrei oder ihr darauffolgendes Lachen, hatte einen kleinen, drahthaarigen Hund, der neben einem Stapel Reusen zusammengerollt schlief, aus seinen Träumen gerissen. Der Hund, sein struppiges Fell war dem Pelz des Faultiers auf eine Art ähnlich, als bestünde zwischen den beiden eine enge, ungeklärte Verwandtschaft, sprang auf den vom Himmel gefallenen Eindringling zu, nahm die vier Stufen zur Veranda mit einem einzigen Satz und hatte dann Mühe, vor dem langsam, so rätselhaft langsam Flüchtenden zum Stehen zu kommen.

Bellend, ja geradezu brüllend vor Wut oder Empörung, begann er das Faultier zu umspringen, hielt dabei aber stets einen Sicherheitsabstand von der Länge seines eigenen Körpers ein. Denn obwohl ausschließlich Pflanzenfresser und von einer scheinbar unerschütterlichen, schläfrigen Friedlichkeit, konnten Faultiere mit den Sicheln ihrer Krallen Angreifern – Jaguaren, Greifvögeln, Anakondas – tiefe Wunden schlagen. Was den kleinen Hund auf Distanz hielt, waren aber vermutlich nicht diese Krallen – um die Wirkung solcher Waffen zu kennen, war er möglicherweise noch zu jung –, sondern die unfaßbare Langsamkeit der Flucht und jeder Bewegung dieses Wesens. Flüchtende Feinde, entkommene Beute, besiegte Angreifer rannten doch, flogen doch auf, sprangen davon! Aber dieses graue Ding wäre selbst von einer Schnecke einzuholen gewesen und schien sich, taub oder blind oder beides, weder um Gebell noch um Marias Gelächter zu kümmern.

Außer sich vor Aufregung über dieses Rätsel und selbst von seiner lachenden Herrin nicht zu besänftigen, umsprang der Kläffer das Faultier, das jetzt die Verandatreppe erreichte, dort von Stufe zu Stufe mehr hinabplumpste als kroch und sich, endlich auf der roten Erde, in der seine Krallen wieder Halt fanden, vom Ozean ab- und dem Regenwald zuwandte. Durch die rasenden Kreise, die der Hund um das Tier beschrieb, wirkte jede seiner Bewegungen noch langsamer, fremder.

Wenn dieser Fremdling allerdings den Kopf hob und

aus dem schwarzen Fellband um seine Augen seinen Verfolger wie durch eine Maske mit seinem Blick bloß streifte, wich der noch weiter zurück. Und als das Faultier nach einer unsicheren Bewegung auf die Seite zu fallen drohte und dabei einen Krallenarm unwillkürlich und haltsuchend nach dem Kläffer ausstreckte, hörte der plötzlich und wie zu Tode erschrocken zu bellen auf. Auch Maria schwieg jetzt. Wie vor dem Sturz waren nun wieder allein das Brandungstosen und der Wind in den Baumkronen zu hören, dann aber, als sollten sie einen Heimkehrer anfeuern oder begrüßen, ein jäh einsetzender Chor von Brüllaffen aus einer unbestimmbaren Ferne.

Der von Strömen von Insekten, Feuerameisen oder Rüsselkäfern, durchflossene Baum, aus dessen Zweigen das Faultier gefallen war, stand unsichtbar für den Flüchtenden auf der Schattenseite des Hauses. Also mußte der Fluchtweg zurück in den Schutz des Urwalds über ein Stück freies, von wilden Bohnen eingeschnürtes rotes Land führen. Die Schatten der Bäume am Waldrand wurden schon länger und wiesen die Richtung.

Diese tiefgrüne, rauschende Mauer aus Blättern, Stämmen, Gebüsch, die sich so nah, für den Kriechenden aber immer noch fern im Westen, erhob und aus der Gesänge, Schreie, Gezirpe, Pfiffe und Warnrufe drangen, Stimmen von Affen, Tukanen, Fröschen, Papageien, Zikaden, mehr und mehr Stimmen, manche verlockend, andere drohend, selbstvergessen, vielleicht sogar höhnisch oder liebestoll ... diese Mauer war die Rettung, ja, das mußte die Rettung sein.

Von einem drahthaarigen, immer noch aufgeregten, nun aber stummen kleinen Hund begleitet, der gewiß bald kehrtmachen und sich ebenfalls dorthin zurückwenden würde, wo ihm alles vertraut war, jede Stimme, jeder Schatten, kroch das Faultier, ein Schwimmer im roten Staub, der rettenden Mauer entgegen.

Der Waranjäger

Ich sah eine Menschenmenge, die eine von Schlaglöchern übersäte Straße im ostjavanischen Distrikt Tirto-Moyo blockierte. Der schwache Verkehr auf dieser Piste aus schwarzem Lavasand schien sich seit längerem zu stauen, denn diesseits und jenseits der Menge standen Fahrzeuge mit abgestelltem Motor, Kleinlaster, Kleinwagen, ein Autobus; auch ein Wasserbüffelgespann und eine Limousine mit dunkel getönten Scheiben warteten in der Kolonne. Wagentüren standen offen, Fahrräder und Mopeds lehnten an Kautschukbäumen und Ölpalmen am Straßenrand. Alles, was in beiden Fahrtrichtungen eben noch Staubfahnen hinter sich hergezogen hatte, stand nun still. Fahrer und Passagiere hatten sich zu einer seltsam ruhigen, wie in Andacht versunkenen Menge versammelt, aus der nur das Schreien eines Kindes zu hören war.

Ich hatte am Vortag einen Versuch, den *Mahameru*, Javas höchsten Berg, einen knapp dreitausendsiebenhundert Meter hohen Stratovulkan, zu besteigen, bei strömendem Regen abgebrochen und war auf dem Weg an die Küste bei Lumajang, um dort auf eine vorhergesagte Periode stabileren Wetters zu warten, konnte nun aber mein geliehenes Motorrad auch bloß im Schatten eines mit Jackfruits beladenen Pick-up abstellen und mich der Menge anschließen.

Es waren etwa achtzig oder neunzig Menschen, die den Ort eines Unfalls umdrängten. Auf dem von Zuschauern, Helfern oder Zeugen kreisrund eingefaßten Schauplatz lag ein Mann mit offenen Augen, der aus einer Kopfwunde und an beiden Händen blutete. Zwei Helfer saßen neben ihm und drückten ihn jedesmal sachte zu Boden, wenn er sich mit einem Schmerzenslaut aufrichten wollte. Nicht bewegen! Er durfte sich nicht bewegen und auch nicht bewegt werden: Sein Rückgrat, übersetzte mir ein von Brand- oder Operationsnarben gezeichneter Mann in der Uniform einer Telefongesellschaft, der mit einem Jeep ins Tengger-Massiv unterwegs war, sein Rückgrat sei verletzt, vielleicht gebrochen, aber Hilfe bereits unterwegs.

Vor dem Verletzten stand ein nur mit einem Hüfttuch bekleideter Mann, ein Plantagenarbeiter, der an Fischgräten erinnernde Rillen in die Rinden der Kautschukbäume am Straßenrand geschnitten und Näpfe zum Auffangen der Latexmilch an die Stämme gebunden hatte und so zum Zeugen des Unfalls geworden war. Er wiegte ein schreiendes, vielleicht einjähriges, weiß gekleidetes Mädchen auf seinen Armen und bewegte die Füße und Hände des Kindes wie die einer Puppe auf und ab, als wollte er die Funktionsfähigkeit und Unversehrtheit jedes einzelnen Gelenks prüfen und sie dem bewegungsunfähigen Verletzten vorführen, der seine Augen nicht von dem Kind wandte.

In der Mitte des Schauplatzes, dort aber kaum beachtet, lag das Unfallfahrzeug, ein Moped, auf dessen Gepäckträger eine große, etwa einen Meter lange, schwarzgelb gesprenkelte Echse mit Schnüren und Draht festgebunden war – ein blutender Waran. Die Wunden am Kopf und an den muskulösen Beinen der Echse schienen allerdings nicht bloß vom Unfall, sondern von der Drahtfesselung und vor allem der vorangegangenen Jagd herzurühren. Daß sie lebte, war allein an der Bewegung ihrer Augen zu sehen. Die schwarze Zunge hing ihr seitlich aus dem offenen Maul, aus dem Blut tropfte. Das Tier war wohl mit der üblichen Methode – einem Frosch als Köder an einem Widerhaken, der Lippen und Rachen der an der Fangschnur zerrenden Beute zerriß – gefangen worden und zur Schlachtung bestimmt. Echsenleder und -fleisch waren kostbar.

Der Waranjäger war mit seiner Tochter – dem in den Armen des Zeugen schreienden Mädchen –, die er sich mit einem Tragtuch auf den Rücken gebunden hatte, auf dem Weg zum Markt gewesen, als ihn ein dürrer Ast, eine Schlange oder bloß ein Schlagloch?, in der Menge gab es verschiedene Ansichten darüber, zu einem Ausweichmanöver gezwungen und zu Sturz gebracht hatte. Der Plantagenarbeiter sagte, eine Schlange, es konnte nur die Schlange gewesen sein, eine rote Palmenotter. Er habe sie mit einem Stock erschlagen wollen, sie sei aber ins Gras und dann wohl auf die Straße, auf den Weg des Gestürzten, geflüchtet, ein böser Geist, ein Dämon.

In welcher Ferne voneinander, in welchem dicht besiedelten ostjavanischen Landstrich oder welcher unzugänglichen Wildnis der Waran und sein Jäger bis zu diesem Tag auch gelebt hatten – es hatte vielleicht tatsächlich der

Macht eines Dämons bedurft, um die beiden in jenes fast verwandtschaftliche Nahverhältnis zu zwingen, in dem sie nun gefangen waren. Denn auch wenn der Unfall für den blutenden Waran nur ein Aufschub, ein Halt auf seinem Weg zur Schlachtung war, schien er durch seine Verletzungen, seine Fesselung und Bewegungslosigkeit plötzlich auf seltsame Art mit seinem blutenden Jäger verbunden, der nun ebenso ausgeliefert wie er und ohne Bewegungsfreiheit war. Aber während der Jäger, wenn auch kraftlos und unter Schmerzenslauten, sich noch erheben, gehen, vielleicht flüchten wollte, schien der Waran sich in die Aussichtslosigkeit aller Fluchtversuche gefügt zu haben und behielt reglos allein das weinende Kind im Auge, das einzige, was sich in seinem Blickfeld auffällig bewegte, bewegt wurde. Auch der Jäger sah seine Tochter immer noch unverwandt an, während man ihm einen Kopfverband anzulegen versuchte.

Seine Augen, die Augen der Zuschauer, die Augen des Warans – alle Blicke waren auf das unversehrte Mädchen gerichtet, als der Plantagenarbeiter es plötzlich hoch über seinen Kopf hob – und fallen ließ und gleich wieder fing und es so einen Herzschlag lang zum Fliegen brachte. Das Mädchen hörte in diesem Fallen und Aufgefangenwerden fast augenblicklich zu weinen auf – ja begann, als der Plantagenarbeiter das Spiel noch einmal und noch einmal wiederholte, zu lachen und schien irgendwann tatsächlich im Schnittpunkt aller Blickrichtungen zu *schweben* – eine kindliche Gottheit, Sinnbild einer der versammelten Menge unerreichbaren Unversehrtheit, Unverwundbarkeit, ja Unsterblichkeit.

Und plötzlich streckten sich auch andere Arme nach der Tochter des Jägers aus und wollten sie halten und wiegen, als ob dadurch etwas von ihrer Unbeschwertheit und Kraft auf jeden übergehen könnte, der sie berührte – und so begann das Mädchen den Schauplatz des Unglücks von Arm zu Arm zu umkreisen, lachte manchmal, weinte nicht wieder. Und über der Heiterkeit dieses Schauspiels bemerkten wohl nur wenige der Versammelten, daß auch der blutende Jäger, langsam, wie zu Tode erschöpft, einen Arm nach dem Kind ausstreckte, während die gefesselte Echse, aus deren Maul nun kein Blut mehr tropfte, ihre Augen schloß.

Sturmschaden

Ich sah zwei schlanke Arme, die sich nach einer Wäscheleine streckten, um ein weißes Hemd zum Trocknen aufzuhängen. Im Halbdunkel des Dachbodens, in dem bereits drei mit Weißwäsche behängte Leinen ausgespannt waren, schwebten nasse Hemden, Leintücher und Kissenbezüge wie eine in Reih und Glied erschienene Abordnung von Gespenstern. Im Geheul des Windes, der draußen Zweige von den Obstbäumen riß und Dachsparren bedrohlich knirschen ließ, hätte mich vielleicht wieder einmal die Angst vor der Dunkelheit und ihren Schemen erfaßt, wären die schlanken Arme nicht die meiner Mutter gewesen.

Daß ich sie hinauf in das Dachbodenreich, das einmal als Drohung, dann wieder als Traumland über allen Zimmern unserer Wohnung lag, begleiten und ihr nun Stück für Stück nasser Wäsche aus einem großen Weidenkorb reichen durfte, war eine Auszeichnung. Denn die Truhen und Kisten, das mit Decken verhängte Mobiliar und alles Gerümpel, das hier oben, wie zum planmäßigen Vergessen bestimmt, verstaubte, war Eigentum verschiedener *Parteien* und mußte deshalb vor der Neugier oder dem Spieldrang von Kindern des Hauses geschützt werden. Der Dachboden mit seinen Verlockungen und seiner endlosen Dunkelheit war ein verbotener Ort und legal nur in Begleitung von Erwachsenen zu betreten.

Dienstag, es muß ein Dienstag gewesen sein. Dienstag war *Weißwäschetag* im Kaiser-Franz-Joseph-Jubiläums-Lehrerheim des oberösterreichischen Voralpendorfes Roitham. Der Tag war regnerisch, und obwohl der Wind, der an Stärke von Stunde zu Stunde zugenommen hatte, aus Süden heranstürmte, war es kalt. Seltsam, daß es ausgerechnet an diesem Ort des Zwielichts und der Dunkelheit plötzlich das Tageslicht sein sollte, eine jäh aufbrechende und dann alles überflutende Helligkeit, die mir von allen folgenden Ereignissen am meisten angst machte.

Meine Mutter streckte ihre Arme nach der Wäscheleine aus, aber diese Leine schien sich plötzlich samt der mit hölzernen Klammern daran befestigten Wäschelast vor ihr zurückzuziehen, hob! sich wie ein Vorhang, der nichts enthüllte als die Dunkelheit. Unwillkürlich streckte meine Mutter sich auf Zehenspitzen nach der Leine und griff am Ende doch ins Leere. Und die Wäsche, die eben noch reglos, wie gefroren in dieser an Zugluft armen Düsternis gehangen hatte, geriet unerreichbar hoch oben plötzlich in Bewegung, flatterte, ja knallte in Windstößen, die auch mich erfaßten. Und dann wurde es schlagartig hell, taghell.

Lauf. Lauf! Ich hatte in dem hereinbrechenden Getöse die Schreie meiner Mutter kaum verstanden, als ich ihre Hand spürte, die so heftig nach der meinen griff und sie umfaßte, daß ich gestürzt wäre, hätte sie mich nicht im Laufen wieder hochgezogen. In der tosenden Helligkeit, in der es jetzt auch noch zu hageln begann, wurde ich zum Schacht der Dachbodentreppe und dort die Stufen hinabgezerrt, während der Südsturm den riesigen Dachstuhl weiter und weiter hochhob, donnernd aufklappte und dann in den Hof zwischen Schule und Lehrerheim hinabschleuderte. Balken flogen scheinbar schwerelos durch die Luft, Kisten, Truhen, Dachziegel wie Laub. Dazwischen wirbelten Weißwäschegespenster.

Ich erinnere mich, daß mein erster Gedanke auf dem Weg zur Treppe und die Treppe hinab nicht der Angst um mein Leben oder das Leben meiner Mutter galt – ich war damals noch unsterblich, unsterblich auch meine Mutter, und der Tod etwas, das grundsätzlich andere Menschen betraf –, sondern daß mir plötzlich bewußt wurde, daß ein Sturm, der das Dach vom größten Haus des Dorfes reißen konnte, auch meinen geheimsten Ort freilegen, ja zerstören würde – eine Kammer, einen in den Dachstuhl gezimmerten Verschlag, der als *Eigentum der Gemeinde* beschildert, mit einer blechbeschlagenen Holztür versehen und zwei eisernen Riegeln und Vorhängeschlössern gesichert war. Die Kammer war offensichtlich sowohl von den Bewohnern des Jubiläums-Lehrerheimes als auch vom Rest der Gemeinde vergessen worden, denn mein jüngerer Bruder und ich waren die einzigen, die sie in aller Heimlichkeit und immer auf der Hut vor Gespenstern und anderen Kreaturen der Dunkelheit besuchten: Sie lag in einem nur über die Hürden mehrerer Stützbalken zugänglichen Winkel und dort ohne einen einzigen beruhigenden Lichtstreifen aus einer Dachluke am Rand der Finsternis.

Wer nicht größer als ein Kind war, die Sparren hochkletterte und sich dann durch einen schmalen, zwischen Dachschräge und dem Türrahmen der Kammer freigebliebenen Spalt zwängte, blickte im Schein einer Taschenlampe auf ein Märchenreich, eine magische Ritterwelt, in die er auf der anderen Seite der Tür absteigen konnte: Ein ganzer Strauß Fahnen und Lanzen lehnte da an einer rußigen Kaminwand, zwei Schwerter in schwarzen, matt schimmernden Scheiden hingen an langen, in die Balken geschlagenen Eisenhaken, und an einem lebensgroßen, goldenen Adler mit geöffneten Schwingen lehnte das Bild eines Ritters in voller Rüstung; ein Ritter!

Ein Schatz. Ich hatte ihn gemeinsam mit meinem Bruder auf einer unserer verbotenen Expeditionen in das finstere Reich über unserer Wohnung entdeckt und seither selbst vor Spielgefährten als unaussprechliches Geheimnis gehütet. Aber als an diesem Weißwäschetag der Sturm abflaute, lag plötzlich alles, was der Verschlag geborgen hatte, unter freiem Himmel zwischen zerschlagenen Ziegeln, Trümmern und Splittern des Daches im Schulhof. Und ich sollte im Verlauf der Aufräumarbeiten, die ich vom Küchenfenster verfolgen durfte, zum erstenmal die Namen der für immer verlorenen Kostbarkeiten hören: Das Zeichen, das die rot-weißen Fahnen trugen, hieß *Hakenkreuz*, der goldene Adler auf seinem Sockel war ein *Reichsadler* aus Gips, die Lanzen waren *Standarten* einer *Wehrmacht* und die kurzen Schwerter in ihren schwarzen Scheiden *Zierdolche* der *SS*. Der Ritter in der silbernen Rüstung hieß *Adolf Hitler.*

Die Zimmerleute, die den Dachboden nach dem Sturm

mit alten Tarnplanen abdeckten und dann mit dem Bau eines neuen Dachstuhls begannen, setzten nach wochenlangem Hämmern, Sägen und Hacken über unseren Köpfen schließlich an jener Leerstelle, an der einmal ein Schatz in der Finsternis schimmerte, eine Luke in die Dachschräge, aus der bei klarem Wetter blaue Bergketten in der Ferne zu sehen waren. Auf den in diesen Tagen im *Heimatkunde*unterricht vor der Tafel entrollten Landkarten waren in langgezogenen, zwischen Gipfeln ausgespannten Schriftbändern zwei Namen zu lesen, die alle diese Grate, Abgründe und Höhenzüge in der Ferne zusammenfaßten und so das Panorama benannten, das auch aus einer Luke der verbotenen Kammer zu sehen gewesen wäre: Das Gebirge im Südwesten hieß *Höllengebirge* und *Totes Gebirge* das im Südosten.

Ein Weltuntergang

Ich sah den blauen Turm der *Bank of China* in Flammen. Er ragte wie der Zeiger einer Feueruhr aus einer rotglühenden Wolke, neigte sich dann dem Meer entgegen, brach auseinander und versank lodernd in der Flut. Nach der Bank of China stürzte auch die von Rauch und tropischem Nebel umwehte Festung der *Hong Kong & Shanghai Banking Corporation* unter einem Funkenschwarm ins Südchinesische Meer. Und schon sprang das Feuer auf die *Standard Chartered Bank* über, auf die *Citibank*, das *Hopewell Centre*, den *Wan Chai Tower* und schließlich selbst auf den seidig schimmernden Wolkenkratzer der *Bank of America*. Hongkong brannte. Ein Wahrzeichen der Insel nach dem anderen ging in Flammen auf und fuhr brennend in die Tiefe der Joss House Bay. Es war der Morgen des dreiundzwanzigsten Tages im dritten Mondmonat nach dem chinesischen Kalender, ein heißer Tag Ende April. Es war der Festtag der Himmelskönigin Tin Hau, Göttin des Südchinesischen Meeres.

Ich saß an diesem Morgen mit einem Freund beim Frühstück auf dem Achterdeck einer Dschunke, deren rote Segel schlaff in den Rauchschwaden schlugen, während die lodernde Skyline Hongkongs in den treibenden Nebelbänken erschien und wieder verschwand. Selbst aus der geringen Entfernung, aus der wir das Feuer von Turm zu Turm springen sahen, war schwer zu erkennen, daß die brennenden Wolkenkratzer nur Modelle aus Blattholz und Seidenpapier waren, Nachbildungen in den Farben und im Stahlglanz der Hunderte Meter hohen Originale – eine papierene, kaum zwei Meter hohe Bank of China, auch die Bank of America nur mannshoch und aus Papier und auf dem Wasser schaukelnd wie alle anderen Türme und Paläste der Hochfinanz, der Politik und des Handels – und alles in Flammen, flackerndes Treibgut, das als Brandopfer eine Meeresgöttin gnädig stimmen sollte.

Tin Hau, Königin des taoistischen Himmels: Ihr zu Ehren lagen wir an diesem Morgen im Verband einer Flotte von Dschunken, Flößen und Ausflugsdampfern in der Joss House Bay vor Anker. Auf einer Anhöhe über dieser entlegenen Bucht der *New Territories* östlich von Hongkong stand ein siebenhundert Jahre alter Tempel der Meeresgöttin in der Sonne, eine rote Holzpagode, scheinbar schwebend über den Nebelbänken und den Fliegenschwärmen, die von geräucherten Schweinehälften, süßem Brot, Honigschalen und anderen über den Strand der Bucht verstreuten Opfergaben aufschwirrten. Zu den Paukenschlägen und dem Gerassel eines rot gekleideten Orchesters flatterten Wolken von goldbedruckten roten Zetteln von den Decks eines Tragflügelbootes – Totengeld, das von den Geistern der Verstorbenen Frieden erkaufen sollte –, und wenn wieder ein papierener Wolkenkratzer in Flammen aufging, brandeten Applaus und Jubel über das glatte Wasser der Bucht. In dicht aufeinanderfolgenden Prozessionen wateten Schiffsbesatzungen an den

Strand oder landeten in überfüllten Beibooten, um ihre Opfergaben im Sand zu hinterlegen, unter seidenen Fahnen zum Tempel hinaufzuziehen, im Dämmerlicht des Heiligtums Räucherspiralen zu entzünden und sich vor der umflorten Statue der Göttin zu verneigen.

Während ich mit meinem Freund bei Tee und Reisgebäck darauf wartete, daß die Besatzung unserer Dschunke zum Opfergang an den Strand gerufen würde, erzählten zwei Dichterinnen aus Chung Wan, dem Central District Hongkongs, an unserem Frühstückstisch die Geschichte der Göttin. Dichterinnen! Auf den Fahnen und Transparenten der Nachbarschiffe standen die Namen großer Banken und börsennotierter Handelsgesellschaften, an Bord unserer Dschunke befanden sich dagegen nur Dichterinnen und Dichter, Erzähler, Übersetzer auf einer Fahrt durch das Insellabyrinth im Mündungsdelta des Perlflusses: Lamma, Lantau, Cheung Chau, Peng Chau, Tung Lung, Macau …

Unsere Seereise sollte zum festlichen Abschluß eines Symposions werden, dessentwegen wir nach Hongkong gekommen waren, eines Gesprächs zwischen europäischen Dichtern und Erzählern und den Dichtern beider Chinas. Dieser Frühling war ein Frühling der Hoffnungen gewesen. Ein Dichter aus Peking hatte uns von Zehntausenden Menschen berichtet, die sich nach dem Tod des großen Reformers Hu Yaobang in diesen Tagen auf dem Tienanmen-Platz versammelt hätten und in Sprechchören und auf Transparenten ein neues China forderten, die Entmachtung des Oligarchen Deng Xiaoping forderten, Versammlungsfreiheit forderten, Redefreiheit, Gedankenfreiheit. Kein Knüppelhieb der Polizei, kein Schuß, hatte der Gast aus Peking geschwärmt, sei bisher gefallen, bis in die Nacht seien die Sprechchöre und Gesänge auf dem Platz des Himmlischen Friedens zu hören ... Wie gesagt, es war ein Frühling der Hoffnungen gewesen. Es waren die Festtage von Tin Hau, der Schutzpatronin aller, die den Untergang zu fürchten hatten.

Tin Hau, erzählten die Dichterinnen aus Chung Wan in einer melodischen Wechselrede, sei ein Fischermädchen gewesen, das im zehnten Jahrhundert, abendländischer Zeitrechnung, gelebt und während eines Taifuns auf hoher See ein Schiff und seine Besatzung vor dem Untergang bewahrt und sicher an einen Strand östlich des heutigen Macau geführt habe:

Tin Hau habe den Wellen befohlen, ihre Kronen und alle anderen Zeichen der Macht abzulegen und sich zu besänftigen. Tin Hau ließ Nebelbänke verfliegen und brachte das Holz eines Schiffsmastes zum Blühen und wurde schließlich, im dreizehnten Jahrhundert, lange nach ihrem Aufstieg in die Höhen der Unsterblichkeit, vom Mongolenherrscher Kublai Khan, der damals ganz China in seiner Gewalt hatte, in einem feierlichen Prozeß zur Königin des Himmels ausgerufen und dem Jadekaiser zur Seite gestellt, dem Allmächtigen des Taoismus.

Noch der Name Macau, erinnerten uns die Dichterinnen an einen zurückliegenden Hafen unserer Seefahrt, die uns über die Mündung des großen Perlflusses bis ans chinesische Festland geführt hatte, noch der Name *Macau* enthalte das kantonesische *A Ma Gau*, den Beinamen Tin Haus, und bedeute soviel wie *Die Bucht der A Ma*. Macau sei der Schauplatz des ersten von vielen Wundern Tin Haus gewesen, ein Ort der Rettung.

In den Tagen bevor wir an Bord gegangen waren, hatte ich in den Gesprächspausen der Konferenz mit meinem Freund die Märkte am Taifunschutzhafen in Kowloon durchstreift und an Buden und Marktständen Rosenholzbleistifte gekauft, Notizbücher aus Reispapier, Schreibzeug in Kampferholzkästchen … Wir hatten in der Jervois Street von Sheung Wan, der Straße der Schlangenhändler, gesehen, wie eine jener Kobras geschlachtet wurde, die in Hongkong jährlich zu Zehntausenden als wärmespendendes Schlangenfleisch verkauft werden. Und von einem Apotheker in Yau Ma Tei hatten wir uns die heilende Wirkung von gedörrten Hornissen und gerösteten Tigerknochen erklären lassen, von zerstoßenen Perlen, geriebenem Nashorn und auch der wunderbarsten aller Medizinen: gemahlene, mit Morgentau vermischte Jade als Arznei gegen die Sterblichkeit.

Aber erst jetzt, während im stillen Wasser der Joss House Bay eine papierene Welt als brennendes Geschenk an ein Mädchen des zehnten Jahrhunderts unterging, verlor vieles, was wir in diesen vergangenen Tagen gesagt hatten, gesehen hatten, gekauft, getan und gesammelt, an Gewicht und Bedeutung, so, als hätte uns erst diese Dschunkenfahrt den wahren und einzigen Zweck unserer Reise enthüllt:

Wir saßen um unseren Bambustisch auf dem Achterdeck und sahen, wie lodernde Wolkenkratzer, Paläste aus Seidenpapier, berstende Festungen der Macht und eines zum Himmel schreienden Reichtums verrauchten und versanken, während unsere Dschunke unversehrt über den Tiefen schwebte. Und wir durften diesen Weltuntergang als bloßes Opferspiel mit dem Feuer, vielleicht auch als eine Erinnerung an die Zukunft verfolgen, ohne dabei selbst unterzugehen, weil Tin Hau, eine Unsterbliche, ihre Mädchenhände schützend über uns hielt.

Der Hirtenhund

Ich sah einen Hirtenhund, der seine Herde, etwa dreißig Ziegen, in den überwucherten Ruinen der lykischen Bergstadt Pinara zurückließ und kläffend auf jene ungeheure Felswand zusprang, die im Westen der Stadt in den Abendhimmel ragte. Sein Gebell schlug aus einer Stille zurück, die seit mehr als tausend Jahren über den Ruinenfeldern lag. Pinara war nach vielen Jahrhunderten einer glanzvollen Existenz von einem Erdbeben zerstört und von seinen Bewohnern aufgegeben worden und zu einer allein von ihrer Entlegenheit geschützten Ruinenstadt in der zerklüfteten Wildnis des westlichen Taurusgebirges verfallen. Nur eine schmale, steinige Straße führte aus den fruchtbaren Tälern von Xanthos in der türkischen Provinz Antalya in ihre Höhen.

Die überhängende Felswand, auf die der Schäferhund zustürmte, stand wie ein rissiger, Hunderte Meter hoher Damm gegen eine herannahende Gewitterfront und war über ihre gesamte Ausdehnung von den schwarzen Öffnungen unzähliger Felsengräber durchbrochen. In diesen aus dem massiven Stein gemeißelten Totenwohnungen, die in unregelmäßigen Reihen übereinanderlagen, hatte die ewige Ruhe allerdings nur so lange gedauert, wie die

Lebenden ihre Toten verteidigen konnten. Nach dem Ablauf dieser Ewigkeit waren die Grabkammern geplündert und Turmfalken zu Nistplätzen geworden. Wo einmal kunstvoll behauene, mit Reliefs geschmückte und beschriebene Türen aus Stein die Welt der Lebenden von jener der Toten getrennt hatten, gähnten nun von der Gier geschlagene Öffnungen, schwarze Höhlenportale, bis in schwindelnde Höhen.

Pinara war vor zweieinhalbtausend Jahren eine der sechs mächtigsten Städte Lykiens gewesen, eines geheimnisvollen Reiches im Schatten des Taurusgebirges. Nach den Gesängen Homers hatten Helden aus Pinara im Trojanischen Krieg vergeblich gegen Odysseus und Achill gekämpft.

Ich hörte das Schlagen der Zeltbahnen des Heerlagers vor Troja im Wind, knallende Fahnen, als die ersten Böen des Gewitters sich in den Kronen von Schirmföhren fingen, die zwischen mächtigen, umgestürzten Säulen aufragten. Ich hörte den Wind im Totengerüst, auf dem die Bahre eines von Odysseus erschlagenen lykischen Kriegers ruhte.

Dann rief mich der Hirtenhund in die Gegenwart zurück. Sein Gebell war lauter als der Lärm meiner Geisterarmee. Kein Pfiff, kein Ruf eines Hirten war zu hören, und so stürmte er durch das Dickicht, das über einem versunkenen Tempel, einem versunkenen Marktplatz und labyrinthischen Grundmauern wucherte, zur Felswand der Toten, als habe er dort oben eine Bedrohung für seine Herde entdeckt – und zeigte mir damit den direktesten Weg aus den Ruinenfeldern zu den Grabkammern.

Ich hatte schon beim Betreten der Stadt nach einem solchen Weg gesucht, folgte dem Hund aber nun gegen einen Impuls zur Flucht. Lauerte dort oben tatsächlich eine Gefahr? Zögernd löste ich mich aus dem Schutz der Wildnis und trat auf ein freies Geröllfeld hinaus, das von den Grabkammern am Wandfuß herabfloß. Wie ein sinkendes steinernes Schiff ragte ein Sarkophag aus dem Geröllstrom. Am Ende des Stroms sah ich den Hund vor einer aufgebrochenen Kammer, vor einem offenen schwarzen Maul. Die Vorderpfoten gegen die gemeißelte Schwelle gestemmt, bellte, ja brüllte er in das Dunkel vor ihm, als habe er einen Feind gestellt, den er nicht anzugreifen wagte.

Die Lykier hatten ihre Toten stets hoch über den Lebenden bestattet, an sonnen- und mondhellen Orten mit weitem Blick über die Stadt, über das Land, über das Meer – entweder in mächtigen, auf monolithischen Blöcken und Pfeilern ruhenden Sarkophagen oder in kunstvollen Felsengräbern, vor denen sich die Welt der Lebenden noch einmal in aller Pracht ausbreiten sollte als eine Verheißung, daß es auch für die Toten eine diesem Panorama ähnliche Zukunft gab – in Kammern wie jener, an deren Eingang der Hirtenhund jetzt in eine Art rasender Starre verfallen war: Er bellte, heulte, ohne sich zu bewegen. Seine Herde graste ruhig in der Tiefe, fraß Büschel haarfeinen Grases, das zwischen den Resten steinerner Bollwerke wuchs, die Generationen von Feinden widerstanden hatten, nicht aber dem Lauf der Zeit. Einige Ziegen erhoben sich vor diesen Resten auf die Hinterhufe, standen dann, aufrecht fressend, gegen geborstene Wehrmauern gestützt wie vom Zorn der Götter in Tiere verwandelte Belagerer und sprangen dann der weiterziehenden Herde nach, die sich allmählich aus der Höhe der Akropolis in die Unterstadt bewegte, vorbei an den Königsgräbern im Zentrum der Stadt, vorbei an den Resten der Agora, des Odeons und weiter bis zum großen Theater, auf dessen weitläufigen Sitzreihen nur noch Dornengestrüpp hockte und auf dessen Bühne als einzige Stimme die eines rasenden Hirtenhundes zu hören war.

Die ersten schweren Tropfen eines Gewitterregens begannen das scharfkantige Geröll zu sprenkeln, über das ich dem Hund entgegenstieg. Erst dieses Wassermuster ließ mich den Regen auch spüren. Obwohl das Gewitter, dessen Donnerschläge immer noch dumpf und fern klangen, eine für den frühsommerlichen Abend eisige Luft die Wand herabstreichen ließ, floß mir der Schweiß über Stirn und Wangen. Ich wollte umkehren, ich wollte umkehren – und stieg und stolperte doch höher und höher.

Die Wand der Toten ragte nun finster vor mir auf, die höchsten Reihen der Grabkammern verschwanden bereits in Nebel- und Regenschleiern, aber als ich innehielt, um Atem zu schöpfen, und mich umwandte, sah ich immer noch jene helle, tröstliche Welt, die für die Augen der Toten bestimmt gewesen war: die Stadt, die schöne Stadt, die in kühnen Terrassen gegen die Täler von Xanthos abfiel, dahinter tiefgrünes bewaldetes Hügelland, das sich im Osten erneut zu fernen Gebirgszügen aufschwang, deren schimmernde, von der Gewitterfront noch unberührte

Firnfelder das Licht der Abendsonne in das Schattenreich von Pinara spiegelten.

Mit dem Bild Lykiens als einem friedvollen Paradies in meinem Rücken erreichte ich endlich den Hund, die aufgebrochene Grabkammer. Er registrierte meine Gegenwart mit einem schnellen Seitenblick und hörte plötzlich zu bellen auf, so als habe er seine Pflicht erfüllt und einem Wesen, irgendeinem todesfürchtigen und deshalb zuständigen Wesen der Menschenwelt, die Gefahr gezeigt und dürfte nun wieder zu seiner Herde zurück.

Komm zurück! rief ich ihm nach, bleib doch!, hierher!, als er den Geröllstrom hinabsprang, dem schönen Land, der Welt der Lebenden entgegen. Ich wollte hier oben nicht allein zurückbleiben und blieb doch stehen vor der Schwelle der Grabkammer. Graues Regenlicht fiel durch die Öffnung auf drei steinerne Bahren, auf denen Tote ruhen sollten, bis ihnen ein namenloser Gott befehlen würde, sich zu erheben und, gesegnet mit den ihnen zu Füßen gestellten kostbaren Liebesgaben, in die Welt der Lebenden zurückzukehren.

Ich sah an den aus dem Fels geschlagenen Bahren, an den aus dem Fels geschlagenen Nischen und Wänden und auch dem Boden, auf dem sie die ersten Schritte zurück aus dem Schattenreich tun sollten, die Spuren der Meißel von Steinmetzen, die wohl selber bereits seit Jahrtausenden ihrer Rückkehr ins Leben entgegenschliefen. Aber was immer den Schäferhund zur Raserei getrieben und ihn um seine Herde hatte fürchten lassen, konnte nicht für die Augen und nicht für die Ohren von Menschen bestimmt gewesen sein.

Von Regen und Schweiß überströmt stand ich vor der hohen, gemeißelten Schwelle und starrte gebannt, bewegungslos wie zuvor der Hirtenhund, ins Innere einer dämmrigen Totenwohnung. Der Boden, die Nischen, die steinernen Bahren waren trocken und leer.

Im Schatten des Vogelmannes

Ich sah ein Kreuz aus Neonröhren an der Küste jener Insel im Südpazifik, die von ihren Bewohnern *Rapa Nui*, von den meisten ihrer Besucher aber *Osterinsel* genannt wird. Wie das weithin sichtbare Zeichen einer Missionsstation oder einer Einsiedelei überragte das an Stangen geschraubte Kreuz ein verlassenes Gehöft, das in der Caldera eines vor Jahrtausenden erloschenen Vulkans lag. Der von Erosion und Tektonik zerrissene und zur Hälfte verfallene Krater glich einem schräg gestellten Kessel, dessen Inhalt – ein kleines, mit Wellblech gedecktes Wohnhaus, Ställe, ein Schuppen und vor allem: auf steinigen, schwarzen Weiden brüllende Rinder und bis zum Skelett abgemagerte Pferde – ins Meer gekippt werden sollte. Der untere Rand dieses Kessels lag so dicht an der Brandung, daß er immer wieder von Gischtflocken beschneit wurde, während sich der obere Kraterrand hoch über den Brechern in jagenden Nebelfetzen verlor.

Ich hatte dieses Gehöft am Nordkap der Insel nach einer stundenlangen Wanderung über Lavahänge und felsige Hochflächen erreicht und wollte von hier über einen weglosen Küstenstrich weiter zur Bucht von Anakena. Dort war nach einer der vielen auf der Insel erzählten Ursprungslegenden Hotu Matua, ein mythischer König und Gründervater des Volkes der Rapa Nui, in einem über die Wellenkämme fliegenden Katamaran gelandet, um hier die erste menschliche Zuflucht zu errichten. Vulkane hatten dieses Land aus der schwarzblauen Meerestiefe dem Himmel entgegengestemmt, aber erst Hotu Matua hatte das Land belebt: Zur Fracht seines Katamarans, hieß es, hätten Honigpalmschößlinge gehört, Papiermaulbeer- und Brotfruchtbäume, Yams, Süßkartoffeln und der geheiligte Toromirobaum. Zum Strand von Anakena, hieß es, führten die Wurzeln aller Stammbäume jener zehn oder zwölf Clans, die in ihrer Verehrung der Ahnen über Jahrhunderte an die tausend *Moais* geschaffen hatten – jene langnasigen, kolossalen Steinskulpturen, die, mit dem Rücken zum Meer auf gemauerten Zeremonialplattformen stehend, mit ihren Obsidianaugen niemals in die Weite, niemals gegen den Wasserhorizont, sondern stets nur ins Innere der Insel blickten. Und mit ihren Schultern aus Basalt oder Tuffstein hielten sie das Meer davon ab, über dem Land zusammenzuschlagen. In ihren stoischen Gesichtszügen spiegelte sich die Gleichmut, mit der die Toten die Ankunft der Nachgeborenen in ihrem Reich erwarteten, und ihre tatenlos an den Körper gelegten Hände zeigten, daß gegen den Lauf der Zeit, der die Welt der Lebenden mit jener der Ahnen verband, jede Auflehnung vergeblich war.

Mich sollte an dem von Clanführern, Königen und ihrem Gefolge längst wieder verlassenen und nur noch von augenlosen Steinmännern bewachten Strand von Anakena vor Einbruch der Dämmerung eine Taxifahrerin erwarten, eine Frau aus dem Volk der Rapa Nui, und mich über eine gewundene Küstenstraße zurückbringen nach Hanga Roa, dem einzigen noch bewohnten Ort der Insel.

Als ich mich dem Gehöft auf einem vom Vieh ausgetretenen Pfad näherte, trug mir ein Windstoß plötzlich einen solchen Verwesungsgestank zu, daß ich mir in aller Eile nur mein schweißgetränktes Stirnband vor Mund und Nase halten konnte: Vor einem umgekippten Wassertrog lag ein verendetes Pferd, in dessen Nüstern und Augenhöhlen Maden wimmelten. Auch den Bauch hatten Aasfresser bereits aufzureißen begonnen. Von den hervorquellenden Gedärmen sprang ein schillernder Schwarm Schmeißfliegen hoch und prasselte gleich wieder auf das Aas zurück. Kaum zwanzig Meter vom Wassertrog entfernt sah ich die Kadaver zweier Rinder und eines weiteren Pferdes vor einem mit Stricken zugebundenen Gatter.

Ich war mit Weidetieren seit meiner Kindheit vertraut, mußte aber doch einen Fluchtimpuls unterdrücken, als plötzlich ein Dutzend oder mehr der in der Caldera verstreuten Rinder auf mich zustürmten. Die knochendürren Tiere glichen einer Gespensterherde: Schwarz gefleckt von Fliegenschwärmen, die auf ihren Geschwüren und blutig gescheuerten, zum Zerreißen über die Knochen gespannten Fellen zu kleben schienen, umdrängten sie mich schließlich brüllend. Sie hatten mich am Wassertrog entdeckt, hatten mich in der Nähe eines Bassins entdeckt, das nur Steine, Sand und Vogelkot enthielt, und ich verstand endlich, daß die Tiere vor Durst brüllten und in mir einen Retter sahen.

Die Herde folgte mir, als ich mich auf die Suche nach einer intakten Leitung machte. Ich fand zwei Wasserhähne, die sich zwar öffnen ließen, aber nur am Ende leerer Rohre saßen, fand keinen Brunnen, keine Zisterne, fand nirgendwo Wasser, nirgendwo Menschen. Die Eingangstür des Hauses war mit Ketten und Schlössern verhängt. Eine Tür zum Schuppen schlug im Wind. Der Schuppen war leer.

Insgesamt fünf verendete Tiere in verschiedenen Stadien der Verwesung – drei Kühe und zwei Pferde – zählte ich schließlich im nahen Umkreis des Gehöfts. Ein böiger Südwind, der dichte Nebelschwaden vom Kraterrand über die vulkanischen Weiden trieb, vermischte den Verwesungsgestank mit dem Duft reifer Guaven, die, mit dem Kot verwilderter Pferde über die ganze Insel verbreitet, bereits viele Weiden Rapa Nuis überwucherten. Es gab kein Wasser. Das Vieh konnte den Regen von den schwarzen Felsen lecken oder aus den rasch versickernden Pfützen trinken, wenn ein Wolkenbruch die Küste verfinsterte, aber ihren Durst konnte eine Herde so nicht löschen.

Natürlich dachte ich daran, die Stricke am Gatter zu lösen und das Vieh freizulassen, aber weil auch jenseits der Zäune und Mauern nur wasserloses Land lag, zog ich einen bereits gelösten Knoten wieder zu. Ich konnte hier nicht helfen, sondern nur der in Anakena wartenden Taxifahrerin – und mit ihrer Hilfe irgendeiner Behörde in Hanga Roa – vom Elend der Herde auf diesem verlassenen Gehöft erzählen. Ihrem Besitzer mußte etwas zugestoßen sein.

Als ich neben dem Gatter über die mannshohe Mauer kletterte und meinen Weg fortsetzen wollte, sah ich plötzlich die Köpfe von Dämonen oder Göttern, sah steinerne Hände, Krallen, Vogelschwingen: In diese Trockensteinmauer waren zahllose Bruchstücke von Skulpturen eingesetzt und zwei große Ecksteine auch mit Rongorongo-Zeichen bemalt worden – Symbolen der einzigen in der Südsee entstandenen, seit dem Untergang ihrer Erfinder aber nicht mehr lesbaren Schrift. Eine zerbrochene Lavakugel auf der Mauerkrone zeigte das Relief einer hockenden Gestalt mit dem Unterkörper eines Mannes und dem Kopf und Schnabel eines Fregattvogels – eine Darstellung jenes *Vogelmannes*, der die Geschichte der Osterinsel über Jahrhunderte beherrscht hatte.

Ich kannte Bilder von Vogelmännern, von Rongorongo-Schriftzeichen und kunstvoll behauenen Fundamentsteinen fensterloser, ovaler Schilfhäuser, die umgekippten Booten glichen, von meinen abendlichen Lesestunden in der Bordbibliothek jenes Schiffes, mit dem ich vor zwei Tagen angekommen war. Drei von den rätselhaften Schriftzeichen, die ich aus einem Bildband in mein Notizbuch übertragen hatte, fand ich auf den Ecksteinen in der Mauer wieder, daneben aber auch Fragmente von geschwungenen Basaltfundamenten:

Als hätte der verschollene Grundherr hier ausschließlich Bruchstücke aus der Geschichte seiner Ahnen verbaut, glich diese Mauer einem steinernen Archiv. Material dafür war im weiten Umkreis zu finden: Wer durch das baumlose Land zwischen erloschenen Vulkanen wanderte, mußte nicht lange nach Resten suchen. Schließlich hatten hier, wie es hieß, einmal mehr als fünfzehntausend Menschen gelebt, vielleicht sogar dreißigtausend. Nun waren es noch knapp viertausend. Und es hatte Zeiten gegeben, in denen hier weniger als zweihundert Menschen zwischen Ruinen, umgestürzten und enthaupteten Skulpturen und verlassenen Kultstätten nach Nahrung gesucht, um Nahrung gekämpft hatten.

Während das Schiff in den Ausläufern eines Sturmtiefs stampfte und ich meinen Bücherstapel auf dem Bibliothekstisch manchmal festhalten mußte, hatte ich auch von den vielen Namen gelesen, die Rapa Nui im Lauf der Jahrhunderte getragen – und wieder abgelegt hatte, Namen, von denen jeder eine andere Geschichte erzählte. Hatte die Insel beispielsweise für Generationen *Kahukahu o hera* geheißen, was soviel bedeuten konnte wie *Unfruchtbares, ödes Grasland*, war sie zu anderen, besseren Zeiten *Te pito o te henua – Der Nabel der Welt*, weil ihre Bewohner lange überzeugt waren, vor der ungeheuerlichen Leere des Wasserhorizonts die einzigen Menschen unter der Sonne zu sein und ihre Insel das einzige Land; Land, das, wiederum Generationen später und lange nach der Einsicht in diesen Irrtum, *Mata ki te tangi* – etwa: *Blick zu den Sternen* hieß und an Schreckenszeiten erinnerte, in denen fast alle seine Bewohner von peruanischen Sklavenhändlern zum Guano-Abbau nach den fast viertausend Kilometer entfernten Chincha-Inseln verschleppt worden waren und dort, in Pferche ohne Dach gezwängt, in den Nächten die richtungsweisenden Sternbilder beweinten, unter denen ihre Heimat lag.

Aber so viele bloß mündlich überlieferte oder in Logbücher eingetragene Namen zu dem immer noch gültigen *Rapa Nui – Große Insel* auch geführt hatten, am Ende bewahrten die Seekarten sogenannter Entdecker und Eroberer vor allem die Erinnerung an jenen Ostersonntag des Jahres 1722, an dem ein holländischer Kauffahrer, als erster in einer langen Reihe von spanischen, englischen, französischen und schließlich chilenischen Besatzern, von seinem Landungsboot an den Strand gewatet war, um den Namen der Westindischen Handelskompanie mit Kreuz und Fahne an das Land des Vogelmannes zu nageln. Das erloschene Neonkreuz ragte wie eine Erinnerung an diese Enteignung in den grauen Himmel.

Die Taxifahrerin, die in der Bucht von Anakena auf mich wartete, hatte mich bereits am Tag meiner Ankunft zu den Resten jenes Zeremonialdorfes gefahren, in dem die Führer der Clans nach einem oft tödlichen Wettkampf einen der Ihren zum *Vogelmann*, zum Herrn über die Menschen, erhoben hatten. Das Dorf lag am Rande eines Vulkans, in dessen Caldera ein Schilfsee den Sommerhimmel spiegelte, dessen Südwestflanke aber fast zweihundert Meter nahezu senkrecht zum Meer abstürzte. Wie Nester klebten die fensterlosen Steinhäuser am Kraterrand über dem tosenden Abgrund.

Alljährlich zur Brutzeit der als heilig verehrten Rußseeschwalben hatten sich hier die besten Schwimmer und Kletterer aller Clans versammelt. Als Stellvertreter der Clanführer und auf ihren Befehl waren sie dann durch die brüchige Steilwand ans Meer hinabgeklettert, hatten sich dort in die Brandung gestürzt und, auf Schilfbündeln liegend und mit bloßen Händen paddelnd, durch eine von Haien verseuchte Meerenge *Motu Nui*, eine kahle, der Steilküste vorgelagerte Felseninsel, zu erreichen versucht. Gelang ihnen das, mußten sie auf dieser von Vogelkot wie beschneiten Klippe tagelang, manchmal wochenlang auf die Ankunft der Zugvögel warten, warten, bis sich das erste Ei einer Rußseeschwalbe erbeuten ließ.

Wem das Glück dieser Beute beschieden war, der band sich dieses Ei um den Kopf und schwamm auf eine gegen zerklüftete Wände donnernde Brandung zu und kletterte, konnte er in der brodelnden Gischt je Fuß fassen, in die schwindelnde Höhe des Dorfes zurück, wo er dem Führer seines Clans ein unversehrtes Seeschwalbenei überreichte. Und der wurde durch diese Übergabe, die in tagelangen orgiastischen, es hieß: auch kannibalischen Ritualen gefeiert wurde, zum Vogelmann und herrschte bis zur nächsten Brutzeit über die Insel. Das auf Motu Nui erbeutete Ei einer Rußseeschwalbe hatte aber nicht nur die Kraft, einen Clanführer in den über allen anderen stehenden, flatternden Vogelmann zu verwandeln, sondern war auch ein Zeichen, ein Signal, mit dem nicht bloß ein neues Jahr, sondern die Zeit selbst von neuem begann.

Aber es war auch dieser verfluchte Vogelmann, hatte die Taxifahrerin auf unserer Fahrt über die Hänge des Vulkans gesagt, während ihre Tochter auf der Rückbank des Wagens ein Malbuch bearbeitete und bei jedem Schlagloch oder Lenkmanöver, das die Spitze ihres Buntstiftes über die Konturen einer vorgezeichneten Blume oder eines Pferdes hinaustrieb, laut seufzte – es war dieser Vogelmann!, der vermutlich den Anfang vom Ende des Ahnenkults und seiner Steinmänner und damit der Hochkultur der Rapa Nui herbeigekrächzt hatte.

Die Fahrerin – sie hatte bis vor zwei Jahren an der Kasse und als Platzanweiserin eines Kinos in Santiago de Chile gearbeitet und war auf die Osterinsel zurückgekehrt, weil ihre Tochter, wenn schon ohne Vater, der hatte sich davongemacht, dann wenigstens bei ihrem Volk aufwachsen sollte – kannte die Geschichte der Rapa Nui nicht nur aus dem Lesebuch ihrer Tochter, sondern auch aus einem Hollywoodfilm, den sie in Santiago wohl ein dutzendmal gesehen hatte.

Natürlich konnte man über Filme verschiedener Meinung sein, aber die wahrscheinlichste von den vielen Geschichten über die Rapa Nui blieb doch jene, daß im Verlauf dieser idiotischen Ritualkämpfe um die Macht, bei denen Frauen nicht einmal als Zuseherinnen geduldet waren, auch die Moais nach und nach zu Herrschafts- und Machtsymbolen verkamen, die, wie eben alle Symbole in Männerwelten, groß, möglichst groß, immer größer werden mußten, immer noch größer!

Und so seien der wachsenden Größe von Steinkolossen eben alle Kraft und Energie geopfert worden, die Palmenwälder, die Menschen, aller Reichtum des Landes, bis die Insel eine Wüste war, in der es keine Bäume mehr gab, kaum noch Tiere, keine Felder und die fluguntauglichen Vogelmänner endlich erkannten, daß man Steine nicht essen konnte.

Wollte ich den Steinbruch sehen, aus dem fast alle Moais geschlagen und dann in endlosen, mühseligen Prozessionen auf rollenden Palmstämmen über die ganze Insel zu ihren Plattformen geschleppt worden waren? Die Taxifahrerin hatte angeboten, mich gegen einen geringen Aufpreis auch noch dorthin zu bringen – nach Rano Raraku.

Übereinander und nebeneinander sah ich dort kaum eine halbe Stunde später bis zu zwanzig Meter große, mit dem Fels noch verwachsene Kolosse, für deren Vollendung die schwindenden Kräfte der Rapa Nui nicht mehr gereicht hatten. Auch entlang der von hohem Gras überwucherten Prozessionsstraßen standen und lagen Moais, als seien sie von ihren Schöpfern an einem einzigen Tag für immer verlassen und so von Symbolen der Macht zu bloßen Meilensteinen des Verschwindens geworden.

Nachdem diese Vogelmenschen sich gegenseitig nicht mehr mit immer größeren Steinmonstern übertrumpfen konnten, hatte die Fahrerin gesagt, habe man eben begonnen, die Monster des Nachbarclans zu stürzen und ihnen die Köpfe abzuschlagen, erschlug irgendwann auch den Nachbarn, ja fraß ihn in manchen Fällen sogar, bis man selber erschlagen und gefressen wurde. Und der Rest des Volkes, der am Ende auch zum Töten zu schwach war, wurde, nachdem die Schiffe einer plötzlich aus dem Ozean aufgetauchten, übermächtigen Welt vor Rapa Nui Anker geworfen hatten, von Sklavenhändlern verschleppt, von bis dahin unbekannten Krankheiten befallen und vom Ungeziefer, das mit den Eroberern und Entdeckern an Land kroch, seines Saatguts beraubt oder auf der eigenen Insel in Lagern gefangengesetzt, weil europäische Schafzüchter das freie Land für ihre Herden brauchten.

Daß auf Rapa Nui nun wieder fast viertausend Menschen lebten – die Hälfte von ihnen allerdings eingewanderte Chilenen – sei am Ende der vorläufig letzten, der chilenischen Besetzung der Insel zu verdanken, und in der Neuzeit sogar dem General Augusto Pinochet, ja!, dem Diktator, dem Bluthund an der Leine der USA – ausgerechnet der habe das Volk der Rapa Nui geliebt und die Insel sogar zweimal besucht, habe eine Flugpiste und Straßen bauen lassen und vor allem dafür gesorgt, daß erstmals ein Rapa Nui zum Gouverneur der Insel werden konnte. Es gäbe genug Leute hier, die dem General immer noch dankbar waren.

Es war später Nachmittag. Ich konnte die Entfernung vom Gehöft unter dem Neonkreuz bis Anakena auf meiner Karte abschätzen, nicht aber, wie lange ich für die weglose, immer wieder von Klüften und Gräben zerrissene Strecke brauchen würde. Vor Einbruch der Dämmerung, hatte die Taxifahrerin gesagt.

Auf den Weiden war es still geworden. Das Vieh hatte aufgehört zu brüllen. Wie in das Schicksal des Verdurstens ergeben, trotteten Kühe und Pferde wieder über das wasserlose Land.

Ich spielte einige Augenblicke lang mit dem Gedanken, einen steinernen Schnabel, Fragment einer Vogelmanndarstellung, aus der Trockensteinmauer zu lösen und mitzunehmen, hier waren diese Reste ja doch nur Baumaterial. Aber dann dachte ich an den unversehrten, mit allen Symbolen des Vogelmannkultes geschmückten Moai, der in einem archäologischen Raubzug erbeutet und ins Britische Museum nach London verschleppt worden war, wandte der Mauer den Rücken zu und machte mich auf den Weg.

Vom Neonkreuz war nichts mehr zu sehen, aber die Bucht von Anakena noch weit, als ich auf die Basaltfundamente von drei längst verfaulten Schilfhäusern stieß. Und in einiger Entfernung von diesen Fundamenten, die wie der Abdruck dreier Boote im Gras lagen, dicht an der Abbruchkante der Steilküste, sah ich eine zerstörte, von dürrem Gras und Guaven überwucherte Plattform und zwischen mächtigen Trümmern einen vom salzigen Wind, von Flechten und den Wolkenbrüchen von Jahrhunderten entstellten Moai.

Ich hatte auf meiner Fahrt über die Insel lange Reihen kolossaler Tuffstein- und Basaltfiguren gesehen, die, nach immer noch rätselhaften inneren und äußeren Katastrophen von Entdeckern, Forschern und Bewunderern der Rapa-Nui-Kultur aus tonnenschweren Bruchstücken wieder zusammengefügt und von neuem auf ihre Plattformen gestellt worden waren. Aber hier war alles so, wie die Zeit es zurückgelassen hatte. Hier kroch die Wildnis gnädig über alle Beweise menschlicher Gewalt und Zerstörungswut hinweg, bedeckte sie mit Blättern und Flechten und ließ Gesichtszüge von der Erosion abschleifen, bis ein Kopf vom nackten Fels nicht mehr zu unterscheiden war.

Als wäre er bloß dem Beispiel enttäuschter Götter gefolgt und hätte sich von den Menschen und ihrer Insel ab- und endlich der pazifischen Weite, den Wolken- und

Sternbildern des Himmels zugewandt, zeigte dieser Moai, dessen abgeschlagener, auf dem Gesicht liegender Kopf immer noch eine Linie mit dem gestürzten Körper bildete, über schwarze Klippen hinweg aufs Meer.

Jagdszenen

Ich sah einen Vogel von der Größe eines Sperlings, der so naß vom Speichel seines Jägers war, einer dürren, rotfelligen Katze, daß Farben oder Muster seines Federkleides nicht mehr zu erkennen waren und nur noch zu vermuten blieb, welcher der mehr als dreihundert Vogelarten Paraguays er angehörte. Obwohl zu Tode erschöpft, erfüllte er wieder und wieder eine Rolle, die ihm die Katze aufzwang, wenn sie ihn zwischen ihre Krallen nahm, hochwarf und, flugunfähig wie er bereits war, auf den von Ölflecken übersäten, rissigen Asphalt einer Tankstellenauffahrt zurückfallen und davonhüpfen ließ: die Rolle der nach einem Versteck, nach Rettung suchenden Beute, an der sich Jagdtechniken üben ließen und die sich am Ende jedes Fluchtversuchs, scheinbar bereits entkommen, doch immer nur in den Krallen ihres Jägers wiederfand.

In ihrem begeisterten Spiel ließ die Katze den Vogel an für Jäger und Gejagten immer schwieriger zu erreichenden Orten Zuflucht suchen – in den Hohlräumen unter einer eingestürzten Treppe, in den Spalten zwischen drei mit schwarzer Erde, Kohlenstaub oder gestocktem Altöl gefüllten Eimern an einer von Schlinggewächsen verhängten Mauer oder zwischen Stapeln zusammengeworfener, rissiger Autoreifen – und schaffte es doch jedesmal, alle Rettungsversuche ihres Opfers zu vereiteln.

Je matter und langsamer die Flügelschläge des Vogels wurden, desto höher warf die Katze ihn hoch oder stieß ihn so heftig von sich, als wollte sie damit seine schwindenden Kräfte nicht nur wiederbeleben, sondern ersetzen. Manchmal nahm sie ihn auch ins Maul und trug ihn an den Ausgangspunkt eines nächsten Fluchtversuchs. Aber schließlich schleuderte sie nur noch ein unförmiges, verklebtes Federbündel in die Luft, an dem sich dann in einem plumpen, von keinem Flügelschlag gemilderten Fall höchstens einige Daunen sträubten und kaum eine Erinnerung daran zuließen, daß dieses reglose Ding einmal imstande gewesen sein sollte, hoch über erdgebundenen Feinden unerreichbar auf dem Wind zu liegen, zu flattern, zu segeln oder nach einem jäh abgefangenen Sturzflug so dicht über dem Kopf eines Jägers dahinzustreichen, daß der unwillkürlich in Deckung gehen mußte.

Das Todesspiel ereignete sich an einem frühen Morgen unter dem geborstenen Flugdach einer aufgelassenen Tankstelle nahe dem Ufer des Paraná in der zweitgrößten Stadt Paraguays, die nach dem Sturz des Diktators Alfredo Stroessner ihren Namen *Puerto Presidente Stroessner* abgestreift hatte und seither bloß nach einer Himmelsrichtung genannt werden wollte: *Ciudad del Este.* Die Inhaberin jener kleinen, der Tankstellenruine benachbarten Frühstückspension, in der ich einige Maitage verbrachte, hatte mir vom verschollenen Besitzer dieses verwilderten Grundstücks erzählt, von einem Mann aus dem Volk der Guaraní, der in der Nachbarschaft für seinen Stolz bekannt war, keinen Tropfen europäisches, spanisches, portugiesisches Blut zu haben, wie so viele andere Bewohner Paraguays, keinen Tropfen Conquistadorenblut.

Dieser Indio habe am großen Itaipú-Staudamm mitgebaut und sich dann mit dem in den Jahren der Schwerstarbeit ersparten Geld auf dem Nachbargrundstück selbständig gemacht – allerdings, und das wußte am Ende jeder in der Flußgegend, war die Tankstelle nach und nach zu einem Umschlagplatz für Schmuggelware geworden, die im Gewirr der Ladenstraßen von Ciudad del Este gehandelt und mit Kanus und Schlauchbooten über den Paraná, die fließende Grenze zu Brasilien, geschafft wurde – billige Elektronik, Raubkopien von Musik und Filmen, gefälschte Markenartikel mit berühmten, in Kellern und Garagen nachgestickten, nachgenähten, nachgestanzten, nachgemalten Namen. Aber mit der Schaffung des *Mercado Común del Sur* waren Zollschranke um Zollschranke gefallen und weite Felder des Schmuggels ausgetrocknet.

Der Tankstellenbesitzer, hieß es, habe sich schließlich auf den einträglicheren, aber weitaus gefährlicheren Kokainschmuggel verlegt und sei darin dann auch verschollen, vielleicht sogar umgekommen. Eines Tages standen jedenfalls zwei Streifenwagen vor der geschlossenen Tankstelle. Aber der Vogel, hatte die Pensionsinhaberin gesagt, der Vogel war bereits ausgeflogen.

In den Wochen danach warteten noch gelegentlich Autos vergeblich vor den beiden Zapfsäulen. Dann kamen die Tage, in denen die Fenster eingeschlagen und die Regale mit Motoröl, Reinigungsmitteln, Scheibenwischerblättern, Straßenkarten und anderem Zubehör geplündert wurden. Schließlich verschwanden auch die leeren Regale, verschwanden der Tisch, die Stühle, die nackten Glühbirnen – und Lianen und Würgefeigen begannen ungehindert dahin und dorthin zu kriechen, wo jetzt, am Ende aller Jagdübungen der Katze, der nasse Vogel unter dem Flugdach lag, als habe auch er in einer beinah vergessenen geschäftlichen Blütezeit zum Inventar der Tankstelle gehört und erst in einem langsamen Niedergang sein jetziges Aussehen angenommen – nicht anders als die zerschlagenen Fenster, die aufgebrochene Tür oder das Dickicht zerrissener, von blütenlosem Gestrüpp überwucherter Öl- und Benzinleitungen.

Die Katze, so struppig und dürr sie auch war und so groß ihr Hunger sein mochte, hatte ihre Jagdbeute aus unerfindlichen Gründen nicht gefressen, sondern sie irgendwann, zum letzten Mal und eines langen Spiels überdrüssig, hochgeschleudert und fallen- und dann einfach zurückgelassen, wo sie aufgeschlagen war – auf einem der Kreise aus blauen Fliesen, die wie Brunnenfassungen um schwarze Löcher lagen, über denen einmal Zapfsäulen gestanden hatten.

Die Ellbogen auf ein Fensterbrett meines Pensionszimmers gestützt und das Fernglas vor Augen, sah ich das leblose Opfer in seinem dunklen, nassen Federkleid, in dem sich in den feuchtheißen, schwachen Windstößen dieses Maimorgens nur noch eine einzige Daune manchmal aufrichtete.

Eine Prozession Blattschneiderameisen rannte in wenigen Zentimetern Entfernung ungerührt an dem kleinen Kadaver vorüber. Die Ameisenstraße hatte wohl schon lange vor dem letzten Sturz des Vogels an der Aufschlagstelle vorbei zu einem irgendwo in der Tankstellenwildnis verborgenen, labyrinthischen Bau geführt. Denn die Insekten zogen, sorgfältig zersägte Segmente von Blättern über den Köpfen haltend und ohne den gefallenen Vogel auch nur zu beachten, wie eine mit hellgrünen Segeln beschlagene, winzige Flotte unbeirrbar und unaufhaltsam dahin.

Der Schreiber

Ich sah das Spiegelbild eines Gletschers auf dem lichtgrünen Wasser eines Bergsees in der osttibetischen Region Kham. Wenn ein schwacher, von einem Geruch nach Harz und Moos durchdrungener Wind über Felswände und weglose Steilhänge strich und auf dem See Schattenstriche aufraspelte, zerrann das Bild, um sich nach dem Abflauen der Brise aus einem Relief zierlicher Wellen von neuem zusammenzufügen. Nomaden aus den umliegenden Hochtälern des Tsola-Gebirges nannten diesen See *Yilhun Lhatso* und beschrieben, nach der Bedeutung dieses Namens gefragt, einen See … der heilig ist und von einer solchen Schönheit, daß jeder Mensch, der einmal an seinem Ufer gestanden hat, ihn nur mit Wehmut wieder verläßt.

Die fünf- und sechstausend Meter hohen Bergkämme, die den Yilhun Lhatso einfaßten, machten den Himmel über dem Wasser kaum kleiner – lag doch auch das sandige oder von Kieseln bedeckte Ufer, an dem wir unser Lager aufgeschlagen hatten, mehr als viertausend Meter über dem Meer. Selbst die höchsten, noch tief verschneiten Gipfel erschienen an diesem Ufer seltsam nahe und erreichbar. Gruppen von Himalayazedern mit langen Flechtenbärten, Tannen und Tränenkiefern gaben den

Uferwiesen das Aussehen einer märchenhaften, wenn auch von Menschen und Weidevieh verlassenen Alm, deren Baumgrenze hoch über dem See lag.

Unsere Kuppelzelte, die einzigen Behausungen am Ufer, standen so nahe am Wasser, daß wir im Glucksen der Wellen mit dem Gefühl einschlafen und wieder aufwachen konnten, den höchsten Bergen der Welt an Bord eines Floßes entgegenzudriften. Wir, eine aus drei Männern und drei Frauen bestehende, durch Freundschaft oder Liebe verbundene Gemeinschaft, hatten uns vorgenommen, das Land Kham – den von chinesischen Besatzern zum großen Teil der Provinz Sichuan zugeschlagenen Osten Tibets – zu durchqueren: von der an den Ausläufern des tibetischen Plateaus gelegenen Stadt Ya'an über den Oberlauf von Yangtsekiang und Mekong bis nach Zentraltibet und Lhasa, eintausendfünfhundert Kilometer zu Fuß, mit den Karawanen von Yak-Nomaden oder auf offenen Lastwagen, mit denen die neue Zeit mittlerweile auch hier bis in die entlegensten Täler fuhr.

Der für Reisende damals noch kaum zugängliche Osten Tibets war in den Tagen unseres Aufbruchs allerdings wieder zu verbotenem und, vor allem für Bergwanderer aus dem Westen, unbetretbaren Land geworden. Denn in den großen zentraltibetischen Klöstern wie Drepung, Ganden und Sera hatten sich Mönche einmal mehr gegen die übermächtige *Volksbefreiungsarmee* Chinas erhoben, deren Generäle überzeugt waren, das tibetische Volk von der Last einer priesterlichen Feudalherrschaft und den schlimmsten Plagen der Rückständigkeit befreit zu haben oder dort, wo diese Befreiung auf Widerspruch und Widerstand stieß, noch befreien zu müssen. Und diese Generäle duldeten bei der Niederschlagung eines Aufstands von Vertretern der Vergangenheit keine Zeugen.

Aber als die ersten Bilder von rauchverhüllten Gassen, Kolonnen von Truppentransportern und gefesselten Mönchen auf den Titelblättern westlicher Zeitungen erschienen, als bereits erteilte Einreisegenehmigungen für Tibet widerrufen, neue Anträge kategorisch abgelehnt und Schlagbäume geschlossen wurden, waren wir, begleitet von zwei Trägern aus dem Volk der Khampas und geführt von einem Mann, der einige von den vielen entlang unserer Route gesprochenen tibetischen Dialekten beherrschte, auch er ein Khampa, bereits seit zwei Wochen mit immer noch gültigen Papieren im Nomadenland unterwegs und dort für Behörden und Widerrufe vorerst nicht mehr erreichbar. Auch Nachrichten erreichten uns bloß noch als Gerüchte: Die Mönche hätten sich bewaffnet, sagte der Fahrer eines Lastwagens, der Motorsägen und Entrindungsmaschinen in die weiten, von der Befreiungsarmee zum Kahlschlag bestimmten Bergwälder Khams transportieren wollte und von einem Erdrutsch an der Weiterfahrt gehindert wurde, Mönche mit Gewehren! In Lhasa habe es Verhaftungen und Tote gegeben.

In Maniganggo, einem staubigen Straßendorf aus kunstvoll bemalten Blockbauten, in dem sich Nachschub- und Transportwege, drei unbefestigte Sand- und Schotterpisten, kreuzten, hatte jeder, den wir danach fragten, von anderen Zwischenfällen und Feuergefechten gehört: Wo in einem Bericht bereits wieder Ruhe herrschte, brannten in einem anderen Klöster und Tempel. Wo ein Zeuge Schützenpanzer auffahren sah, ließ ein anderer Yak-Herden weiden. Tharchin, unser Führer in den Bergen, übersetzte jede Auskunft mit einem gleichmütigen Lächeln.

Mit Kurzschwertern bewaffnete Nomaden, die bei leichtem Schneetreiben an einem speckigen Billardtisch am Straßenrand Pool spielten, lachten über alle Widersprüche. Ein Aufstand? Kham befand sich doch seit Jahrzehnten im Krieg mit den Chinesen; die konnten noch so viele Straßen, Bahnlinien und Brücken bauen, Kham war und blieb das Herz Tibets. Die Leibgarden des Dalai Lama seien immer Khampas gewesen.

Einer der Billardspieler, er hatte glitzernde Bänder in sein gürtellanges Haar geflochten, zog ein Messer aus seinem Fellmantel und führte am eigenen Hals pantomimisch vor, wie man einem Angreifer die Kehle durchschnitt. Bevor er sich zum nächsten Stoß über den Tisch beugte, legte er sein Queue wie ein Gewehr an seine Wange und feuerte auf einen unsichtbaren Feind. Tharchin kannte den chinesischen Händler, der den Billardtisch unter freiem Himmel vermietete: Drei Yuan kostete das Spiel. Wer verlor, bezahlte. Von einer Ausbreitung des Aufstandes wußte der Händler nichts, riet uns aber, die Kontrollposten der Armee bei Dege und Qamdo zu umgehen.

In welchem Frieden wir den Yilhun Lhatso am Nachmittag des nächsten Tages erreichten. Der See lag in einem Hochtal nur dreizehn Kilometer südwestlich von Maniganggo, aber mit dem Motorgeräusch des Lastwagens, der uns an einem Saumpfad absetzte und dann in einer Staubwolke verschwand, verebbte aller Lärm, selbst das Brausen des Windes in den Nadelbäumen und das Rauschen eines Gletscherbachs – und wich einer Stille, die von dem lichtgrünen Wasserspiegel auszugehen, ja sich von diesem Spiegel zu lösen und über die Baumgrenze bis in die Eisregion aufzusteigen schien.

Kreisförmig in die Erde gepflanzte und durch ein Gewirr von Schnüren miteinander verbundene Stangen, an denen Hunderte *Windpferde* flatterten, Gebetsfahnen, schienen die einzigen Zeichen, daß dieser Ort regelmäßig von Menschen, Wallfahrern oder Hirten, besucht wurde. Das Gebilde aus Holz, Schnüren und mit Mantras beschriebenem Tuch wirkte so leicht, ja schwerelos, als ob es sich mit seinen hundertfach winkenden Fähnchen im nächsten Windhauch in den Himmel erheben und das weglose Ufer ohne jede menschliche Spur zurücklassen würde.

Aber dann sah ich kolossale, unbewegbare Gewichte, riesige Steine, Felsblöcke, die im seichten Wasser oder im Ufersand lagen: Über und über mit einmal bloß handgroßen, dann wieder meterhohen Schriftzeichen behauen, säumten sie nächste wie fernste Uferbereiche und schienen dabei nicht von Menschenhand gemeißelt, sondern wie Erosionsspuren von Wasser und Wind aus dem Stein geschliffen oder wie Flechten gewachsen zu sein. Ein Blick durchs Fernglas zeigte, daß diesen See, der nach unseren Karten drei Kilometer lang und einen Kilometer breit war, ein aus Steinen gefügtes Schriftband umgab, auf dem sich die in Klöstern und Tempeln allgegenwärtige

Gebetsformel, die uns Tharchin von den Felsen las, unzählige Male wiederholte: *Om Mani Padme Hum* – das Mantra, in dem nach dem Glauben der Betenden etwas vom Urklang des Universums lesbar und sprechbar wurde. Jede Wiederholung dieser Silben – ob geflüstert oder bloß als Umdrehung einer beschriebenen Papierrolle in einer Gebetsmühle, war einer von unzähligen Schritten in die Befreiung von den Irrtümern, Formen und Gestalten der erfahrbaren Welt.

Wir hatten auf unserem Weg durch Kham frei stehende, den Faltenwurf ganzer Höhenzüge kilometerlang nachschreibende Mauern gesehen, *Manimauern*, errichtet ausschließlich aus Steinen, in die dieses Mantra graviert oder geschlagen worden war ... Wir hatten Furten durchwatet, in denen Hunderttausende solcher Steine, kieselgroße, faustgroße, manchmal kopfgroße beschriebene Steine im Lauf von Jahrhunderten versenkt worden waren, damit die Strömung über die Silben gleite und sie auf diese Weise weiter und weiter bete. Wir hatten aus den Wolken herabfließende Steilhänge durchstiegen, auf denen Abertausende zu dreieckigen Feldern angeordnete Gebetsfahnen flatterten. Und am Oberlauf des Yangtsekiang hatten wir Mönche gesehen, die mit Ton- und Holztafeln, in die diese Silben geschnitten worden waren, auf das glatte Wasser schlugen und so den längsten Strom Asiens mit Mantras *bedruckten*, damit der Strom die Worte ans Meer trage und jeder Wellenschlag, selbst die Brandung des Ozeans und der Wechsel von Ebbe und Flut zum Gebet werde.

Dieses Hochtal mit seinem Gletschersee, sagte Tharchin, sei durch die Beschriftung des Ufers zu einer einzigen riesigen Gebetsmühle geworden, die aus Gebirgszügen, Himmel und Wasser bestand und deren Silbenband ein Wanderer zum Kreisen bringen konnte, indem er es lesend, flüsternd abschritt: *Om Mani Padme Hum. Om Mani Padme Hum …*

Und dann wurde die Stille plötzlich gebrochen, nein: vielleicht gerade durch die Klarheit eines dünnen, metallischen Klangs noch vertieft. Wir hatten unsere Zelte aufgeschlagen, Holz gesammelt und Feuer gemacht, als in der bläulichen Ferne am Südufer dünne Klöppel- oder Hammerschläge hörbar wurden, deren Rhythmik und wechselnde Tonhöhen an eine Spieluhr erinnerten.

Der Schreiber, sagte Tharchin.

Der Schreiber?, fragte ich.

Er schreibt mit Hammer und Meißel, sagte Tharchin. Er schlägt diese Zeichen seit Jahrhunderten ins Ufer.

Seit Jahrhunderten? Er schreibt seit Jahrhunderten?

Seit Jahrhunderten, sagte Tharchin.

Ich wußte, daß Mönche ihre Klöster verließen, um für ein Jahr oder auch für den Rest ihres Lebens als Eremiten in Höhlen oder rauchgeschwärzten Klausen zu leben, und daß, wenn einer von ihnen starb, sich immer ein Nachfolger fand, der das abgestreifte Leben aufnahm und weiterführte, Gebetsmühlen drehte, Windpferde an endlose Leinen knüpfte … Aber Tharchin hatte alles gesagt, was er sagen wollte oder sagen konnte: Der Schreiber, der am Südufer seine Zeichen in den Stein schlug, tat dies seit Jahrhunderten.

Natürlich versuchten wir in den nächsten Tagen immer wieder, den Steinmetz zu Gesicht zu bekommen, und folgten dem Klang seiner Arbeit, der aber jedesmal aussetzte, wenn wir ihm zu nahe kamen. Im Fernglas sah ich einmal zwischen Felsen und Hemlocktannen einen Schatten, seinen Schatten vermutlich, aber noch bevor ich erkennen konnte, ob er zu einem Menschen oder einem Tier gehörte, sah ich, wo eben noch etwas dahingehuscht war, nur ein sonnenbeschienenes Stück Waldboden.

Der Yilhun Lhatso erfüllte seinen die Wehmut des Abschieds aussprechenden Namen so sehr, daß wir schließlich sechs Tage an seinem Ufer blieben und den Aufbruch zweimal verschoben. Täglich hörten wir die Spieluhr des Schreibers, manchmal auch Gesang in der Ferne, einen hellen, seltsam kindlichen Strophengesang, und machten keine Versuche mehr, ihm zu begegnen oder ihn zu überraschen. Als ich aber am Vorabend unseres Aufbruchs von einem Gang hinauf zum Gletscher durch eine steile grasbewachsene Rinne ans Ufer zurückkehren wollte und mich ein unpassierbarer Überhang zu einem Umweg durch die Felstrümmer eines Bergsturzes zwang, stand ich plötzlich im Rücken jenes Mannes, der nach Tharchins Worten das Seeufer seit Jahrhunderten beschrieb:

Wie klein er war. Er trug eine zerschlissene rote Mönchskutte und um die schmalen Schultern eine Decke und war so beschäftigt, mit einem Nagel oder einem eisernen Dorn den Schwung eines Buchstabens als Vorzeichnung für den Meißel in den Stein zu gravieren, daß er meine Annäherung durch das Felsenlabyrinth, das ihn auch mir verborgen hatte, nicht bemerkte. Ich hielt überrascht, beinahe erschrocken inne, wollte dann unbemerkt in die Deckung der Felsen zurück, meinen Weg anderswo suchen und diesen uralten, geschrumpften Menschen seiner Schrift überlassen – als er sich umdrehte:

Es war ein Kind. Ein Junge, vielleicht zehn, vielleicht elf Jahre alt. Ihm lief die Nase. Er hob seinen Arm und wischte das glänzende Rinnsal in einen Ärmel seiner Kutte. Seine Wangen hatten jenes bläuliche, tiefe Rot, das der Frost in den Gesichtern vieler Menschen dieser Berge hinterließ. Als hätte er mich erwartet, sah er mich lange und wachsam an, ohne ein Wort, ohne zu lächeln, wandte sich dann wieder dem Stein zu und schrieb weiter.

Gesetzesbruch

Ich sah eine Schwimmerin in einem blauen, hell erleuchteten Pool inmitten eines nächtlichen Palmengartens. Der Garten lag am Fuß des Vulkans Gunung Agung auf der indonesischen Insel Bali. Eine haushohe, von Bougainvillea überwucherte Mauer schützte alles, was in diesem Garten geschah, vor den Blicken der Stadt Tulamben an der Nordostküste der Insel. Aber in dieser Nacht waren die Straßen und Plätze der Stadt menschenleer und so dunkel wie die Reisfelder, die Palmenhaine, die Tempel – dunkel und still. Die Schwimmerin zog im Pool, der groß genug für runde Bahnen war, ruhige Kreise.

Die Insel gehorchte in diesen Stunden den Gesetzen ihres höchsten Festtages, der hier neben den vielen Festtagen der gregorianischen, islamischen, buddhistischen und chinesischen Zeitrechnungen als *Nyepi* – Neujahr – nach dem hinduistischen Mondkalender errechnet und gefeiert wurde. Am Vortag waren in einer vom Lärm Tausender Schellen, Trommeln und Gongs begleiteten Prozession auch in Tulamben riesenhafte Dämonen und Teufel aus grell bemaltem Pappmaché, Styropor, Plastik und Bambus durch die Straßen getragen und Götter und Geister mit prachtvollen Opfern – Kronen, Pyramiden und Türmen aus Früchten, Fleisch, Süßigkeiten und Blüten – besänftigt oder beschworen worden, der Insel gegen Bedrohungen aus der dämonischen Schreckenswelt beizustehen. Aber der Tag nach allen klirrenden, lärmenden Umzügen und Feuerwerken mußte ein Tag des Schweigens und der Dunkelheit sein: Nyepi. An Nyepi sollte erschöpfte, nachdenkliche Stille herrschen, Einkehr, schließlich Dunkelheit.

An Nyepi mußten selbst der Flughafen in der Hauptstadt Denpasar geschlossen bleiben und die Bahnhöfe, Busstationen, Läden, Marktplätze, Werkstätten, Schulen menschenleer. In den Straßen patrouillierten Tempelwächter in schwarzweißen Sarongs und wachten über die Einhaltung des Gebots der Stille und Dunkelheit, das auch für Fremde und Reisende galt. Von Hoteliers, die ihre Gäste nicht von Spaziergängen, Ausflügen, Gesängen und Geschrei abhalten konnten, wurden Bußgelder gefordert wie von allen, die das Gesetz der Stunde verletzten:

Niemand verlasse an Nyepi sein Haus, seinen Garten. Niemand entzünde Lampen, Fackeln, Feuer oder auch nur ein Streichholz. Alles Leben bleibe hinter Jalousien und Vorhängen in verdunkelten Häusern versteckt, damit den aus der Tiefe des Ozeans, aus Vulkanschloten oder unterirdischen Gesteinslabyrinthen aufsteigenden Dämonen vorgetäuscht werde, daß Bali, die fruchtbarste der mehr als sechstausend bewohnten und elftausend unbewohnten Inseln Indonesiens, längst wieder unbewohnt, ja unbewohnbar sei, eine wüste Stätte, nicht wert, von bösen Geistern und Dämonen heimgesucht zu werden.

Wehe, wer dieser List ihre Wirkung nahm und in einer solchen Nacht mit Fackeln, besoffenem Gesang, einem Schrei oder Gongschlag zeigte, daß die Insel in Wahrheit von mehr Menschen bewohnt wurde als jemals zuvor in ihrer Geschichte, daß sie, von Vulkanen mit Asche gedüngt, drei und vier Reisernten jährlich trug, daß sie blühte!, geliebt wurde und von Reisenden besucht; ein gesegnetes Land.

Von oben betrachtet, aus der Flugbahn eines aus dem Meer gestiegenen und ins Meer zurückstürzenden Dämons, mußte der leuchtende Pool einem Stück blauen, wolkenlosen Himmels gleichen, das sich auf dieses gesegnete Land herabgesenkt hatte und nun in seinem strahlenden Licht auch Palmen, Orchideen, Papayabäume und eine Terrasse enthüllte, einen weiß gedeckten Tisch, an dem ich saß, Weingläser, Karaffen und auch den mit Blüten getarnten Zaun, der den Gesetzesbruch der Schwimmerin am Tag der Stille und Dunkelheit zumindest vor den Augen patrouillierender Tempelwächter verbarg.

Daß nicht nur das gleißende Licht am Grund des Pools, sondern dazu auch das gelegentliche Glucksen der Schwimmbewegungen ein Gesetz brachen, wurde vom Rauschen der Palmwedel übertönt, in denen sich ein Abend für Abend zur gleichen Stunde aufkommender Nachtwind fing. Und dieser Wind pflückte jetzt einige Bougainvillea- und Hibiskusblüten aus den Zweigen des Gartens, trug sie ans leuchtende Wasser und streute sie in die Wellen, die sich um die Schwimmerin ausbreiteten. Sie blickte kurz auf, schwamm weiter.

Aber was dann ins Wasser flatterte, waren keine Blüten,

sondern ein Schmetterling – und noch einer, einer von vielen, die in der auf dem Land lastenden Dunkelheit das Licht suchten, den Tag, und hinabwollten in die Tiefe, zu den Sonnen der Scheinwerfer und in jenem verhängnisvollen Augenblick, in dem ihre Flügel das Wasser berührten, neben der Schwimmerin panisch, ertrinkend um sich zu schlagen begannen. Vor dem blendenden Licht aus der Tiefe erschienen ihre Flügel schwarz – und schwarz wie ein Scherenschnitt auch die Schwimmerin, die innehielt, dann aufrecht im Wasser stand, das ihr nur bis zur Brust reichte, und dem ersten, dann auch dem zweiten Falter ihren Arm bot, um ihn zu retten.

Die Falter nahmen das Angebot an, und so watete sie an den Beckenrand, legte den Arm, auf dem die erschöpften Luftwesen allmählich wieder zu sich kamen, auf den polierten Stein dieses Randes und begann flüsternd mit den Geretteten zu sprechen, ja flüsterte ihnen etwas zu, Warnungen vielleicht, eine Ermahnung, das Sonnenlicht nicht wieder mit den Strahlen eines Scheinwerfers zu verwechseln, vielleicht sogar Kosenamen, und wartete flüsternd ab, bis die Geretteten endlich auf- und, nach einigen wirren Spiralen, in ihr verlängertes Leben zurückflatterten.

Aber kaum daß die Schwimmerin ihre Kreise fortsetzen wollte, wollten auch die Falter, nun waren es bereits sechs oder sieben, wieder aus der Nacht in den Tag und trieben am Ende doch wieder nur hilflos flatternd in den Wellen.

Noch einmal watete die Schwimmerin den Ertrinkenden nach, wurde für den und für den und für den, einen nach dem anderen, zur rettenden Insel, von der einer nach dem anderen mit glitzernden Tropfen behangen wieder aufflog und seine Retterin ins Wasser zurücksinken ließ. Sie schwamm weiter.

Aber die von den Unterwassersonnen Getäuschten waren nur die Vorhut eines Schwarms gewesen, aus dem sich, noch bevor die Schwimmerin einen weiteren Kreis vollendet hatte, Dutzende, Aberdutzende Lichtsucher, Tagsucher lösten und in die Flut stürzten. Wie aber war ein Schwarm ertrinkender Falter zu retten? Und wie war zu entscheiden, wer gerettet werden und wer sterben sollte? Denn nicht für alle Ertrinkenden konnte Hilfe rechtzeitig kommen.

Erinnerte der aus der Nacht dieses ersten Tages im neuen Jahr einfallende Schwarm nicht an jenen Hagel aus glutheißen Steinen, mit dem der Vulkan Gunung Agung in zyklischen Ausbrüchen die Stadt an seinem Fuß heimsuchte, zum Zeichen dafür, daß die Dämonen die Menschen und ihre maßlose, verwüstende Besiedlung der Erde haßten?

Wurde *Tulamben*, der Name der Stadt, denn nicht aus dem Wort *Batulambih* hergeleitet, einem Wort, das *Steinhagel* bedeuten konnte und damit benannte, was hier in der Vergangenheit geschehen war und wieder und wieder geschehen würde, bis jeder Garten, jede Straße, jedes Haus unter Asche und schwarzem Schutt begraben sein würde?

Wenn diese Falter tatsächlich Sinnbilder der Seelen waren, wie es in einem Buch hieß, das nach der Lektüre im letzten Tageslicht vor der befohlenen Dunkelheit immer noch aufgeschlagen vor mir lag, dann verwandelte sich der himmelblau strahlende Pool in diesen Augenblicken in ein zierliche Wellen schlagendes, wogendes Jenseits.

Ich sah die Schwimmerin inmitten des gefallenen Schwarms, in dem viele den Kampf um ihr Leben bereits verloren hatten. Schwarz, reglos trieben sie über dem Licht dahin und wurden, wie zum Hohn auf den Versuch, die Dämonen zu täuschen, von den Wellen geschaukelt, als sollte nun den Menschen vorgetäuscht werden – mir an einem weiß gedeckten Tisch auf einer dunklen Terrasse und der Schwimmerin im Wasser –, daß dieses schaukelnde Treibgut noch lebte.

Aber dann schien sich die Schwimmerin daran zu erinnern, daß die von Menschen gemachten Gesetze ja nicht nur von Menschen auch wieder gebrochen wurden. Und hob ihren Kopf. Und sah zwischen rauschenden, alle Gebote der Stille brechenden Palmkronen zum Nachthimmel empor, in eine von Sternen glitzernde Finsternis.

Stille Nacht

Ich sah eine Elefantenherde im ufernahen Wasser eines von lichtem Urwald umgebenen Sees an der Ostküste Sri Lankas. Etwa dreißig Tiere, Bullen und Kühe mit ihren Kälbern, standen bis zum Bauch und tiefer im dunklen, glatten Wasser, umschlangen mit ihren Rüsseln große Büschel einer *Elefantengras* genannten Schilfart, zogen sie aus dem weichen Grund und schwemmten Schlamm und Erde von den Wurzelballen, indem sie die Büschel wie Wäschestücke klatschend hin und her schwenkten. Auch das knackende Geräusch, mit dem sie die verholzten Halme dann zwischen ihren Mahlzähnen zerkleinerten, war in der Abendstille weithin zu hören. Einige Kälber versuchten bereits, es den Müttern nachzutun, zogen da und dort einen für ihre Rüssel viel zu langen Halm aus dem Wasser, mühten sich tolpatschig, ihn abzuschwemmen, und ließen ihn dann doch und wie nach einem prüfenden Vergleich mit dem Geschmack und dem Aroma der Muttermilch in die Dämmerung davontreiben.

Nichts wies darauf hin, daß dieser weitläufige See, in dem selbst eine Elefantenherde erst auf den zweiten Blick sichtbar wurde, Menschenwerk war – einer jener kunstvollen, nun von überwucherten Steindämmen gefaßten

Tanks, mit denen singhalesische Könige schon vor Jahrhunderten die Fluten der Regenzeit stauen ließen, um damit in den Monaten der Dürre Reisfelder, Gärten und Parks über ein dichtes Netz von Kanälen zu bewässern oder die Fontänen von Springbrunnen und Wasserkünsten in den glühenden Himmel steigen zu lassen.

Jetzt trieben Spiegelbilder von Wolkengebirgen, aus denen eben noch sturzflutartiger Regen herabgerauscht war, gleichgültig gegen Elefanten oder Menschen und ihre Werke über den dunkler und dunkler werdenden See. Es war der Abend jenes Dezembertages, auf den in der verschneiten, unerreichbar weit entfernt erscheinenden Weltgegend, aus der ich kam, eine Stille, eine Heilige Nacht folgen und mit Lichterbäumen und Chören die Geburt eines Gottes gefeiert werden sollte … Aber hier, an diesem See und über den Sümpfen im Hinterland der Arugam Bay, war es nur still. Und die Stille erschien gerade durch die klatschenden Schwemmgeräusche, die sich in ihr verloren, noch tiefer – und schien gefährdet allein durch das verhaltene Kichern einer Schar barfüßiger Kinder, die mich durch Dickicht und morastige Waldstreifen ans Ufer zu den Wasserweiden jener Elefanten geführt hatten, die hier vor zwei Tagen als Flüchtlinge aus dem Nordosten angekommen waren.

Still! Still! Während ich einen Ast als Stativ benutzte, um die Herde im schwindenden Licht zu fotografieren, prusteten die Kinder an meiner Seite in ihre vor den Mund gehaltenen Hände und Fäuste oder drückten sich die Finger gegenseitig auf die Lippen. Aber anders als ich schien sich keiner meiner Begleiter davor zu fürchten, daß ein in seiner Ruhe oder seinem Familienleben gestörter Elefant, gleichgültig ob Bulle oder Kuh, einem Besucher in der Wildnis zum vernichtenden Feind werden konnte. Der Bulle, der dem Dickicht unserer Dekkung am nächsten stand, war offensichtlich liebestoll und schwankte, wie vom Pendel seines monströsen Penis aus dem Gleichgewicht gebracht, im Uferschlamm hin und her. Kichernd machten die Kinder einander die besten Aussichtsplätze streitig, die sich aus dem blühendem Buschwerk unseres gemeinsamen Verstecks auf den Schwankenden boten.

Die Herde war nur eine Abordnung, Teil eines größeren, weit auseinandergezogenen und aus mehr als zweihundert Tieren bestehenden Zuges wilder Elefanten, die in diesen Tagen vor dem Raketenfeuer, den Minen, Bomben und Flächenbränden des Bürgerkriegs zwischen dem Volk der Singhalesen, dem Staatsvolk, und dem Volk der Tamilen flohen, den *Tamil Tigers*, die im Osten der Insel ihren eigenen Staat gründen wollten. In weiten Landstrichen an der Ostküste herrschte von Sonnenauf- bis Sonnenuntergang die singhalesische Armee, in der Nacht aber die Angst vor den *Tigers*.

Auch wenn sich die tamilischen Separatisten in den ersten Dezemberwochen vor der Übermacht der Armee in die Dschungelgebiete von Yala zurückzuziehen begonnen hatten, waren in den Dörfern Nacht für Nacht Schüsse zu hören: Wie der bloße Widerhall des verstummten Gefechtslärms gehörten diese Salven aber nur zu dem mit Gewehren, Trommeln, Rasseln und Steinen erzeugten Lärm, mit dem Reisbauern den Elefantenzug von ihren Feldern und Kokoshainen fernzuhalten suchten. Die Reisfelder glitzerten in den Nächten im Widerschein großer, auf turmhohen Plattformen zur Abschrekkung entfachter *Elefantenfeuer.* Als ob die Elefanten den *Tigers* in die Dschungel von Yala folgen und dabei eine der Vernichtungswut der Menschen entsprechende Spur hinterlassen wollten, zertrampelten sie auf ihrem Weg Felder, Hütten – und Menschen. In den *Daily News*, einer der größten Zeitungen des Landes, war Morgen für Morgen von Toten und Verletzten zu lesen. Vor zwei Tagen war ein mit Landarbeitern besetzter Zug nach einer Kollision mit einem Elefantenbullen entgleist.

Ich hatte mich vor einer Woche einem Teehändler aus Colombo angeschlossen, der seine Familie an der Ostküste besuchen wollte. Der Händler unterhielt sowohl zu den *Tigers* als auch zu Offizieren der Armee von Geschenken und Bestechungsgeldern gefestigte Kontakte: Er habe die Reise in den Osten schon mehrmals unternommen, die meisten Straßen seien nun wieder sicher. Aber als wir nach einer zweitägigen Fahrt und vielen durch Straßensperren erzwungenen Umwegen unser Ziel im Gebiet des Lahugala-Sees und die Sümpfe im Hinterland der Arugam Bay erreichten, war nach nächtlichen Gefechten im Umkreis von sechzig Kilometern kein einziges Telefon mehr funktionsfähig. Auch die Straßen zwischen Lahugala, Kithulana, Pothuvil und entlegenen, im Raketenfeuer verbrannten Tamilendörfern wurden mit Einbruch der Dämmerung gesperrt und bei Sonnenaufgang nach Landminen abgesucht. Naagus, der Koch eines ausgebrannten *Guest House,* das mir in Colombo als bequemes Quartier empfohlen worden war, hatte dringend geraten, die Beruhigung der Lage abzuwarten. Es gebe hier schließlich nicht nur Brandruinen zu sehen: Viele Wildtiere, die auf ihrer Flucht vor dem Krieg das Land durchstreiften, zeigten sich in diesen Tagen häufiger als jemals im Frieden, ein Schauspiel, das einen Reisenden daran erinnern könne, daß diese Insel einmal als der Garten Eden, das Paradies auf Erden, gegolten hatte.

Naagus kannte die Wellenhöhen jeder Bucht an der Ostküste in Metern und Fuß und hatte seinen Gästen in Friedenszeiten gezeigt, wie ein Mensch auf den größten Brechern mit seinem bloßen Körper, ohne Surfbrett und andere Hilfen, reiten konnte. Er schlief nun mit seiner Familie unter vier zusammengerückten, mit Palmwedeln und Tüchern verhängten Tischen des Guest House. Wenn er am Morgen mit einem Wasserbüffelgespann an entlegene Strände fuhr, um feinsten Sand für ein neues Haus zu holen, bezahlte er manchmal an die Armee, manchmal an die *Tigers* Wegegeld.

Aber nicht nur der Krieg schien in diesen feuchtheißen Weihnachtstagen über alle bisherigen Grenzen hinwegzuschlagen, sondern auch das Wasser, die Flut: Ein Nordostmonsun, wie er seit sieben Jahren – Fischer an der Arugam Bay behaupteten: seit zehn! – nicht mehr gewütet hatte, verwüstete nach dem nördlichen Hochland nun auch weite Küstenstriche im Osten. Wolkenbrüche, Sturmfluten, Dammbrüche: Mehr als siebzigtausend Obdachlose waren in den letzten Tagen gezählt worden und zweiundzwanzig geborstene Dämme, darunter auch einige jahrhundertealte Deiche der künstlichen Seen singhalesischer Könige. Viele Tote, hieß es, würden noch im Schlamm begraben liegen.

Das Rauschen des Regens, das auch jetzt, nach einer kaum halbstündigen Unterbrechung, wieder durch das Blattwerk unseres Verstecks am Seeufer drang, war allgegenwärtig. Entlang überfluteter Straßen standen Flamingos in rosafarbenen Paraden, Schlangen suchten Zuflucht in den Häusern, und wenn der Regen manchmal nachließ und eine fahle Sonne in Wolkengebirgen erschien, lagen Krokodile wie gestrandete Einbäume auf Dammkronen, die der Flut bisher standgehalten hatten. Unter Betten und Hängematten rannten Ameisenprozessionen in wirren Strömen dahin, um zu retten, was zu retten war.

Auf der Fahrt von Colombo in das Gebiet von Lahugala und Pothuvil hatten uns triefende Soldaten in Kampfanzügen an zahllosen mit Tarnnetzen verhängten Kontrollposten erwartet und uns mit erhobenen Armen in Wolkenbrüchen warten lassen, während sie unsere Dokumente in ihren Unterständen prüften und Horden von Hulman-Affen, Inkarnationen des Gottes Hanuman, uns aus den Kronen der Bäume verfluchten. Wir sahen Hunderte Palmen, unter der Wucht von Granateinschlägen geknickt, verkohlte, gekrümmte Baumstümpfe wie Krallen im Brandungsstaub des Indischen Ozeans. Vielen Buddhastatuen entlang unserer Route hatten hinduistische Tamilen Köpfe und Arme abgeschlagen. In ausgebrannten Schützenpanzern und Truppentransportern am Straßenrand kreischten zornige Vögel.

Still, still! Der Regen hatte so plötzlich, wie er eingesetzt hatte, wieder aufgehört und ließ das Gekicher der

Kinder mit einemmal unüberhörbar laut werden. Aber der Elefantenbulle schien so gefangen in seiner Erregung, daß er neben den Kühen nichts wahrzunehmen schien von der Welt. Was aber würde geschehen, wenn er in einem einzigen wachen Augenblick die Störenfriede im Busch entdeckte?

Still! Die Kinder verhielten sich, als wären sie tatsächlich unsichtbar. Ich dagegen hatte das Gefühl, ohne jede Deckung auf freiem Feld zu stehen. Auf dem Weg von Colombo in den Osten hatte ich gesehen, wie ein Bulle, größer als dieser hier, seine Ohren plötzlich rechtwinkelig von seinem Schädel wegklappte, um dann wütend loszustampfen gegen unseren Jeep, der ihm über eine von der Flut bedrohte Holzbrücke zu nahe gekommen war. Unser Fahrer hatte im Rückwärtsgang zu entkommen versucht, weil zum Wenden keine Zeit und kein Platz mehr war. Hätte der Bulle tatsächlich mehr gewollt, als uns bloß in die Flucht zu schlagen – er hätte uns auf der morastigen Straße schnell eingeholt, aber so war er nach kaum zweihundert Metern wieder langsamer geworden und schließlich stehengeblieben und sah uns nur so lange nach wie nötig, um sicherzugehen, daß wir auch tatsächlich verschwanden.

Still! Ich zog ein rotes Seidentüchlein aus der Tasche, und die Kinder wurden augenblicklich still. Die Zauberei. Ich hatte dieses rote, hauchdünne Tuch auf Reisen immer bei mir und verwendete es manchmal, wenn es darum ging, die Aufmerksamkeit von Kindern zu gewinnen. Denn hatte einer die Kinder eines Dorfes auf seiner Seite, lächelten ihm auch die Erwachsenen zu. Das Seidentuch gehörte zur Ausstattung eines billigen, aber wirkungsvollen Tricks, den ich in einem Wiener Spielwarenladen gekauft hatte und mit dem ein Tüchlein in der geballten Faust zum spurlosen Verschwinden – und nach dem Öffnen der Faust und dem Vorzeigen leerer, vollkommen leerer Hände –, daraus aber auch wieder zum Erscheinen gebracht werden konnte.

Ich hatte meinem kindlichen Publikum diesen Zauber bereits vor unserem gemeinsamen Aufbruch zum Elefantensee zu seinem größten Vergnügen wiederholt vorgeführt und wurde jetzt schon für das bloße Zeichen, das Seidentuch noch einmal verschwinden und wieder erscheinen zu lassen, mit plötzlicher Stille belohnt.

Aber als ich in meiner Angst vor der Wut des Elefantenbullen das zerknitterte Tuch mit zwei Handgriffen verschwinden und wieder erscheinen ließ, war es, als ob die Zauberei nicht nur die Aufmerksamkeit meiner Begleiter, sondern auch die des Bullen auf sich gezogen hätte: Der Liebestolle hob seinen Schädel, und ich war überzeugt, daß er in unsere Richtung sah, daß er unsere Augen, unsere regen- und schweißnassen Gesichter im Dickicht glänzen sah.

Und jetzt? Stampfte er jetzt los? Er hörte auf zu schwanken, stand dann aber bloß still im stillen See und wandte sich, wenn auch immer noch erregt, wieder dem Wasser und dem darin zitternden Spiegelbild der Schilfreihen zu.

Mädchen im Wintergewitter

Ich sah ein sechsjähriges, nein: siebenjähriges Mädchen, vor drei Tagen war Geburtstag gefeiert worden, auf einem verschneiten Feld unweit der Auen des Grenzflusses Inn, der inmitten einer winterlichen Hügellandschaft Österreich und Deutschland über sechzig dunkle Stromkilometer voneinander trennte. Die lähmende Kälte der vergangenen Tage, in denen die Luft erfüllt gewesen war vom Flirren der Eisnadeln, hatte gestern, am Tag der Heiligen Drei Könige, endlich nachgelassen. Aber mit dem Frost war auch alle Weite verschwunden. Verschwunden die gleißende Alpenkette im Süden und die auf den Hügeln thronenden Höfe, verschwunden der von Wolkenflotten durchsegelte, tiefblaue Winterhimmel. Selbst die Ränder und Umrisse der nächsten Nähe waren im Nebel versunken, und aus der weißen Gestaltlosigkeit lösten sich manchmal unergiebige Schneeschauer.

Das Mädchen suchte die Hand seines um drei Jahre älteren Bruders, mit dem gemeinsam sie an diesem ersten Morgen nach den Weihnachtsferien auf dem langen Fußweg vom elterlichen Hof zur Dorfschule war. Aber der Bruder stieß ihre Hand zurück. Er wollte heute für sich bleiben, wollte nicht reden und auch keine Fragen hören.

Es war die Erinnerung an den vergangenen Abend, die ihn die Hand seiner Schwester zurückstoßen ließ. Und es war die Erinnerung an diesen Abend, derentwegen sie ihre Hand nach der seinen ausstreckte.

Der Vater war gestern abend Stunde um Stunde nicht aus einem entlegenen Gasthaus zurückgekehrt und hätte schließlich wieder einmal von seiner ältesten Tochter, seinem Liebling, vom Stammtisch geholt werden sollen, während die Mutter draußen unter dem noch sternklaren Winterhimmel, in einem Kleinwagen mit laufendem Motor und Eisblumen am Heckfenster, wartete. Aber gestern wollte das Mädchen das Gelächter der Kartenspieler am Stammtisch, ihre Sticheleien und den Spott über einen Verlierer und Pantoffelhelden, der zur Belohnung für seine schlechten Karten nun auch noch einer Rotznase folgen durfte, nicht ertragen. Das Mädchen hatte auf der Fahrt geweint und war am Ziel weder durch Drohungen noch durch Versprechungen zu bewegen gewesen, das gefürchtete Haus, das wie ein erleuchtetes Schiff inmitten kahler nächtlicher Felder lag, zu betreten. Und so war die Mutter stumm vor Wut nach Hause zurückgefahren, hatte das Mädchen dort aus dem Wagen gestoßen und den älteren Bruder von seinem Spiel mit den beiden jüngeren Geschwistern weggeholt. Und der mußte dann tun und ertragen, was weder die Mutter noch das Mädchen tun und ertragen wollten, mußte sich durch den Lärm und das Gelächter in der Wirtsstube kämpfen und den Vater am Ärmel und noch einmal am Ärmel ziehen und ihn wieder und wieder bitten mitzukommen, bis der sich endlich erhob, dann aber die in Wollfäustlingen stekkende Hand seines Sohnes, der ihn hinausziehen wollte in die Kälte, ins Freie, zurückstieß. Unter dem Gelächter seiner Mitspieler hatte er dann mit dem Fuß gegen die mit Plakaten der Feuerwehr, des Sparvereines und der Fleckviehzüchter beklebte Tür des Schankraumes getreten, bevor er sie öffnete und seinem Sohn vorantrampelte, hinaus in die Nacht.

Nein, der Vater hatte seinen Sohn nicht geschlagen, er schlug seine Kinder nicht, aber er hatte auf der Heimfahrt kein Wort gesprochen, und auch die Mutter blieb während der ganzen Fahrt stumm. Erst in der Nacht war das Mädchen von den wütenden Stimmen der Eltern aufgewacht, von den Vorwürfen der Mutter, von den Rechtfertigungen, schließlich Schimpfworten des Vaters, der, wie ihm irgendwann zugeschrien wurde, froh sein mußte, froh!, daß er, der uneheliche, unselige, versoffene Sohn einer Magd, das Glück gehabt hatte, von einer Hoferbin zum Mann genommen worden zu sein.

Glück? Ein Hof? Ein Hof hätte diese Bruchbude sein sollen? Wer hatte denn Wagenladung um Wagenladung voll Schotter aus den Inn-Auen hier heraufgeschleppt, um diese Keusche zu dem zu machen, was sie nun war? Wer hatte wie ein Vieh gearbeitet, um aus dieser sogenannten Erbschaft erst wieder einen Hof zu machen – und wer ging vor und nach der Stallarbeit und Heuarbeit und Holzarbeit und schon zu nachtschlafender Zeit als Briefträger über die Weiler und krümmte sich dazu für ein paar lächerliche Groschen mit Spitzhacke, Brecheisen und Schaufel in den Baugruben fremder Leute, um die Familie erhalten zu können – vier Kinder, eine sechsköpfige Familie! und dazu noch bettlägerige Schwiegereltern waren nicht mit dem Ertrag von ein paar sauren Wiesen und mageren Kühen zu ernähren.

An diesem milden, nebeligen Morgen nach dem Dreikönigstag war zwischen den Eltern kein Wort mehr gefallen. Kein Vorwurf, kein Gruß. Selbst die Frage des Vaters, ob er den Tierarzt verständigen solle wegen einer vom Durchfall geschwächten, trächtigen Kuh, war unbeantwortet geblieben. Dann hatte der Bruder die Futtertische im Stall durch die Bodenluke mit Heu beworfen und hatte das Mädchen die beiden jüngeren Geschwister gewaschen, ihnen beim Ankleiden geholfen und dann gemeinsam mit ihnen geschnitzte Schäfchen und Hirten in einer bethlehemitischen Landschaft aus bemaltem Pappmaché neu geordnet, in der drei Könige aus Holz vor einem neugeborenen, hölzernen Gott und seinen hölzernen Eltern knieten. Auch am Frühstückstisch herrschte eine böse Stille, in der das Mädchen mit einer rasenden Zahlenfolge zu bestimmen versuchte, wie oft das Feuerholz im Ofen knackte, dann aber seine Zählung abbrach, weil eines der Geschwister wegen einer verlorenen Puppe zu schluchzen begann.

Auf dem Schulweg durch den Schnee und die weiße Nebelwelt wollte der Bruder weder an den Abend noch an das Geschrei in der Nacht und die wortlose Stille am Morgen erinnert werden. Aber das Mädchen sehnte sich nach einem besänftigenden, befreienden Wort und suchte noch einmal seine Hand. Die Flocken fielen nun dichter. Das Feld, über das sie gewöhnlich in den Tritten des Vortages stapften, trug nach den Schneefällen der vergangenen Feiertage keine Spuren mehr, und auch der Feldrain, eine Reihe kahler Birken, kahler Wildkirschenbäume und kahler Haselnußsträucher waren im Nebel versunken. Allein die unter jedem Schritt knisternden Wellen verschneiter Ackerfurchen liefen dorthin zurück, woher sie gekommen waren, und liefen ihnen zum Dorf voraus, in ein Klassenzimmer, in dem es gewiß auch an diesem Morgen wieder zu kalt war.

Irgendwo in diesem endlosen Weiß war jetzt Hundegebell zu hören, ein wütendes, heiseres Kläffen, seltsam nahe, näher als an anderen Tagen. Das war der Hofhund eines entfernten Nachbarn und der Grund dafür, warum der Schulweg stets über diesen Acker führte. Der Hund. Es gab nichts, was das Mädchen mehr fürchtete als Hunde, als diesen Hund. Dochdoch, es gab etwas, aber das war im Winter keine große Gefahr: Ein Gewitter, das Krachen des Donners, das blendende Aufflammen und das den ganzen Himmel sprengende Wurzelwerk der Blitze ... das alles fürchtete das Mädchen noch mehr als Hunde.

Gewiß, der Nachbar hielt diesen Hund, einen struppigen Wolfshund, zumeist an der Kette. Aber gerade an dieser Kette, die ihm das Fell vom Hals geraspelt und dort einen schwärenden Streifen hinterlassen hatte, war er scharf geworden, böse. Selbst der Vater hatte sich vor seinen Zähnen nicht zu schützen vermocht, als er dem Nachbarn als Postbote einen eingeschriebenen Brief des Bezirksgerichtes zu überbringen hatte und dem Kettenhund dabei unbedacht zu nahe gekommen war. Der Hund hasse eben Uniformen, hatte der Nachbar damals gesagt.

Aber war die Bestie heute wirklich an der Kette? Oder ließ der Nachbar sie wieder einmal frei laufen, damit sie einen im Nebel verborgenen Grenzverletzer anspringen konnte?

Der Bruder fürchtete sich nicht. Nicht vor diesem Hund und vor keinem. Der konnte mit Hunden so reden, daß sie aufhörten zu bellen, oder konnte ihnen mit einem Stein oder einem Stock in einer Art drohen, daß sie *ihn* fürchteten. Ja, der Bruder brauchte einen Stein nicht einmal in die Hand zu nehmen, sondern sich bloß entschlossen danach zu bücken, um Hunde in die Flucht zu schlagen. Und daß er diesen mühseligen Umweg, Schultag für Schultag dieses Gestapfe über den Acker, auf sich nahm, tat er nur seiner Schwester zuliebe, nein: tat er, weil es ihm von den Eltern befohlen worden war. An diesem Morgen machte ihn sein Gehorsam wütend. Den am Nachbarhof vorüberführenden Güterweg hatte der Schneepflug geräumt. Aber hier war der Schnee ohne Spuren und tief.

Laß mich in Ruhe! Laß mich in Ruhe, sagte er jetzt zu seiner Schwester. Und noch einmal: Laß mich in Ruhe. Aber die war schon still. Die blickte im Gehen unverwandt in das Nebelweiß, aus dem das Hundegebell drang. Und jetzt doch näher kam? Näher kam? Hatte der Hund sich losgerissen? Das Mädchen griff nach der Hand ihres Bruders. Der Bruder sollte sie an der Hand nehmen. Sie fürchtete sich. Sie fürchtete sich sehr.

Aber der stieß ihre Hand jetzt nicht bloß von sich, sondern schlug sie zurück. Der war wütend. Der wollte nicht mehr länger gehorchen und wollte auch kein Schwestern- und Mädchenbeschützer mehr sein. Der hatte genug. Der begann plötzlich, schneller und schneller zu gehen und schließlich zu laufen, lief … ja, lief ihr davon in dieses Weiß, aus dem das Gebell kam.

Das Mädchen hätte auch ohne dieses Gebell nicht Schritt halten können mit dem um mehr als einen Kopf größeren Bruder, aber dorthin, wohin der jetzt lief, wäre sie ihm selbst dann nicht gefolgt, wenn sie so groß gewesen wäre wie er. Um nichts in der Welt. So blieb sie zurück, mußte zurückbleiben und sehen, wie sich seine Spur verlor, hören, wie sich das Geräusch seiner Schritte verlor. Und dann war sie allein in einem undurchdringlichen Weiß, allein mit dem Gebell.

Sie stand still, wagte keinen Schritt mehr. Konnte sie in der eigenen Spur zurücklaufen? Auch von dort drang jetzt Gebell in ihre Verlassenheit. Es war, als ob sie von einem ganzen Rudel bissiger Hunde umgeben wäre, einem brüllenden, geifernden Kreis, in dem sie gefangen stand, gelähmt und gefangen.

Aber jetzt … Was war das für ein blendendes Licht?, was war das für ein furchtbares Licht!

Wie eine aus dem Gebell springende Flamme schlug plötzlich ein Blitz, und noch einer!, durch das bellende Schneeweiß, ein Blitz am Morgen nach dem Dreikönigstag! Ein Blitz im tiefen Winter. Und diesem Blendlicht, das einen kurzen, davonjagenden Schatten aus ihrer Gestalt riß und das Schneegestöber in einen Hagel grauer Kiesel verwandelte, folgte ein ohrenbetäubender Donnerschlag, der ihre Angst zu etwas werden ließ, das mehr zum Tod als zum Leben gehörte.

Im Wintergewitter dieses Morgens mußte das Mädchen zum erstenmal in seinem Leben erfahren, daß das Entsetzliche weder an Jahreszeiten noch an Orte gefesselt war, sondern seine Opfer in jedem Augenblick und an jedem Ort überfiel. Das Mädchen hörte seine eigene Stimme nicht mehr, sein Weinen, nur noch Gebell und Donnerschläge. Dazu schleuderte ihr ein weiterer Blitz gelbe und rote Blendungsbälle in die Augen, die selbst dann noch weitersprangen, als sie die Hände vors Gesicht schlug. Wie auf einer vor der Schultafel entrollten Landkarte sah das Mädchen jetzt, daß von hier nur eine Spur in den unerreichbaren Schutz des elterlichen Hofes zurückführte und eine zweite in den unerreichbaren Schutz des Dorfes, und glaubte sich am Ende aller Wege, nicht nur jener durch den Schnee.

Und dann berührte plötzlich etwas Warmes, Weiches, ihre vom Weinen geschüttelte Schulter, etwas Sanftes und gleichzeitig so Mächtiges, daß davon etwas Erlösendes ausgehen und ihren ganzen Körper durchdringen konnte. Und sie spürte, wie Lähmung und Verzweiflung sie innerhalb eines einzigen Atemzuges freigaben, und wandte den Kopf und sah auf ihrer Schulter die Hand des Bruders.

Ich habe die Wiesen und angrenzenden Felder, über die Bruder und Schwester an diesem Wintermorgen gestapft waren, zu allen Jahreszeiten gesehen – blühend, wogend im Wind, spätherbstlich wüst, beschneit. Ich habe mit der Frau, zu der dieses Mädchen geworden ist und die neunzehn Jahre meines Lebens mit mir geteilt hat, den Winterweg von damals auf vielen Spaziergängen wiederholt, und wenn sie dabei vom Gebrüll im Gasthaus erzählte, den wütenden Stimmen in der Nacht, vom Kettenhund des Nachbarn, den Blendungsbildern in ihren Augen oder vom Schneegestöber und dem Krachen der Donnerschläge, nahm sie manchmal unwillkürlich meine Hand.

Nach unserer Trennung und ihrem frühen Tod bin ich diesen Weg nie wieder gegangen. Aber wenn ich nun an diesen Feldern und Wiesen vorüberfahre, zu welcher Jahreszeit auch immer, fahre ich durch weiße Flockenwirbel, und auf dem Land liegt Schnee.

Die Ankunft

Ich sah drei flüsternde Mönche in einer viertausend Meter über dem Meeresspiegel und hoch über dem verschneiten Ufer eines Bergsees gelegenen Höhle im westlichen Himalaya. Der böige Wind hatte durch das offene Höhlenportal eine lange Schneezunge bis nahe an jenes Feuer geweht, an dem die Mönche dicht nebeneinander saßen und ihre Oberkörper im Rhythmus geflüsterter Gebetsformeln wiegten. Wenn sie in der Litanei der Wiederholungen eines Mantras endlich Atem holten, hörte man ihre Zähne vor Kälte klappern. Ihre Gesichter und Hände waren rußgeschwärzt, die schulterlangen Haare wirr und steif vom Ruß und das Rot ihrer Kutten unter einer schwärzlichen Schicht kaum noch erkennbar. Die drei waren noch keine zwanzig, vielleicht auch viel jünger, der Ruß ließ nur ungefähre Vermutungen zu. Die Höhle war so groß, daß selbst das Knacken brennender Äste hallend von den Felswänden zurückschlug. Solche Räume waren mit einem Feuer wie diesem nicht zu erwärmen.

Der See von Phoksundo und Ringmo, das Dorf an seinem Ufer, dessen Häuser vom Höhleneingang nur als eine Ansammlung verstreuer Schatten in der Tiefe erschienen, waren das Ziel eines erschöpfenden Weges, den ich an diesem Wintertag gemeinsam mit einem Freund durch tief verschneite oder unter dem Winddruck vereiste Steilhänge in ein froststarrendes Hochtal emporgestiegen war. Wir durchwanderten in diesen Wochen die Grenzregion zwischen Nepal und Tibet auf der Suche nach Klöstern und Einsiedeleien der uralten, dieses Gebirge lange vor dem Buddhismus beherrschenden Bön-Religion und fanden seit Tagen in den Hütten und Höhlen des Stammesfürstentums Dolpo Schutz vor dem Schnee. Aus den Tälern ringsum drang immer wieder das Donnern von Lawinen.

Die vergangene Nacht hatten wir in einem Lager von Halbnomaden verbracht, die in rußigen Steinhütten darauf warteten, daß der Frühling die Pässe freigeben und ihnen erlauben würde, mit ihren Yaks zu den großen Salzseen und Weiden Tibets weiterzuziehen. Nur noch einen Tagesmarsch vor uns, irgendwo in den Schneewolken, hatte man uns in diesem Lager gesagt, sollte der See von Phoksundo liegen und an seinem Ufer ein Dorf, auch ein Kloster. Bewohnt? oder verlassen? wie die meisten hochgelegenen Siedlungen um diese Jahreszeit – das wußten auch unsere Gastgeber nicht. Als am Vormittag hoch über jagenden Wolken ein sonnenbeschienener Gletscher wie ein schwebender Eisberg erschienen war, hatten wir das Lager verlassen und uns auf den Weg gemacht.

Im Tiefschnee unserer Route war jeder Weg unsichtbar. Mit unseren schweren Rucksäcken versanken wir bis an die Knie, manchmal bis an die Hüften im Schnee. Aber auch auf diesem Weg galt unsere Vereinbarung, daß jeder seinen Kräften gemäß steigen und stapfen sollte, solange kein Hindernis gemeinsame Anstrengungen erforderte oder in vereisten Felspassagen einer den anderen am Seil sichern mußte. Also stieg und stapfte bald jeder allein. Mein Freund war nach einer Stunde außer Sichtweite, erschien gelegentlich als kleiner werdende Gestalt hoch in den Steilhängen, verschwand schließlich in den Wolken.

Wenn ich innehielt, um Atem zu schöpfen, sah ich die Serpentinen unserer verwehenden Spur, die sich hinter mir in einer bläulichen Tiefe verlor. Die Fetzen einer zerreißenden Schlechtwetterfront trieben über meinem Kopf und zu meinen Füßen dahin.

Die Spur meines Freundes führte am Fuß einer mit den Glasschleiern gefrorener Wasserfälle verhängten Felswand immer steiler nach oben und endlich zum Eingang eines flacheren, von Tränenkiefern bewachsenen Hochtales, das zwischen ragenden Bergkämmen wie zwischen Staumauern lag.

Wie still und verheißungsvoll und immer noch fern der See von Phoksundo, unser Ziel, nach Stunden endlich im Talschluß erschien: Ein schwarzgrüner Spiegel, der das Bild verschneiter Gebirgszüge in einen schon abendlichen Himmel zurückwarf und nur eine Gruppe blutroter Häuser an seinem Ufer behielt: mit Gebetsfahnen geschmückte Pagodendächer, über denen noch leichtere, noch schönere Fahnen wehten – Rauch! Dorf und Kloster von Phoksundo waren bewohnt! Ich sah Rauchfahnen über jedem Gebäude am See.

Es sollte noch fast eine Stunde dauern, bis ich die Uferhügel endlich erreichte. Aber die ersten Häuser, an die ich kam, waren die Häuser von Toten – Reliquienschreine,

Tschorten, die nur die Asche verbrannter Heiliger und Mönche, den Staub der Seelenwanderung, bewahrten. Zwischen diesen Schreinen entdeckte ich meinen Freund damit beschäftigt, ein Totenhaus zu vermessen und zu zeichnen. Er war erleichtert, mich endlich zu sehen. Noch eine Stunde, und er hätte sich auf die Suche gemacht. Die Nacht würde klar und kälter werden als die vergangene.

Von den Kegeldächern der Tschorten waren lange Wimpelgirlanden wie Zeltschnüre ins Eis gespannt, Hunderte, mit Gebeten und Mantras, den Namen des Ziels und Endes aller Welt, beschriebene Fähnchen, die hartgefroren im Wind schlugen. Und dann die Rauchfahnen über den Flachdächern des Dorfes: Es war Schnee. Rieselnder, kristallfeiner Schnee, der in Schleiern von den Dächern wehte wie Rauch. Die Häuser waren kalt und verschlossen. Keine Menschen. Keine Zuflucht. Das Dorf war verlassen.

Nur eine einzige von den Türen, die wir zu öffnen versuchten, war unversperrt. Sie führte in einen fensterlosen Raum, in dem eine Gebetsmühle von der Größe einer Litfaßsäule, die von Pilgern und Mönchen wohl bis in alle Ewigkeit hätte gedreht werden sollen, stillstand.

Wir hatten uns schon entschlossen, die Nacht auf dem gestampften Lehmboden dieses Raumes zu verbringen, und begonnen, Zweige für ein Kochfeuer von einer Tränenkiefer zu brechen, die unter der Schneelast geborsten war, als wir an einem Felshang hoch über dem Seeufer das Portal der Höhle entdeckten. Aber diesmal zeigte ein Blick durch das Fernglas, daß, was aus diesem schwarzen

Maul dort oben verwehte, nicht bloß Eiskristallschleier waren, sondern tatsächlich Rauch.

Ich war nach den langen Stunden des Aufstieg so müde, daß mein Freund mich überreden mußte, unser Nachtlager an der Gebetsmühle wieder aufzugeben und nun auch noch diesen Steilhang, der keine Spuren trug, hochzusteigen.

Von der Sonne war nur noch ein rötlicher Widerschein über den höchsten Bergkämmen zu sehen, als ich auf halber Höhe des Hanges nahe daran war, in meiner schweißnassen Kleidung unter dem drückenden Gewicht meines Rucksacks in den Schnee zu sinken, zu bleiben, wo ich war, und auf die Rückkehr meines Freundes zu warten: Immer neue, aus dem Dorf am Seeufer nicht sichtbare Felsstufen versperrten den Weg und mußten umgangen werden ... dann wieder war ein unter Treibschnee verborgenes Eisfeld selbst mit Pickel und Steigeisen nur mühsam zu passieren ... Wie ein Gipfel gegen Ende eines alle Kräfte verzehrenden Aufstiegs schien jetzt auch dieser Höhleneingang vor mir in die Unerreichbarkeit zurückzuweichen.

Seltsam, meinen Freund irgendwann doch hoch über mir vor dem Portal der Höhle zu sehen. Wie klein er vor diesem gähnenden, schwarzen Maul erschien. Er winkte mir zu, aber was er rief, konnte ich in den Windstößen nicht verstehen. Als ich nach einer Anstrengung, die das Blut in meinem Kopf pochen ließ, die Höhle endlich erreichte, saß er bereits bei den Mönchen am Feuer und versuchte, mit einigen Brocken Tibetisch und Nepali Fragen zu stellen.

Wie lange die drei bereits hier waren? Gab es noch andere Mönche oder Pilger hier oben? Und war der Weg zu den noch höher gelegenen Klöstern von Shey Gompa und Tsakang passierbar? Gab es Menschen, die dort überwinterten?

Ob die drei die an sie gerichteten Fragen verstanden, war nicht zu erkennen. Sie unterbrachen ihr Gebet nicht und hörten auch dann nicht auf zu flüstern, als sich einer von ihnen erhob und uns gesalzenen Yakbuttertee anbot, getrocknete Wurzeln und Tsampa, geröstetes, grobes Gerstenmehl, das er – flüsternd – mit Butter und Tee zu einem grauen Teig knetete.

Während wir tranken und aßen, befühlten die drei unsere Daunenjacken, die Schneegamaschen, unsere Handschuhe mit sichtbarer Bewunderung, prüften das Gewicht der Pickel, Steigeisen und Rucksäcke, beteten dabei aber ihre Mantras ohne eine einzige Unterbrechung zähneklappernd weiter.

Von der Last meines Rucksacks und den Qualen des Aufstiegs endlich befreit, saß ich neben meinem Freund am langsam niederbrennenden Feuer. Zu müde, um meine schweißnasse Kleidung zu wechseln, hatte ich mir meinen Schlafsack als Decke um die Schultern gelegt und ließ mich von der Glut bescheinen.

Mein Freund hatte längst alle Versuche aufgegeben, Fragen an die Betenden zu richten, und saß schweigend neben mir, starrte wie ich ins Feuer, hörte ihrem Geflüster zu. Darüber begann der vom Höhlenportal eingefaßte Winterhimmel zu erlöschen. Verschneite Gebirgsketten, die sich hier sechstausend Meter und höher über den Spiegel eines unendlich weit entfernten Meeres erhoben, wurden zu schwarzen Mauern, über denen ein erster Stern zu flackern begann.

Ein Stern? Es war das Positionslicht eines Flugzeugs, das lautlos in die Nacht glitt. Ich versuchte mir vorzustellen, wo in den lichtlosen Bergketten das Signal unseres Nachtlagers, der Feuerschein aus der Höhle der Mönche aufleuchten würde. Unser Licht mußte in einer finsteren Weite glimmen wie dieser Stern.

Das Feuer war niedergebrannt. Von den Mönchen waren nur noch Schatten zu sehen, von der Glut weiße Asche. Ich fühlte mich geborgen wie in jenen verlorenen Zeiten, in denen ich Abend für Abend zu Bett gebracht worden war und durch einen Türspalt, der wegen meiner Angst vor der Finsternis offenstand, einen Lichtstreifen sah und die Flüsterstimmen von Menschen hörte, die mich behüteten. Als aus der schneeweißen Asche ein Funke ins kalte Höhlendunkel sprang und im Flug erlosch, schlief ich ein. Nun war ich angekommen.